백제,
바람에
무너지다

최종암 장편소설

청어

백제, 바람에 무너지다

최종암 장편소설

발 행 처 · 도서출판 청어
발 행 인 · 이영철
영　　업 · 이동호
기　　획 · 이용희
편　　집 · 방세화
디 자 인 · 이해니 | 이수빈
제작이사 · 공병한
인　　쇄 · 두리터

등　　록 · 1999년 5월 3일
(제1999-00063호)

1판 1쇄 인쇄 · 2019년 5월 10일
1판 1쇄 발행 · 2019년 5월 20일

주소 · 서울특별시 서초구 남부순환로 364길 8-15 동일빌딩 2층
대표전화 · 02-586-0477
팩시밀리 · 0303-0942-0478

홈페이지 · www.chungeobook.com
E-mail · ppi20@hanmail.net
ISBN · 979-11-5860-647-3(03810)

이 도서의 국립중앙도서관 출판시도서목록(CIP)은 서지정보유통지원시스템 홈페이지
(http://seoji.nl.go.kr)와 국가자료공동목록시스템(http://www.nl.go.kr/kolisnet)
에서 이용하실 수 있습니다.(CIP제어번호: CIP2019017632)

후원 · 대전문화재단

이 사업은 대전광역시 , 대전문화재단 에서 사업비 일부를 지원 받았습니다.

백제, 바람에 무너지다

최종암 장편소설

서문

　문화재청은 공주 공산성에 대한 '2014년 제7차 발굴조사'에서 백제시대 완전한 형태를 갖춘 대형 목곽고와 당시 저수지에 수장된 화살촉, 철모, 갑옷과 칼, 창, 마면주, 마탁, 깃대와 깃대꽂이 등 다량의 전쟁 도구들이 발견돼 백제 멸망 당시 나당 연합군과의 치열한 전쟁 상황이 추론된다고 밝혔다. 또한 저수지에서는 수상한 두개골 한 구가 추가로 발견되었는데, 학계는 그 두개골에 지대한 관심을 가지고 있다. 목이 잘려 수장된 것으로 추정되는 그 두개골, 양옆이 심하게 깨져 있었던 그 두개골의 주인공은 과연 누구였을까.

　지난 2008년부터 문화재청이 공주 공산성에 대한 발굴을 시작한 이래 수많은 유물과 유적이 발견됐다. 위의 내용처럼 신문은 그때마다 당시의 문화와 역사를 기록하듯 기사화했다. 그 중 작가는 지난 2014년 9월 24일 각 언론매체에 일제히 보도된 위의 내용에 주목했다. 그리고 백제 멸망시기, 그러니까 서기 660년 7월 10일 계백이 황산벌에서 김유신에게 패배를 하고 난 뒤의 역사를 뒤지기 시작했다.

　그랬더니 매우 흥미로운 내용들이 나오기 시작했다. 의자는 계백이 패하고 3일 뒤인 서기 660년 7월 13일 밤, 당시 웅진성(현 공주 공산성)으로 파천 내지는 피신을 한다. 그리고 5일 후인 18일 석연치 않은 항복을 하고 만다. 혹시 이 과정에서 여러 가지 사건들이 있을 수 있지 않을까? 하지만 우리는 계백의 황산벌 전투 이후의 일은 별로 관심이 없

었다. 황산벌 전투 이후 의자는 곧바로 항복을 하고 백제는 패망한 것으로만 알고 있다.

작가가 뒤져본 자료를 보면 의자는 황산벌 전투 이후 사비성 남쪽으로 군사를 보내 나당연합군과 치열한 전투를 벌인다. 의자는 그 전투에서마저 패하자 웅진성으로 피신해 지방군을 기다린다. 당시 중앙군보다도 훨씬 큰 세력이었던 지방군이 합세한다면 충분히 승산이 있다고 판단했기 때문이다. 그랬던 의자가 단 며칠 만에 맥없이 항복을 한다. 당시 지방의 귀족 및 성주들은 일부나마 의자와의 합세를 위해 움직이고 있었고, 나당연합군이 웅진성을 강제로 함락시키지도 않았는데 말이다.

작가는 이 소설을 통해 계백이 황산벌 전투를 치르고 의자가 공산성에서 항복하기까지 8일 동안의 이야기를 하려고 한다. 이야기는 당시의 역사적 기록을 토대로 개연적 상상을 한 것이다. 소설 속에 나오는 가공의 인물은 주석에 따로 표기를 했다. 이야기의 주인공도 가공된 인물이다. 이 이야기의 주인공은 당시 목이 잘려 저수지에 수장된 두개골이다. 작가는 이제부터 그 두개골의 주인공을 '국담'이라고 명명하고 아주 재미있는 이야기를 시작하겠다.

최종암

차례

제1부

파천

계백의 패전

　서기 660년 7월 9일, 황산벌에 잠자리들이 낮게 날아다니고 있었다. 의자는 당나라 군대가 신라군 없이는 섣불리 싸우지 않을 것으로 판단하고 계백을 급파했다. 5천의 결사대를 이끌던 계백은 적당한 성을 보루로 신라군의 진격을 지연시키려 했다. 시간을 끌면 끌수록 백제에게 유리할 것으로 판단한 것이다. 의자는 친고구려 반당노선을 선택했기 때문에 버티면 고구려의 원병이 곧 도착할 것으로 믿었다. 하지만 그것은 의자의 패착이었다. 나당연합군은 공성전을 택하지 않고 우회하려 했다. 중간의 방어성들을 무시한 채 곧바로 사비성을 치겠다는 작전이었다.

　―적군이 많이 모여 있는 거점 성(城)을 점령한 후 주변을 평정하며 목표지점으로 차근차근 진군한다.

　나당연합군은 당시의 이런 보편적인 전술과 전투의 기본 틀을 깨버렸다. 목표는 영토 확장이 아니라 나라를 통째로 먹는, 즉 백제의 멸망이었기 때문이다. 신라군은 백제 땅 중간 중간에 있는 성들을 과감히 포기하고 진격에 박차를 가했다. 하지만 이 전술은 지극히 위험천만했다. 후방에 적을 남겨두고 한 나라의 심장부로 들어갔다가 포위라도 당하게 되면 전멸을 면치 못할 것이기 때문이다. 김유신은 이 사실을 잘 알고 있었지만 당의 대군을 믿고 무리수를 두었다. 다급해진 계백은 성을 포기하고 황산벌로 나오지 않을 수 없었다. 성충의 말대로 탄현[1]에 진을 치고 신라군을 기다렸다면 중과부적의 전투는 피할 수 있었을 것이다. 성충은 죽기 전 의자에게 이렇게 간언했다.

—충신은 죽어도 임금을 잊지 않는 것이니 한 마디만 하고 죽겠습니다. 지금 이 나라에서 나당 연합군과의 전쟁은 피할 수 없습니다. 당군은 숫자가 많을 뿐만 아니라 군율이 엄하고 분명합니다. 당군은 신라군과 함께 우리의 앞뒤를 견제하고 있으니 평탄하고 넓은 들판에서 마주칠 경우 적은 군사로는 이길 수가 없습니다. 무릇 전쟁에서는 지형을 잘 선택해야 하는데 백강과 탄현은 적을 방어하기에 가장 적합한 요충지입니다. 그곳에서 적을 방어한다면 한 명의 군사가 한 자루의 창만으로 수백의 적을 물리칠 수 있습니다.

하지만 성충과 흥수를 싫어하던 백제의 신하들은 의자에게 이렇게 고해 올렸다.

—성충과 흥수는 오랫동안 옥중에 있어 형세를 파악하기가 쉽지 않습니다. 그들은 옥에 갇혀 어라하(於羅瑕)와 나라를 원망했을 것입니다. 그런 자들의 말을 믿을 수는 없습니다. 차라리 나당연합군에 백강과 탄현을 내주십시오. 백강으로 들어온 당나라 군사들은 강의 흐름에 따라 배를 나란히 하지 못할 것이고, 탄현을 넘은 신라군은 평지가 아닌 좁은 길로 들어설 것입니다. 이때 군사를 풀어 일제히 공격한다면 닭장 속의 닭이나 그물에 걸린 고기를 잡는 것과 같이 수월하게 승

---

1) 탄현(炭峴)이 지금의 어디냐에 대한 견해는 3가지 정도로 압축된다. 첫째, 옥천에서 대전으로 가는 길목인 자모리 고개. 둘째, 옥천에서 대전으로 가는 질현성이 있는 질티고개. 이상 식장산을 근거로 한 고개(이 주장은 신라군이 상주에서 집결해 옥천을 거쳐 대전과 연산→논산→부여로 이동했을 것이라는 가정 하에 출발함). 셋째, 금산에서 진산으로 가는 백령산성이 있는 백령산 고개. 이상의 견해 중 작가는 경주에서 가장 빠른 직선 코스로 황산벌을 거쳐 논산과 부여로 가려면 경주→대구→성주→무주→금산→논산으로 이어지는 백령산고개(금산군 남이면)가 당시의 탄현일 것이라고 추측함. 하지만 각각의 견해에 대한 내용을 인정하는 차원에서 볼 때 당시 신라군이 상주와 경주에서 각각 출발해 황산벌로 집결했을 가능성도 배제할 수는 없다.

리할 수 있습니다.

의자는 결국 신하들의 말을 따랐고, 당나라군은 백강[2]에 상륙하였으며, 신라군은 탄현을 넘었다. 탄현을 넘은 신라군은 구멍 뚫린 자루에서 메주콩 쏟아지듯이 밀고 들어왔다. 김유신은 부대를 셋으로 나누어 황산벌로 진격을 명령했다. 뒤늦게 사실을 보고 받은 의자는 의직에게 2만의 군사를, 의자에게는 5천의 군사를 내주어 나당연합군을 막게 했다. 의자의 방관으로 탄현을 빼앗겼지만 계백은 주군인 의자를 원망하지 않았다. '세상에 변하지 않는 것은 아무것도 없다. 해동증자로 불리던 어라하라고 변하지 말란 법은 없다. 어라하는 이번 전쟁을 통해 또 변할 것이다. 어라하의 변화가 바람직한 모습이었으면 좋겠다. 그리 될 수만 있다면 이 한목숨 나라와 어라하를 위해 바친들 아깝지 않으리라.' 성을 버리고 황산벌로 나온 계백은 모든 작전을 다시 모색해야 했다.

신라군이 황산벌로의 집결을 시도하자 계백은 지형이 가장 험한 곳에 두 개의 진영을 전진배치 시켰다. 그리고 자신은 신라의 주력군이 통과할 것으로 예상되는 지점에 군사들을 매복시켰다. 계백은 잿빛하늘을 올려다보며 군사들의 사기를 끌어올렸다.

"춘추전국시대 월나라 왕 구천은 오천의 군사로 오나라 왕 부차의 칠십만 대군을 무찔렀다. 우리의 군사도 오천이다. 그러나 신라 놈들은 오십만도 아닌 오만에 불과하다. 일당백의 용기를 가진 너희들이 겨우 열 명을 해치우지 못하겠는가. 놈들의 시체로 산을 만들어 다시

---

2) 여러 설이 있으나 백강(기벌포)은 지금의 서천과 군산이 맞닿은 군산 하구둑 근방이었을 것이라는 것이 통설이다. 편의상 이 소설에서는 지금의 금강을 백강으로, 부여의 도읍지 앞으로 흐르는 금강을 '사비의 강', 공주로 흐르는 금강을 '웅진의 강'으로 표기하겠음.

는 우리의 고향땅을 넘보지 못하게 하라. 반드시 승리를 거두어 나라의 은혜에 보답하라.”

전략적 요충지인 탄현을 사수하지 못했다면 쉽게 이길 수 없는 전투였다. 하지만 백제의 군사들은 가족을 죽이고 전쟁터로 나온 계백의 비장함을 가슴 깊이 공감하고 있었다. 따라서 그들의 기개는 하늘을 찌를 수밖에 없었다.

*

너무도 쉽게 탄현을 넘어온 김유신은 김품일과 김흠순, 김인문, 천존 장군 등을 모아 작전회의를 했다.

“품일장군, 적들이 이리도 쉽게 탄현을 내어줄 줄은 몰랐네. 적들이 만약 탄현에서 우리를 막아섰더라면 고전을 면치 못했을 것이네.”

“대장군, 그렇습니다. 그런데 적들이 왜 이 탄현을 포기했을까요? 백제의 계백은 그리 녹록한 자가 아니라고 들었는데…….”

김품일의 말처럼 계백은 그동안 신라와의 전쟁에서 전승을 하다시피 했다. 김유신은 계백이 백제 최고의 요충지인 탄현을 포기했다는 사실이 믿어지지 않았다. 김유신 역시 백전노장이라 백제군의 교묘한 계략을 의심했다. 하지만 현실은 탄현을 넘었다는 것이다. 탄현을 넘었다면 열 배가 넘는 군사력으로 일거에 쓸어버리면 그만이다.

“오천도 안 되는 놈들, 그냥 쓸어버립시다. 지들이 무슨 수로 오만을 당해내겠습니까.”

김흠순이 칼자루에서 칼을 뺏다 넣었다 하며 계백과의 전투에 특별한 작전이 없음을 주장했다.

"거, 좀 가만히 있어 보게. 정신 헷갈리게스리."

희끗한 귀밑머리를 배배 꼬고 있던 김유신이 지휘봉으로 탁자를 '탁탁'쳤다. 귀밑머리 꼬기는 심사가 복잡할 때 하는 김유신의 오랜 습관이었다.

"군대를 셋으로 나누겠다. 나는 흠순, 품일장군 등과 함께 주력군을 이끌고 곧바로 진격할 테니, 천존과 인문장군은 좌우로 흩어져 부대를 이동시켜라. 삼군은 황산벌에서 집결한다."

김유신의 명령에 따라 신라군은 군대를 셋으로 나누어 황산벌을 향해 진격했다. 계백이 아니었다면 한데 뭉쳐 거침없이 쳐들어갔을 것이다. 나당연합군의 총사령관인 소정방보다 먼저 집결지로 들어가려면 굳이 군대를 나누어 시간을 지연시킬 필요가 없었기 때문이다. 김유신에게 있어 계백은 그만큼 부담스러운 존재였다. 하지만 김유신의 그 결정으로 신라군은 계백과의 전쟁에서 악전고투하게 된다. 또한 소정방과의 약속날짜마저 지키지 못해 연합이 깨질 위기를 맞게 된다.

*

계백은 곳곳에 척후병을 풀어 신라군의 동태를 파악하고 있었다. 계백의 척후병들은 귀신같은 솜씨로 신라군의 일거수일투족을 낱낱이 보고했다. 그들은 자국의 지형을 누구보다 잘 알고 있었기 때문에 틀림없는 정보들을 들어다 날랐다. 5천의 결사대를 세 개의 부대로 나누면서 계백은 충상과 상영에게 이렇게 부탁했다.

"내가 김유신의 주력군을 맡을 테니 장군들은 다른 이동경로로 들어오는 놈들을 막아주십시오."

계급이 낮은 계백의 명령에 좌평 충상과 상영은 이맛살을 찌푸리고 입맛을 쩍쩍 다시며 투덜거렸다.

"달솔 주제에 감히 누구보고 이래라 저래라 하는 거야."

그러자 계백이 긴 칼을 빼들고 벼락같은 고함을 질렀다.

"이놈들! 지금이 어느 때라고 벼슬타령 하는 거냐. 어라하께서 이 결사대의 지휘권을 동방령[3]인 내게 주셨다. 지금 내 명령을 듣지 않으면 당장에 목을 치고 말리라."

충상과 상영이 깜짝 놀라 뒷걸음질을 쳤다.

"아, 아니. 그게 아니고. 가, 가겠소."

계백을 따르는 군사들과 달리 충상과 상영은 비장한 각오가 없었다. 그들은 대대로 고관대작을 지낸 귀족으로서 의자가 급파한 중앙의 장군들이었다. 하지만 그들은 이 전쟁에서 살아남을 궁리만 했지 칼을 휘둘러볼 생각은 아예 하지 않고 있었다. 이를 눈치 챈 계백은 충상과 상영의 부관들을 불러 은밀한 지시를 내렸다.

불기둥 같은 연설로 5천 결사대의 사기를 끌어올린 계백은 충상과 상영의 부대를 진격시켰다. 그리고 자신은 2천의 군사를 이끌고 신라의 주력군을 막으러 나아갔다. 충상과 상영의 부대와 마찬가지로 계백역시 방어에 가장 유리한 곳에 진영을 갖추고 신라군을 기다리고 있

---

3) 백제의 지방행정제도인 오방 중 하나. 당시 백제는 오방에 각 방성을 두었는데 서방은 임존성 (도선성), 북방은 웅진성, 동방은 매화산성(득안성), 중방은 고사부리성(고사성), 남방은 남원 성(구지하성)으로 추정되며 각 방성의 성주를 방령이라 불렀다.

었다. 계백의 군사들은 각자 정해진 위치에서 꼼짝도 하지 않았다. 그들은 한 걸음 간격으로 떨어져 자신을 보호할 수 있는 지형지물에 은밀히 숨었다.

　무겁게 내려앉은 구름이 검은 장막을 드리우자 대추씨같은 비가 쏟아졌다. 무성한 들풀들이 빗방울에 또닥또닥 꺾이고 군사들의 얼굴이 따가웠다. 고개를 숙이지 말라는 계백의 명령이 옆에서 옆으로 전달됐다. 군사들은 두 눈을 부릅뜨고 입을 앙 다문 채 하늘을 올려다보았다. 굵은 빗방울에 눈동자를 찔린 소년병사가 본능적으로 고개를 숙였다. 순간 병사의 동공에 어마어마한 구름떼가 가득 찼다.
　"저, 적이다!"
　소년병사의 다급한 외침에 결사대의 근육이 힘차게 수축됐다. 드디어 기다리고 있던 적들이 오고야 만 것이다. 계백은 활에 화살을 장전하라고 명령했다. 신라군보다 위치가 높은 곳에 있으니 시야는 충분히 확보되었다. 신라군은 백제군이 매복해 있는 줄도 모르고 무조건 전진했다. 하지만 크고 작은 바위와 관목, 잡풀들이 뒤엉켜있는 지형으로 들어섰기 때문에 이동이 빠를 수는 없었다. 2만이 넘는 신라군 중 절반가량이 계백의 사정거리로 들어왔다.
　"이때다, 쏴라!"
　계백이 벌떡 일어나 먼저 한 발을 날렸다. 쾌연하게 쏘아올린 화살은 포물선을 길게 그리며 김유신의 귓전을 스쳤다.
　"억!"
　신라병사 한 명이 단말마의 비명을 지르며 쓰러지자 김유신이 반사적으로 소리쳤다.

"적이다. 모두 자세를 낮추고 방패를 들어라!"

하지만 한 번의 공격에 3백 명이 넘는 군사들이 화살을 맞았다. 두 번째 화살이 무더기로 쏟아져 내렸다. 높은 곳에서 쏘아올린 화살은 가속도가 붙어 방패와 갑옷을 뚫었다. 그대로 있다가는 군사들의 절반 이상이 쓰러질 것 같았다. 후퇴를 할 수밖에 없는 상황이었다.

"모두 사정거리 밖으로 물러서라!"

김유신의 명령을 전달하는 군관들의 목소리가 범벅돼 사방으로 튀었다. 창졸간에 벌어진 참담한 패배였다. 백제군은 세 곳의 전쟁터에서 똑같은 승리를 거두었다. 화살로 이루어낸 승리, 자국에서 적을 방어하는 전쟁은 그래서 유리한 법이다. 백제군은 자신이 가장 잘 아는 지형지물을 이용해 따끔한 맛을 보여주었다. 이로써 신라군은 백제군의 일차 저지선에 발이 묶여 오도 가도 못하는 신세가 되었다.

*

후퇴를 하여 진영을 갖춘 김유신의 걱정은 이만저만이 아니었다. 진격 중인 다른 부대에서도 역시 패전의 보고를 보내왔다.

"우리를 막아선 놈이 계백이라고?"

상대가 계백이라면 숫자가 적다고 만만하게 봐서는 안 되는 것이었다. 김유신은 소정방의 얼굴을 떠올렸다. '긴 젓가락으로 음식들을 지범거리며 돼지같이 먹어댄다는 놈. 그 역겨운 놈이 비열하게 웃으면서 나를 조롱할 것이다. 그놈에게 약점이라도 잡힌다면 조롱을 떠나 국운이 위태롭다. 놈들을 이용해 훗날 삼국통일의 대업을 달성해야 하는데 여기서 발목을 잡힌다면 내가 살아온 의미가 없다.' 김유신은 서둘러 다친 군사들을 수습하고 2차 진격을 시도했다. 이번에는 갑옷에 보호대를 덧대고 방패를 앞세워 완전무장을 했다. 숫자가 많은 신라군으로서 기습화살만 피한다면 질 수가 없는 전쟁이었다.

일차 후퇴를 한 신라군이 사태를 수습하고 개미 떼처럼 몰려오자 계백의 심사가 복잡해졌다. 같은 작전을 또 쓸 수는 없고 전면전을 치를 수도 없다. 이럴 때 계백이 취할 수 있는 작전은 후퇴, 적당한 곳으로 유인해 기습을 하는 것뿐이었다. 신라군이 물려오자 계백은 통나무를 굴리는 작전을 쓰기로 했다. 바위도 굴리고, 돌도 던지라고 명령했다. 신라군이 우왕좌왕 하는 사이, 일차 전투에서처럼 엄청난 화살을 쏟아 부었다. 김유신은 이번에도 계백의 작전을 간파하지 못하고 후퇴를 했다. 다급해진 김유신은 이후 두 번이나 더 진격을 감행했지만 그때마다 계백의 기습에 막히고 말았다.

위험을 무릅쓴 김유신의 진격은 수많은 군사들의 희생을 담보로 해야 했다. 하지만 그들의 희생덕분에 김유신은 위험한 험지에서 벗어날 수 있었고 드디어 황산벌이었다. '이곳이 황산벌이로군! 광활한 벌판이라면 저들을 능히 이길 수 있다. 이곳까지 오는 동안 적지 않은 군사들이 다치거나 죽었다.' 김유신은 자신의 무능함을 탓하며 소정방을 생각했다. '오늘이 지나면 소정방과의 약속은 지킬 수 없다.' 초조해진 김유신은 귀밑머리를 배배꼬며 막사 안을 성큼성큼 걸어 다녔다. 그때 급보가 도착했다. 우군에서 승리의 기미가 보인다는 보고였다. 우군이 백제군을 무찌르면 측면 지원공격이 가능해져 매우 유리하게 된다. 내친 김에 좌군에서도 승리를 거둔다면 계백은 옴짝달싹 못하게 될 것이다.

백제군의 좌군을 지휘하고 있던 충상은 1차전 승리에 도취돼 2차전에서도 같은 작전을 구사했다. 만약 계백이었더라면 상황에 맞게 탄력적으로 대응했을 것이다. 하지만 그는 계백이 아니었고 필부에 지나지 않았다. 계백의 지시를 받은 부관이 아무리 다른 작전을 제시해도 충상은 막무가내였다. 그렇지 않아도 아랫사람인 계백에게 무시를 당한 것이 옹이로 맺혀있던 차에 자신의 부관마저 계백 흉내를 내니 참을 수가 없었다. 급기야 충상은 지휘봉으로 무지막지하게 부관을 때렸고 견디지 못한 부관은 탈출해 계백의 진영으로 갔다.

"아무리 그렇다 해도 너는 탈영병이다. 당연히 목을 잘라 효수해야 겠지만 너의 죄는 나중에 다시 묻겠다. 다시 돌아가 충상에게 전하라. 전세가 불리하면 전면전을 치르지 말고 후퇴를 거듭하며 기습을 하라고. 그래도 불리하면 아주 물러나 이곳 황산벌로 집결하라 명하라."

계백은 충상의 부관을 따끔하게 혼내 다시 돌려보냈지만 상영 걱정을 하지 않을 수가 없었다. '충상의 군대가 저 정도라면 상영 역시 크게 다르지 않을 것이다. 하기야 나마저 쉽게 이길 수 없는 전쟁을 치르고 있는 마당에 충상과 상영에게 무엇을 기대한단 말인가. 어차피 이 전쟁은 시간을 늦추려는데 목적이 있고 패배는 기정사실이다.' 계백은 패배를 기정사실로 받아들이고 있었지만 김유신과의 전쟁에서 네 번을 싸워 네 번 다 승리했다. 연속된 패배에 신라군의 사기도 곤두박질치고 있었다. 아무리 숫자가 많아도 사기가 떨어진 군대는 백전백패한다는 것을 너무나 잘 알고 있었던 김유신이었다. 그동안 김유신이 이끄는 군대가 연전연승한 것은 김유신이라는 불패의 명장이 버티고 있었고 군사들은 그런 김유신을 믿었기 때문이다. 하지만 지금 불패의 명장 김유신이 네 번을 싸워 네 번 다 패배를 하고 있는 것이다.

산전수전 다 겪은 66세의 백전노장 김유신의 머릿속이 그렇게 복잡하기는 처음이었다. 사기가 떨어진 군사들을 다시 일으켜 세우려면 특단의 대책이 필요한데 이렇다 할 작전이 떠오르지 않았다. 그렇다고 무작정 돌격명령을 내릴 수도 없는 상황, 돌격명령을 내린다 한들 해파리처럼 흐느적거리는 군사들이 죽을 각오로 싸우는 계백의 결사대를 제압하기는 어려운 국면이었다. '머릿속에 구겨진 휴지들이 뒤죽박죽 들어차 있는 것 같구나!' 김유신이 귀밑머리를 배배꼬며 고민하고 있을 때 왼쪽 눈썹이 유난히도 긴 군관 한 명이 살걸음으로 달려왔다.

"대장군, 지금 흠순장군이 그의 아들 반굴에게 엄청난 명령을 내렸습니다."

"무슨 뚱딴지같은 소리인가. 엄청난 명령이라니."

"흠순장군이 화랑 반굴에게 이르기를 '신하가 되어 충(忠)만한 것이 없고, 자식이 되어 효(孝)만한 것이 없다. 조국이 위태로운 것을 보고 목숨을 바치면 충효(忠孝) 모두를 온전히 할 수 있다.'라고 하였습니다."

"그, 그래서."

"아버지의 말에 반굴이 '삼가 명을 따르겠습니다.'라고 말하며 적진으로 뛰어 들어갔습니다."

"아니, 뭐라고? 애를 죽일 셈인가. 빨리 명을 거두라!"

"이미 늦었습니다."

반굴은 아버지의 명령에 한 치의 망설임도 없었다. 그렇지 않아도 기다리고 있었다는 듯 의연히 계백의 진영을 향해 돌진했다. 백제의 군사들은 먹이를 쫓는 맹수처럼 달려오는 신라장군의 기세에 눌려 슬금슬금 뒤로 물러났다. 계백이 이를 방관할리 없었다. 전쟁은 한 마디로 기 싸움인데 말 탄 적장 한 명의 기세에 눌려 물러선다면 전세는 순식간에 역전될 수도 있기 때문이다.

"물러서는 놈들은 즉시 처형하겠다. 군관들은 선제방어에 나서라!"

계백의 명령에 군관 열 명이 진영 앞으로 나가 반굴을 막아섰다. 하지만 가속도가 붙은 반굴의 말을 저지할 수 없었다. 백제의 군관 두 명이 날쌔게 창을 휘둘렀지만 반굴은 납작 엎드려 피해냈다. 백제 군관들의 일차 저지선이 순식간에 뚫렸다. 방심을 하고 일자진을 편 것이 실수였다. 군관들은 일자진을 쳐 반굴의 말이 멈춰서면 포위하여 생포할 생각이었다. 계백의 눈이 동그래졌다.

"놈은 죽을 각오를 했다. 군관 서른 명이 나가 무조건 죽여라. 순식간에 해치워야 한다."

계백은 신라군의 사기가 거슬렸다. '죽을 것이 뻔한데도 불구하고 홀로 뛰어 들었다면 이유는 분명하다. 자신을 희생해 아군의 사기를 올리려는 수작이다.' 전세가 비슷했으면 생포하여 신분을 확인하고 어떻게 활용할지를 고민했겠지만 수적으로 불리한 상황에서 그럴만한 여유가 없었던 계백이었다. 속전속결로 끝내 다시는 그런 무모한 수작을 부리지 못하도록 하는 것이 최선이었다. 군관들이 반굴을 포위했지만 쉽사리 제압하지 못했다. 반굴은 다리와 팔, 가슴 등에 깊은 상처를 입었으나 말에서 떨어지지도 쓰러지지도 않았다. 오히려 반굴의 칼에 백제군관 서너 명이 낙마하여 숨넘어가는 비명을 지르고 있었다.

"말의 다리를 잘라 떨어뜨려라!"

계백의 명령이 추상같았다. 앞다리가 잘린 말이 쓰러지자 반굴도 말에서 떨어졌다. 땅바닥에 나뒹굴고 있는 반굴의 몸 여기저기서 붉은 피가 흘렀다. 반굴은 두 발에 잔뜩 힘을 주고 버티려 했으나 동공에 맥이 점점 풀리고 있었다. 몸에서 빠져나온 피의 양만큼 버틸 수 있는 힘도 빠져 나갔다. 백제의 군관 중 누군가가 반굴의 뒤에서 무자비한 무기를 내리쳤다. 뒤통수에 철퇴를 맞은 반굴의 머릿속에서 한 마리의 나비가 나른하게 날갯짓을 했다.

계백의 예상은 여지없이 빗나갔다. 순식간에 적을 해치우지도 못했으며 죽인 것도 잘못되었다. 죽은 적장의 투구를 벗겨보니 전혀 뜻밖의 얼굴이 나타났기 때문이다. 그 얼굴은 무시무시한 장군의 얼굴도, 건장한 장정의 얼굴도 아니었다. 반굴의 얼굴은 이제 갓 솜털을 벗고 청년의 테를 잡아가고 있는 미소년의 그것이었다. 반굴의 얼굴을 확인한 순간 계백의 심장이 덜컥 내려앉았다.

반굴의 죽음을 바늘 같은 시선으로 쏘아보고 있던 김흠순의 심장이 새까맣게 타들어갔다. 반굴이 적들에게 찔리고 베일 때마다 심장에 소금이 뿌려진 듯 괴로워했다. 한편 반굴의 죽음을 면밀하게 지켜본 신라 군사들의 눈빛은 활활 타올랐다. 계백의 생각대로 반굴이 무시무시한 장군이었거나 건장한 장정이었다면 그렇게까지 분노하지는 않았을 것이다. 전쟁 중이라 재빠르게 상황을 정리할 수밖에 없었던 김유신과 김흠순은 반굴의 시신이 돌아오기만을 기다렸다. 하지만 계백은 반굴의 시신을 돌려보내지 않았다. 처참하게 죽은 어린 화랑의 시신이 어떠한 결과를 가져올지 너무나 잘 알고 있기 때문이었다.

"이제 더 이상 기다릴 수 없습니다. 이대로 들이쳐 반굴의 원수를 갚아야 합니다."

흥분을 가라앉힌 흠순이 유신에게 전면전을 요구했다.

"장군, 아직은 아닙니다. 전쟁은 군사들의 숫자로만 하는 것이 아니지 않습니까."

좌장군 김품일이었다. 품일은 열 배나 많은 군사력으로 싸워 연패한 원인을 생각하고 있었다. '적국에서 죽기로 싸우는 적의 결사대를 쉽게 이길 수는 없다. 더구나 적들은 자국의 지형지물을 교묘히 이용해 아군에게 타격을 입혔다. 몇 번을 싸워 다 졌다면 아군의 사기는 바닥이다. 지는 싸움만 하는 군사들은 자신의 죽음이 코앞에 있음을 감지하고 두려움에 떨고 있을 것이다. 그런 군사들에게 무조건 돌진을 명령하는 것은 너무나 무모하다. 반굴의 죽음은 분명 불행한 일이다. 하지만 반굴의 죽음으로 꺼져가는 불씨가 조금씩 살아나고 있다. 이제 그 불씨에 기름을 부어 활활 타오르게 하는 것이 관건이다.' 김품일은 전면전을 잠시 늦춘 뒤 자신의 아들 관창을 불렀다. 죽은 반굴보다 더 어린화랑이었다. 품일은 관창을 하얀 백마 앞에 세워놓고 웅장하게 말했다. 5만 신라군사들 앞에서 다짐을 받고자 함이었다.

"내 아들은 나이가 겨우 열여섯이나 지기(志氣)는 자못 용맹하니 오늘 싸움에 있어 능히 삼군(三軍)의 표상이 되겠는가!"

"그리 하겠습니다."

아버지의 말에 관창은 아주 짧게 대답했다. 앞서 반굴의 처참한 죽음 따위는 하나도 두렵지 않았던 관창이었다. 관창은 머릿속에 모든 잡념을 떨쳐버리고 오직 화랑으로서 나라를 위한 명예로운 죽음만을 생각했다.

드디어 관창이 말에 올랐다. 아버지가 준비해준 순백의 말이었다. 순백의 소년이 순백의 말에 올라 아버지를 돌아보았다. 순백의 눈동자에 서글픔이 가득하다. 살아서는 다시 볼 수 없는 아버지의 얼굴, 사랑하는 가족과의 영원한 헤어짐이 서글픈 것이다. 품일은 괴어오르는 눈물을 보이지 않으려고 고개를 매정하게 돌려 버렸다. 이에 관창도 고개를 돌려 적진을 쏘아 보았다. 사냥감을 노리고 있는 매의 눈이다.

"신라의 군사들은 내 죽음을 헛되이 하지 말라!"

칼을 하늘 높이 치켜든 관창은 5만 신라 군사들에게 마지막 명령을 내린 뒤 계백의 진영을 향해 죽창처럼 쏟아져 들어갔다.

눈부신 백마를 타고 누군가가 돌진해 들어오자 계백의 심장은 주체할 수 없이 쿵쾅거렸다. 상황이 어떻게 전개되고 있는지 이제는 빤히 알 것 같았다. '이렇게 되면 당군과의 연합을 지연시켜 따로 움직이게 하고자 했던 당초의 목적을 달성할 수 없다. 결국에는 신라의 대군에 패배를 하겠지만 이제 겨우 하루를 버텼을 뿐이다. 오늘만 버티면 신라는 당군과의 집결시간을 맞출 수가 없다. 오늘 전투에서 이길 수만 있다면 신라군의 사기는 회생불능이다. 잘하면 며칠은 더 버틸 수가 있다. 그런데 저들이 그 작전을 들고 나왔다. 앳된 아이를 희생시켜 떨어진 사기를 올리려는 작전. 그 작전이라면 어찌해볼 방법이 없다.' 신라군의 의도를 알아차린 계백은 더 이상 버틸 수 없음을 직감했다.

　계백은 군관들을 내보내지 않고 직접 나가 관창을 맞았다. 솜털 하나 다치게 하지 않고 사로잡아 돌려보내야겠다는 생각을 한 것이다. 죽이지 않고 고이 돌려보내면 신라 군사들이 분노할 명분이 약해진다. 계백의 예상대로 관창은 너무나 쉬운 상대였다. 관창이 아무리 화랑이라고는 하나 아직은 어린 아이에 불과한데 백전불패의 명장 계백을 어찌 당할 수 있겠는가. 말에서 떨어진 관창은 칼을 빼들었다. 검을 다루는 기술이 완성되지는 않았으나 절도가 있었다. 계백은 관창이 신라의 화랑임을 확신했다.

　"그만하고 항복하라!"

　관창은 계백의 말에 일언반구도 없이 계백을 쏘아보기만 했다. 계백을 쏘아보던 관창의 동공이 한껏 확장되었다. 순간 관창의 몸이 튕겨져 번개처럼 계백을 향해 날아 들어갔다. 관창의 검법은 일반 병사들의 그것과는 확연히 달랐다. 병사들의 검법은 좌우로 휘두르는 정도였지만 관창은 칼끝을 앞으로 똑바로 내민 뒤 일직선으로 찔러 들어가다가 목표물에 가까이 가는 순간 현란하게 움직여 찌르는 검법을 쓰고 있었다. 칼과 몸이 일체가 되어 들어가기 때문에 쉽게 빈틈을 찾을 수 없는 검법, 화랑출신이었던 아버지 품일이 전수하고 있는 가문의 비기이자 무술이 절정에 이른 고수들이 주로 사용하는 검법이었다.

　계백은 관창의 검법을 보며 화들짝 놀랐다. '아무리 화랑이라고는 하나 어린 소년의 검법이 저 정도라면 건장한 화랑들이야 일러 무엇하겠는가!' 계백은 관창이 가까이 들어오기를 기다려 긴 창을 불쑥 내밀었다. 거리를 두려함이었다. 관창은 순간적으로 계백의 창을 힘껏 밀어냈다. 힘이라면 태산을 옮길 정도였던 계백의 창을 받아낸 것이다. 계백은 다시 한 번 놀라며 자세를 바로 잡았다. 그러자 빈틈이 보이지 않았다. 관창은 그런 계백을 보며 천하의 영웅임을 실감했다. 어린 화랑의 힘으로는 쉽게 이길 수 없는 절대고수였던 것이다. 검을 든 팔에 힘이 풀렸지만 관창은 포기하지 않았다. 계백은 단숨에 관창의 무릎을 꿇릴 수 있었지만 어린 화랑의 용감함을 사랑하여 두어 번 겨루어 주다가 제압했다.

"나를 죽여라. 대신 반굴과 나의 시신을 돌려보내 다오."

계백의 입장에서 시신을 돌려보낼 수는 없었다. 반굴과 관창의 시신이 어떠한 영향을 미칠지는 빤했기 때문이다. 계백은 관창을 말에 태웠다.

"너의 충성심과 용맹함을 사랑하지 않을 수 없구나. 살려줄 테니 돌아가라."

계백의 말에 관창이 뭐라 대꾸를 하려 했지만 말은 이미 신라군의 진영을 향해 달려가고 있었다. 아군의 진영으로 돌아온 관창은 곧바로 아버지인 품일을 찾았다.

"아버지, 제가 적중에 들어가 장수를 베지도 깃발을 빼앗지도 못한 것은 결코 죽음을 두려워해서가 아닙니다. 계백이라는 대단한 장수가 있었기 때문입니다. 하지만 저는 적진으로 다시 갈 것입니다. 돌아가 깃발을 빼앗지 못하면 반드시 죽어서 돌아오겠습니다."

관창은 말에서 내려 물을 한 모금 마신 뒤 다시 말에 올랐다. 그러는 동안 품일은 아무 말도 하지 않았다.

관창의 말이 다시 보이자 계백은 땅을 쳤다. 살려 보내면 관창은 또 다시 죽기 위해 달려들 것이고, 죽이면 5만 신라 군사들도 죽기 위해 달려들 것이다. 선택이 어려운 상황에서 계백의 심정은 복잡하기만 했다. 계백이 고민하는 동안 관창의 말은 이미 백제군의 진영에 도착해 있었다. 관창은 백제군관 몇 명에게 작은 상처를 입혀 말에서 떨어뜨렸지만 결국 사로잡히고 말았다. '살리자니 우리 군사들의 사기가 떨어질 것이고 죽이면 적들의 사기가 오를 것이다.' 한참을 망설이던 계백은 관창의 머리를 베는 선택을 했다. 그리고 백마에 관창의 머리를 매달아 신라군 진영으로 보냈다. 관창의 시신이 어떤 결과를 초래할지 너무나 잘 알면서도 기어이 관창을 돌려보냈다. 계백은 그만큼 관창을 사랑했던 것이다. 계백은 관창을 돌려보내자마자 북을 쳐 신라군의 총공격을 예고했다.

이불처럼 황산벌을 덮고 있는 검은 하늘은 시도 때도 없이 장대비를 쏟아 부었다. 품일은 말에 달려 돌아온 아들의 머리를 부여잡고 하늘을 우러러 울부짖었다. 아직 굳지 않은 관창의 피가 품일의 소맷자락을 붉게 적시었다.

"아, 아! 내 아들의 얼굴이 아직 살아 있는 것 같구나. 나라를 위해 싸우다 죽은 너의 죽음이 위대하고 자랑스럽도다."

품일이 통렬하게 울부짖자 군사들은 분함을 이기지 못하고 눈시울을 적셨다. 그들은 누가 시키지도 않았는데 북을 치고 악다구니를 썼다. 잠시 후, 북과 고함소리는 더욱 커져 천지를 진동시켰다. 신라의 좌군과 우군이 합세를 한 것이다. 사기가 끓어오른 신라의 삼군은 김유신이 공격 명령을 내리지도 않았는데 야수처럼 소리를 지르며 앞으로 내달렸다. 김유신은 그들을 내버려 두었다.

계백이 관창의 시신을 돌려보내지 않았더라면 신라 군사들이 그렇게까지 끓어오르지는 않았을 것이다. 그로인해 계백의 군대는 신라군에 대패하여 후퇴를 할 수밖에 없었다. 황산벌의 가장 중요한 일차방어선을 무너뜨린 것이다. 삼군으로 나뉜 백제의 결사대 중 주력부대인 계백의 부대가 대패하여 후퇴를 했다면 충상과 상영이 이끄는 부대라고 온전할 리 없었다. 아니, 그들은 계백보다 훨씬 먼저 패하여 황산벌 주변에 숨어 있었다. 숨어서 계백이 패하는 것을 지켜본 충상과 상영의 군사들은 분기가 끓어올랐다. 군사들은 충상과 상영에게 계백의 본진과 합류할 것을 강력히 요구했다. 그렇게 하지 않으면 당장이라도 때려죽일 태세였다. 충상과 상영은 하는 수 없이 궁지에 빠진 본진과 합류를 했다. 그나마 계백에게는 천군만마였다.

계백의 결사대와 김유신의 결사대는 황산벌 끄트머리에서 대치했다. 백제군은 신라군에 패배하여 후퇴를 한 처지라 사기가 완전히 꺾여 있었다. 특히 연전연승을 했던 주력군마저 싸울 기력을 잃고 계백의 눈치만 보고 있는 상황이었다. 백제군의 뒤로는 그만그만한 산과 골이 있었다. 백제군이 산자락에서 싸우다가 골4)로 밀리면 꼼짝없이 그물에 걸린 물고기 신세로 몰살을 피할 수 없다. 김유신은 백제군을 골로 밀어붙여 모조리 죽여 버릴 생각을 하고 있었다.

---

4) 당시 황산벌로 추정되는 이곳은 지금의 수락산(普落山) 가장(假葬)골이라는 설이 있다. 수락산이 있는 충남 논산시 부적면 신풍리 일대는 백제의 결사대가 최후를 마친 곳으로 알려져 있으며, 계백장군묘, 백제의총, 말무덤 등으로 불리고 있다. 실제로 4, 50년 전 묘가 노출되었을 때 각종 철제무기가 나오기도 했다. 전란이 끝난 후 백제 유민들이 계백장군의 시신을 거두어 이곳에 매장했다고 전해온다. 수락(普落)이란 머리가 잘렸다. 가장(假葬)이란 임시로 장례를 치렀다는 뜻이다.

"놈들이 배수진을 치고 죽기로 덤비면 어떻게 합니까."

김유신은 김문영의 질문에 답하지 않고 즉시 명령을 내렸다.

"쥐새끼처럼 비실비실해진 놈들을 몰살시키는 것은 시간문제다. 이 놈들을 모조리 죽여 버릴 테니 너는 지금 당장 달려가 소정방을 만나라."

전쟁에서 군기란 목숨보다 중요한 것이다. 이를 어길 경우 어떠한 책임도 감수해야 한다. 계백의 결사대로 인해 김유신은 소정방과의 약속을 확실히 어기게 되었다. 몇 시간도 아니고 거의 하루 가까이 늦은 것이다. 그로인한 소정방의 노여움을 걱정한 김유신은 김문영을 보내 양해를 구하려 했다. 유신의 명령에 문영은 허겁지겁 사비성 남쪽으로 말을 몰았다.

*

5만 신라의 대군과 5천 백제의 결사대가 집결한 황산벌. 군사들의 거친 숨소리가 북소리를 따라 하늘로 오르고 짓밟힌 잡풀들이 반질반질해졌다. 방어를 하는 백제의 결사대는 이제 도망칠 궁리만 하고 사기가 끓어오른 신라 군사들은 사냥감을 발견한 들개처럼 길길이 날뛰었다. 그들은 공격 명령만을 초초하게 기다리고 있었고, 명령이 떨어지면 눈앞에 보이는 사냥감을 향해 질풍처럼 달려갈 것이다.

"일제히 쳐들어가 놈들의 숨통을 끊어놓아라. 단 한 놈도 살려 보내서는 안 된다!"

드디어 김유신의 총공격 명령이 떨어졌다. 궁지에 몰린 백제 결사대의 머리 위로 빗발치듯 화살이 쏟아졌다. 화살을 맞은 군사들이 바르작거리자 멀쩡한 군사들마저 슬금슬금 뒤로 물러났다. 계백은 물론 그 누구의 명령도 통하지 않았다. 두 번째 화살이 쏟아지자 결사대는 이곳저곳 은폐물에 숨기 바빴다. 백제의 결사대는 세 번째 화살에 삼분의 일 가량이 쓰러졌다. 화살을 날리는 동안 신라의 기병과 보병들은 백제군의 턱밑까지 쳐들어가 있었다.

지휘력을 상실한 계백은 날랜 군관들과 함께 최 일선에 섰다. 하지만 충상과 상영은 멀찌감치 뒤로 물러나 계곡 방면으로 도망쳤다. 그들의 부대에 속해있던 군사들도 함께 도망쳤다. 결사대의 주력군이었던 계백의 군사들이라고 별 수 없었다. 그들은 감히 앞으로 나서지 못하고 계백과 군관들의 뒤편에 서서 창만 겨누고 있었다.

하지만 계백과 그의 군관들은 달랐다. 그들은 모두 일당백의 싸울아비들로서 칼과 창으로는 쉽게 무너질 사람들이 아니었다. 특히 계백은 삼국을 통틀어 용력이 가장 뛰어난 장수였기에 힘으로는 그를 당할 자가 없었다. 계백이 긴 창을 한 번 휘두르면 열 명이 넘는 신라 군사들이 깊은 상처를 입고 뻐르적거렸다. 그대로 두면 한 나절이 넘어서도 계백의 방어선을 뚫지 못할 것 같았다. 상황을 지켜보던 김유신이 퇴각 명령을 내렸다.

"칼과 창으로는 놈들을 당할 수 없다. 화살로 제압하라!"

김유신의 명령에 일선에서 싸우던 신라 군사들이 물러나고 전방에 궁사들이 배치됐다. 온몸에 적의 피를 뒤집어 쓴 계백의 눈동자가 피로 물들었다. 아른거리는 눈을 비비자 손바닥에 붉은 피가 흥건했다. 계백은 번들거리는 핏빛 눈으로 신라의 궁수들을 노려보았다. 이제 죽을 때가 된 것이다.

"장군을 보호하라!"

백제의 군관들이 계백을 겹겹이 둘러싸고 방패를 들어 올렸다. 하지만 군관이 아닌 백제의 병사들은 화살을 피하기 위해 멀찌감치 도망을 쳤다. 백제의 척후병 중 누군가는 말을 타고 잽싸게 사비성으로 달려갔다.

"도망치는 놈들은 그냥 놔두고 계백을 향해 화살을 날려라!"

계백을 뒤집어씌운 방패 우산 위로 수천 발의 화살이 날아들었다. 방패를 뚫은 화살들이 고슴도치의 등에 돋아난 가시 같았다. 화살은 끊임없이 쏟아져 방패들을 너덜너덜하게 만들었다. 더 이상 방패로는 막을 수 없는 상황이 온 것이다. 그러자 백제의 군관들은 계백의 몸을 이불처럼 덮었다. 군관들의 등 위로 화살들이 꽂히고 또 꽂혔다.

"이제 모든 것이 끝났다. 더 이상 나를 보호하지 마라!"

계백이 아무리 소리를 질러댔지만 대꾸를 하는 군관들은 아무도 없었다. 죽은 사람들로 만든 이불, 계백을 덮고 있는 군관들의 시체였다. 계백이 이불에서 나왔는데도 화살은 끊임없이 쏟아져 내렸다. 화살은 계백의 온몸을 뚫었다. 화살이 꽂힌 곳에서 검붉은 피가 찔끔찔끔 삐져나왔다. 하지만 아프지도 않고 감각도 없었다. 김유신이 손을 들어 궁수들을 뒤로 물렸다.

"그만 항복하시오!"

"내가 항복을 하면 백제가 항복을 하는 것이오. 백제는 망할지언정 결코 항복은 하지 않소."

계백은 몸에 꽂힌 화살을 뚝뚝 분지른 다음 유신을 향해 몸을 날렸다. 품일과 흠순을 비롯한 신라의 화랑들이 계백을 막아섰다. 계백이 휘두르는 칼과 화랑들의 칼이 부딪쳐 애절한 화음을 만들었다. 계백은 화랑들을 죽이려 하지 않았고 화랑들도 계백을 죽이려 하지 않았다. 계백은 더 이상 쓸데없는 살상을 하고 싶지 않았다. 다만 백제의 장수로서 명예롭게 죽기위한 시간만을 기다리고 있었다. 화살을 맞은 계백의 몸 이곳저곳에서 검붉은 피가 울컥울컥 터져 나왔다. 마침내 힘을 다한 계백은 무릎을 꿇고 서서히 바위가 되어갔다.

김유신은 골짜기에 몰려있는 백제의 결사대를 완전히 소탕하고 계백의 시신을 백성들에게 돌려주었다. 황산벌 전투에 참가한 5천여 명 중 살아남은 자는 좌평 충상과 상영 등 20여 명 뿐이었다. 서기 660년 7월 10일, 계백이 무너진 황산벌에 비가 내리고 짙푸른 초목위로 흩뿌려진 핏물이 씻기고 있었다.

국담

계백의 시신이 백성들에 의해 수습되던 시간, 사비에서는 임시 정사
암회의[5]가 열렸다. 소정방을 막으라고 백강으로 보낸 의직이 2만의 대
군을 잃고 계백의 결사대마저 전멸했다는 소식이 전달됐기 때문이다.
나라가 패망의 위기에 놓인 것이다. 하지만 의자는 이 회의에 참석하
지 않았다. 백제 제일의 씨족이자 왕족의 대표로서 마땅히 귀족회의
에 참석해야 하지만 그럴만한 마음의 여유가 없었다. 정사암회의에는
부여씨의 대표인 의자를 빼고 나머지 여덟 씨족의 대표들이 모였다.
귀족들은 의자가 참석하지 않음을 탓했다. 임시회의의 좌장이 된 국
표[6]는 웅성거리는 귀족들의 입을 한 곳으로 모으기 위해 지휘봉을 번
쩍 들고 자그마한 북을 '탁탁'쳤다. 무조건 조용히 하라는 약속된 신호
였다.

"지금 나라의 운명이 암담하오. 어찌하면 좋겠소?"

"고구려와 일본에 원병을 요청해야 한다. 지방군을 모아 결사항전
해야 한다. 당과 화친을 해야 한다. 감히 당에 화친을 요구하다니 무
조건 항복해야 한다. 그리고……."

항전보다 항복과 화친을 주장하는 말들로 난장판이 벌어졌다. 국표

---

5) 백제는 고이왕 때 귀족들의 회의인 남당회의를 만들었다. 도읍을 사비로 옮긴 뒤, 이 회의는
정사암회의로 이름이 바뀌게 된다. 정사암(政事巖)이란 한자 그대로 정사를 보는 바위이다.
백제의 귀족들은 재상을 선출할 때 후보의 이름을 봉함해 바위 위에 올려놓고 인장을 받은 사
람이 재상이 되었다. 그리고 그곳에서 국사를 위한 회의를 열었다.

6) 가상의 인물. 좌평으로 국담의 아버지.

가 다시 북을 쳤다.

"원병 요청은 당연하나 당과의 화친이라니요. 게다가 당에 항복을?"

국표는 '그러고도 니들이 이 나라의 귀족이냐, 니들은 조상 대대로 온갖 부귀영화를 다 누리고 산 놈들이다. 그게 다 나라가 있었기 때문인데 나라가 위기에 놓이니 이젠 나라를 팔아먹겠다고?' 하며 호통을 치고 싶었지만 입술을 꽉 깨물고 참았다. 북채를 쥔 국표의 손이 부르르 떨렸다.

정사암회의는 이제 항복파와 항전파로 나뉘어 팽팽하게 진행됐다. 항복파는 의자의 친고구려 반당노선이 처음부터 잘못됐다는 전제 아래 이제라도 고구려를 버리고 당에 납작 엎드림으로써 연합군을 물러가게 해야 한다고 주장했다. 화친이 아니라 항복을 해서라도 위기를 극복해야 한다는 것이다. 이에 국표를 비롯한 항전파는 나라를 통째로 들어 바치면 '백제'라는 나라는 완전히 사라지니 망하더라도 결사항전을 해 백제의 자존심을 지키자고 맞섰다. 하지만 그들은 그때까지도 당나라의 진정한 속내를 모르고 있었다. 당의 목표는 백제가 아니라 고구려였으며 백제를 통합한 신라에게 고구려를 치게 한 다음 한반도 전체를 먹어치우려는 계산을 하고 있었던 것이다.

"백제 최고 귀족들이라는 사람들이 어찌 저런 생각을 한단 말이오. 정말 창피한 일입니다."

국표와 뜻을 같이하는 항전파 귀족들은 더 이상 가치도 없는 회의를 지속할 이유가 없다고 말했다. 그들은 자리를 털고 일어나 국표의 집으로 향했다. 통일된 생각과 통일된 행동이 필요했기 때문이다. 반면 항복파들도 그들 나름대로의 재 회합을 하기 위한 장소로 이동했다.

"어서 가서 담이를 들라 해라."

국표는 대문으로 들어서자마자 아들인 국담을 찾았다. 수도방위대의 군관으로 있던 국담을 불러 돌아가는 사정을 자세히 물어보기 위함이었다.

"도련님은 아직 방위대에서 퇴청하지 않았습니다. 인편을 보낼까요?"

"그렇게 하게. 서둘러야 하네."

국표는 집사에게 국담을 불러오라고 말한 뒤 일행과 함께 집무실로 들어갔다.

*

국담과 마주앉은 수도방위대장의 얼굴은 자줏빛으로 달아올랐다.

"의직과 계백장군이 대배했다. 당나라 놈들이 사비성 남쪽 들판에 진을 치고 있다고 한다. 당군은 신라군이 도착하는 대로 연합하여 도성을 칠 것이다."

"그렇다면 나아가서 막아야 할 것 아닙니까."

"우리가 움직일 수 있는 군사들은 고작 칠천여 명에 불과하다. 어라하의 명을 받아 군사를 증원해야 하네."

"그럼, 어서 가서 재가를 받아야지요."

"정사암 회의를 거쳐야 한다."

수도방위대장과 군관들이 긴급회의를 했지만 결국엔 정사암회의에서 막혀 버렸다. 정사암회의를 통해 왕이 명령을 내려야만 지방군을 불러들이든 백성들로 급조된 오합지졸이든 군사를 증원할 수 있었다. 하지만 왕은 회의에 참석하지 않았고 왕이 빠진 회의에서는 패만 갈렸다.

"장군, 지금 저희 집에 귀족들이 모여 있다고 합니다. 마침 아버지가 저를 부르시는데 가서 장군의 말씀을 전달하겠습니다."

"지금 백제의 운명이 바람 앞에 촛불이라고 말씀드리게. 반드시 좌평어른이 어라하를 알현토록 해야 하네."

국담은 수도방위대장의 명을 받고 집으로 말을 몰았다. 그사이 국표는 항전파 귀족들의 의견을 수렴하고 있었다. 귀족들 대부분은 국표와 뜻이 같았다. 그들은 즉시 지방군을 불러들여 사비를 사수하는 한편 고구려와 일본에 원병을 요청해야 한다고 주장했다. 당시 백제의 지방군은 중앙군의 숫자보다도 수십 배는 더 많았다. 지방군이 집결해 연합군과 싸우는 동안 고구려와 일본의 원병이 도착할 수 있을 것으로 계산한 것이다. 그들은 왕이 명령만 내리면 전국의 지방군이 득달같이 달려올 것으로 믿어 의심하지 않았다. 그때까지만 해도 나라가 완전히 망할 것이라는 생각은 하지 않고 있었던 것이다.

*

660년 7월 10일 초저녁, 계백을 물리치고 뒤늦게 약속장소로 향하고 있던 김유신은 마음이 착잡하기만 했다. 김문영을 미리 보내 소정방의 노여움을 달래려 했지만 군기가 엄하기로 소문난 당군이었다. 김유신의 우려는 실제로 벌어지고 있었다. 소정방은 김문영이 아무리 변명을 해도 받아들이려 하지 않았다. 오히려 불같이 화를 내며 김문영을 참형하려 했다. 당의 신구도 대총관이었던 소정방은 나당연합군의 실질적 수장이었다. 그런 그가 김문영 정도를 처리하는 일에 복잡한 이해관계를 따질 필요는 없었다.

"너를 지금 당장 죽일 수도 있지만 김유신이 올 때까지 기다리겠다."

분기를 다스리지 못한 소정방은 당장이라도 김문영의 머리를 쳐 허겁지겁 달려오는 김유신에게 보내고 싶었다. 전쟁의 주도권을 확실히 하려면 무시무시한 강경책도 필요했던 것이다. 하지만 소정방이 김문영을 죽이지 않고 김유신을 기다린 것은 합법적인 과정을 거쳐 주도권을 잡고자 하려는 속셈이 깔려있기도 했다.

김유신이 도착하자 소정방의 질책이 본격적으로 시작됐다.

"저놈을 당장 참수해라!"

소정방의 명령에 따라 김문영이 포박되어 무릎을 꿇었다. 말로 잘 사과를 하여 사태를 수습하려던 김유신이 깜짝 놀라 벌떡 일어섰다.

"무슨 짓이오!"

"무슨 짓이라니. 전쟁에서 군기는 목숨과도 같은 것이오. 군기를 어겼으니 당연히 책임을 져야 할 것 아니오?"

"아무리 그렇다 해도 정상참작이라는 것이 있거늘, 내 말이나 좀 들어 보시오."

"말은 무슨 놈에 말, 그대는 할 말이 없소. 당장 저놈의 목을 쳐라!"

김유신은 더 이상 말로는 안 되겠다는 판단을 하고 군문에 걸린 도끼를 빼 들었다.

"너 이노옴! 그대는 황산벌의 상황을 보지 못하고 단순히 기일이 늦었다는 이유만으로 죄를 뒤집어씌우려 하는가. 나는 죄 없이 욕을 당하지 않을 것이다. 그대가 아무리 총사령관이라고는 하나 신라의 귀족을 멋대로 죽일 수는 없다. 굳이 그렇게 하겠다면 당나라와 먼저 결판을 내고 백제를 멸할 것이다."

김유신의 노여움이 얼마나 컸던지 머리털은 마치 심어놓은 듯 꼿꼿이 서고 허리에 찬 칼이 저절로 움직여 금방이라도 튀어 나올 것만 같았다. 하지만 소정방도 굴하지 않았다.

"오냐, 해볼 테면 해보자. 나는 당 황제 폐하의 명을 받아 나당연합군의 총사령관으로 왔다. 네놈이 내 명을 거역한다면 폐하를 능멸하는 것이다. 네놈의 방자함을 이 칼로 다스려 주리라."

69세의 소정방과 66세의 김유신. 머리털과 수염이 하얗게 센 두 장수의 충돌이 일촉즉발이었다. 이들의 결투가 시작됨과 동시에 연합은 깨지고 전쟁이 시작된다. 그때, 당나라군의 우장인 동보량이 소정방의 발을 지그시 밟으며 속삭였다.

"우리는 이놈들을 이용해 고구려를 먹으러 왔습니다. 대의를 위해 분기를 가라앉히십시오."

그제야 소정방은 칼을 내리고 호탕하게 웃었다.

"과연 백전불패 명장의 기개요. 장군의 기개에 내가졌소. 당장 김문영을 풀어주어라."

이로써 나당연합군은 다시 전열을 정비했다. 그들의 목표는 사비성으로 진격해 의자를 잡는 일이었다.

*

　국담은 집에 도착하자마자 국표의 집무실로 향했다. 항전파 귀족 서너 명이 국표와 국정을 의논하는 중이었다. 그들은 날이 밝는 대로 의자를 찾아가 항전의 의지를 전달할 생각이었다. 국담이 아뢰자 귀족들은 "어서 들어오게." 하며 한 목소리로 말했다. 그렇지 않아도 눈이 빠지게 기다리고 있던 국담이 들자 귀족들은 마른 침을 삼키며 국담을 올려다보았다. 환한 이마에 짙은 눈썹, 알맞게 조화를 이룬 이목구비가 옥골선풍이었다. 국담은 머리를 조아려 공손하게 인사를 올렸다.

　"어르신들만 오신 겁니까? 다른 귀족들은요?"

　"그들은 당에 항복을 하자고 주장하네."

　"네에? 그들은 역적입니다. 이전에도 성충과 흥수 어르신을 죽이는 데 앞장을 서더니……."

　"그러게 말일세. 그나저나 지금 상황은 어떤가?"

　"지금 이러고 계실 때가 아닙니다. 나당연합군이 사비의 남쪽 아주 가까운 곳에 집결했습니다. 오늘 밤에라도 쳐 들어올 기세입니다."

　"뭐, 뭐야? 그, 그렇다면 큰일 아닌가. 이를 어쩌면 좋지?"

　"수도방위대장이 지금 당장 어라하를 알현해 군사를 모아야 한다고 말했습니다."

　"이 밤에?"

　"지금 밤이 문제가 아닙니다. 수도방위대장은 나라의 운명이 바람 앞에 촛불이라고 말했습니다."

　"어라하가 허락을 하지 않으면 어찌 되는가?"

"그땐 여기 계신 귀족 어르신들이 독단으로 결정하셔서 군사를 모으고 놈들을 막아야 합니다."

"독단으로 결정하라? 난세에 영웅이 난다고 하더니 국 좌평어른, 담이가 문제를 아주 쉽게 풀고 있지 않습니까. 이런 시국이라면 당연히 그래야 맞겠네요."

국담이 그런 말을 하지 않았으면 귀족들은 전처럼 왕의 허락을 받을 때까지 아뢰는 일만을 반복했을 것이다. 귀찮아진 왕은 결국 정사암회의를 통해 중지를 모을 것이라고 했을 것이고, 중지가 모아졌다 해도 마음에 들지 않으면 반려를 했을 것이다. 그러다보니 정사암회의는 왕의 눈치를 보며 왕의 뜻에 따라 아부나 하는 거수기모임으로 전락했다. 더구나 지금은 정사암회의의 귀족들마저 패가 갈린 마당이다.

"아무리 그렇다 해도 먼저 어라하를 알현해야 합니다. 어라하께서 도저히 허락하지 않으실 때 이 방법을 써야 합니다."

"수도방위대장도 같은 생각이냐?"

"예, 아버지. 대장은 놈들이 지체하고 있는 오늘 밤에 모든 준비를 마쳐야 한다고 했습니다."

"그렇다면 지금 당장 수도방위대장을 만나보고 그와 함께 입궐을 하도록 합시다."

"그럼, 저는 수도방위대로 돌아가 대장께 이 사실을 보고하겠습니다."

국담이 인사를 하고 등을 돌리자 널따란 등짝에 어린 귀족들의 그림자가 고개를 끄떡끄떡했다. '저 녀석이 언제 저렇게 자랐단 말인가. 저 녀석이 진정 난세의 영웅이 될 수 있을 것인가. 계백도 못해 낸 일을 저 녀석이 할 수 있을까. 아무리 이무기를 단칼에 해치운 녀석이라 지만…….' 국표의 기억이 3년 전 사비의 강으로 빠르게 날아갔다.

*

사비의 강에는 천년 묵은 이무기가 살고 있었다. 그 이무기는 새끼 구렁이 시절부터 기골이 장대하고 기상이 대단해 수많은 뱀들 중에서도 단연 돋보였다. 하지만 용이 되어 승천하려는 원대한 꿈이 있어 정도만을 걸어갔다. 시비를 거는 뱀들이 있어도 참고 지냈으며 가능한 포악해지지 않으려 노력했다. 그렇게 자신을 다스리며 살다보니 상제는 그 구렁이에게 특별한 수명을 허락해 주었다. 특별한 수명을 허락했다는 것은 이무기로 변할 수 있는 기회를 주었다는 의미였다. 보통의 뱀들은 모두 주어진 수명이 있어 단명했으나 상제에게 특별한 수명을 허락받은 뱀들은 수양의 정도에 따라 이무기와 용이 될 수 있었다. 그 구렁이는 몇 백 년을 살아 드디어 이무기가 되었다. 상제는 그 이무기에게 사람을 취하지만 않으면 천 년 후 승천을 허락하겠다고 약속했다.

모든 면에서 타의 추종을 불허했던 그 이무기는 가장 넓고 깊은 사비의 강을 차지했다. 사비의 강은 이무기들이 용으로 승천할 수 있는 제일의 등용문으로 억겁의 세월동안 사비의 강에서 승천하지 못한 이무기는 거의 없었다. 그럼으로 다른 강이나 호수에 살고 있는 이무기들이 호시탐탐 사비의 강을 노렸다. 특히 그 이무기에게 쫓겨난 터줏대감 이무기는 다른 이무기들을 이끌고 싸움을 걸어오곤 했다. 그들이 싸울 때는 강력한 비구름이 몰려와 장대같은 비가 사비의 강에 쏟아져 내렸다. 그 이무기는 폭풍을 동반한 번개와 우박을 불러 다시는 도전을 못하게 하고 싶었지만 그러한 힘은 용이 되어야만 가능했다. 그런데 천 년이 가까워 오자 그 이무기에게 폭풍과 번개, 우박을 부를 수 있는 힘이 조금씩 생겨났다. 상제마저도 이해할 수 없는 이상한 힘이 그 이무기에게 생긴 것이다. 그러자 사비의 강을 차지하려고 그 이무기에게 도전하는 이무기들이 사라졌다.

완벽하게 사비의 강을 차지한 그 이무기는 깊은 강물에 잠긴 바위 굴에 들어앉아 조용히 수양을 하며 살았다. 배가 고프면 물고기를 잡아먹었지만 과하게 많이 먹지는 않았고 물 밖 다른 생명체들에게도 해를 끼치지 않았다.

천년을 며칠 앞둔 어느 날, 이무기는 승천할 준비를 하려고 사비의 강 이곳저곳을 헤엄쳐 다녔다. 그러던 중 눈에 확연히 들어오는 무언가를 발견했다. 바위 위에 앉아 하염없이 물만을 바라보는 여인이었다. 이무기는 여인을 보고 깜짝 놀랐다. 그렇게 놀라보기는 천 년에 딱 한 번이었을 것이다. 단아한 자태를 휘감고 있는 신비한 기운이 마치 하늘에서 내려온 선녀 같았다. 이무기는 넋을 놓고 그 여인을 바라보았다. 그러다가 자기도 모르게 여인의 곁으로 가까이 갔다. 한데 여인은 여전히 물만을 바라보며 이무기의 존재를 알아채지 못했다. 가만히 관찰해보니 여인의 눈동자에 초점이 없었다. 여인은 소위 눈 뜬 소경이었던 것이다.

이무기는 무아지경에 빠져 자신의 존재를 잊어버렸다. 그러고는 순간적으로 여인을 취해 자신의 동굴로 데려갔다. 무얼 어쩌려고 한 것도 아닌, 그냥 아무런 생각 없이 안전하게 데려왔을 뿐이었다. 그때 폭풍이 일며 강물이 집채만 한 파도를 만들어 냈다. 파도 위로 강물을 갈라놓을 것 같은 번개가 치면서 웅장한 우레가 하늘을 삼켰다. 우레와 함께 들리는 목소리는 상제의 그것이었다.

"너는 나와의 약속을 어겼다. 너는 천 년 묵은 이무기로 또 천 년을 살아야 용이 될 기회를 얻을 것이다."

이무기는 상제를 우러러 울부짖었다.

"저는 여인에게 아무런 짓도 하지 않았습니다."

하지만 상제는 더 이상 목소리를 들려주지 않았다. 천년이 지난 다음 날이 되어도 그 이무기는 이무기의 모습 그대로 동굴에 있었다. 천년을 고대하고 하루하루 인내하며 살아온 이무기에게 앞으로의 천년은 죽음보다 더한 고통이었다. 너무나 억울해 도저히 화를 참지 못한 이무기는 여인을 갈기갈기 찢어먹어 버리고 악귀가 되기로 결심했다. 그러자 그 이무기의 몰골은 눈으로 볼 수 없을 만큼 흉악하게 변해 버렸다.

악귀로 변한 이무기는 강물에 사는 수많은 물고기를 사악하게 먹어 치우고 뭍으로 올라가 가축을 닥치는 대로 죽였다. 툭하면 사비의 마을에 출몰하여 사람들을 놀라게 하고 눈에 띄는 사람을 잡아먹었다. 사람들은 이무기가 무서워 집안에만 틀어박혀 있었다. 국담이 열 일곱살이 되던 해였다.

혈기가 탱천한 국담이 그 사실을 알고 가만히 있을 리가 없었다. 아버지인 국표가 아무리 말려도 소용없는 일이었다.

"나라에서도 해결하지 못하는 일을 어린 네가 어찌 해낼 수 있단 말이냐."

"아무도 그 일을 해결하지 못하고 있으니 저라도 나서야 할 것 아닙니까. 그놈은 나라의 대 재앙입니다. 언제까지 당하고만 살겠습니까."

"계백을 비롯한 명장들이 전쟁터에서 돌아오면 해결할 것이다."

"그러다가 백성들이 다 죽습니다."

"그래도 너는 아직 어리다. 그 괴물을 어찌 당한단 말이냐."

"아버지, 이제 우리 집안이 나라에 입은 은덕에 보답할 차례입니다. 허락해 주십시오."

국표는 목숨을 바쳐 나라에 충성하겠다는 자식을 더 이상 말릴 수가 없었다.

"그럼, 이것을 가지고 가거라."

칼날에 승천하는 용이 새겨진, 고이왕 시절부터 전해 내려오는 국씨 가문의 보검이었다. 그 검은 바위를 내리쳐도 부러지거나 날이 무디어지지 않았으며 도둑이 훔치려 들어오면 스스로 신비스러운 소리를 내어 범접하지 못하도록 하는 신물이었다.

국담이 이무기를 죽이러 간다는 소문은 순식간에 장안으로 퍼졌다. 하지만 그 누구도 국담을 도와 함께 가려 하지는 않았다.

이무기가 산다는 수중동굴에 이르러 국담이 이무기를 불렀다. 이무기는 심한 욕을 하면서 귀찮게 구는 놈이 몹시도 괘씸했다. 천년을 사는 동안 자신을 숭배하는 사람은 보았어도 욕을 하는 사람은 한 명도 없었기 때문이다. 이무기가 굴 밖으로 나와 보니 과연 그럴듯한 청년이 우뚝 서 있었다. 그냥 죽이기에는 너무나 아까운 청년이었다. '참으로 대단한 기상이로다.' 이무기는 국담을 올려다보며 경탄을 금치 못했다. 사람들은 보지 못했지만 이무기의 눈에는 국담을 에워싸고 찬란하게 빛나고 있는 상서로운 기운이 보였다. '저 녀석은 사람의 무리 속에 있는 용이다. 내가 대적하기에 버거운 상대다. 내가 죽든 저 녀석이 죽든 결판이 나겠군.' 이무기는 갑자기 폭풍을 불러 파도를 일으켰다. 그러고는 가장 높은 물결을 일으키는 파도의 맨 끝에 올라타 천둥 같은 고함을 질렀다.

"너, 이노옴! 네 놈이 감히 내게 욕을 한단 말이냐. 네 놈을 한 입에 삼켜주겠다."

"네 놈은 천년 악귀가 틀림없다. 어찌하여 죄 없는 백성들을 괴롭히느냐."

천년 악귀라는 말에 참을 수 없었던 이무기는 눈에서 무시무시한 광채를 뿜어냈다. 국담은 역린에 버금가는 이무기의 비늘을 건드린 것이다. 보통사람 같았으면 이무기의 눈을 쳐다보지도 못하고 기절해 버렸을 것이다. 하지만 국담은 서리한 눈빛으로 이무기를 쏘아보았다.

"내가 너희들을 괴롭히는 것은 하늘이 나를 버렸기 때문이다. 그리고 그 하늘이 너와 네 백성들마저 버릴 것이다. 하늘은 자기 마음대로 법을 정하고 일체의 자비를 베풀지 않는다. 나는 그런 하늘과 맞서 싸우고 있는 것이다."

"하늘과 싸운다는 것이 고작 죄 없고 힘없는 백성들을 괴롭히는 일이냐."

"죄가 있건 없건 괴롭히는 자는 자기 멋대로 누군가를 괴롭힌다. 나는 그것을 하늘에게서 배웠다. 힘없는 자들이 힘 있는 자들에게 괴롭

힘을 당하는 것, 그것이 하늘이 정한 세상의 이치이다. 내가 아니라도 너와 네 백성들을 괴롭히는 자들은 무수히 많다."

"하늘의 이치는 사람이 함부로 재단하는 것이 아니다. 하물며 한낱 미물에 불과한 이무기 따위가 하늘의 이치를 운운하다니 가소롭구나."

"네 놈이 나를 섬기면 세상을 주겠다. 나는 얼마든지 그럴 힘이 있다. 그렇지 않으면 너는 오늘 여기서 죽게 된다."

승리에 자신이 없었던 이무기가 잔머리를 굴렸다. 사람들의 용인 국담을 손에 넣고 주무름으로써 용으로 승천하지 못한 숙원을 대체할 수 있을 것으로 생각했다. 거기까지가 이무기의 한계였다. 이무기의 마음 깊숙한 곳에는 타고난 뱀의 사악함이 있었던 것이다. 이무기가 만약 사악한 뱀의 성정을 완전히 버리고 수양을 했더라면 천년이 되는 날 용으로 승천해 상제의 곁에 머물렀을 것이다.

"천하에 요괴가 따로 없구나. 네놈의 도움으로 세상을 얻느니 네놈과 싸우다 죽는 것이 훨씬 더 가치가 있다."

더 이상 타협의 여지가 없다고 판단한 이무기는 몸을 길게 뻗어 꼿꼿하게 세웠다. 이무기의 몸에서 불이 활활 타올랐다. 이무기는 몸을 활대처럼 구부려 하늘로 튕겨져 올라갔다. 입을 '쩌억' 벌린 이무기가 빠르게 회전을 하며 국담을 향해 내리꽂았다. 국담은 보검을 빼들고 하늘을 응시했다. 이무기가 자신을 잡아채 삼키려는 순간 몸을 날려 머리를 잘라버릴 계산을 했다.

"커엉!"

이무기의 입에서 검붉은 불이 쏟아져 나왔다. 그 불은 금세 이무기의 온몸을 뒤덮어 불의 갑옷을 만들었다. 국담은 몸을 공중으로 솟구치며 불을 피해냈다. 이무기가 머리를 '휙' 돌려 공중으로 떠오른 국담을 삼키려 했다. 국담은 급하게 몸을 회전시키며 가문의 보검을 휘둘렀다. 그러자 신비로운 푸른빛이 보검에서 뿜어져 나왔다. 그 빛은 보검보다 빠르게 이무기의 왼쪽 뿔로 스며들었다. 이무기가 괴롭게 울부짖었다. 순간 보검이 가차 없이 이무기의 왼쪽 뿔을 베어버렸다. '사람의 칼이 내 몸을 벨 수 있다니…….' 이무기는 괴로워하면서도 놀라움을 금치 못했다. 인간의 검으로는 불의 갑옷으로 무장한 이무기의 몸을 벨 수가 없다. 하지만 국씨 가문의 보검은 그야말로 신검이었다. 신이 내린 검만이 이무기를 벨 수 있었던 것이다. '저 놈이 상제가 보낸 사자란 말인가. 하지만 이대로 당할 수는 없다.' 이무기는 국담에게서 상제의 기운을 느꼈지만 기어코 국담을 죽여 상제에게 대항하고 싶어졌다. 국담은 다시 한 번 보검을 휘둘렀다. 이무기의 오른쪽 뿔을 향한 것이다. 오른쪽 뿔만 제압하면 이무기의 행동은 확실히 둔해질 것이다. 하지만 이무기는 고개를 돌려 국담의 칼을 피해냈다. 칼날은 미치지 못했지만 칼날에서 뿜어진 신비한 빛이 수중동굴을 파괴했다. 이무기의 거처가 없어진 것이다. 천년거처가 없어진 것을 본 이무기의 머릿속이 뒤죽박죽 엉켜버렸다. 이무기는 사악한 뱀의 본능으로 미친 듯이 불을 뿜어냈다. 불은 산천초목을 태워 주변이 불바다가 되었다. 멀찌감치 숨어 기가 막힌 장면을 지켜보던 백성들은 허겁지겁 도망치기에 바빴다. 그러는 동안 국담과 이무기의 싸움은 계속됐고 사비의 강으로 황금빛 석양이 내려앉을 즈음에야 끝이 났다.

사람들은 모든 상황이 종료되고서야 되돌아왔다. 그리고 엄청난 장면을 두 눈으로 똑똑히 보았다. 드디어 이무기의 목이 잘린 것이다. 잘린 목에서는 붉은 피가 하염없이 새어나와 사비의 강을 시뻘겋게 물들이고 있었다. 석양마저 이무기의 피에 물들어 검붉게 타올랐다. 이무기의 몸에서 타오르던 불길이 서서히 식어가고 있었다.

잠시 후, 정신을 차린 백성들은 국담을 급히 찾았다. 하지만 국담의 모습은 보이지 않았다. 백성들은 감히 이무기의 근처에는 얼씬거리지도 못한 채 멀찌감치 서서 술렁였다.

"이무기에게 먹힌 건 아닐까? 이러면 안 되는데. 불쌍해서 어쩌나……."

웅성거리는 소리들이 땅거미가 내려앉은 산자락을 타고 올라갔다.

"저를 찾고 있습니까. 여기 있습니다."

국담이 이무기의 몸을 훌쩍 뛰어 넘어 사뿐히 착지했다. 죽은 이무기의 몸을 가까이서 보니 어마어마하게 크고 징그러웠다. 백성들이 지르는 환호성이 하늘을 찔렀다.

국담이 이무기를 죽였다는 소식은 바람보다 빠르게 사비로 전달됐다. 바람을 달고 뛰는 한 소년이 있었기 때문이다. 비사도리. 비사도리[7]는 사비의 한미한 집안에서 태어난 지극히 평범한 소년이지만 바람처럼 빠르게 뛰는 재주가 있어서 뒷산에 사는 온갖 동물들을 잡아올 수 있었다. 그래서 사람들은 비사도리를 일러 '바람사냥꾼'이라고 불렀다. 그런 비사도리가 국담의 소식을 달고 사비로 뛰었으니 백성들은 저녁 먹을 생각도 잊은 채 국담을 기다리고 있었다.

국표는 국담이 이무기와 싸우러 집을 나서는 순간부터 사당에 들어

---

7) 가상의 인물.

앉아 꼼짝도 하지 않았다. 그곳에서 아들의 의로운 죽음을 맞이하려 했던 것이다. 인간이 천년 묵은 이무기를 상대로 싸워 이긴다는 것은 도저히 불가능하다고 생각했기 때문이다. 하지만 나라와 백성을 위해 살신성인하려는 아들의 충성심을 막을 수는 없었다. 나라의 재앙인 이무기를 죽이는 일은 하늘이 내린 영웅이 해야 할 일이었고, 국표는 자신의 아들이 그런 사람인 줄은 꿈에도 몰랐다.

"도련님이 이무기의 목을 베었다 합니다. 그 일로 지금 장안에 난리가 났습니다."

도저히 믿을 수 없는 소식을 집사가 아뢰었다. 소식이 사실이라면 그야말로 죽은 자식이 살아 돌아온 것이다. 사실을 확인한 국표는 한참 동안 말이 없었다. '내 아들이 상제가 내린 영웅이란 말인가. 상제는 내 아들을 통해 무엇을 하려함인가.' 국표는 자신의 아들을 상제가 낙점한 사람이라고 생각하면서도 상제의 뜻을 몰라 두렵기만 했다.

국담이 도성으로 돌아오자 사비의 거리는 불야성을 이루었다. 50여만 명이나 되는 도성 인구 절반이 뛰쳐나와 국담을 연호하며 만세를 불렀다. 이 사실을 목도한 태자 부여융은 군사를 풀어 백성들을 해산시키려 했으나 달아오른 민심을 쉽게 가라앉힐 수 없었다. 태자는 국담으로 모아진 백성의 힘에 모골이 송연한 두려움을 느꼈다. '저런 자가 백성의 영웅으로 떠오른다면 왕실이 감당하기 힘들다. 다행히 저자는 아직 앳된 청년이다. 더 자라기 전에 싹을 잘라놓을 필요가 있다.' 융은 그 길로 의자를 찾아가 사실을 고했다.

"믿을 수 없는 일이다. 어찌 그 어린 나이에 천년 묵은 이무기를 죽일 수 있단 말이냐. 그것도 혼자서.”

의자는 융의 말을 쉽게 믿으려 하지 않았다. 하지만 나라의 재앙덩
어리인 이무기를 생각하며 다시 확인 질문을 했다.

“어김없는 사실이더냐?”

“백성들이 직접 목격한 사실이라고 합니다.”

“그래에? 그렇다면 치하할 일 아니냐. 국담이란 자가 나라의 재앙인
이무기를 죽였다면 경사란 말이다. 나라의 경사. 그런데 넌 왜 그 자를
경계하고 있느냐.”

융은 의자의 말에 대답이 궁해졌다. 그렇다고 국담을 질투해서 그런
다는 말은 할 수 없었다. 부여융은 잠시 머뭇거리다가 의자의 치명적
약점이라고 생각되는 부분을 건드렸다.

“그자는 백제 최고의 귀족이자 좌평인 국표의 아들입니다. 그런 자
를 백성들이 영웅으로 추앙한다면 왕실의 위협이 됩니다.”

의자는 태자의 말에 잠시 생각을 하다가 ‘껄껄껄’ 웃으며 말했다.

“쓸데없는 걱정을 하고 있구나. 국씨 집안은 대대로 백제의 충신가
문이다. 그 가문은 우리 부여씨인 왕실이 있어야 존재한다. 절대로 배
신을 할 가문이 아니란 말이다. 그래도 태자가 그리 생각한다면……”

의자는 부여융의 염려를 불식시키기 위해 국담에게 대수롭지 않은
벼슬을 내렸다.

의자는 그동안 수많은 전쟁을 치르면서 의리와 신의를 목숨보다 중
하게 여겼다. 의자는 젊은 시절 해동증자로 추앙을 받으며 효와 신을
도덕행위의 근본으로 삼았다. 서른일곱에 태자로 책봉된 의자는 마흔

중반 왕위에 오를 때까지도 부왕인 무왕에게 효도를 다하고 형제간에 우의가 깊었다. 의자가 왕이 된 이후 그를 믿고 따르는 젊은 인재들이 많았던 이유가 그것이었다. 의자는 그 중에서도 흥수와 성충, 의직, 계백, 윤충 등을 가까이했다. 의자는 그들과 함께 수많은 전쟁터를 누볐으며 신라의 대야성을 비롯한 40개가 넘는 성을 빼앗기도 했다.

하지만 그로부터 3년 뒤, 그러니까 국담이 스무 살이 되던 첫해 봄부터 의자의 심경에 변화가 일어났다. 임자를 따르던 신하들과 어울려 향락에 빠진 것이다. 의자를 그렇게 만든 것은 자만이었다. 신라의 성을 차례로 **빼앗**고 국력이 강대해지자 숙적인 신라를 우습게 봤다. 향락도 즐겨본 사람이 그 맛을 아는 법. 방탕한 유희의 맛을 제대로 알게 된 의자는 신라와의 국경을 살피지 않고 고구려에만 의지하려 했다. 특히 양만춘이 안시성에서 당태종을 물리친 사례를 들어 고구려가 최고라고 추키어 세우곤 했다.

흥수와 성충 등은 자꾸만 엇나가는 의자에게 죽기로 간언했다. 하지만 임자는 흥수와 성충이 왕의 총애만 믿고 날뛰는 건방진 자들이라는 죄명을 뒤집어 씌웠다.

성충이 옥사에서 억울한 죽음을 당하고 흥수가 귀양지에 있던 서기 660년 이른 7월, 당나라와 신라가 연합을 하여 쳐들어오고 있다는 첩보가 입수됐다. 다급해진 의자는 밸도 없이 귀양 간 흥수에게 위기를 타개할 수 있는 방법을 물었다. 충신 흥수는 돈수백배하고 다음과 같은 방법을 고해 올렸다. 과거 성충이 죽어가면서 올린 상소와 같은 내용이었다.

—백강 상류 포구에 진을 쳐 당군을 막고 신라군은 탄현을 통과하

지 못하도록 해야 합니다. 그런 다음 어라하께서는 성문을 굳게 닫고 든든히 지키면서 그들의 물자와 군량이 떨어지고 군사들이 피곤하여질 때를 기다려 일제히 공격한다면 반드시 이길 수 있을 것입니다.

하지만 임자를 비롯한 귀족들은 생각이 달랐다. 군사의 수가 달릴 때는 적들이 강을 건너기를 기다려 몰살시키면 된다는 것이었다. 임자의 말에 현혹된 의자는 중앙군을 비롯한 2만의 군사를 의직에게 주어 당나라 군대를 막게 하고, 동방의 방령이었던 계백으로 하여금 신라군을 무찌르게 하였다.

의직은 백강으로 가는 도중 크고 작은 지방의 성에서 군사를 더 모아 모두 네 개의 부대를 만들었다. 제1진은 자신의 결사대, 2진은 우소군, 3진은 자간군, 4진은 무치군이었다. 의직은 제1진을 선봉으로 세운 뒤 나머지를 후방에 배치했다.

―적들이 강을 건널 때를 기다려 칠 것이다. 워낙에 대군이니 완전섬멸은 어렵다. 타격을 입은 적들이 강을 건너면 후퇴를 하면서 후방에 진을 친 군대와 합세한다. 적들은 후방에 진을 친 우리 군대와 싸우는 과정에서 섬멸되다시피 할 것이다.

의직은 이같은 작전을 세우고 백강의 포구로 진격했다. 의직이 선봉대를 이끌고 백강포구에 다다를 즈음 소정방이 백강을 넘고 있다는 보고가 들어왔다. 의직의 예측이 완전히 빗나간 것이다. 의직은 임자의 말처럼 당군이 강을 깊숙이 거슬러 올라와 배를 댈 것으로 생각했다. 하지만 소정방은 함대를 2군으로 나누어 1군은 백강을 거슬러 오르게 하고, 자신이 이끄는 주력군은 백강의 한 포구를 통해 상륙을 시도했다. 소정방은 풀과 나무를 베어 뻘(개흙) 위에 깔고 무사히 상륙을

50

마쳤다. 의직은 결정을 쉽게 내릴 수 없었다. 예상대로라면 강을 따라 오르는 적들을 상대해야 하지만 소정방이 이끄는 대군이 육지를 통해 진격하고 있었기 때문이다. 전략적 요충지를 미리 차지하지 못한 의직의 군대는 결국 대패했고, 탄현에 이르지 못했던 계백의 결사대도 황산벌에서 전멸했다. 의직을 격멸한 소정방은 후방 요소요소에 배치된 백제의 군대를 차례로 격파하며 김유신과의 약속 장소로 진격했던 것이다.

*

"지금이야말로 국담이 나설 차례입니다. 하지만 직책이······. 이무기를 단칼에 해치운 백제 영웅의 관등이 이제 겨우 6품 내솔이라니."

귀족들은 일제히 국담을 돌아보았다. 의자가 태자 융의 질투를 받아들여 국담을 묶어두는 동안 태자와 항복파 등의 기세에 눌려 적극성을 띠지 못했던 그들이었다. 하지만 국표는 아들의 출세에 일부러 관심을 두지 않았다. 백성들이 추앙하는 영웅이 승승장구 한다면 태자를 비롯한 권력자들이 가만둘 리 없다고 판단했기 때문이다. 의자역시 그 점을 잘 알고 있었다. 의자가 국담을 벼락출세 시키지 않고 수도방위대의 말직에 머무르게 한 건 국담을 무척 아꼈기 때문이다. '국담이 살벌한 권력의 세계에 휘말릴 경우 결과는 불을 보듯 빤하다.' 백제를 위해 해야 할 일이 너무도 많은 젊은이의 희생을 내버려둘 리 없는 의자였다.

'하기야 이제 녀석도 드러날 때가 됐지. 나이도 그만하고. 더구나 지금은 국가 최고의 위기상황 아닌가. 내 아들이지만 녀석은 백제의 영웅임에 틀림없다.' 국표는 지금이야말로 국담이 나설 때라고 생각했다. 하지만 드러내놓고 아들을 추켜세울 수는 없었다.

"이제 스물이 갓 넘은 어린 아이입니다. 계백과 의직이 죽었다지만 백제에는 아직 수많은 영웅들이 남아 있습니다."

흑치상지를 비롯한 지방의 귀족 및 성주 등을 염두하고 한 말이었다. 국표의 말처럼 임존성의 흑치상지가 사비성을 방비하는 동안 정무와 여자진 등 지방의 장군들이 달려와 준다면 전세는 역전될 수도 있었다. 국표는 국담이 전면에 나서지 않고 수도방위대장을 도와 나라를 구해주기를 바랐다.

"어라하를 알현하고 서둘러 이 사실을 알려야 하네."

귀족들은 수도방위대장을 만나자마자 입궐할 것을 재촉했다.

"어라하, 지금 나당연합군이 사비성 30여 리 밖에 집결해 있다 합니다. 그들은 오늘 밤이라도 쳐들어올 기세입니다."

의자의 혈관을 따라 흐르던 피가 격류처럼 요동쳤다. 귀족들은 의자가 어떻게 나올지 노심초사하고 있었다. 얼마 전까지만 해도 간신들에 휘둘려 향락을 일삼았던 왕이었다. 국표는 의자가 어리석은 판단을 하고 억지를 부릴 경우의 수를 생각했다. '나라의 운명이 바람 앞에 촛불이다. 역적죄를 뒤집어쓸망정 단독으로 결행하리라.' 하지만 의자는 전쟁터에서 뼈가 굵은 백전노장이었다. 상황에 대한 판단을 정확하게 한 것이다.

"사비성 남쪽에 진을 치고 죽기로 버티면 시간을 벌 수 있소. 지금 당장 파발을 보내 지방군을 집결시키시오. 수도방위대장, 방위대 전원과 사비의 백성들을 모아 놈들을 막으라. 사생결단의 각오로 시간을 지연시키란 말이다."

"예, 어라하."

귀족들은 전혀 뜻밖이라는 태도로 서로를 바라보았다. 얼마 전까지 자만과 향락에 빠져 국정을 소홀히 하던 왕의 모습이 아니었다. 의자는 과거 현명하고 용감무쌍한 왕의 모습으로 환골탈태해 있었다. 계백이 황산벌에서 죽기 전 기대했던 의자의 모습이 바로 이런 것이었다.

수도방위대장과 국담은 의자의 명에 따라 군사들을 끌어 모았다. 방위대와 백성들로 조합된 1만 3천의 오합지졸이었다. 의자는 성 밖에 집결한 군사들을 다독이며 큰 소리로 외쳤다.

"백제의 백성들이여, 나의 무능함이 나라를 이 지경으로 만들었다. 나를 원망해라. 하지만 저들에게 나라를 빼앗기면 너희의 부모가 유린을 당하고 자식들의 미래가 암담하다. 너희들이 적들을 막아 시간을 버는 동안 지방군이 사비로 집결할 것이다. 그들을 기다려 내가 앞장선다. 죽기로 싸워 나라를 지켜낼 것이다. 나가 싸우라. 나를 위해서가 아니라 너희들의 부모와 자식들을 위해 저 위대한 황산벌의 결사대처럼 명예롭게 싸우라!"

왕관을 벗어던지고 금빛갑옷으로 무장한 의자가 칼을 높이 빼들었다. 태자 시절 불굴의 용맹함으로 신라의 간담을 서늘하게 하던 해동증자의 모습이었다. 군사들이 조금씩 동요를 하고 서서히 달아오른 함성이 어두운 밤하늘을 마구 헤집어 놓았다. 이때, 항복을 주장하는 귀족들이 나타났다. 의자의 결정을 바꾸기 위함이었다. 그들은 전쟁의 패배를 너무나 쉽게 받아들이고 있었다. 어차피 진 전쟁이니 일신의 안위가 무엇보다 중요한 인사들이었다.

"어라하, 일만 삼천의 오합지졸로 십팔만 정예병을 어떻게 이길 수 있단 말입니까. 개죽음입니다. 차라리 항복을 하는 것이 현명합니다. 불쌍한 백성들의 목숨을 생각하셔야 합니다."

'지나가는 늙은 개가 비웃으며 짖어댈 말이다. 백성들 위에 군림하며 백성들의 고혈을 빨아 먹고 살던 저들이 백성들을 불쌍하다고 하다니.' 국담은 분기를 참지 못하고 칼자루를 잡았다. 이무기를 잡았던 신검이었다.

"경거망동하지 마라!"

국표가 아들에게 주의를 주며 의자를 올려다보았다. 얼마 전까지만 해도 항복파 귀족들과 어울려 희희낙락했던 의자였다. 항복파 귀족들은 방탕했던 의자를 생각하며 저희끼리 소곤거렸다.

"우리가 강력하게 주장하면 어라하의 마음이 흔들릴 것이오. 인간의 마음은 원래 그런 것 아니오? 어라하는 예전의 해동증자가 아니오."

하지만 그들은 의자의 다음 행동을 전혀 예상하지 못했다. 의자는 하늘로 쳐들었던 칼끝을 부르르 떨며 항복파 우두머리의 목젖에 바짝 갖다 댔다. 깜짝 놀란 항복파 귀족들의 머리가 땅으로 곤두박질쳤다. 그들은 머리를 조아리며 다음 행동과 말을 어떻게 해야 할지 전전긍긍하고 있었다.

"이런 간신 같은 것들. 나라가 이 지경이 된 데는 나의 책임이 크다 하겠으나 네 놈들도 마찬가지다. 그런데 나라까지 팔아먹자고? 네 놈들은 이 나라 귀족으로서 자격이 없다. 저 놈들의 목을 당장 쳐라!"

54

그렇지 않아도 버거운 뇌를 굴릴 필요가 없어졌다. 의자의 명령은 항복파들에게 잔머리를 굴릴만한 시간을 주지 않았다. 그들의 머릿속이 하얗게 비워졌다. 의자의 명령에 국담이 칼을 빼들었다. 이때, 국표가 급하게 손을 내저으며 자신의 칼을 국담에게 건넸다.

"저런 더러운 것들을 죽이는데 가문의 보검을 사용하지 마라."

국담은 아버지에게 칼을 받자마자 몸을 팽이처럼 빙글빙글 돌렸다. 국담의 움직임은 아침 안개 같기도 하고 회오리바람 같기도 했다. 긴 꼬리를 매달고 사방으로 움직이는 바람이 부유할 때마다 항복파 귀족들의 목이 떨어져 나갔다. 귀족들은 자신의 차례가 언제인지도 모른 채 순식간에 당했다. 땅바닥에 굴러다니던 머리들이 떨어져나간 제 몸뚱이를 발견했다. 머리들은 그제서 두 눈을 부릅뜨고 피눈물을 흘렸다. 사람들은 넋을 잃고 칼의 춤을 바라보았다. 안개 같기도 하고 회오리바람 같기도 한 칼의 춤이 끝나는 시간은 불과 수십 초에 불과했다.

결사항전

　미추가 군사를 모집하고 있을 때, 나당연합군이 쳐들어왔으면 사비는 순식간에 점령당했을 것이다. 김유신이 소정방과 만나 김문영의 문제를 해결하는 동안 저녁식사 시간이 되었다. 하지만 취사병들은 저녁 준비를 하지 못하고 있었다. 두 장수가 팽팽한 기 싸움을 하고 있었음으로 양측 군사들 역시 긴장감을 유지한 채 대치할 수밖에 없었다. 김유신과 소정방이 화해를 하고 밥을 짓기 시작하자 밤이 깊었다. 깜깜한 밤에 배가 부른 군사들을 전쟁터로 내보낼 수는 없는 노릇이었다. 그럼으로 계백의 목적은 달성된 셈이다. 계백이 한 나절만 빨리 죽었더라면 백제는 항전을 해볼 기회조차 얻지 못했을 것이기 때문이다.

　늦은 저녁을 먹은 김유신과 소정방은 다시 작전회의를 시작했다. '작전회의고 뭐고 그냥 밀어붙이면 될 텐데 뭣 하러 허구한 날 회의를 한담!' 신라의 보초병사 한 명이 나지막이 중얼거렸다. 하지만 그 병사는 장수들의 깊은 뜻(?)을 모른다. 목숨을 건 전쟁터에서 밤을 맞은 장수들이 가장 원하는 것이 무엇이겠는가. 아마도 지친 심신의 피로를 풀어줄 술일 것이다. 반면 전세가 불리한 장수는 아무리 고독한 밤일지라도 술을 먹지 않는다. 불리한 전쟁에서 마음마저 풀어놓는다면 패전은 불 보듯 빠르기 때문이다. 그나마 이런 정신자세를 가진 장수라면 역전을 시킬 수도 있다. 문제는 전세가 불리한데도 술과 안주를 아무렇지도 않게 취하는 장수다. 이런 장수야말로 백전백패의 소설을 쓰는 주인공이 된다. 당과 신라의 명장들이 이러한 상식을 모를 리가 없었다. 그럼에도 불구하고 그들이 마음을 놓고 술을 마시는 이유는 승리가 확실하기 때문이다. 어른이 어린아이의 팔목을 비트는 정도, 내일 사비성으로 쳐들어가 의자를 잡는 일은 그만큼 쉬운 일이라고 생각하고 있었다.

＊

백제의 수도방위대장 미추[8]는 1만 3천의 군사를 이끌고 즉시 사비의 남쪽으로 내려갔다. 칠흑처럼 어두운 밤이었다. 그동안 의자는 지방에 급보를 보냈다. 특히 임존성[9]의 흑치상지에게는 간곡한 부탁까지 곁들였다. 흑치가문은 본래 부여씨로서 왕족에서 분파된 명문귀족이었다. 왕족이었던 흑치가문은 대대로 달솔벼슬을 하사받았으며 막강한 군사력을 과시하고 있었다. 따라서 흑치상지가 군사를 이끌고 달려오기만 한다면 전세는 팽팽해질 것이다. 임존성은 사비와 가까이 있는데다가 흑치 가문이 각 지방에 미치는 영향력은 대단했기 때문이다.

미추를 가장 가까이서 보좌하는 인물은 당연히 국담이었다. 미추 또한 국담을 깊이 신뢰해 여러 군관들 중 으뜸으로 생각했다. 7월의 밤하늘을 희롱하듯 제멋대로 휙휙 날아다니는 도깨비불을 보며 미추가 말했다.

"백제는 귀족들의 나라가 아닌가. 나처럼 미천한 신분도 수도방위대

---

8) 가상의 인물.
9) 예산 인근으로 추정.

장이라는 달솔벼슬을 하고 있는데 자네 같은 사람이 아직도 그 자리라니 참으로 안타깝네."

"높이 오를수록 본분에 충실할 수 없습니다. 낮은 자리가 있어야 높은 자리가 보존된다는 것을 이 나라 귀족들은 모르고 있습니다. 저까지 그럴 필요는 없지요."

"자네는 과거 이무기로부터 이 나라를 구한 영웅일세. 아무리 젊기로 이제 육품 내솔이 뭔가. 최소한 삼품 은솔까지는 올라야지."

"부여씨를 비롯한 귀족들은 이무기가 죽었다는 사실은 금세 잊었지만 이무기를 죽인 사람은 잊지 않고 있습니다. 그들은 저와 우리 가문을 주시하고 있습니다."

"하지만 지금은 나라가 누란의 위기에 처해있지 않은가. 다시 한 번이 나라를 위해 일어서 주게."

"목숨을 바쳐 싸우겠습니다."

"목숨? 이 전쟁터에서 목숨은 내가 바칠 것이네. 자네는 살아남아서 해야 할 일이 있어."

미추는 이번 전쟁에서 목숨을 바치겠다고 했다. 그리고 국담에게는 살아남아 해야 할 일이 있다고 한다. 미추의 머릿속에 지금 벌이려는 전쟁 후의 상황이 확연하게 그려진 것이다.

미추는 미천한 집안 출신이다. 나이는 의자보다 예닐곱 살 아래였고 20여 년을 전쟁터에서 살다시피 했다. 하지만 한동안은 일개 병사에 지나지 않았다. 그럼에도 불구하고 전쟁터를 떠나지 않았다. 솔직히, 나라에 대한 충성심보다는 먹고살기 위해서였다. 전쟁터라도 나가야 부모와 자식들을 먹여 살릴 수 있었기 때문이다. 미추가 목숨을 걸고 전쟁에 나간 덕분에 가족은 제법 넉넉한 생활을 할 수 있었다.

미추는 지금 계백에 버금갈 정도로 무술의 고수가 됐다. 하지만 처음부터 그랬던 것은 아니다. 전쟁에 처음 참여할 당시 미추의 무술은 다른 병사들과 크게 다르지 않았다. 타고난 성품이 인자하고 온순해서 개미새끼 한 마리도 죽이지 못했다. 미추가 처음으로 사람을 죽여본 것은 신라와의 전쟁 때, 당시 태자였던 의자가 직접 지휘한 전투에서였다. 우연히 의자의 옆에 서있게 된 미추는 자신도 모르게 신라의 복병을 칼로 찔렀다. 의자를 노린 자였다. 싸움도 할 줄 모르는 미추 덕분에 목숨을 건지게 된 의자는 미추에게 미관말직을 주었다. 미관말직이나마 미추로서는 벼락출세를 한 셈이다.

그날 이후 의자는 전쟁터마다 미추를 데리고 다녔다. 싸움도 자주 해본 사람이 잘하는 법인가. 미추의 감추어진 싸움실력은 전쟁을 치르면 치를수록 일취월장했다. 더구나 의자가 이끌고 있는 전쟁에서 의자의 눈에 들고 싶은 공명심이 용기를 백배로 끌어 올렸다. 미추가 결정적으로 큰 공을 세운 전쟁이 있었다. 642년 대야성 전투. 백제의 대장군 윤충과 함께한 대야성 전투[10]에서 미추는 가장 먼저 성벽을 타고 올라가 수십 명의 신라군을 쓰러뜨렸다. 덕분에 백제군은 공격의 물꼬를 텄고 미추가 성문을 열었다. 미추의 공은 윤충에게 그대로 보고되었다. 대야성은 신라와 백제의 접경지역인 40여 개 성 중에서도 최고의 요충지였다.

대야성을 함락했다는 소식에 의자는 뛸 듯이 기뻐하며 논공행상을

---

10) 지금의 경남 합천군에 있었던 성.

아주 크게 했다. 이 과정에서 윤충이 미추의 공적과 이름을 올렸다. 의자는 미추의 이름을 보자마자 무릎이 아플 정도로 때렸다. '그럼 그렇지, 미추가 해낼 줄 알았지.' 대야성에서의 공으로 미추는 미관말직인 15품 진무에서 다섯 단계나 오른 10품 계덕[11]이 되었다.

의자는 왕위에 오른 뒤에도 끊임없이 전쟁터로 나가 싸웠다. 미추는 왕의 호위군관이 되어 위기 시마다 왕의 목숨을 건졌으며 의자가 승승장구하는 만큼 미추의 벼슬도 올라갔다. 그리하여 오늘날 나라의 도읍을 방비하는 수도방위대장의 위치까지 오르게 된 것이다.

"제가 살아서 해야 할 일이 무엇입니까?"

"나중에 이야기해 주겠네."

미추는 사비의 남쪽으로 군대를 이동시키면서 요소요소에 함정을 만들어 두었다. 크고 작은 언덕과 성, 늪지대……. 적들이 피해갈 수 없는 곳에는 지방군에 소속된 군사들을 남겨 지키게 했다. 그것은 자국의 지형지물을 잘 알고 이용할 수 있는 장점 중의 장점이었다. 미추는 이 전쟁에서 승리할 생각은 아예 하지 않았다. 어차피 대군에 밀려 퇴각할 것이고 퇴각을 하면서 적들을 괴롭히는 것, 그리함으로써 시간을 지연시키는 것이 목적이었다. 목숨을 건 최후의 결전장은 나성이다.

특히 사비 서쪽과 북쪽 강변으로 이어진 서나성은 북진하는 연합군이 넘을 수 있는 최단거리에 위치해 있다. 나성은 왕궁인 사비성 동쪽까지 길게 이어져 있지만 18만이라는 대군이 굳이 취약한 곳을 찾아 돌아갈 필요가 있겠는가. 그럼으로 연합군은 반드시 서나성을 넘어 도

---

11) 11품의 품계(관등). 당시 백제의 관등은 총 16품으로 되어 있었다. 나열하면 1품 좌평, 2품 달솔, 3품 은솔, 4품 덕솔, 5품 한솔, 6품 내솔, 7품 장덕, 8품 시덕, 9품 고덕, 10품 계덕, 11품 대덕, 12품 문독, 13품 무독, 14품 좌군, 15품 진무, 16품 극우이다.

읍으로 들어갈 것이다. 미추는 국담이 살아서 해야 할 일을 죽음의 결전장인 서나성 전투에서 말해주겠고 생각하고 있었다.

미추의 군사들이 동과 서로 길게 이어진 야트막한 언덕을 보며 멈추어 섰다. 언덕 너머가 수상했던 것이다. 연합군이 만약 언덕 너머에 바짝 진을 쳤다면 상황이 대단히 불리해진다. 그것도 모르고 무작정 언덕을 올랐다가는 내리 누르는 힘을 당해낼 수가 없다.

"척후병은 아직인가?"

벌써 돌아와 전방의 상황을 보고해야 할 척후병이 아직 돌아오지 않고 있었다.

"이상합니다. 벌써 와야 하지 않습니까."

국담보다 두 살이 많지만 같은 군관으로서 친구처럼 지내는 백고[12]가 잔뜩 의심을 했다.

"다른 척후병을 보내보라."

미추의 명령에 날랜 병사 서너 명이 언덕을 넘었으나 역시 돌아오지 않았다.

"언덕 너머가 이상합니다. 틀림없이 저곳에 적들이 숨어 있을 것입니다."

백고의 확신에 국담이 손짓으로 누군가를 불렀다.

"그럼 바람사냥꾼 비사도리를 보내보시지요."

적의 동태를 모르고 대군을 함부로 움직일 수 없었던 미추는 국담의 말을 들어 마지막으로 비사도리를 보내보기로 했다. 국담의 천거로

---

12) 백제 대성 팔족 중 백씨 가문의 자손. 가상의 인물.

수도방위대에 들어온 비사도리는 일급 연락병 역할을 하고 있었는데, 극비의 정보를 말보다 빨리 전달하는 일을 도맡아 하고 있었다. 미추의 명령을 받은 비사도리는 바람처럼 달려 순식간에 언덕을 넘어갔다. 그리고 순식간에 언덕을 넘어왔다.

"매복 정도가 아닙니다. 언덕 너머에 적들이 대규모로 진을 치고 있습니다."

비사도리의 정보는 천만금과도 같았다. 비사도리의 말에 따르면 언덕 위로 엄청난 숫자의 궁수부대가 숨어 있었다. 그것도 모르고 군대를 전진시켰더라면 수많은 군사들이 화살을 맞고 쓰러졌을 것이다. 그뿐만이 아니다. 활로 기선을 잡은 연합군이 언덕을 넘어 일시에 달려든다면 칼 한번 제대로 휘둘러보지 못한 채 속수무책으로 당했을 것이다.

"어차피 놈들은 사비로 쳐들어오는 중이니 우리가 무리하여 다가설 필요는 없습니다. 일단 후퇴하여 유리한 지점에 진을 치시지요."

"국담의 말이 맞다. 이대로 후퇴하여 강 너머에 진을 친다."

미추는 군대를 5리 밖으로 후퇴시켜 물살이 약한 강가에 진을 쳤다. 적들이 물살이 센 강을 건너지는 않을 것이기 때문이다. 그러는 동안 동녘하늘이 붉어지며 사물들이 하나둘 제 모습을 찾아갔다.

*

소정방과 김유신이라고 백제군의 동태를 모를 리 없었다. 그들은 한술 더 떠 정찰을 하러 언덕으로 접근하는 미추의 척후병들을 포로로 잡아두기까지 했다. 하지만 소정방과 김유신은 눈 하나 꿈쩍하지 않았다. 별로 급할 것도 없고 전세가 팽팽한 것도 아니었기 때문이다. 미추의 군사들이 언덕 너머에 진을 치고 있다하나 조족지혈이라고 생각했다. '놈들이 설사 기습을 한다 해도 유리한 고지에 진을 치고 있는 한 우리 군사들의 힘은 수십 배로 강해진다.' 미추의 척후병을 잡아둔 소정방과 김유신은 아주 편한 마음으로 작전회의를 겸한 술을 마시고 있었다.

"놈들이 기습을 한다는 것은 죽음을 자초하는 일이오."

"그렇지요. 불구덩이에 뛰어드는 나방과도 같은 짓이지요."

"차라리 놈들의 척후병을 모르는 척 보내줄 걸 그랬소. 궁수들도 배치하지 않고요. 놈들이 기습을 하도록 유도할 것을 그랬단 말이오."

"그렇지. 그러면 아주 싱거운 전쟁이 됐을 텐데. 하지만 그런 전쟁은 하나도 재미가 없소이다 그려. 핫, 하 하."

"성충이 죽기 전에 의자에게 한 말이 생각나는군요."

"성충이 누구요?"

"백제의 마지막 충신 중 한 명이자 지략가였소."

"그가 무슨 말을 했는데요?"

"우리 신라군을 탄현에서 막고, 대총관의 당군을 백강 상류에서 막으면 반드시 이긴다 했다 하오."

소정방은 김유신의 말을 곰곰이 생각해 보았다. '탄현과 백강 상류라…….. 아, 그렇군!' 소정방이 무릎을 세차게 때렸다.

"탄현이라면 천혜의 요새거늘. 성충의 말대로 한 명의 병사가 휘두르는 창에 수백 명의 군사가 당할 뻔 했소이다 그려. 헛, 허."

"대총관이 상륙한 백강 상류는 어떻고요. 바닷가에 깊은 뻘이 있어 쉽게 상륙할 수 없지요. 그곳 역시 요새 중의 요새, 한 명의 병사가 쏜 화살에 백 명의 병사가 쓰러집니다."

"정말 무시무시한 전략이군요. 의자가 성충 같은 인물을 죽인 것은 우리로서는 하늘이 내려준 기회입니다."

"물론입니다. 하늘은 백제를 버렸습니다. 자, 술이나 한 잔 마시고 아침나절에 슬슬 사냥이나 나섭시다."

소정방과 김유신은 느긋하게 술을 마시고 편한 잠을 잤다.

다음날 아침, 일찌감치 일어난 소정방과 김유신은 군사들을 배불리 먹이고 출전준비를 서둘렀다.

"용맹스러운 대 당나라 군사들이여, 이제 출정이다. 저 사비성은 금은보화는 물론 아름다운 미녀들로 가득하다. 모두 너희들의 것이다. 사비로 들어가 마음껏 약탈하고 모두 가져라. 고생한 너희들에게 주는 우리 황제폐하의 선물이다."

소정방이 군사들을 향해 기세를 올리자 김유신도 목청을 돋우어 군사들의 사기를 끌어 올렸다.

"저들은 비실거리는 쥐새끼에 불과하다. 비실거리는 쥐새끼 한 마리를 열여덟 마리의 고양이가 잡지 못하겠는가. 지금부터 저 사비성을 점령하고 의자를 잡아 대야성의 복수[13]를 하라!"

두 장수의 독려에 사기가 진작된 군사들이 함성을 질렀다. 하늘을 찌르는 군사들의 함성에 아침거리를 찾아 날던 기러기들이 갈팡질팡

---

13) 백제는 대야성 전투에서 승리한 후, 김춘추의 사위인 품석과 딸인 고타소를 무참히 살해했다.

하다가 꽃처럼 떨어졌다.

연합군 군사들이 지르는 함성은 십리 밖의 미추군에게까지 들렸다. 전쟁에 처음 가담한 사비의 백성들은 어찌할 바를 모르며 확장된 동공 속에 쪼그라든 눈동자만 이리저리 굴렸다. 뭔가 특단의 대책이 필요한 상황이다. 골똘히 생각하던 미추가 조용히 국담을 불렀다.

"우리 군사들의 사기가 바닥일세. 무슨 대책이 없겠는가."

"제가 나서겠습니다."

국담의 생각을 들은 미추는 깜짝 놀라 펄쩍 뛰었다.

"자칫하면 자네의 목숨이 위험하네. 자네는 여기서 죽을 때가 아니라고 내가 말을 하지 않았던가."

"저는 죽지 않습니다. 지켜봐 주십시오."

미추는 더 이상 만류하지 않았다. 가만히 생각해 보니 그 방법 외에 달리 뾰족한 수가 없었기 때문이다. '이대로 놈들과 전투를 벌이게 되면 시간을 벌기는커녕 몰살당할 것이 빤하다. 위험하지만 지금으로써는 국담을 믿어볼 수밖에 없다.' 결심이 선 미추는 국담을 비롯해 수백 명의 젊은 군관들로 별동대를 만들어 병사들 앞에 세웠다. 별동대를 이용한 기습 교란작전을 쓰기로 한 것이다. 별동대는 철로 된 갑옷과 투구, 방패로 특별 무장을 하고 있었으며 그들이 탄 말에도 단단한 마면주와 갑옷을 입혔다. 말안장 뒤쪽에는 깃대를 꽂고 말갖춤에 방울을 달아 오망한 소리를 내게 했다. 별동대원 서너 명은 황색바탕에 사신도가 그려진 깃발을 하늘로 들어 올려 힘차게 펄럭이도록 했다[14].

---

14) 철로된 갑옷과 투구, 마면주, 말안장 깃대, 말갖춤 등 2014년 9월 24일 연합뉴스를 비롯한 각 언론매체 보도된 내용 중 당시 공산성 내 저수지에서 발견된 전쟁도구들을 각색 인용함.

미추는 이들을 지휘할 장수로 국담을 세웠다. 국담이 별동대의 수장이 되는데 있어 그 누구도 반대하는 이는 없었다. 국담의 친구인 백고가 국담의 옆으로 말을 몰고 왔다. 두려움에 떨고 있는 군사들의 사기를 끌어올려 달라는 주문을 하려는 것이다. 백고가 미추를 바라보았다. 미추는 백고가 무엇을 원하는지 잘 알았다는 듯 국담의 이름을 힘차게 불렀다.

"국담, 이제부터 이 전쟁은 너희 별동대에게 맡긴다. 반드시 공을 세워 나라에 충성하라!"

미추의 명령이 끝나자마자 백고가 목이 쉬어라 괴상한 소리를 냈다. 별동대 군관들도 백고의 소리를 따라했다. 나머지 병사들이 그 소리를 따라하자 백성들로 구성된 병사들도 소리를 질렀다. 하지만 여전히 두려움이 가시지 않은 소리였다. 국담이 칼을 들어 소리들을 잠재웠다.

"나는 천년 묵은 이무기의 목을 벤 국씨 가문의 장남 국담이다. 나는 이 전쟁에서 죽을 각오로 싸우고자 한다. 백제의 아들로 태어나 백제를 위해 이 한목숨 바친들 아까울 것이 없다. 자랑스러운 백제의 싸울아비들이여, 나를 따라 백제를 위해 죽자. 우리가 죽어야 우리의 부모형제, 자식들이 산다. 모두들 죽을 각오가 되어있는가!"

국담의 주문은 죽으라는 것이었다. 죽을 각오로 싸워 망국의 위기에 처한 백제를 살리라는 것이었다. 국담의 말이 끝나자마자 백고가 미친 듯이 흥분하며 외쳤다.

"백제의 싸울아비들이여, 모두 나가 죽자!"

백고의 외침에 별동대 전원이 "죽자! 죽자! 죽자!" 하며 칼을 높이 쳐들었다. '죽자' 소리는 군사들의 앞 열에서 뒤 열로 전달되며 파도를 탔다. 미추가 칼을 빼들었고 기수가 깃발을 높이 올리자 고수들이 전진을 명하는 북을 쳤다. 북소리와 함께 국담의 말이 맨 앞으로 나아갔다. 국담의 뒤를 군관들로 구성된 별동대가 따랐다. 병사들은 오른발을 들어 땅을 쿵쿵 찍으며 천천히 전진했다.

나당연합군과 미추군이 드넓은 벌판을 사이에 두고 마주섰다. 양진영은 화살이 닿지 않는 거리에 진을 치고 서로를 노려보았다. 신라와 당군은 편을 갈라 미추군의 동태를 살폈다. 신라는 김흠순을, 당은 방효태를 선봉으로 내세웠다. 김유신과 소정방은 각각의 선봉대를 내세웠는데 통상 군사의 숫자가 많은 쪽에서는 굳이 부대를 나눌 필요가 없었다. 그냥 밀어붙이면 될 일이었다. 하지만 김유신과 소정방은 이 상황에서 머리를 굴리지 않을 수 없었다. 가능한 자신의 군사를 덜 다치게 하고 싶었기 때문이다.

"저런 가소로운 놈들. 겨우 만 명으로 우리와 상대하겠다니. 신라의 선봉대를 먼저 보내시오."

1만 명이라고 무시를 하던 소정방이 선수를 쳤다. 수작을 빤히 알고 있는 김유신으로서 쉽게 받아들일 리 없었다.

"무슨 소리, 당군이 수가 더 많지 않소."

두 장수가 옥신각신하자 앞줄의 병사들이 드러내지 않는 짜증을 냈다. 하기야 적진으로 먼저 나가 죽고 싶은 군사는 하나도 없을 것이다. 앞줄의 병사들이 전달하는 소리가 빠르게 뒷줄로 이어졌다. 그러는 동안 끓어올랐던 사기는 먼지처럼 가라앉았다. 도무지 전진명령이 나오지 않자 신라와 당나라 장수들도 짜증을 냈다. 전진명령을 내리지 않는 이유가 병사들의 맨 뒷줄까지 전달될 즈음 소정방이 김유신의 입을 막았다.

"조용, 조용히 좀 해보시오. 우리 당군은 신라를 돕기 위한 원병에 불과하오. 더구나 백제는 당신들의 원수 아니오? 이 전쟁은 당신들이 일으킨 전쟁이란 말이오. 그러니 당신들이 먼저 나서야지."

김유신은 더 이상 할 말이 없었다. 소정방의 말에도 일리가 있었기 때문이다. 이때 당군의 사정을 누구보다 잘 알고 있었던 김인문이 김유신의 귀에 대고 속삭였다.

"외숙부, 이러다가는 군사들의 사기가 곤두박질칩니다. 차라리 우리가 선수를 쳐 자존심을 회복하는 것이 좋습니다. 우리가 먼저 승기를 잡는다면 저 소정방 놈도 우리를 깔보지 못할 것입니다. 이것은 오히려 좋은 기회입니다."

당과의 연합을 위해 일찌감치 당으로 건너간 김인문은 당 황제인 이치를 설득시키고 소정방과 함께 백강으로 상륙한 신라의 장수이자 김유신의 외 조카였다. 그러니까 그의 어머니는 김유신의 여동생 문희였고, 친형은 태자 김법민이었으며, 아버지는 신라의 왕 김춘추였던 것이다. 대답이 궁했던 김유신은 조카의 말을 따르지 않을 수 없었다.

"좋소. 우리가 전면을 뚫을 테니 좌우를 책임져 주시오."

김유신의 요구에 소정방은 그러겠다고 대답은 했지만 적극성을 띨 생각은 없었다. 하기야 신라의 입장에서 5만의 군사로 1만 백제군을 소탕하지 못할 이유도 없었다. 더구나 벌판에서의 백병전이라면 다섯이서 한 명을 놓고 싸우는 셈이다. 그렇다면 이 전투는 신라군만으로

68

도 충분하다. 굳이 당나라 군대가 필요 없는 것이다.

"대장군, 한 번에 들이치면 순식간에 끝날 전투입니다. 당나라 놈들이 저리도 몸을 사리다니. 그럴 바에야 뭣 하러 이 전쟁에 참여했는지 모르겠습니다."

우익장군 천존이 불만을 터뜨렸다. 천존의 말대로 나당연합군이 합세하여 한 번에 들이치면 간단히 끝날 전투다. 그럼에도 불구하고 소정방은 신라군의 희생만을 요구하고 있는 것이다.

"알고 있네. 하지만 저들이 없으면 쉽게 이길 수 없는 전쟁일세. 알지 못하는 미지의 땅을 정복하기 위해서는 그 땅의 주인인 적들보다 열 배 이상은 수가 많아야 하기 때문에 저들이 필요한 거지."

"예, 장군."

천복은 김유신의 말에 토를 달지 않았다. 천복은 김법민, 인문, 품일, 품석 등처럼 김유신과 인척관계는 아니었지만 김유신이 가장 총애하는 오른팔이었다. 그는 평소 김유신을 존경해 스승처럼 받들고 있었다.

"천복장군, 당나라 놈들을 잠시 이용해 백제를 정복하세. 그런 다음 놈들을 삼한 땅에서 몰아내 버리면 그만이야."

김유신은 천복을 다독이며 김흠순을 향해 지휘봉을 높이 쳐들었다.

"이제 진격이다. 방패부대가 앞장을 선다. 궁수부대가 화살을 날림과 동시에 기병들이 치고 나가라. 보병들은 말을 따라 달린다."

김유신의 작전은 당시 일반적인 전투방식이었다. 화살을 먼저 쏘고 혼란해진 틈을 타 기병들이 몰아친 뒤 숫자를 앞세워 보병들이 밀어붙이는 작전. 이 작전은 벌판에서 마주친 적을 상대할 때 매우 유용하다. 상대도 이러한 방식으로 전투를 하며 이 전투방식은 숫자가 비슷할 때 이루어진다. 이때 승패의 관건은 무술의 숙련 정도나 병장기의 질적 수준이지만 군사들의 사기가 매우 중요하다. 한데 군사들의 숫자가 훨씬 많은 신라군으로서 굳이 이 전법을 쓸 필요는 없었다. 김유신이 이 전법을 택한 이유는 미추가 같은 방법으로 대응할 것이라고 생각하지 않았기 때문이다.

"쥐새끼들이 도망칠 때 모조리 때려잡는다."

김유신은 미추가 화살이나 살살 쏘면서 후퇴할 줄 알았다. 한데 김유신의 생각과 달리 미추는 도망치지 않았다. 숫자가 훨씬 적음에도 후퇴할 기미를 전혀 보이지 않고 당당히 버티고 있었던 것이다.

"저놈들이 끄떡도 하지 않는데요? 앗!"

선봉에서 말을 몰던 김흠순이 경악을 했다.

"웨, 웬 놈이 혼자서 달려오고 있다!"

흠순이 보니 미추의 진영에서 말 한 마리가 쏜살같이 달려오고 있었다. 말에 탄 자는 비늘처럼 반짝이는 철갑옷을 입고 투구를 썼는데 말 등에 납작 엎드려 말만 달려오는 것처럼 보였다. 흠순은 얼른 뒤로 물러나 유신에게 다가갔다.

"저 놈의 정체를 모르겠습니다. 대체 뭘 하려는 의도일까요?"

"의도고 뭐고 화살을 날려 무조건 잡게."

김유신의 명령에 따라 궁수들이 공중으로 활을 쏘았다. 일제히 날아오른 화살들이 정체불명의 말을 향해 쏟아져 내렸다. 이제 잠시 후면 정체불명의 말은 화살의 봉분 아래 묻힐 것이다. 이때 말에 엎드린 누군가가 몸을 번쩍 일으켜 세웠다. 그러고는 창을 바람개비처럼 돌렸다. 화살들이 창에 부딪쳐 땅으로 곤두박질쳤다. 하나의 과녁을 향해 쏟아지는 그 많은 화살을 바람개비창이 모두 막아낸 것이다.

"앗! 허걱! 흐미!"

김유신을 비롯한 법민, 인문, 품일, 흠순, 천복 등 신라 장수들의 입에서 갖가지 감탄사가 쏟아졌다.

"저, 저 귀신같은 놈은 대체 뭐란 말이냐."

김유신이 낮게 읊조리며 다시 화살을 날리라고 명령했다. 신라 궁수들이 화살을 재장전하는 동안 정체불명의 누군가는 이미 50보 앞까지 쳐들어오고 있었다. 궁수들이 활을 쏘았다. 정체불명의 누군가가 이번에는 방패를 들고 납작 엎드렸다. 화살은 방패에 부딪쳐 부러졌고 말을 맞춘 화살은 마갑과 마면주를 뚫지 못했다. 비록 일반적인 병사들이 사용하는 것은 아니지만 백제의 마갑과 마면주는 실로 대단한 병장기였던 것이다.

"아니, 화살이 갑옷을 뚫지 못하다니. 놈들의 기술이 저 정도로 발전됐단 말인가."

눈 깜짝하는 동안 벌어지고 있는 일에 김유신은 어쩔 줄 모르고 감탄만 하고 있었다. 하지만 언제까지 감탄만 하고 있을 때가 아니었다. 정체불명의 누군가가 이미 진영을 헤집고 있었기 때문이다. 그는 신라 군사들이 눈만 깜빡거리고 있는 동안 수십 명을 쓰러뜨리고 바람처럼 달아났다. 아니, 달아난 것이 아니고 유유히 자기 진영으로 말을 몰고 가버린 것이다.

"서, 서둘러 진영을 갖추어라!"

김유신이 천둥 같은 고함을 질렀다. 내장에서 들끓어 오르는 소리가 폭발하는 화산 같았다. 하지만 군사들은 김유신의 명령을 따를 수가 없었다.

"또, 또 온다아!"

신라군이 진영을 갖추기도 전에 정체불명의 누군가가 또 다시 달려오고 있었던 것이다. 화살이 말의 갑옷을 뚫을 수 없다는 것을 확신한 그는 방패만으로 몸을 가리고 화살보다 빠른 속력으로 돌진해 들어왔다. 신라 군사들은 주춤주춤 뒤로 물러섰다. 궁수부대가 날리는 화살도 정확한 과녁을 찾지 못해 이리저리 부유하며 서로 부딪치기만 했다. 김유신을 비롯한 신라의 장군들이 아무리 호통을 쳐도 혼란한 국면을 가라앉히기가 어려웠다.

소정방은 유백영, 풍사귀, 방효태 등과 함께 멀찌감치 떨어져서 신라군의 동태를 살펴보고 있었다.

"대총관, 저것들이 왜 저런답니까? 하라는 싸움은 안하고 진열이 개판이네요."

풍사귀가 빈정거리며 소정방을 올려다보았다. 체구가 장대하고 영웅호걸처럼 생긴 소정방에 비해 풍사귀는 이름 그대로 사마귀처럼 마르고 초라할 정도로 작았다. 하지만 집안이 좋고 그럭저럭 싸움을 잘해 장군의 위치까지 오르게 됐다.

"풍사귀, 자네는 저 놈이 안 보이나? 저기, 말 탄 놈. 저 놈이 신라진영을 쑥대밭으로 만들고 다니지 않나."

"아니! 저, 저놈이 대체 누구란 말입니까? 백제에 저런 놈이 있었던가요?"

"그러게 말일세. 저 놈 하나 때문에 오만 군대가 꼼짝을 못하다니.

김유신의 체면이 땅바닥으로 곤두박질치게 생겼구먼."

"대총관, 저대로 두면 신라군의 사기가 형편없이 떨어질 것입니다. 저놈에게 놀아나지 말고 전군이 그대로 밀어붙여야 합니다."

소정방의 책사역할을 하는 유백영이 주먹을 불끈 쥐며 안타까워했다.

"김유신이라고 그걸 모르겠나. 전혀 예상치도 못한 일을 겪다보니 순간적으로 당황스러운 거지. 저 꼴을 당하면 우리라고 별 수 있었겠나. 그나저나 대단한 놈이로군. 그야말로 일당 오만이 아닌가. 저런 놈이 내 수하에 있다면 얼마나 좋을꼬."

그러자 방효태가 발끈했다.

"대총관, 대총관의 곁에는 이 방효태가 있지 않습니까. 내, 저 놈을 박살내겠습니다. 가소로운 놈."

"아서게, 자네가 쉬 상대할 인물이 아닐세."

평생 동안 전쟁터를 누벼온 소정방이 혀를 내두를 정도로 감탄을 하고 있는 백제의 싸울아비, 그는 바로 국담이었다. 국담의 두 번째 기습은 신라진영 깊숙이 들어가 김유신을 호위하고 있는 군관들을 위협할 정도였다. 군관들이 온몸으로 겹겹이 에워싸지 않았으면 김유신의 목숨도 장담 못할 지경이었다.

"대, 대장군을 목숨으로 보호하라!"

김법민이 손을 벌벌 떨며 숨넘어가는 명령을 내렸다. 얼마나 당황했는지 목구멍에 소리가 꽉 들어차 꺽꺽거릴 정도였다. 여기저기 산발적으로 흩어져 있던 신라의 장군들이 부랴부랴 김유신의 곁으로 달려왔다. 하지만 국담은 더 이상 김유신에게 다가가지 않았다. 작전대로 후퇴를 해야 했기 때문이다. 국담의 말이 앞발을 높이 쳐들었다. 국담을 에워싼 신라 군사들이 주춤주춤 뒤로 물러섰다. 국담은 그 틈을 타 말머리를 홱 돌렸다. 군사들이 국담의 앞을 가로막았지만 속수무책이었다. 대들어보았자 목숨만 재촉할 뿐이었다. 국담은 휑하니 뚫린 사람의 길을 따라 질풍처럼 말을 몰았다. 신라군의 진영에 또 한 번의 광풍이 지나갔다.

김유신은 안도의 한숨조차 몰아 쉴 수가 없었다. 너무나 어처구니없는 일을 당하다 보니 복잡해진 머리를 정리할 여유도 없었다. 작전이고 뭐고 선택은 딱 하나 뿐이었다. 그대로 총 공격. 그것만이 정법이었다. 진즉에 그랬으면 이처럼 황당무계한 일을 당하지 않았을 것이다. 적을 너무나 쉽게 생각하고 안이하게 대처한 결과 군사들의 사기는 곤두박질치고 신라군의 자존심은 회복 불가능한 상태에 이르렀다. 국담이 말을 몰고 떠난 자리에는 여전히 흙먼지가 가라앉지 않고 있었다.

"그, 그냥 밀어붙여라. 총공격이다!"

전열을 정비할 새도 없이 공격명령이 떨어졌다. 군사들은 몽유병환자처럼 비실비실 앞으로 걸어갔다.

"달려가란 말이다. 기병들은 뭐하고 있는가. 말을 몰고 달려가라고!"

숨넘어가는 김흠순의 명령에 기병들이 열을 정비하고 말 달릴 준비를 했다.

"열이고 뭐고 그냥 달려! 모두가 달려가 파도처럼 휩쓸어 버리란 말이다."

김유신도 제정신이 아니었다. 삼한 최고의 명장 김유신이 그러할진

대 다른 장군들이라고 다를 바 없었다. 그들이 그렇다면 일개 병사들이야 일러 무엇 하겠는가. 국담이라는 백제의 군관 한 명이 5만 신라군을 멍청한 바보로 만들어 버린 대 사건이었다. 하지만 그것으로 끝난 것이 아니었다.

"앗, 엄청난 놈들이 몰려오고 있다!"

엎친데 덮쳐 기가 막힌 나머지 숨조차 쉬지 못할 상황이 눈앞에서 벌어지고 있었다. 한 병사의 외침대로 엄청난 놈들이 몰려오고 있었던 것이다. 이번에는 3백여 명의 백제 별동대가 말을 몰고 해일처럼 쏟아져 들어왔다. 겨우 3백 명의 별동대였지만 국담의 사건에 혼이 빠진 신라 군사들의 눈에는 해일처럼 보였다. 엄청난 해일이 몰려드는 것을 본 신라 군사들은 사방으로 도망치기 바빴다. 김유신을 비롯한 장군들이 아무리 채찍을 휘두르고 협박을 해도 아무런 소용이 없었다.

"후퇴, 후퇴한다!"

급기야 김유신이 후퇴 명령을 내렸다.

국담과 그의 별동대 3백 명이 5만 신라군을 후퇴하게 만든 작전. 이 작전은 모두 국담의 대담한 용기에서 나온 것이었다. 하지만 미추가 동의를 하지 않았으면 실행이 불가능했을 것이다. 미추는 국담에게 이렇게 당부한 바 있다.

―결심이 정 그러하다면 어쩔 수 없지. 자네가 거인의 눈에 티끌을 넣고 오게. 자네의 생각대로 거인이 잠시 눈을 감고 있는 동안에는 거인의 발에 상처를 입힐 수 있네. 하지만 머뭇거리다가는 티끌을 빼낸 거인에게 잡혀 죽고 말 걸세.

미추와 국담의 작전은 대성공을 거두었다. 국담은 별동대와 함께 마지막 기습을 하고 즉시 백제군 진영으로 돌아왔다. 미추는 국담과 별동대 군관들을 독려하며 다음 작전을 지시했다.

"놈들에게 적지 않은 피해를 입혔으니 이제 미친개가 될 것이다. 개가 미치면 뇌가 비기 마련이다. 이제부터 우리는 머리를 써서 놈들을 잡아야 한다. 즉시 후퇴하여 각자 정해진 위치에 매복하라."

신라군이 후퇴를 한 덕분에 백제군은 매복할 시간을 벌었다. 이를 알 리가 없는 김유신은 백제군이 보이지 않자 불안해졌다. 장군들을 불러 작전회의를 했지만 뾰족한 방법이 나오지 않았다. 군사들의 떨어진 사기도 문제였다. 생각해보니 계백의 5천 결사대와 싸울 때도 고전을 면치 못했다. 다행히 반굴과 관창의 죽음으로 황산벌 전투를 승리로 이끌었지만 두 번 다시 그런 방법을 쓸 수는 없다. 천존이 무성한 들풀들을 발로 짓이기며 화를 삭이지 못했다.

"대장군, 우리가 속았습니다. 그놈이 혼자서 말을 몰고 오든 말든 그냥 들이쳤으면 깨끗이 끝날 전투였습니다. 놈들에게 허를 찔린 것입니다."

"괜찮네. 병가지상사라는 말도 있지 않나. 잠시 숨을 고른 뒤 총공격하세."

김유신이 자위를 하는 심정으로 천존을 위로했다. 엄청나게 화를 낼 것 같았던 김유신이 평정심을 찾자 다른 장군들도 한 마디씩 의미 없는 오지랖을 떨었다. 그 중 소정방에게 참수를 당할 뻔 했던 김문영의 말이 김유신의 심기를 건드렸다.

"소정방을 만나봐야 합니다. 우리 군사들의 떨어진 사기는 웬만한 말로는 다시 올리지 못합니다. 지금은 인해전술이 필요할 때입니다. 우리가 왜 당나라와 연합을 했습니까. 그런데 당나라는 지금 뭘 하고 있습니까?"

김문영의 말처럼 소정방은 여태 특별한 역할을 하고 있지 않았다. 하지만 소정방의 역할이 있든 말든 5만의 군사로 3백, 아니 단 한 명에게 패한 것은 분명한 사실이다. 이러한 마당에 당나라 탓을 하는 김문영이 몹시 못마땅했던 김유신이었다.

"그럼 소정방을 찾아가 무릎 꿇고 사정이라도 하란 말이냐."

"그, 그게 아니고……."

김문영이 적당한 대답을 궁리하고 있을 때 막사 밖에서 보초병이 아뢰었다.

"총사령관님이 오셨습니다."

소정방이었다. 소정방은 유백영, 풍사귀, 방효태 등의 장수를 거느리고 문을 박차고 들어왔다.

"아니, 무슨 전투를 그렇게 하시오. 오만의 군사가 고작 한 놈에게 당한단 말이오?"

그렇지 않아도 김문영의 말에 노기를 드러내고 있던 김유신이었다. 소정방은 김유신이 어떻게 나올 줄 빤히 알면서도 심기를 건드려 떠보려한 것이다. 김유신은 견디기 힘들 정도로 치욕스러웠다. 하지만 짐짓 결연한 태도로 소정방을 노려보았다. 둘 사이에 또 다시 팽팽한 긴장감과 전운이 감돌았다. 하지만 극단적인 행동은 이로울 것이 없다는 것을 둘은 잘 알고 있었다. 특히 김유신은 당나라의 도움 없이 백제를 도발할 수 없다는 사실을 김춘추로부터 귀에 딱지가 않도록 들은 바

있다. 따라서 분기를 내려놓는 척이라도 해야 했다. 김춘추는 백제를 이렇게 정리했다.

—해동증자라고 칭송을 받던 의자가 신라와의 전쟁에서 패한 적은 거의 없었다. 여기에 계백이라는 걸출한 장군이 유린한 신라의 성이 얼마나 많았던가. 병장기 또한 백제와는 견줄 수가 없다. 똑같이 생긴 칼을 부딪쳐도 신라의 칼이 먼저 부러졌고 신라의 화살로는 백제의 갑옷과 방패를 쉽게 뚫을 수 없었다.

이러한 이유로 김춘추는 김유신에게 소정방의 비위를 건드리지 말라고 신신당부했던 것이다. 김유신은 김춘추의 당부를 생각하며 다음 작전을 의논하는 척했다. "작전은 무슨 작전이오. 그냥 밀어붙이면 될 것을. 우리 당군이 도울 것이니 미추 놈을 함께 때려잡읍시다."

"뭐요?"

진즉에 그래야 했을 일을 이제 와서 같이하자는 것이다. 김유신은 자신이 거지같다는 생각이 들었다. '지금까지 저놈에게 농락을 당하고 있었단 말인가.' 하지만 꾹 눌러 참아야 했다.

"그나저나 혼자서 신라군 진영으로 뛰어든 그놈은 대체 누구란 말이오. 그놈이 미추는 아닐 것이고. 백제에 그런 놈이 있다는 것이 놀라울 따름이오."

"대총관, 놈이 아무리 뛰어난들 전쟁은 한 사람과 하는 것이 아니지 않소."

말은 그렇게 했으나 김유신의 머릿속엔 황산벌 전투 당시의 잔상이 생생하게 남아있었다. 사지에 몰려 있음에도 배수진을 치고 죽기로 버텼던 계백과 군관들의 투혼이 애잔하기도 했고 두렵기도 했다. '그때 신라화랑들의 살신성인이 없었다면……' 김유신은 치를 떨었다. 삽시간에 쓸어버리지 않으면 백제는 쉽게 무너질 나라가 아니라는 것을 황산벌 전투를 통해 잘 알고 있었던 김유신이었다. '백제의 지방군과 고구려, 일본의 지원군이 당도하기 전에 사비성을 무너뜨리고 의자를 잡아야 한다. 기분은 더럽지만 이제라도 소정방이 적극 협조를 한다니 다행스러운 일이다.'

드디어 나당연합군이 한 덩어리가 되었다. 신라군의 떨어진 사기는 당군이 가세함으로써 다시 올라갔다. 미추군을 추격하는 연합군 군사들의 발걸음이 맹렬히 두들겨대는 북소리처럼 빨라졌다. '사비를 수성해야 하는 놈들이 언제까지 후퇴만할 수는 없을 것이다. 그렇다면 아주 가까운 거리에 있을 터, 그대로 들이쳐 뭉개버리면 그 뿐이다.' 김유신의 계산대로 미추는 아주 가까운 거리에 있었다.

하지만 미추의 이번 작전은 매우 특이했다. 1만 3천의 군사 중 미추를 중심으로 한 3천의 군사가 길목을 가로막고 나머지 군사들은 백명씩 백 개의 부대로 나누어 몸을 완전히 은폐시켰다. 그들은 대개 활을 가지고 있었는데 한 번에 수천 발의 화살을 날릴 수 있도록 만반의 준비를 했다. 미추를 중심으로 한 3천의 군사는 대개 기병들이었다. 아침나절에 신라의 진영을 아수라장으로 만들고 후퇴하게 만든 국담과 백제의 군관들. 백제의 별동대가 비록 3백이지만 연합군 군사들 입장에서는 30만 이상으로 보일 수도 있었다. 미추의 작전은 이런 것이었다.

—이번에도 소정방은 신라군을 선봉에 세울 것이다. 국담의 별동대

가 버티고 있다는 것을 아는 한 신라의 군사들은 전진을 멈추고 우물 쭈물 할 것이다. 이때 요소요소에 매복해 있던 우리 군사들이 화살을 날린다. 화살은 한 명당 최소 세 발에서 다섯 발까지 쏠 수 있다. 그러면 만 명 이상을 쓰러뜨릴 수 있다. 적들이 혼란한 틈을 타 기병들이 적진을 쓸어버린 뒤 순식간에 후퇴를 한다. 그러면 수천의 사상자를 추가로 낼 수 있다. 그런 다음 전군은 썰물처럼 후퇴하여 다음 매복 장소에서 후방지원군과 합세를 한다.

미추의 작전은 적중했다. 소정방은 이번에도 신라군을 선봉으로 내세웠다. 하지만 김유신의 불만이 거슬려 신라군의 양 옆으로 당군을 배치하고 동시에 진격하기로 했다. 중앙에는 신라군, 가장자리에는 당군이 호위하여 달려가고 있는 형국이 된 것이다. 소정방은 그리함으로써 김유신의 불만을 잠재우고 당군의 희생을 최소화할 것으로 생각했다. 하지만 미추의 궁수들은 측면에 있는 당군을 먼저 겨냥할 것이니 소정방은 자기 꾀에 자기가 넘어갈 일만 남겨두고 있었다. 연합군의 선봉이 백강의 지류인 작은 냇가를 건너 빗물이 고여 자작자작한 벌판에 들어설 즈음이었다.

"북을 쳐 전진을 멈추어라!"

나당연합군의 총사령관 소정방이 지휘봉을 번쩍 들어 올렸다. 주변을 살펴보니 드넓게 펼쳐진 들판이 보였다. 들판에는 논과 밭이 아무렇게나 던져놓은 새끼줄처럼 일구어져 있었다. 논과 밭 주변으로는 듬성듬성 관목들이 군락을 이루고 있었고, 들판을 지나 찰진 유방처럼 동긋한 두 개의 야산이 보였고, 그 아래로는 민가들이 올망졸망했다. 군대가 지나가려면 필히 야산을 뚫고 난 협곡 같은 길을 지나쳐야 하는데 낌새가 이상했다. '아무리 산이 야트막해도 얼마든지 매복은 가능하다.' 이런 소정방의 생각은 병법을 전혀 모르는 사람이라도 할 수 있는 것이었다.

"산에 매복이 있을까봐 그러시오?"

김유신이 빈정거렸다.

"있다면 어쩔 것이오."

"아, 있다고 가정하고 그냥 넘으면 되지 않소. 이 병력으로 무엇이 두렵단 말이오."

김유신이 소정방과 똑같은 말을 했다. 그럼으로 이번에는 김유신이 이긴 듯 했다.

"그럽시다. 그냥 밀고 갑시다. 놈들은 사비의 외곽을 둘러싼 나성 중 이곳과 가까운 서쪽에 진을 쳤을 것이오. 설사 놈들이 이곳에 매복해 있다 해도 더 이상은 놈들의 농간에 놀아날 수 없소. 아무 생각 없이 그냥 밀어붙이면 놈들은 도망칠 수밖에 없을 것이오."

소정방이 처음으로 김유신의 말에 동조했다.

"다시 전진한다. 저 산에 매복이 있을지 모르니 면밀히 살펴보라."

소정방의 명령에 따라 신라의 김문영은 좌측 산으로 향했고, 당의 유백영은 우측 산으로 향했다. 그리고 나머지는 중앙으로 곧장 전진했다. 연합군의 선봉인 김흠순이 벌판 끝 즈음에 다다를 때였다.

"저, 적이다!"

시력이 하도 좋아 '독수리 눈깔'이라는 별명이 붙어있던 신라병사가 소리를 질렀다. 병사의 말에 김흠순이 반사적으로 지휘봉을 들어 올렸다. 흠순의 명에 따라 모든 군사들이 우뚝 멈추어 섰다.

"저, 저 놈들은⋯⋯."

연합군 군사들의 동공에 30만 명으로 보이는 백제 기병들이 꽉 들어찼다. 송진에 불이 붙을 것처럼 뜨거운 여름인데도 군사들의 몸이 오스스 떨렸다. 하지만 두 번 다시 당할 수는 없는 노릇, 김유신이 무조건 돌진을 명령했다.

"떨지 말고 그냥 밀어붙여라, 이놈들아!"

하지만 군사들은 쉽게 발을 떼려하지 않았다.

"기병들이 먼저 달려가라. 그 뒤를 보병이 따른다."

김흠순이 구체적인 명령을 내렸다. 흠순의 명에 신라의 기병 5천이 일제히 앞으로 내달릴 채비를 했다. 이때 좌와 우에서 화살이 빗발치듯 쏟아졌다. 관목 숲이었다. 백 명씩 부대를 나눈 1만 백제의 군사들이 도무지 가늠할 수 없는 곳에서 화살을 날렸다. 좌측과 우측 가장자리에서 당나라 군사들이 우수수 쓰러졌다. 두 번째 화살과 세 번째 화살이 날아들었다. 화살은 거의 정확히 목표물을 맞혔다. 과녁이 50보도 안 되는 거리에 있었기 때문이다. 화살에 노출된 당나라 군사들이 피할 수 있는 방법은 앞사람을 방패막이로 두는 것뿐이었다. 그럼으로 연합군 진영은 지옥에서 살아남기 위해 발버둥치는 악마들의 소굴과 다르지 않았다. 순간 미추가 황색 깃발을 번쩍 들어 올렸다. 그러자 수천의 백제 기병들이 바람을 가르며 앞으로 내달렸다. 신라의 기병들은 말의 엉덩이에 채찍 한 번 휘둘러보지 못하고 우두커니 서 있을 뿐이었다. 백제 기병들이 연합군 군사들을 쓸어버리는 동안 활을 쏘던 백제 군사들은 뒤도 안 돌아보고 도망을 쳤다.

결과는 참혹하기 그지없었다. 5천이 넘는 신라 기병들이 뿔뿔이 흩어지고 보병들은 수도 없이 목숨을 잃었다. 화살로는 당나라 군사들이 죽었고, 칼로는 신라의 보병들이 죽었다. 그 수는 미추가 예상한 것보다 훨씬 많았다. 덕분에 연합군은 야산 아래 진을 쳐야 했고 미추군은 일단의 목적을 달성했다. 후방의 지원군을 이끌고 서나성으로 후퇴한 미추는 최후의 결전을 준비했다.

어쩔 수 없이 야산자락에 진을 치게 된 김유신과 소정방은 얼굴이 시뻘겋게 달아올랐다. 김유신은 귀밑머리 꼬기를 쉴 없이 하고 있었고, 소정방은 코를 쿵쿵대며 흉한 소리를 냈다. 이럴 때 건드리면 경을 치게 된다. 이를 잘 알고 있는 부장들이 살금살금 막사에서 빠져 나가려고 했다.

"도둑고양이처럼 어딜 가려는 거야!"

소정방의 목구멍에서 도자기 깨지는 소리가 났다.

"한 줌도 안 되는 것들에게 두 번이나 당해? 그러고도 니들이 신라의 화랑이라고 할 수 있나!"

김유신이 귀밑머리를 힘껏 잡아채며 소리를 질렀다. 백발이 한 움큼 빠졌다. 머리털이 빠진 자리가 빨갛게 부풀어 올랐다.

"뭐라고 말 좀 해봐!"

살점이 아팠던 김유신은 더 큰 소리로 호통을 쳤다. 연합군의 부장들은 아무런 말도 못한 채 발로 맨땅만 후벼 파고 있었다. 소정방이 김유신의 귀밑머리를 쳐다보았다. 스멀스멀 기어오르는 웃음을 참을 수가 없었다.

"핫 하하. 핫 하하. 핫 하하……."

어리둥절해진 김유신이 불쾌한 표정으로 소정방을 쏘아 보았다. 터져 나오는 웃음을 호탕한 척 마무리한 소정방 덕분에 김유신의 화를 풀 수 있었다.

"장군, 이제 화를 거둡시다. 화를 낸다고 일이 해결됩니까? 지금은 화보다 격려가 필요할 때요."

소정방이 갑자기 대인처럼 행동하자 김유신도 가만히 있을 수 없었다.

"대총관 말이 맞소. 절벽 아래까지 떨어진 사기를 끌어올리려면 책망보다는 격려가 필요하지요."

거대한 폭풍이 몰아쳐야 할 연합군 수장들의 막사 분위기가 김유신의 귀밑머리 덕분에 안정을 찾았다.

"지체하지 말고 밀어붙입시다."

"부상자와 사상자는 어쩌고요."

김유신이 머뭇거리자, 소정방이 방효태와 김인문을 돌아보았다.

"장군들, 우리가 먼저 진군할 테니 두 장군은 부상자와 사상자를 돌보게. 잘 묻어주고 응급처치를 한 뒤 서둘러 합류하게."

활찐 벌판 위로 땅거미가 내려앉고 있었지만 연합군은 야영을 하지 않고 진격에 박차를 가했다. 미추가 있을 것으로 예상되는 나성으로 가는 도중 매복이 있을지도 모를 일이었다. 하지만 개의치 않기로 했다. 갖가지 경우의 수를 생각하며 주춤거리다간 오히려 당할 수도 있었기 때문이다.

사비의 서나성은 유방을 닮은 야산에서 그리 멀지 않은 곳에 있었다. 야산에서 나성까지는 특별히 이용할만한 지형지물도 없었다. 작은 내라도 있었다면 미추는 물을 건너는 연합군에게 화살이라도 날리고 도망을 쳤을 것이다. 그러한 점을 간파하고 있었던 미추는 추격하는 연합군을 기다렸다가 나성에서 최후의 결전을 치르려 했던 것이다.

'서나성이 뚫리면 곧바로 사비성이다. 놈들은 이곳을 기어코 함락시킨 뒤 시가지를 쑥대밭으로 만들고 어라하가 있는 사비성으로 돌진할 것이다. 사비성이라고 별 수 있겠는가. 내가 버티는 동안 지방군이 사비로 들어오지 않으면 백제는 최대의 위기를 맞는다. 어떻게든 시간을 벌어야 할 텐데……' 미추의 머릿속이 복잡해 졌다.

"적들이 혹시 사비성과 맞닿아 있는 동나성을 먼저 치면 어떻게 합니까?"

국담의 질문에 미추는 바로 대답을 하지 않았다. 대답대신 국담의 어깨를 단단히 잡고 비장한 눈빛을 보냈다. '무슨 말을 하려는 걸까.' 국담은 미추의 입만 뚫어지게 바라보았다. 하지만 결국 국담이 원하는 대답은 나오지 않았다.

"적들이 동나성으로 가려면 이곳을 피해 멀리 돌아가야 한다. 숫자가 많은 적들이 그럴 필요를 느끼겠는가. 놈들은 반드시 이곳을 넘어 사비성으로 갈 것이다. 놈들이 나성의 동쪽으로 이동한다 해도 곳곳에 군사들이 있지 않은가. 적들이 다른 곳으로 이동하면 군사들의 보고가 있을 것이다. 그때 생각해도 늦지 않다. 담아, 조만간 네가 해야만 할 일이 반드시 있을 것이다."

하지만 미추는 이번에도 뜸을 들였다. 국담의 심장이 바짝바짝 타들어가는 것 같았다.

"말씀을 해주십시오."

국담이 초초하게 갈구했지만 미추의 대답은 또 겉돌았다.

"자네의 성정을 나는 잘 아네. 내 말에 자네가 어떻게 나올지 빤히 알고 있기 때문에 쉽게 말을 못하겠네. 하지만 유사 시 내 말을 꼭 따라 주어야 하네. 이건 지엄한 군령일세. 알겠나?"

"무슨 말씀이신지……."

그러나 미추는 끝내 입을 열지 않았다. 이때 말을 탄 척후병이 붉은색 깃발을 흔들며 달려왔다.

"저, 적들이 몰려온다!"

몰려오는 연합군은 거대한 벌판이 통째로 움직이는 것처럼 보였다.

"이 사실을 장군께 알려라!"

장군께 알리라는 소리들이 나성 위로 뾰족뾰족 날아다녔다.

"알고 있다. 죽기로 이 성을 지켜내야 한다. 지키지 못하면 백제는 망한다."

어느새 망루에 오른 미추가 칼을 높이 빼들고 외쳤다.

"죽기로 성을 지켜라!"

군관들이 미추의 명을 전달했다. 죽기로 성을 지키라는 말이 군사들의 입에서 입으로 전달됐다. 군사들은 '죽자'라는 말을 외치며 창을 땅에 찍었다. '죽자'라는 말이 뜨거운 불기둥을 만들어 하늘로 솟구치는 것 같았다.

"저희 별동대가 나아가 적의 예봉을 꺾고 오겠습니다."

국담이 갑옷을 매무시하며 미추를 바라보았다.

"절대로 안 된다. 그 방법은 한 번 뿐이다. 이 상황에서는 먹히지 않는다. 그랬다가는 반드시 죽을 것이다.”

“성 안에서 할 수 있는 일은 한계가 있습니다. 직접 부딪쳐야 더 많은 적을 죽일 수 있습니다. 어차피 저는 이 전쟁에서 죽을 각오가 되어 있습니다.”

국담이 뛰쳐나가려 하자 미추가 죽기로 말렸다.

“글쎄, 절대로 안 된다니까. 자네, 내 말을 잊었나. 유사 시 내 말을 따라 주어야 한다고 하지 않았나.”

더 많은 적을 죽이고 장렬하게 전사하고 싶어도 국담은 미추의 명령을 따르지 않을 수 없었다. 그러는 동안 나당연합군의 선봉은 얼굴을 확인할 수 있는 거리까지 다가와 있었다.

“그만, 그만 가라!”

소정방이 지휘봉을 들어 올렸다. 화살이 닿지 않는 거리였다.

“여기서 밤을 샌 뒤 날이 밝는 대로 쓸어버린다.”

깜깜한 야간전투에서는 수성을 하는 쪽이 훨씬 유리함을 잘 알고 있었던 소정방이었다. 그는 아침부터 벌인 두 번의 전투를 통해 미추의 실력을 잘 알고 있었다.

“취사병들은 저녁준비를 하라. 막사를 설치하고 야영준비를 한다. 교대로 잠을 자도 괜찮다.”

소정방은 미추가 선제공격을 하지 않을 것으로 판단했다.

“이 마당에 밥은 뭐고 잠은 또 뭐요? 일단 나성을 넘어 사비성을 점령한 뒤 밥 먹고 자도 될 일 아니오?”

“이 밤에, 더구나 뛰어난 적장을 상대로 공성전을 하면 아군의 피해도 만만치 않을 것이오. 어쩌면 군사의 절반 이상을 잃을 수도 있소."

이렇듯 두 나라 장수의 입장은 각기 달랐다. 김유신은 한시라도 빨리 의자가 있는 사비성을 점령하고 싶었고, 소정방은 자기의 군사들을 덜 다치게 하면서 목적을 달성하고 싶었다. 더구나 백제와 전쟁을 벌이는 쪽은 신라였다. 겉으로만 볼 때 당군은 그저 도우려고 왔을 뿐이다. 답답해진 김유신은 다시 한 번 소정방을 채근했다. 하지만 소정방은 그럴듯한 명분을 내세워 김유신을 저지시켰다.

"대장군, 솔직히 이 밤에 저 성을 기어오르면 일대 십, 아니 백의 싸움이 될 것이오. 놈들은 높은 곳에서 횃불을 환하게 밝히고 아래를 내다볼 것이기 때문에 한 명이 백 명 몫을 해낸단 말이오. 신라군만으로 성벽을 오르려면 그렇게 하든가."

역시 칼자루를 잡은 쪽은 소정방이었다. 김유신은 이번에도 소정방의 위세에 꺾일 수밖에 없었다.

느긋하게 저녁을 먹은 소정방이 김유신을 쳐다보았다. 초조한 기색이 역력했다. 소정방은 코를 킁킁거리다가 무슨 생각이 들었는지 슬쩍 동조하는 말을 꺼냈다.

"좋소, 우선 불화살로 화공을 해봅시다. 우리는 화살이 닿지 않는 거리에 있으니 피해가 거의 없을 것이오."

소정방의 말에 마음이 급한 김유신이 벌떡 일어났다.

"화살이 닿는 거리까지 전진해 불화살을 나성 안으로 쏘아 올려라. 방패로 궁수들을 보호하라!"

연합군이 쏘는 불화살이 나성의 벽을 타고 올랐다. 그러자 나성에서도 불화살이 쏟아져 내렸다. 불들은 긴 꼬리를 매달며 서로 부딪치고 날아가기를 반복했다. 그야말로 한 여름 밤 불꽃들의 향연이 따로 없었다. 하지만 불화살의 공방전으로 인해 다치는 군사들은 없었다. 연합군은 불화살만 쏘아댔지 더 이상 나성으로 접근은 하지 않았다.

"이제 총 공격을 해야 하는 것 아니오?"

"이쯤하고 내일 아침에 완전히 쓸어버립시다."

"그럼 화공은 왜 하자고 한 것이오."

"그래야 놈들이 딴 생각을 하지 않을 것 아니오."

'그야말로 거지가 따로 없구나!' 김유신의 입장에서는 구역질이 날 정도로 비참하고 분노가 치밀어 올랐지만 참을 수밖에 없었다. 양측의 화공은 싱겁게 끝이 났고 어느새 동녘하늘이 밝아오고 있었다.

지난밤에 총 공격을 할 것이란 생각으로 바짝 긴장을 하고 있던 미추의 군사들은 한숨도 자지 못했다. 연합군이 불화살을 퍼부을 때만 해도 당장 치열한 전투가 벌어질 것만 같았다. 미추는 연합군의 화살 잔치가 끝나자마자 모든 창끝을 성 아래로 겨누게 했다. 야간에 하는 공성전의 기본은 공격하는 자가 먼저 불화살을 날리고 화살잔치가 끝나면 일제히 성으로 기어오르는 것이었기 때문이다. 하지만 연합군은 끝내 다음 행동을 개시하지 않았다. 그 결과 백제 군사들의 심장은 얼음냉수에 담갔다 빼낸 것처럼 노글노글해졌다.

날이 밝자 미추의 군사들은 저마다 입을 막고 하품을 해댔다. 어찌나 입을 크게 벌리는지 시꺼먼 똥파리가 들어왔다 나가도 모를 지경이었다. 군사들은 서로의 입을 쳐다보며 눈을 비볐다. 긴장이 풀어질 대로 풀어진 것이다. 하품을 하도 많이 해 하리타분해진 한 병사의 눈에 이상한 것이 보였다. 그는 급하게 눈을 씻고 이상한 것을 뚫어져라 쳐다보았다.

"저, 적이다. 적들이 쳐들어오고 있다!"

마침내 연합군이 나성으로 들이닥쳤다. 소정방은 김유신과의 약속을 틀림없이 지켰다. 이전처럼 신라군만을 선봉으로 내세우지도 않았다. 당나라 군사들도 신라 군사들도 서로가 뒤질세라 성을 향해 달려갔다. 공성전에서는 기병이 필요 없다. 그럼으로 기병도 보병처럼 뛰었다. 드넓은 벌판에서 굳세게 자라던 들풀들이 연합군의 발자국에 짓밟혀 반질반질해질 즈음 성벽에 첫 사다리가 걸쳐졌다. 얼마나 사다리를 많이 준비했든지 아무리 걷어치워도 끝이 없이 걸쳐졌다. 하지만 밤이었다면 어땠을까. 넘어진 사다리에 군사들이 맞아 쓰러지고, 사다리를 걸칠 위치를 찾지 못해 우왕좌왕하고, 그 위에 군사들이 겹쳐 허우적거리고, 무수히 떨어지는 돌들에 이마가 깨지고……. 어쨌든 소정방의 말처럼 수없이 많은 군사들을 희생시키고서야 성을 함락시킬 수 있었을 것이다.

"장군, 놈들이 결국 성을 넘었습니다. 성문이 열리는 것은 시간문제입니다."

백고가 허겁지겁 달려와 전황을 보고했다.

"지금 당장 국담을 불러와라. 무조건 데리고 와야 한다. 오지 않으면 내가 위험하다고 전해라."

미추가 성문을 사수하고 있는 국담을 다급하게 찾았다. 백고의 숨 넘어가는 소리에 국담의 얼굴색이 새까맣게 변했다. 국담의 입장에서는 이러지도 저러지도 못할 처지였다. '성문이 열리면 적들은 더 이상

성벽을 타지 않을 것이다. 한꺼번에 성문으로 들이닥치는 놈들을 어떻게 감당한단 말인가.'

"장군이 위험에 처했네. 장군은 필사적으로 싸우며 자네만을 찾고 있네."

국담은 성문을 사수하려 했지만 흔들릴 수밖에 없었다. 평소 아버지처럼 존경하고 있던 미추가 생사의 기로에서 자신의 도움을 기다리고 있는 절박한 국면이었기 때문이다.

"백고, 자네가 죽음으로 이 문을 사수하게. 곧 돌아오겠네."

국담이 성문을 열려는 연합군 군사들을 물리치며 미추에게 달려갔다.

"자, 장군. 어찌된 일입니까?"

백고의 말과 달리 미추는 위험한 상황이 아니었다. 미추는 호위병들의 보호를 받으며 조용히 국담을 기다리고 있었다.

"국 내솔, 내가 이전에 한 말을 기억하는가? 유사 시 내 말을 꼭 따라 주어야 한다는 말. 이제부터 지엄한 군령을 내리겠다. 틀림없이 그대로 행해야 하네."

국담이 잔뜩 긴장을 하고 미추의 명령을 기다렸다.

"자네는 지금 당장 사비성으로 들어가 어라하를 모시게. 무조건 웅진성으로 모셔야 하네."

"무슨 말씀이신지……."

"자네도 느끼겠지만 이 성은 곧 무너지네. 성을 무너뜨린 놈들은 단숨에 사비성으로 달려갈 걸세. 나는 이곳을 최후의 보루로 삼아 죽음의 결전을 치를 것일세. 국 내솔, 어라하가 잡히면 백제는 멸망하는 거야. 그러니 서둘러 어라하를 모시고 웅진성으로 파천해 후일을 도모해야 하네."

"제가 그 일을 왜 해야 합니까. 저는 이곳에서 장군님과 함께 죽겠습니다. 함께 죽을 수 있도록 해주십시오."

"무조건 죽는 것만이 능사가 아니란 말일세. 죽을 때 죽더라도 죽을 자리가 있는 거야. 자네가 죽을 자리는 웅진성일세. 어라하를 모시다가 모시지 못할 지경이 되면 그때 장렬히 죽게."

"전, 여기서 죽을 것입니다. 저 말고도 어라하를 모실 사람은 많습니다. 우선 이곳을 오래 막고 있어야 어라하를 파천시킬 시간을 벌 것이 아닙니까."

"내가 죽기로 버틸 테니 제발, 제발 사비성으로 가게. 시간이 없어. 어서, 어서!"

하지만 국담은 쉽게 고집을 꺾으려 하지 않았다. 생각해 낼 수 있는 모든 방법을 동원해도 국담을 설득할 수 없을 것 같았다. 미추가 벼락처럼 호통을 치며 분연히 칼을 빼들었다.

"이런, 대의가 뭔지도 모르는 못난 놈 같으니. 지금 이 사비성에 누가 있어 어라하를 모시겠는가. 자네는 마지막으로 남은 백제의 영웅이야. 자네가 백제를 되살려야 한단 말일세. 그래도 못 알아듣겠나. 그렇다면 이 칼로 내가 먼저 죽여주겠다."

"장군!"

더 이상 고집을 부릴 수가 없었다. 국담은 자신이 떠나면 미추를 비롯한 백제의 모든 군사들이 몰살 될 것임을 너무도 잘 알고 있었다. 비겁하게 그들을 버리고 도망치는 것만 같았다. 자신이 아니더라도 의자를 피신시킬 사람은 얼마든지 있다고 생각했고, '마지막 남은 백제의 영웅'이라는 말도 이해가 가지 않았다.

"웅진성은 천혜의 요새일세. 버티는 동안 지방군이 올 걸세. 최정예 싸울아비들을 내줄테니 데리고 어서 가게."

국담의 넓은 등짝으로 병장기 부딪치는 소리들이 송곳처럼 꽂혔다.

파천

국담은 둔탁한 하늘을 올려다보았다. 지상의 피 냄새를 맡은 날짐 승들이 기괴한 소리를 지르며 날아다니고 있었다. 불길한 기운이 회오 리바람처럼 전신을 휘감아 정수리로 솟구쳤다.

"어라하, 소신은 수도방위대장을 모시는 국씨 집안의 담이라고 합니 다. 수도방위대장을 모시고 결사항전 했으나 오천 명이상이 전사했습 니다."

"뭐, 뭐라고? 미추는 지금 어디에 있는가."

"서나성에서 최후의 결전을 벌이고 있습니다. 그곳이 뚫리면 적들은 순식간에 이곳 사비성으로 쳐들어올 것입니다. 시간이 없습니다. 서둘 러 파천을 하셔야 합니다."

"무슨 소리, 왕이 도성을 버리고 어디로 간단 말이냐."

"어라하!"

국담은 긴박한 현재의 상황과 미추의 간곡한 명령 등을 함축적으로 설명했다. 의자는 설명을 듣는 동안 국담의 모습을 자세하게 살펴보았 다. 피로 번득이는 얼굴에 어린 지옥 같은 고통이 고스란히 느껴졌다. '긴박한 상황임에 틀림없구나. 저 녀석이 이무기를 없앴다는 국표의 아 들이다. 미추가 저 녀석을 보냈다면 믿을 만하다.'

"그대가 저 못된 항복파 놈들의 목을 친 국표의 아들 담이로군. 서나 성에서 이곳은 코앞이다. 미추가 어느 정도나 버틸 수 있을 것 같은가."

"남은 군사들이 죽을 각오로 싸우고 있습니다. 한 나절 이상은 버틸 수 있을 것입니다."

"한 나절이라. 알겠네. 미추의 말대로 웅진성으로 가세. 태는 어디 있는가. 좌평들과 함께 들라하라."

의자는 왕자인 부여태를 불렀다. 사비성을 그대로 버릴 수 없었기 때문이었다. '태가 사비성에서 버티는 만큼 지방군을 기다리는 시간도 번다. 웅진성을 사수하고 있으면 임존성의 흑치상지를 비롯한 각지의 귀족, 성주들이 집결할 것이다. 그들과 연합을 한 뒤 사비성을 되찾으면 된다.' 의자가 생각을 정리하는 동안 부여태가 여러 왕자들을 대동하고 의자 앞에 섰다. 왕자들 틈에는 태자 효[15]의 아들 문사도 있었다.

"모두들 들어라. 지금 백제의 운명이 벼랑 끝에 몰려 있다. 미추가 서나성에서 연합군 놈들을 막고는 있지만 오래 버틸 수 없다고 한다. 그들과 대적하는 우리 군사들 대부분이 장렬하게 전사하고 있다. 조금 있으면 연합군 놈들이 이곳으로 쳐들어올 것이다. 이제 너희들 차례다. 너희들은 그동안 이 나라의 왕자로서 호사를 누렸으니 지금부터는 나라와 백성들을 위해 희생해야 한다. 너희들이 버티는 동안 나는 웅진성으로 가서 지방군을 기다릴 것이다. 그리고 그대들도……."

의자는 부여태를 비롯한 왕자들이 사비성 수성을 위해 죽음으로 항전할 것을 명했다. 또한 귀족들에게는 소정방과 화친을 위한 노력을 해달라고 부탁했다. 말이 화친외교지 사실은 죽을 각오로 시간을 벌어보라는 명령이었다. 그러자 부여태가 나섰다.

---

15) 기록에 따르면 의자는 처음 부여융을 태자로 삼았다. 부여융과 둘째인 부여태는 정실부인의 아들로 보고 있다. 하지만 백제 멸망 당시에는 부여효가 태자로 기록되어 있다. 부여효는 의자의 애첩이자 후실인 은고의 자식이라는 설이 많은데, 당시 왕위계승을 둘러싼 권력전에서 효의 외가인 은고의 집안이 더 강력한 권력을 가지고 있었을 것이라는 추측이다.

"어라하, 어라하의 말씀대로 저는 이곳에 남아 결사항전 하겠습니다. 하지만 죽음에도 명분이 있습니다. 어차피 죽을 바에야 저는 백제의 왕으로 죽겠습니다."

"무슨 말이냐!"

"어라하께서 웅진성으로 파천하시는 동안 저는 백제의 왕으로서 사비성을 지키겠습니다. 놈들에게 잡혀 죽는 순간에도 저는 놈들에게 제가 왕위를 전수받았다고 주장하겠습니다. 그래야만 어라하를 잡으려고 혈안이 된 놈들을 헷갈리게 할 수 있습니다."

"과연 놈들이 그 말을 믿겠느냐?"

"믿거나 말거나, 이 계책이 잠시나마 놈들을 혼란스럽게 할 수만 있다면 이 또한 시간을 버는데 도움이 되지 않겠습니까?"

부여태의 말은 일견 일리가 있는 것처럼 보였다. 하지만 다른 왕자들, 특히 태자의 장자인 문사는 잔뜩 의심을 하고 부여태를 꼬나보았다. 나라가 누란의 위기에 놓여있는 순간에도 왕자들의 생각은 각자가 달랐다. 이때 의자의 서자로서 늘 찬밥 취급을 당하던 부여궁이 구시렁댔다.

"자기는 백성들과 도성을 버리고 피신하시면서 우리는 남아 죽으라는 말이군."

주의력이라곤 늙은 곰보다도 못했던 부여궁이었다. 그런 그가 다급한 상황에서 구시렁거리는 소리는 모든 사람이 알아들을 수 있을 정도로 또렷했다. 그렇지 않아도 참담한 마당에 부여궁의 비아냥거림은 의자의 심장에 대못을 박았다.

"이런 멍청한 놈! 그렇게도 천지분간을 못한단 말이냐. 네 눈에는 내가 나만 살겠다고 파천을 하려는 것으로 보이더냐. 네놈은 이 사비성에서 죽을 가치도 없다. 저 놈을 사절로 보내라. 가서 항복을 하든 말든 네 마음대로 해라."

의자는 부여궁을 사절단 대표자로 앞세워 소정방에게 보내기로 했다. 술과 안주를 풍성하게 준비해 철군을 요청해 보라는 것이었다. 이 결정은 분명 비겁하고 요청이 받아들여질 리도 없었다. 하지만 그렇게 해서라도 시간을 벌어보려는 의자의 계산에 따른 결정이었다.

*

발그레한 석양이 사비의 강에 나부죽이 엎드릴 즈음, 서나성의 미추는 남은 군사들의 절반 이상을 잃고 끝까지 남아 항전하고 있었다. 연합군은 나성의 성문을 부수고 미추군과 각개전투를 벌였다. 수적으로 상대가 되지 않는 전투였다. 성문을 부수고 전투가 시작된 지 불과 한 시간도 되지 않아 미추의 군사는 천 명도 남지 않았다. 그 와중에 십여 명의 군사들이 도망을 쳤지만 나머지는 전쟁터를 굳건히 지켰다. 그들의 모습은 눈물겨울 정도로 비장했다. 도망친 군사들 중 국담의 친구인 백고도 있었다. 백고는 전황을 보고하기 위함이라는 스스로의 명분으로 측근들과 멀리서 관망만하고 있었다. 그렇게 또 한 시간이 흘렀다. 이제 미추군은 군관 백여 명만 생존했을 뿐 전멸했다. 미추와 군관들이 연합군에 완전히 포위되었다. 아무리 일당백의 군관들이라지만 수백 겹으로 둘러싸인 상태에서는 어찌해볼 도리가 없었다.

"일렬로 늘어서서 커다란 원을 만들어라."

최후의 진법이었다. 미추는 소수가 다수의 적을 상대할 때 쓰는 진을 짜라고 조용히 명령했다. 이 전법은 숫자가 적은 입장에서 가장 효율적이기는 하나 결국엔 퇴로를 뚫지 못해 전멸하거나 생포되고 만다. 그야말로 최후의 항전인데 미추는 이 전법으로 가능한 시간을 벌려고 했다. 하지만 어마어마한 대군을 보유하고 있는 소정방의 입장에서는 어린아이의 객기로만 보였다.

　"저것들이 생 지랄을 하는구먼. 저것들의 속셈에 놀아나지 말고 그냥 화살을 날려버립시다."

　소정방은 가장 현실적인 방법을 선택했다. 하지만 김유신의 마음은 달랐다. 아무리 적이라지만 한 조상의 뿌리요 한 민족이었기 때문이다.

　"저들이 비록 적이지만 나라를 향한 충의와 의기가 하늘을 감동시키고도 남습니다. 총사령께서도 무인 아니십니까. 같은 무인으로서 무인답게 죽을 수 있는 기회를 줍시다."

　너무도 멋진 김유신의 말에 반박할 여지가 없었다. 소정방 역시 대륙의 무장으로 의리가 무엇인지 잘 아는 사람이었기 때문이다. 소정방의 명에 따라 연합군 군사들은 서서히 미추군을 옥죄어 들어갔다. 그럴수록 백제 싸울아비들의 칼과 창끝은 예리하게 곤추섰다.

　"일제히 공격하라!"

　소정방의 명령이 떨어지자 연합군 군사들이 쭈뼛쭈뼛 미추군을 향해 다가섰다. 미추의 칼이 바람살을 일으켰다. 공을 세워보겠다고 미추를 목표로 칼을 겨누었던 신라 병사의 목이 순식간에 떨어졌다.

　"진을 이탈하지 마라!"

　미추는 진을 더욱 굳건히 한 뒤 연합군 군사들을 가차 없이 베고 또 베었다. 백제의 군관들 역시 신라와 당나라군사 3백여 명을 쓰러뜨렸다.

"안 되겠소. 이러다가는 아까운 군사들만 다 죽이겠소. 이 정도면 충분한 거 아니요?"

"그, 그렇게 하시지요."

'더 이상의 명분은 사치일 뿐이다. 하지만 실로 대단한 결기로다. 저자들 중에는 그때 그 자가 있을 텐데 도대체 누구란 말인가. 저들 중에 그 자가 있다면 창칼로는 쉽게 제압하기 힘들다.' 김유신은 국담을 생각하고 있었던 것이다.

"모두 물러서라. 지금부터 화살로 공격한다."

소정방과 김유신이 입을 맞추자마자 연합군 궁수부대가 진을 갖추었다. 궁수들을 본 미추가 급하게 명을 내렸다.

"방패를 들고 열을 다시 만들어라. 일렬은 앉고 이열은 서서 방패로 화살을 막아라. 나머지는 원 안으로 들어와서 방패를 들어라!"

거대한 우산을 펼쳐 놓은 것 같은 미추군의 방패 위로 화살이 무차별적으로 쏟아져 내렸다. 어찌나 많이 쏘아 대었는지 방패에 꽂힌 화살이 무거울 정도였다. 이열에 선 궁수들이 활을 들고 쏘았다. 방패는 이제 너덜너덜해졌다. 세 번째 궁수부대의 화살에 백제 군관들이 하나둘 쓰러졌다.

"정말 저들을 다 죽일 작정이오. 그냥 포로로 잡아두는 것이……"

김유신이 눈을 동그랗게 뜨고 연민의 눈빛을 보냈다. 또 국담을 생각한 것이다.

"이 마당에 포로는 무슨 포로요. 저들은 애초에 죽을 각오를 했소.

살려두었다가는 우환만 될 것이오. 그냥 죽여 버립시다."

더 이상 타협의 여지는 없었다. 네 번째 화살이 날아들자 방패는 무용지물이 되었다. 네 번째 화살에 백제군관 절반 이상이 쓰러져 고통스러워했다. 다섯 번째 화살이 날아들면 전멸을 면치 못한다. 현실을 재빠르게 파악한 백제의 군관 중 한 명이 소리쳤다.

"미추장군을 온몸으로 보호하라!"

군관들은 미추가 미처 말할 틈을 주지 않고 몸을 날렸다. 미추를 덮은 군관들을 멀리서 보니 거대한 무덤처럼 보였다. 그 광경을 지켜본 김유신은 계백의 죽음을 생각했다. 계백이 죽을 때도 저랬다. 백제의 왕이나 귀족들은 썩었어도 백제 싸울아비들의 정신은 의롭고 충연하구나. 무차별적인 다섯 번째 화살공격이 끝났다. 미추를 덮은 백제 군관들의 등에는 화살잔디가 빼곡히 자라났다. 잠시 후, 사방으로 무덤이 열렸다. 화살잔디 덕분에 살아남은 미추와 몇 명의 군관들이 무덤을 뚫고 나온 것이다. 미추의 눈에 핏발이 섰다. 미추는 온몸의 근육을 목으로 끌어 모아 소리쳤다. 그 소리가 얼마나 웅장하던지 연합군 군사들은 물론 산천초목이 벌벌 떨 정도였다.

"너 이놈 소정방, 김유신, 나와 당당히 겨루어 결판을 내자. 자신이 없는가!"

'아! 정말로 아까운 장수로다. 백제에 계백말고 저런 장수가 또 있었던가.' 김유신은 하늘을 찌를 것 같은 미추의 기백에 존경심이 일었다.

"저들을 포로로 잡읍시다. 쓸모가 있을 것 같소."

김유신은 미추와 함께 남은 군관들 중 국담이 있을 것으로 생각했다.

"저 놈의 기세는 산이라도 뽑아 올릴 것 같소. 지금 상태로는 저 놈을 당할 수가 없소. 일단 그물로 잡고 봅시다."

소정방의 명령에 따라 그물이 날아들었다. 미추는 칼과 창으로 날아드는 그물을 걷어냈다. 하지만 끊이지 않고 씌워지는 그물을 당해낼 수는 없었다. 미추와 군관들은 결국 그물에 잡힌 물고기 신세가 되었다. 미추를 잡은 소정방은 김유신과 생각이 달랐다. 김유신은 미추와 국담 등을 살리고 싶었지만 소정방은 그들을 무척 위험한 인물로 보았다. '저런 기개를 가진 자들은 절대로 포섭되지 않는다.'라는 생각이 소정방의 머릿속을 가득 채우고 있었던 것이다.

"이제 저들을 활로 잡는다."

의지가 확고한 소정방이 나지막이 명령하자 김유신이 다시 한 번 청을 넣었다.

"포로로 잡아 두는 것이……."

"살려두었다가 무슨 짓을 할 줄 알고……."

'아! 결국 아까운 자들이 죽는구나. 미추라는 장수도 아깝지만 저들 중 그자는 대체 누구일까.' 김유신이 국담을 아쉬워하는 동안 소정방의 명이 떨어졌다.

"쏴라!"

화살은 미추와 남은 군관들을 너덜너덜하게 만들었다. 미추는 무릎을 꿇었지만 결코 쓰러지지 않았다. 오른손에 단단히 묶은 칼은 지팡이가 되어 미추를 지탱해 주었다.

"더 쏴라, 더 쏴!"

끝내 쓰러지지 않는 미추를 보고 소정방이 미친 듯이 소리쳤다. 지겁기도 하고 존경스럽기도 한 마음이 갈피를 잡지 못하고 소정방을 괴롭혔다. '저런 자를 내 손으로 죽여야만 하다니.' 화살이 미추의 몸 이곳저곳에 박혔다. 쓰러지지 않는 미추의 눈에서 핏물이 쏟아졌다.

"위대한 백제 만세!"

미추는 온몸에 정기를 끌어 모아 '위대한 백제 만세'를 외친 뒤 그대로 고꾸라졌다.

미추군을 완전 소탕한 나당연합군은 여세를 몰아 사비성으로 진군했다. 어스름한 벌판너머 가까운 거리에 사비백성들의 집이 보이고 집들 한 가운데로 넓고 길게 뻗은 대로가 있었다. 어림잡아 3만 가구이상으로 집들은 큰길 양옆으로 늘어져 있었는데 큰길을 중심으로 크고 작은 길들이 반듯하게 연결되어 있었다. 사비는 자연적으로 이루어진 촌락공동체가 아니라 뛰어난 도시계획가가 야심차게 만들어낸 작품임에 틀림없었다. '참으로 대단하구나. 삼국 중 가장 작은 땅을 가진 나라의 도성이 이렇듯 방대하다니. 사비는 우리 신라나 고구려의 도성보다 더 웅대하고 찬란하다.' 김유신은 백제의 도성인 사비의 위용을 보고 감탄을 금치 못했다.

"대총관, 저 대로 끝을 보시오. 산자락을 감싸고 쌓은 저 거대한 성, 저곳이 바로 의자가 있는 사비성이오. 이제 백제의 왕만 잡으면 전쟁은 끝입니다."

"그렇소이다. 서둘러 갑시다. 빨리 가서 이 전쟁을 마무리합시다."

소정방과 김유신은 전군의 맨 앞으로 나아가 말머리를 나란히 했다. 미추군을 일망타진함으로써 커다란 위험은 사라졌기 때문이다. 이제 마지막으로 사비성을 함락시켜야 하지만 대규모 병력을 가지고 있는 이상 그리 어려운 일은 아니라고 생각했다.

"저, 저건 뭐요."

김유신이 바짝 긴장을 하고 큰길이 시작되는 곳을 가리켰다. 그곳에서 용이 그려진 황색깃발을 펄럭이며 수백의 사람들이 나타났다. 의직과 미추에게 당한 일을 생각하며 소정방도 긴장을 하지 않을 수 없었다.

"저것들이 또 무슨 수작을 꾸미려고. 전군은 전투태세를 갖춰라!"

소정방의 명에 따라 전군이 우뚝 멈추어 섰다. 연합군 군사들은 자기들끼리 "지겨운 놈들, 징그러운 놈들, 무서운 놈들"이라는 말을 돌려가면서 했다. 하기야 지겹고, 징글징글하고, 무서울 만도 했다. 황산벌의 계백부터 의직과 미추까지, 그들은 모두 조족지혈의 군사로 18만 대군과 당당히 싸워냈기 때문이다. 게다가 그들은 목숨을 아까워하지 않았다. '미추가 마지막이 아니었던가.' 김유신의 머릿속에 거미줄이 쳐졌다. 그는 가만히 실눈을 뜨고 대로를 응시했다. 그런데 황색깃발 속에 하얀 깃발이 보였다. 그 깃발은 항복을 상징하는 표시였다.

"대총관, 저건 항복의 표시가 아닙니까?"

항복을 의미하는 깃발이 틀림없었다. 대로를 따라 오고 있는 백제 사람들은 의자의 미움을 산 부여궁과 외교사절단이었다. 사절단에는 국표를 비롯한 세 명의 귀족도 포함되었다. 사절단은 소정방과 김유신에게 바칠 술과 음식을 바리바리 싸들고 나타났다.

"네놈들은 뭐냐?"

"총사령관님, 저희들은 백제 어라하를 대신해 온 사절입니다. 작은 나라가 대국 황제폐하의 심기를 불편하게 만든 죄를 용서해 주십시오. 제발 백제를 살려주십시오."

부여궁은 머리가 땅에 닿도록 조아리며 싹싹 빌었다.

"이런 벨도 없는 머저리 같은 놈들. 그런다고 우리가 철군을 할 것 같으냐. 이깟 음식들은 다 뭐냐. 우리가 이거나 먹고 돌아갈 것 같더냐? 그리고 항복을 할 것 같으면 의자란 놈이 와야지 니들은 다 뭐냐!"

소정방이 술과 음식을 발로 걷어찼다. 벌벌 떨며 음식을 들고 있던 백성들은 음식을 땅에 내려놓고 도망치기 바빴다.

"네놈이 백제의 왕자고 네놈들이 귀족이란 놈들이냐? 네놈들은 그동안 백성들의 고혈을 빨아먹으며 잘 먹고 잘 살았겠지. 살기 위해 비겁한 짓 그만두고 그만 죽어라. 살고 싶으면 가서 니네 왕이나 데려와!"

부여궁과 귀족들이 아무리 죄를 빌면서 철군을 요청해도 소정방은 끄떡도 하지 않았다. 오히려 백제의 왕인 의자와 귀족들을 조롱하며 사절들을 실컷 가지고 놀았다. 부여궁은 칼춤을 추며 위협을 하는 연합군 무사의 발아래 엎드려 살려달라고 읍소하기까지 했다. 그러자 귀족들도 납작 엎드려 읍소하기 시작했다. 하지만 국표만큼은 달랐다. 그는 시종일관 반듯한 자세를 유지한 채 눈을 감고 있었다. 처음부터 죽음을 각오한 사람처럼 담담하기 그지없었다. 김유신이 국표에게 다가갔다.

"그대는 누군가."

"대 백제의 좌평 국표라고 하오."

"그대는 왜 살려달라고 빌지 않는가."

"어차피 죽을 목숨 구차하게 빌어서 무엇 하겠소. 먼저 간 백제의 군사들처럼 나 역시 이곳에서 떳떳이 죽을 것이오. 어서 죽이시오."

"백제가 이런 처지에 놓인 원인은 저런 한심한 귀족들 때문이었는데 모두가 그렇지는 않은가 보오. 당신 같은 귀족도 있으니 말이오."

"우리 백제는 본시 흥망계절의 정신을 이어받은 나라요. 어쩌다가 문란한 귀족들에게 휘둘리게 됐지만 정신은 절대로 죽지 않소. 사비를 함락시키고 우리 어라하를 죽인다한들 백제인들의 가슴에 면면히 이어지고 있는 그 정신은 결코 **빼앗지** 못할 것이오."

국표의 입에서 흥망계절의 정신[16]이라는 말이 나왔다. 김유신은 흥망계절의 정신이라는 말에 정신이 번쩍 들었다. 흥망계절의 정신이라면 의자를 잡는다 한들 백제를 완전히 멸하기는 쉽지 않다. 누군가가 다시 일어나 백제의 부흥운동을 전개할 것이기 때문이다.

"정신이고 뭐고 싹 쓸어버리면 그만이다. 저 놈의 세치 혀에 휘둘리지 말고 모조리 죽여 버려라. 지겹다, 지겨워."

"대총관, 저 자는 죽이기에 아까운 인물이오. 백제의 정신을 올곧게 이어받은 사람이란 말이오. 저런 자를 이용하면 훗날 민심을 수습하는데 큰 도움이 될 것이오."

백제의 부흥운동을 염려한 김유신의 포석을 소정방은 깡그리 무시했다.

"도움이고 뭐고 거추장스런 것들은 싹 죽여 버리고 갑시다. 뭐가 그리 복잡해. 저것들을 단칼에 죽여라!"

---

16) '망한 것을 일으키고 끊어진 후사를 잇게 한다.'는 흥망계절의 정신은 본래 중국의 고전에서 유래됐다. 불교에 이어 유학을 받아들인 백제는 유학에 근거한 이 정신을 백제만의 것으로 승화시켜 귀족과 백성들의 면면에 녹였다. 하지만 백제 멸망 당시 많은 귀족들은 이 정신을 자기에게 유리한 쪽으로 이용했다고 보는 것이 작가의 생각이다.

소정방의 명령에 칼을 잡고 있던 무사들이 일제히 춤을 멈추었다. 잠시 정적이 흐르고 잘린 목들이 하나둘 땅바닥에 굴러 다녔다. 백제의 정신을 올곧게 이어받은 마지막 충신 국표가 죽는 순간이었다.

사절단의 처참한 죽음은 백고에 의해 고스란히 의자에게 전달됐다. 백고는 서나성의 전황을 의자에게 보고하러 숨어 들어가던 중 사절단의 참상을 보았다. 백고는 후들거리는 다리를 진정시키며 사비성으로 뛰어 들어갔다.

"어라하, 수도방위대장과 군사들이 전멸하고 사절단 모두의 목이 떨어졌습니다. 놈들이 이곳으로 몰려오고 있습니다. 서둘러 피신하셔야 합니다."

소식을 들은 국담의 몸이 움찔하며 눈에 핏발이 섰다.

─어차피 애비는 죽을 것이다. 나의 죽음에 네가 동요한다면 대사를 그르치게 된다. 지금은 집안이나 개인을 생각할 때가 아니다. 나라가 우선이다. 나라를 위해 반드시 어라하를 피신시켜야 한다.

국담은 아버지의 간곡한 당부를 떠올리며 마음을 다잡으려 했지만 자기도 모르게 터져 나오는 괴성을 어찌할 수가 없었다. 국담은 머리를 쥐어뜯으며 짐승처럼 울부짖었다. 하루아침에 아버지와 존경하는 상사를 잃어버린 청년의 심정은 쉽사리 가라앉지 않았다. 국담은 의자의 파천이고 뭐고 무조건 달려가 소정방과 김유신을 때려죽이고 싶었다. 그때 미추와 국표의 꾸지람이 들려왔다.

─국 내솔, 자네는 마지막으로 남은 백제의 영웅일세. 내가 자네를 살리고자 했던 이유를 모르겠는가. 자네는 끝까지 살아남아 어라하

를 보필해야 하네. 어서 정신을 차리고 어라하를 웅진성으로 모시게.
어서!

―이런 못난 놈, 대의를 위해 사사로운 인정을 버리라고 그리도 신
신당부 했거늘. 이 애비는 죽을 자리를 찾아 간 것뿐이다. 이 애비의
죽음을 헛되이 하지 마라. 시간이 없다. 어서 어라하를 모시고 사비성
을 빠져 나가도록 해라. 그 길만이 망해가는 백제를 다시 살릴 수 있
다. 어서!

미추와 국표의 음성이 가물가물 해질 즈음 가문의 보검이 부르르
떨며 푸른빛을 발산했다. 빛을 보자 신기하게도 국담의 마음이 안정감
을 찾았다.

국담이 마음을 다잡고 의지를 다지는 동안 의자는 빠른 걸음으로
성내 곳곳을 둘러보며 방비에 만전을 기했다. 왕자인 부여태에게 거짓
왕권을 주고 태의 주도하에 성을 사수토록 했다. 부여태에게 왕권을
주자 문사와 여러 왕자들의 미간이 일그러졌지만 의자의 완곡한 명령
에 토를 달수는 없었다.

국담에게 아버지와 미추의 죽음은 이제 슬픔이나 분노보다는 한 가
지 목표만을 요구했다. 의자를 피신시켜 후일을 도모하는 것. 결심이
선 국담은 "이제부터는 제가 모든 일을 책임지고 이끌어 가겠습니다."
라고 말했다. 벼슬은 비록 육품 내솔이지만 수도방위대장으로부터 전
권을 위임받은 터라 누구도 이의를 제기하지 않았다.

"어라하를 즉시 웅진성으로 모시겠습니다. 웅진성은 벼랑과 강으로
둘러싸인 천혜의 요새입니다. 그곳에서 버티면 지방군이 모여들 것입

니다. 그들과 연대해 이 사비성을 다시 탈환하면 됩니다."

"웅진성의 성주는 누구인가?"

"북방령 예식입니다."

"그자는 이곳 사비성과 가까이 있으면서도 내게 달려오지 않았다. 그를 어떻게 믿고……."

"지금으로써는 그 방법밖에는 없습니다."

'이럴 때 누구라도 배신을 한다면 백제는 완전히 무너진다.' 의자는 잠시 예식의 집안을 생각했다.

예식은 조부 때부터 좌평벼슬을 한 백제의 신흥귀족이었다. 예식의 조부인 예다와 부친인 사선은 의자의 아버지 무왕 때도 웅진성을 지키고 있었던 웅진의 유력가문이었다. 더구나 무왕은 한강 유역을 되찾기 위해 군사를 일으키거나 수도인 사비를 중건할 때 등 국가에 중요한 일이 있을 때마다 웅진에 머무른바 있었다. 그때마다 예식의 집안에서 왕을 적극 보필했다. 이러한 이유로 웅진은 백제의 임시 수도나 마찬가지였고 언제나 물자가 풍족했다. 의자는 예식의 집안이라면 자신을 배신하지 않을 것으로 믿었다.

하지만 의자가 예식의 집안을 좀 더 면밀하게 들여다보았으면 다른 선택을 했을지도 모른다.

예씨 가문이 오늘날 백제의 신흥귀족으로 자리를 잡게 된 데는 예식의 할아버지 예다 때부터이다. 뛰어난 지략가였던 예다는 법왕이 독실한 불교신자로서 왕권을 유지하기 위해 불안한 나날을 보내고 있다는 것을 간파했다. 예다는 당시 중앙정계로 진출하지 못한 지방 신흥세력의 일부였지만 과감히 장계를 올려 법왕의 신임을 얻었다. 장계의 핵심내용은 '산목숨을 죽이지 말라.'는 살생금지법에 관한 것이었다. 이에 따라 백성들은 사람은 물론 가축들마저 함부로 죽일 수 없게 되었다.

선왕이자 형이었던 혜왕이 즉위 일 년 만에 시해를 당하고 일본에 볼모로 잡혀있던 아좌태자가 호시탐탐 왕좌를 노리고 있던 형국에서 법왕이 선택한 카드는 바로 무장해제라는 선수였던 것이다. 전쟁과 반란의 위기에서 조금 자유로워진 법왕은 예다를 좌평으로 임명하고 예씨 가문을 중앙정계로 진출시켰다. 하지만 법왕은 결국 백제를 중심으로 삼국통일을 꿈꾸던 무왕의 추종세력에게 시해를 당하고 말았다.

법왕을 시해하는데 결정적인 공을 세운 이가 있었으니 그가 바로 예식의 아버지인 사선이었다. 사선은 자신의 아버지가 법왕의 신임을 받고 있었지만 세력이 무왕 쪽으로 이동하는 것을 간파하고 사실을 예다에게 알렸다. 이에 예다는 한 치의 망설임도 없이 무왕을 도와 거사를 결행하라는 명을 내렸다. 왕을 배신한 덕분에 사선 역시 좌평벼슬을 얻어 가문을 유지할 수 있었다.

"태는 이곳 사비성을 죽기로 사수하라. 조금만 버티면 지방군을 이끌고 이 성을 다시 탈환할 것이다. 혹시 나와 태자가 잘못되면 태자의 장자인 문사를 왕으로 삼아 보필하라. 그때까지는 태가 이곳에서 내 역할을 한다. 다른 왕자들은 태를 중심으로 일치단결해야 한다. 조금만, 조금만 참고 버티면 된다."

의자는 태자인 부여효를 데리고 웅진성으로 가면서 후계구도를 확실히 해두었다. 웅진성으로 간 자신과 태자가 잘못될 경우 태자의 아들인 문사를 왕으로 올려야만 반발이 덜할 것으로 생각했다. 위급한 상황에서 피신을 하지만 웅진성으로 가는 도중 무슨 일이 벌어질지 모를 일이었다. 의자가 볼 때 사비성이나 웅진성이나 위험하기는 마찬가지였다. 위험을 분산시켜 왕조를 지키려는 왕으로서의 간절함이 어린 문사를 사비성에 남겨두도록 한 것이다.

"어라하, 육로로 가시면 위험합니다. 조금 험하지만 수로를 이용하도록 하시지요."

국담은 사비산성 밑 절벽바위 아래에 배를 준비하라고 미리 일러두었다. 육로로 갔다가는 사방에 깔린 적들에게 들킬 것이 빤하다고 생각했기 때문이다. 하지만 배에는 많은 사람들이 타지 못한다. 남은 신하들과 국담을 따르는 방위대의 군관들이 문제였다.

"백고, 자네는 군관들을 이끌고 산길을 이용해 웅진성으로 가게. 먼저 도착했다 해도 성 안으로 들어가지 말고 근처에서 대기하게."

국담은 의자를 비롯한 태자와 몇 명의 신하들만 데리고 절벽을 탈 준비를 했다. 그러자 나머지 신하들이 어찌할 바를 모르고 우왕좌왕했다. 신하라고 해봐야 고작 열댓 명, 백제의 상층인사 대부분은 나당 연합군이 사비로 몰려오고 있다는 소식을 듣자마자 뿔뿔이 흩어져 도망쳐 버렸다. 700년 역사를 가진 나라가 사라질 위기에 놓였는데 백제의 상층인사들 중 성을 베개 삼아 사직과 운명을 함께하겠다는 자는 거의 없었다. 그나마 남아있던 인사들도 의자와 혈연관계에 있거나 도성에 쌓아둔 재물이 아까워 도망칠 수 없었던 자들이었다.

"그대들은 사비성에 남아 왕자들과 함께 결사항전을 하든 산길을 따라 웅진성으로 오든 마음대로 하시오."

사비성에 남아 결사항전을 선택할 사람들이 아니었다. 이 마당에 사비의 재물을 지키겠다고 남아 있는 것은 죽음을 자초하는 일이었기 때문이다. 의자가 선택권을 주었지만 신하들은 대부분 산길을 따라 웅진성으로 가겠다고 했다. 산길이 험난하든 말든 일단 화약고에서 벗어나고 보자는 심산이었다.

의자가 가려는 수로 역시 쉽지만은 않았다. '배를 타려면 일단 절벽 바위 아래로 내려가야 한다. 미끄러운 바위를 타고 내려가는 동안 무슨 일이 벌어질지 모른다. 그렇다고 누군가의 등에 업힐 수도 없다. 다행히 배를 탔다 해도 무사히 웅진으로 갈 수 있을 것이라는 확신도 없다. 적들의 숫자는 무려 십팔 만이다. 그들 중 일부가 강가에 주둔하고 있거나 내가 도망친다는 사실을 아는 백성들 중 밀고자라도 있다면 모든 일이 허사로 돌아간다.' 의자의 비관적인 생각을 아는지 비를 머금은 검은 구름이 어둠을 재촉하고 있었다.

"파천은 무슨 놈에 파천. 백성들을 버리고 저만 살겠다고 도망치는 주제에……."

백성들 속에 섞여있던 누군가가 웅진성으로 파천을 하는 의자의 뒤통수에 대고 은밀한 목소리로 욕을 해댔다. 사실상 파천이라고 하기는 너무나도 초라한, 그저 도망에 불과한 왕의 피신이었다.

왕의 체면이 말이 아니었다. 평복차림을 했으나 옷이 바위 뿌다구니에 걸려 찢어지고 이끼를 잘못 디뎌 미끄러지기도 했다. 국담이 업다시피 부축했지만 망국의 한을 품은 밤의 정령들이 의자를 편안히 놔두지 않았다. 천신만고 끝에 바위산을 내려온 의자 일행은 주위를 두리번거리며 배를 찾았다. 그런데 배가 보이지 않았다. 일행은 충격과 두려움에 휩싸였다. '충성스러운 사공이라고 했다. 사비에서 가장 유능하다고도 했다. 사공은 왜 보이지 않는 것일까. 사공이 없으면 다시 절벽을 올라 산길을 타고 가야 하는데 나에게는 그럴 여력이 없다. 사면초가가 따로 없다. 왜 이렇게 일이 꼬여만 가는 걸까.' 불안한 마음에 의자의 다리가 후들거렸다.

"어라하, 잠시만 기다려 주십시오. 틀림없이 이 주변에 있을 것입니다. 제가 살펴보고 오겠습니다."

국담은 의자를 안심시킨 뒤 더듬거리며 하류로 내려갔다. 넓고 평평한 바위 위에 오른 국담은 칠흑처럼 깜깜한 강물을 굽어보았다.

"똬르르, 똬르르……."

강물이 좁은 목으로 빨려 쏟아지는 소리가 들렸다. 불길한 예감이 들었다. 순간, 머릿속에 저장된 어떤 기억이 파르르 떨며 튀어 나왔다. 이무기, 과거 이무기를 죽여 없앴던 곳이었기 때문이다. 국담은 송곳 같은 눈빛으로 주변을 찔러보았다. 기우였다. 이무기는 보이지 않았지만 마치 이무기가 살고 있는 것처럼 분위기는 스산했다. 그때, 개미만한 목소리가 국담의 귀에 들렸다. 뱃사공이었다. 주도면밀했던 그는 누군가의 배신으로 일이 발각될까봐 숨어서 일행의 동정을 살피고 있던 중이었다. 국담임을 확인하자 비로소 자신의 모습을 드러낸 것이다.

"빠르게 이동을 해야 하니 배가 크지 않습니다."

배가 있다는 말에 의자는 가슴을 쓸어내렸다. 하지만 배는 초라하기 그지없었다. 당시 삼국을 통틀어 가장 융성한 문화를 자랑하던 백제였다. 백제의 조선기술 또한 왜는 물론 주변 각국으로 전파되어 지대한 영향을 미치고 있었다. 그런 나라의 대왕이 작고 초라한 배에 사활을 걸고 쥐새끼처럼 도망을 치려는 것이다. 의자는 검은 강물 위에 크고 작게 일어나는 물보라를 바라보며 가슴을 쳤다. '모든 것이 내 탓이다. 내가 어리석어 자초한 일이다. 하지만 반드시 도성을 되찾고 말겠다.'

숯처럼 검은 사비의 강은 적막하기 그지없었다. 의자가 입을 굳게 다물자 그 누구도 말을 하려 하지 않았다. 하루아침에 도성을 빼앗기고 도망치는 마당에 무슨 말이 필요하겠는가. 그러는 동안 물기를 잔뜩 머금은 구름이 무게를 이기지 못하고 쏟아져 내렸다. 빗방울이 끓는 팥죽처럼 튀어 올랐다. 우산도, 우비도, 비를 가릴 그 무엇도 없었다. 국담이 옷을 벗어 덮어주려 했지만 입고 있는 옷은 무거운 갑옷이었다. 신하들이 서둘러 옷을 벗었다.

"그냥 두시오. 이 마당에 비 좀 맞는다고 대수겠소. 거 시원하고 좋구려."

의자가 신하들의 옷을 사양하며 눈두덩에 묻은 비를 훔쳤다. 그때, 의자의 눈에 이상한 것들이 보였다. 검은 고기들이 사방에서 튀어 오르고 있었던 것이다. 대체로 강에 사는 고기는 햇살이 강해지는 아침나절과 농익은 석양빛을 받아 튀어 오르곤 하는데 심야에 활발한 활동을 하는 것이 이상했다.

"저런 일이 종종 있더냐?"

사공이 봐도 이상한 일이었다. 하지만 사공은 의자를 안심시키기로 했다.

"비가 와서 저런 모양입니다. 신경 쓰지 마시옵소서."

신경을 안 쓸 일이 아니었다. 이번에는 긴 꼬리를 매단 고기들이 물뱀처럼 기어서 배 주위를 헤엄쳐 다녔다. 크기도 구렁이 같아서 흉측하고 징그러웠다.

"대체 이 무슨 망조란 말인가. 아니! 저, 저건?"

의자가 가리킨 방향은 배의 앞쪽이었다. 이번에는 용인지 이무기인지 배를 덮칠 만큼 커다란 괴물이 배의 전면에 서서 진로를 방해하고 있었다. 그러자 긴 꼬리를 매단 물고기들이 괴물의 주변으로 헤엄쳐 몰려들었다. 배에 탄 모든 사람들은 몸을 젖버듬히 누이고 입과 눈을 동그랗게 만들었다. 너무나 황망한 일이 눈앞에 펼쳐져 어벙한 소리만 낼 뿐 말을 하지 못했다.

"구, 국담. 저, 저것들을 어찌 좀 해보게!"

태자와 신하들이 국담을 앞세웠다. 의자 역시 간절한 눈빛으로 국담을 올려다보았다. 이제 믿을 사람은 국담밖에 없기 때문이다. 국담이 뱃머리에 우뚝 서서 괴물을 노려보았다.

"네 놈은 필시 용은 아닐 터. 용이라면 감히 대 백제국의 어라하를 해치려 하지 않을 것이다. 네 놈이 뭐든 우리 어라하를 해치려 한다면 이 칼이 용서치 않으리라."

국담은 괴물을 향해 호통을 친 다음 가문의 보검을 빼 들었다. 세상이 온통 검은색임에도 불구하고 국담의 칼은 시퍼런 빛을 뿜어내고 있었다. 그러자 괴물이 몸을 천년 묵은 느티나무처럼 크게 만들어 꼿꼿이 세웠다. 사공이 혼신의 힘을 다해 역으로 노를 젓고 있었지만 배는 물살을 따라 괴물을 향해 흘러갔다. 가까이서 본 괴물은 용도 아니요 이무기도 아닌 그야말로 괴상하게 생긴 괴물 그 자체였다. 사람들은 겁에 질려 배의 후면으로 몸을 피했다. 배가 기우뚱 머리를 높게 쳐들었다.

"겁내지 말고 배의 중앙으로 오십시오. 저 놈은 제가 해치우겠습니다."

국담은 코앞에 있는 괴물을 향해 시퍼런 칼을 휘둘렀다. 시퍼런 빛이 괴물의 머리를 향해 날아갔다. 괴물은 빛을 맞고도 끄떡하지 않았다. 그러자 국담이 칼을 정면으로 세웠다. 공중으로 솟구쳐 괴물의 이마를 향해 깊숙이 내리칠 작정이었다. 국담이 검은 하늘로 높이 솟구치려는 찰나, 괴물의 눈이 크게 끔뻑했다. 그런데 참으로 이상한 일이었다. 괴물은 국담의 칼을 전혀 피할 기색이 없었다. 사태 파악이 안 된 국담이 급하게 칼을 거두고 괴물을 자세히 살펴보았다. 의자와 신하들도 슬금슬금 뱃머리로 다가와 괴물을 쳐다보았다.

"앗! 저, 저 놈의 눈에서 이상한 것이 흐릅니다."

신하들 중 밤눈이 좋은 누군가가 소리쳤다. '저 놈은 우리를 해칠 뜻이 없다.' 국담이 경계태세를 풀고 허리를 잔뜩 구부려 괴물의 눈을 탐색하듯 살폈다.

"누, 눈물입니다 어라하. 저 놈이 피눈물을 흘리고 있습니다."

괴물이 피눈물을 흘리자 거짓말처럼 비가 그치고 괴물의 옆에서 그 물거리던 것들도 사라졌다. 놀란 사공도 노 젓는 일을 멈추고 괴물을 살피기에 바빴다. 배는 물살을 따라 내려가고 있었지만 괴물과 부딪치지는 않았다. 괴물과 배가 일정거리를 유지하고 있는 것 또한 이상한 일이었다.

"네 놈은 뭐냐. 정체를 밝혀라!"

국담이 다시 호통을 쳤다. 하지만 괴물은 아무런 말이 없었다. 이번에는 의자가 나섰다.

"너는 우리를 해칠 의사가 없는 것 같은데 어찌하여 이러는 것이냐."

그러자 괴물은 몸을 더 크게 부풀려 커다란 입을 벌렸다. 사람들은 다시 뒤로 도망쳤다. 국담이 결판을 낼 듯 칼을 높이 쳐들었다.

"놈이 불을 뿜을지도 모릅니다. 불에 타 죽기 전에 강물로 뛰어 들어야 합니다."

신하들이 호들갑을 떨었다. 하지만 괴물의 입에서는 아무것도 나오지 않았다. 더 이상은 안 되겠다고 판단한 국담이 몸을 잔뜩 고푸리고 날아오를 준비를 했다. 단번에 괴물의 이마를 갈라놓을 작정이었다. 그때 괴물의 입에서 엄청난 소리가 터져 나왔다. 어찌 들으면 천둥소리 같고, 어찌 들으면 지옥문을 지키는 옥사장이 지르는 소리 같고, 어찌 들으면 졸지에 부모님을 잃은 자식들이 곡을 하는 소리 같았다. 여하튼 괴물의 소리는 세상에서 한 번도 들어본 적 없는 희한한 소리였다. 사람들은 손가락으로 고막을 막았지만 점차 귓구멍에서 손가락을 빼냈다. 괴물의 소리에 익숙해지면서 그 소리가 무엇을 의미하는지 알았기 때문이다. 괴물은 통곡을 하며 울고 있었던 것이다. 한바탕 통곡을 하던 괴물은 물거품처럼 서서히 자태를 감추었다.

의자의 일행을 태운 배는 빠르게 흘러 웅진의 강가에 도착했다. 기괴하게 피어오르는 물안개가 가라앉은 의자일행의 마음을 더욱 무겁게 만들었다. 바람사냥꾼 비사도리로부터 의자가 웅진성으로 파천을 한다는 소식을 들은 예식은 만감이 교차했다. 예식은 밤새 한숨도 자지 못하고 망루에 올라 우두커니 사비성 쪽을 바라보고 있었다. 점풍(占風)[17], 세상이 장차 어떻게 바뀔지 바람점이라도 쳐보고 싶은 심정이었다. '나라가 위기에서 벗어날 수만 있다면 죽기로 어라하를 보필해야 하지만 망한다면 선수를 쳐야 한다.' 웅진성 성주 예식은 달솔벼슬을 하고 있었지만 백제의 지방군인 5방 중 가장 중요한 북방을 관할하고 있었다. 당시 백제의 군제는 사비를 중심으로 한 중앙군과 다섯 곳의 지방으로 나뉘어져 있었다. 그리고 각 방 아래 50여 곳의 군과 250여 곳의 성이 있었다. 이곳에 속해있는 군사들은 모두 상비군이었는데 그 숫자는 무려 13만 명이나 되었다.

백제의 지방군 중 사비성과 가깝고 가장 유력한, 북방에 속한 각 성의 군사들도 합치면 3만이 넘었다. 게다가 백제는 군호에 속한 일반백성들을 군대로 편입[18]할 수 있었기 때문에 예식이 북방에서 차근히 군사를 모으면 10만에 달하는 병력을 움직일 수 있었다. 웅진성은 강과 절벽을 배후로 한 천혜의 요새, 북방령인 예식이 충성을 다해 왕을 보필할 경우 웅진성은 쉽게 함락당하지 않을 것이다. 그럼에도 불구하고 예식은 자신의 왕을 놓고 저울질을 하고 있었던 것이다.

*

의자가 사비성을 떠나자 부여태는 태자의 아들 문사를 비롯한 여러 왕자들 그리고 서너 명의 신하들과 함께 수성에 만전을 기했다. 사비

---

17) 2011, KBS 역사추적의 예식진 묘지석 내용 해석 중 점풍이역취일장안(占風異域就日長安), 즉 '바람을 점친다 바람이 어디로 나아갈 것인지…….'에서 인용.

18) 개병제.

성은 도성을 한눈에 내려다볼 수 있는 위치에 있었다. 부여태가 왕이 입는 황금색 갑옷을 입고 장대에 올라 아래를 내려다보니 연합군 군사들이 땅의 끝까지 꽉 들어차 있었다. '저들을 막아내는 일은 결코 쉽지 않다.' 부여태는 연합군의 군사력에 숨이 턱턱 막혔지만 죽기로 수성을 하려 했다. 아버지인 의자 대신 왕을 자처하면서까지 결사항전을 다짐하던 그였다. 그 역시 미추처럼 질 것이 뻔한 전쟁을 치르면서 의자에게 시간을 벌어주기 위해 버티고 있었던 것이다.

전쟁은 새벽녘이 될 때까지 계속되었다. 높은 곳에 위치한 사비성이 수성을 하기도 좋았지만 그 보다는 죽을 각오로 싸우는 부여태의 기개가 하늘을 찔렀기 때문이다. 그 사이 수천 명의 군사와 백성들이 적의 화살에 죽어 나갔다. 노인과 아녀자들은 열심히 돌을 나르고 물과 기름을 끓였다. 사비의 군사들은 성벽을 기어오르는 연합군을 향해 돌을 던지고 끓는 물과 기름을 쏟아 부었다. 가까스로 성벽을 타고 성내로 진입한 연합군은 백제의 싸울아비들이 무자비하게 베어 없앴다. 덕분에 성문은 열리지 않았고 굳건했다. 하지만 불화살이 문제였다. 연합군 궁수부대는 몇 시간을 쉬지 않고 화살을 쏘아댔다. 사비성 내를 불바다로 만들 작정이었던 것이다.

"디웅~ 디웅~ 디웅~"

연합군 진지에서 치는 북이 웅장한 공명을 만들었다. 그러자 불화살 공격이 멈추었다. 순간, 사비성이 적막에 휩싸였다. 사비성내 사람들은 귀를 쫑긋 세우고 숨을 죽였다. 분명 엄청난 일이 벌어질 것만 같았다. 사람들의 예감은 정확했다. 성 밖에서 발원한 괴상한 소리들이 성벽을 넘어 오는가 싶더니 여기저기서 외마디 비명들이 터져 나왔

다. 화살이었다. 나당연합군이 이번에 쏘고 있는 화살은 불화살이 아
닌 맨 화살이었다. 소나기처럼 쏟아지는 화살은 어두운 사비성내 곳곳
으로 파고들었다. 사람들은 보이지 않는 화살을 피할 수가 없었다. 그
대로라면 한 시간도 안 되어 사비 백성 절반이 죽을 것만 같았다.

"하, 항복을 해야 합니다."

부여태를 둘러싼 왕자들이 안달복달을 했다.

"절대로 안 된다. 절대로 성문을 열면 안 된다. 우리는 끝까지 성을
지키다가 죽는다."

부여태는 늠연한 자세로 호통을 쳤다. 하지만 문사를 비롯한 왕자
와 신하들은 이미 마음을 굳힌 것 같았다. 연합군은 한바탕 화살잔치
를 끝내고 의미를 알 수 없는 북만 둥둥 쳐댔다. 북소리는 일정한 강
도와 간격으로 울렸는데 아무 일도 일어나지 않았다. 사비성 사람들
에게 연합군이 울리는 북소리는 장송곡과도 같았다.

"아무리 말려도 소용없습니다. 우리는 나가서 항복을 하겠습니다."

왕자들이 벌떡 일어났다.

"너희들이 항복을 하건 말건 상관하지 않겠다. 하지만 성문으로는
나갈 수 없다."

왕자들은 잠시 멈칫 하다가 성벽 위로 올라갔다. 밧줄을 타고 내려
가 항복을 하려는 것이었다. 왕자와 신하들이 성을 내려가기 시작했
다. 그러자 사비성 내 군사와 백성들이 하나둘 동요하기 시작했다. 백
성들의 동요는 시간이 갈수록 확산돼 더 이상 부여태의 명령이 통하지
않았다. 아무도 태를 위해 죽겠다는 사람은 없었고, 태는 넋을 놓고
이들을 바라볼 수밖에 없었다. 700년의 역사를 가진 나라의 왕궁이

나당연합군에 의해 점령되는 순간이었다.

"왕자와 귀족들까지 항복을 하는데 왜 우리만 남아 개죽음을 당해야 합니까?"

백성과 군사들이 따지듯 묻는 소리에 부여태의 정신이 바짝 돌아왔다. '아차! 대단한 실수를 했구나.' 부여태는 항복을 하려는 신하와 형제들을 과감히 죽였어야 했다. 하지만 당시에는 경황이 없었다. 더구나 형제를 죽인다는 것은 상상조차 할 수 없었다. 방심이 화를 부른 것이다. '이젠 어쩔 수 없다. 저 수많은 백성들에게 결사항전을 명령할 수 있는 명분이 없다. 대 백제여! 아바마마, 이젠 저도 어쩔 수가 없습니다.' 부여태가 결심한 듯 고수를 올려다보았다.

"항복을 알리는 깃발을 내걸고 북을 울려라!"

항복을 의미하는 당나라의 깃발이 성첩(城堞)에 걸리자 백성들은 나부죽이 엎드리고 열댓 살 먹어 보이는 소녀는 쪼그리고 앉아 얼굴을 사타구니 사이로 처박았다. 소녀가 떨어뜨린 눈물이 낙수처럼 맨땅을 후비적거렸다.

"성문을 열어라! 복신 숙부께서는 틈을 노려 웅진성으로 가세요. 어라하께 사실을 낱낱이 보고하고 죽음으로 어라하를 보위하셔야 합니다."

부여태는 항복을 하여 백성들의 무고한 희생을 줄이기로 결정했다. 그리고 성내에 있는 곡식을 모두 태워 버렸다. 적들에게 식량을 내주지 않기 위함이었다. 황금색 용포를 걸친 부여태가 허우적허우적 성문을 향해 걸어갔다. 성왕이 웅진에서 사비로 도읍을 옮긴지 123년 만에 백제의 도성이 함락되었다.

제2부

수성

웅진성

　예식의 고민이 시소처럼 까딱까딱하는 동안 여명이 밝아오고 의자 일행이 웅진성에 도착했다. 의자는 성 밖에서 대기하고 있던 군사들과 함께 당당하게 입성하려 했지만 몰골이 말이 아니었다. 위엄을 갖추려 평복을 벗고 용포를 걸쳤어도 초라하기는 마찬가지였다.

　사비성에서 출발한 국담의 군관들은 험한 산길로 오는 도중 선발과 후발대로 나뉘었다. 군관들과 보조를 맞추지 못하는 신하들 때문이었다. 국담은 이들의 지휘를 백고에게 맡겼으나 백고는 선발대에 없었다.

　밤새 한숨도 자지 못하고 이리저리 성벽 위를 왔다 갔다 하던 예식이 보기에도 초라하기 그지없는 왕의 행색이었다. '저런 자가 왕이라니. 황금빛 용포에 쥐새끼 한 마리가 들어가 있는 것 같구나.'

　"어라하, 비사도리로부터 어라하의 파천 소식을 듣고 기다리고 있던 중입니다."

　예식이 의자를 내려다보며 무릎을 꿇었다. 무릎은 꿇었지만 위치는 높은 곳이다. 원래 무릎이란 아래에서 위를 올려다보며 꿇는 법. 때마침 아침안개가 성벽을 타고 내려가 의자를 휘감았다. '마치 오랏줄에 묶인 포로 같구나. 포로, 포로라…….' 예식은 의자를 내려다보며 '포로'라는 단어를 떠올렸다.

　"지금 무슨 짓을 하고 있소. 당장 내려와 성문을 열고 이 아래에서 무릎을 꿇으시오!"

국담이 버럭 소리를 질렀다. 쩌렁쩌렁한 호통이 웅진성 곳곳으로 파고 들어갔다.

"아, 알겠소."

예식은 총총걸음으로 내려와 직접 성문을 열었다.

"어라하."

예식과 그의 형인 예군 그리고 여러 무장들이 촘촘하게 엎드려 절을 하였다. 의자가 태도를 단단히 하며 위엄을 갖추었다. 웅진성까지 뱃길로 오는 동안 비를 맞고 괴물을 만났으며 혹시라도 있을지 모르는 적들을 경계하느라 기진맥진한 상태였다. '정신을 차리고 다음 일들을 준비해야 한다. 어쨌든 무사히 탈출에 성공한 것은 천만다행이다.' 의자는 성으로 들어가 이곳저곳을 면밀히 살펴보며 나지막이 중얼거렸다. '북으로는 넓은 강이 성을 두르고 흐른다. 강은 성의 절반가량을 감싸고 있어 절반의 군사들을 번 셈이다. 더구나 성은 산 위에 위치해 있다. 그럼으로 기어오르는 적들이 환히 보인다. 이쯤 되면 용력이 출중한 군관 한 명이 한 자루의 창으로 몇 백 명의 적을 능히 무찌를 수 있다.'

웅진성은 백제 제2의 수도답게 물자도 매우 풍족했다. 북방에 속한 각성과 군호에서 군사들을 모집하는 것은 물론 무기와 군량미 조달에도 부족함이 없는 곳이다. '이런 조건이라면 적어도 보름은 버틸 수 있겠구나. 버티는 동안 지방군만 와 준다면 사비성을 다시 탈환할 수도 있다.' 의자는 나뭇잎에 동글동글 매달린 이슬을 손바닥으로 쓸어 눈을 씻은 뒤 웅진성 내 모든 군사와 백성들을 불러 모으라고 명령했다.

"비사도리는 어디 있습니까?"

국담이 비사도리를 찾았다.

"사비성으로 다시 돌려보냈소. 소정방의 움직임을 예의주시해 보고하라고."

"그자는 어라하의 신하요. 어찌 방령께서 이래라 저래라 한단 말이오."

첫 만남부터 분위기가 편치 않았다. 이를 눈치 챈 의자가 손을 번쩍 들어 주위를 정리했다.

"웅진성은 난공불락의 요새다. 이곳이라면 용감한 병사 한 명이 수백 명의 적을 능히 물리칠 수 있다. 물자도 풍족해 얼마든지 버틸 수 있다. 우리가 버티는 동안 지방군이 흑치상지가 있는 임존성으로 집결할 것이다. 지방군이 다 모아지면 어마어마한 대군이 된다. 설사 적들이 이 웅진성을 공격한다 해도 임존성에 집결한 지방군이 대 반격을 한다면 다시 사비로 도망칠 것이다. 사비에 갇힌 연합군은 퇴로가 없어진다. 그동안 고구려 지원군이 올 것이고 바다 건너 왜에서도 대규모 군대를 파견할 것이다. 결국 놈들은 무기와 식량의 보급로가 끊겨 항복을 하고 말 것이다. 버티면 버틸수록 우리가 유리해진다. 다시 한번 전국에 급보를 보내라!"

의자는 제일 먼저 목표와 비전을 제시했다. 목표와 비전이 있는 군대는 일사분란 해진다. 그렇게 군대가 하나로 통일되어야만 한 명의 군사가 수백 명의 적을 무찌를 수 있는 것이다. 의자는 다음으로 조직을 정비했다. 명령의 체계를 다시 세워야 했기 때문이다.

"지금부터는 내가 직접 전투지휘를 할 것이다. 또한 백제의 대 귀족이자 국씨 집안의 장남 국담은 지금부터 달솔로 승차해 나를 직접 보

좌한다. 북방령 예식은 독자적인 명령을 내릴 수 없다. 모든 일은 국
달솔과 상의해 내게 보고토록 하라."

아무리 백제의 대 귀족 집안이라고는 하지만 6품 내솔에서 네 단계
나 뛰어넘어 2품 달솔이 된 국담. 이는 평생을 의자와 함께 전쟁터를
누벼온 미추와 같은 품계이며 백제 최고의 관직인 좌평보다 한 단계
낮은 위치이다. 예군이 눈을 동그랗게 뜨고 반발하려 했다. 하지만 예
식이 갑옷자락을 살살 잡아당기며 자제시켰다. 달솔이라면 북방령인
예식과 같은 품계였다. 게다가 왕을 직접 보좌하는 직책이니 실질적으
로 권력의 핵심인 것이다. 하지만 예식은 참을 수밖에 없었다. 상황이
긴박한 전시였기 때문이다. 아니, 그 보다는 다른 생각이 있어서였을
것이다.

"어라하! 다, 달솔이라니요. 너무 과분한 품계입니다. 거두어 주십시
오."

국담이 어찌할 바를 모르며 사양했다.

"아닐세, 자네는 백제의 대 귀족이며 사비의 재앙이었던 이무기를
죽인 영웅이네. 그런 사람을 여태 한직에 머무르게 했던 나의 불찰이
크네. 그리고 지금은 자네 같은 영웅이 구심점이 되어야만 이 난국을
풀어갈 수 있다네."

국담이 다시 사양을 하려는데 파수를 보던 병사의 목소리가 밥사발
깨지는 소리를 냈다.

"성 밖에 이상한 놈들이 몰려들고 있다!"

의자가 빠른 걸음으로 망대에 올랐다. 그의 뒤를 국담과 예식일행이
쫓았다. 아무런 방비도 안 된 상태에서 연합군의 침공이 있어서는 절

대로 안 되는 일이었다. 의자는 바짝 긴장을 하고 성 아래를 내려다보았다. '아! 다행이로다.'

"어라하, 천만 다행입니다. 우리 군사들입니다."

사비성에서 산길을 따라 웅진성으로 온 후발대와 신하들이었다.

"어라하, 이 늙은 귀족들 때문에 좀 늦었습니다. 어찌나 징징거리던지 끌고 오느라 혼났습니다."

국담이 백고를 흘깃 째려보았다. 아무리 사정이 형편없다 해도 벼슬이 훨씬 높고 나이도 많은 신하들을 함부로 무시하면 안 되는 것이었다. 더구나 군사들의 지휘를 맡은 사람으로서 선발에 서지 않고 후발대와 함께 도착했다. '백고가 어찌 저런 행동을……' 국담은 살짝 짜증이 났지만 내색하지 않고 백고 일행을 반겼다.

"대신들을 모시고 오느라 수고했네. 자, 어서 안으로 들어가세. 이제부터 할 일이 아주 많다네."

웅진성에 도착한 국담의 수하들은 백제 최고의 싸울아비들로서 3백 명이 넘었다. 모진 비바람을 맞으며 험준한 산길을 타고 왔지만 모두가 범상치 않은 기개를 보여주고 있었다. 반면 함께 온 신하들은 초죽음이 되어 성 안으로 들어가자마자 여기저기 쓰러져 잠자기에 바빴다. '고관대작들의 꼴이 거지와 다를 바가 없구나.' 의자는 혀를 차며 청사로 들어갔다.

"방령, 저 놈들은 보통 놈들이 아닐세. 쉽게 생각해서는 안 되겠어."

예군이 국담의 수하들을 둘러보며 나지막이 속삭였다. 예군은 바짝 마른 체구에 성마르게 생겼지만 돌아가는 머리가 비상했으며 무술 또한 그 깊이를 알 수 없을 만큼 출중했다. 그가 비록 웅진성의 성주이자 북방령 자리를 동생에게 양보했지만 아버지 사선의 당부를 충실히 이행한 것이다. 각별히 형제애가 좋았던 예군과 예식은 효자로도 소문이 났다. 예식 형제는 아버지 사선의 뜻을 단 한 번도 거스르지 않았다. 사선은 죽으면서 예군에게 동생인 예식을 부탁했다. 그는 아우인 예식을 집안의 대표로 세워야 가문을 길게 보존할 수 있을 것이라고 말했다. 당시 좌평이었던 사선은 신흥귀족인 예씨 가문을 지키기 위해 침착했던 예식을 선택했다. 예군은 머리는 좋았지만 성격이 급해 가문을 어렵게 만들 수도 있다고 판단한 것이다. 그만큼 백제에서 예씨 가문은 아직 완벽한 자리를 잡지 못하고 있었다. 예군은 아버지의 뜻을 그대로 따랐다. 또한 자신의 자식보다 예식의 아들 예소사를 더 귀애했다. 백성들도 이런 예씨 형제를 존경하고 따랐기 때문에 웅진성은 안정적이었고 모든 것이 풍족했다. 예씨 가문이 비록 토착귀족들인 대성팔족[19]에 밀리고 있었지만 웅진성만큼은 그들의 독립된 왕국이었던 것이다.

"형님, 우리는 앞으로 어찌하면 좋겠습니까?"

예식 역시 예군의 생각과 같았다. 국담과 그의 수하들을 보고 두려움을 느낀 것이다. 특히 이무기를 때려잡았다는 국담에게서 개세지풍의 기개를 느꼈다. 더구나 의자는 지방군의 집결을 확신했다. 이런 마당에 함부로 반란을 일으킬 수도 없었다. '지방군이 미적거리고 있는 사이에 나당연합군이 이곳을 총공격한다면 절대로 이길 수 없는 전쟁이다. 전쟁에 패하면 죽거나 포로가 될 것이고 겨우 자리를 잡은 우리

---

19) 사씨(沙氏) · 연씨(燕氏) · 협씨(劦氏) · 해씨(解氏) · 정씨(貞氏) 또는 진(眞)씨 · 국씨(國氏) · 목씨(木氏) · 백씨(苩氏).

가문은 끝장이 난다.' 예식의 머릿속이 뒤엉킨 실타래처럼 복잡하게 꼬여만 갔다. 하지만 예군의 생각은 달랐다.

"방령, 어라하가 저렇게 말은 하지만 믿을 수가 없네. 진즉 성충과 흥수의 말을 듣고 탄현과 기벌포에서 적을 막았더라면 계백이 불리한 황산벌에서 패전을 하지는 않았을 걸세. 임자 같은 간신들만 끼고 돌아 많은 귀족들이 이미 등을 돌렸네. 그런 줄도 모르고 군사력 과시만 하다가 패망을 좌초한 왕이야. 더구나 지금은 전세가 매우 불리하네. 평상시라면 몰라도 지방의 귀족들은 어라하의 명령을 듣지 않을 거야. 머뭇거리다가 연합군이 들이친다면 아무리 난공불락의 요새라 해도 당해낼 수가 없어."

역시 예군의 머리는 비상했다. 예식은 형세를 정확히 분석하고 시원하게 답을 내는 형을 존경스러운 눈빛으로 올려다보았다.

"하지만 형님, 저 국담이라는 놈과 그의 부하들을 보셨지 않습니까. 쉽게 처리할 수 있는 놈들이 아닙니다."

"방령, 우리에게는 우리를 따르는 백성들과 성 안에만 삼천이 넘는 군사들이 있네. 저 놈들이 아무리 뛰어나도 겨우 삼백 명에 불과해. 걱정하지 말고 명령만 내리게."

"조금 더 두고 보시지요."

"방령, 이러다가 실기라도 하면 우리는 멸문지화를 당한다니까."

성질이 급한 예군이 펄펄 뛰었다. 그러자 웅진성의 군관들도 예군의 말에 동조를 하고 나섰다.

"예군 장군의 말이 옳습니다. 백제는 이미 망했습니다. 더구나 왕은 백성을 버리고 도망쳤습니다. 말은 그럴듯하게 하지만 그 속을 누가 알겠습니까. 연합군 놈들에게 쑥대밭이 되기 전에 어라하를 잡아 바치는 것이 현명합니다."

다른 무장들도 한 목소리로 예식의 결단을 촉구했다. 어찌나 소리가 컸던지 배롱나무에 매달려 죽어라 울어대던 말매미가 오줌을 찔끔 저릴 정도였다. 이때 국담이 나타났다.

"어라하께서 방령을 찾으십니다."

"그대는 수도방위대장 미추의 군관 국담 아닌가."

"방령, 저는 이제 어라하를 지근에서 보좌하는 달솔입니다."

"달솔은 무슨 달솔. 너 혼자 실컷 달솔해라."

예군이 칼을 빼들고 국담을 위협했다. 국담의 실력을 시험해볼 생각이었다.

"기분이 상했으면 칼을 빼라. 내 나이 마흔 여덟이지만 아직은 한창이다. 전쟁 한번 제대로 치러보지 않은 애송이 따윈 한 칼에 없앨 수 있다."

"왜 이러십니까. 지금은 우리끼리 이럴 때가 아닙니다."

"우리끼리? 누구 맘대로 우리끼리냐. 너흰 너희고 우린 우리야. 잔말 말고 내 칼이나 받아라."

'저자가 패를 가르려 하는구나.' 국담은 예상치 않은 예군의 행동에서 역모의 분위기를 느꼈다. '지금은 이들과 싸울 때가 아니다. 일단 이 자리를 피하고 보자.' 국담이 한 발 물러나자 이번에는 웅진성의 군관들이 나섰다.

"네 놈이 이무기를 때려잡은 백제의 영웅이라며. 실력 좀 보여주시지?"

예군보다 군관들이 먼저 행동을 개시했다. 웅진성의 군관 십여 명이 한꺼번에 국담을 향해 달려든 것이다. 군관들의 칼끝이 코앞에 닿을 듯 말 듯 하는 순간 국담이 지축을 박차고 공중으로 치솟았다. 얼마나 높이 차고 올랐는지 국담의 몸은 배롱나무꼭대기에 매달려 있는 듯 했다. 헛방을 친 군관들이 입을 헤 벌리고 하늘을 올려다보았다. 떠올랐던 국담의 몸이 바늘처럼 내리꽂았다. 군관들이 놀라 엉거주춤 엉덩방아를 찧었다. 얄망스레 몸을 추스른 군관들은 칼과 창을 휘두르며 일제히 국담에게 달려들었다. 국담의 칼이 반원을 그리자 군관들의 병장기가 우수수 잘려 나갔다. 단신으로 나당연합군 진영으로 들어가 순식간에 수십 명을 해치웠던 국담이었다. 웅진성의 군관들이 당나라 군사들이었다면 눈 깜짝할 사이에 저승사자가 되었을 것이다. 병장기가 무용지물이 되자 군관들은 더 이상 싸울 용기를 내지 못했다. 군관들은 용력으로는 도저히 국담을 이길 수 없음을 깨닫고 슬금슬금 뒤로 물러났다. 급기야 예군이 나섰다. 예군의 칼이 칼집에서 나오자마자 살아 움직이는 듯 춤을 추기 시작했다. 일반적으로 백제 싸울아비들이 사용하는 검법이 아니었다. 예군은 지금 집안 대대로 물려 내려온 검술을 사용하고 있는 것이다.

2백여 년 전 중국에서 백제로 이주한 예씨 가문의 한 선조는 그 특별한 검술로 텃세를 극복했다. 그리고 검술을 더욱 발전시켜 비밀스럽게 기록해 두었다. 그는 죽음에 이르러 유언하기를 예씨 중 무술이 가장 뛰어난 자손에게만 비기를 전달하고 발전시켜 맥을 이어나가라고 했다. 하지만 무술이 뛰어난 자는 가문의 전면에 나서지 말고 가문을 보존시켜 이끌어 나갈 수 있는 사람을 보좌하는 역할을 맡아야 했다.

이후 자손들은 선조의 유언을 충실히 이행했다.

"이엽!"

국담이 예군의 칼을 받아쳤다. 예군이 흠칫 놀라며 칼을 정면으로 다시 겨누었다. 시험을 해 보려고 홀략하게 휘두른 칼이었지만 가문의 검법을 받아낸 사람은 그 누구도 없었다. 군관들은 여태 한 번도 보지 못한 신기한 검법에 코 평수를 잔뜩 넓힌 채 두 눈을 동그랗게 떴다. 예군이 혼신을 다해 칼을 찌르며 앞으로 나아갔다. 칼을 휘두르며 들어오는 검법이라면 몸을 위 아래로 움직여 피할 수 있지만 정면으로 찌르고 들어오는 칼은 쉽게 피할 수 없다. 더구나 칼은 예군과 한 몸이 되어 춤을 추듯 요동치고 있었다. 칼은 목표물에 가까워질수록 더욱 현란하게 움직였다. 칼끝이 국담의 코앞에 닿는 순간 예군의 몸이 보이지 않았다. 오직 칼만이 커다랗게 확대되어 국담의 목을 향해 들어왔다. 그러니까 지금 예군이 사용하는 검술은 백제로 이주한 선조 이후 가장 진화된 수준이었던 것이다.

"재애앵"

국담은 아주 어렵게 예군의 칼을 자신의 칼로 비껴 막았다. 마주친 칼에서 신비한 소리가 났다. 다음 공격을 예상한 국담이 서너 걸음 뒤로 후퇴를 했다.

"그만, 그만 하시오. 우리끼리 싸울 이유가 없소."

'이 싸움은 아무런 명분이 없다. 나라가 망할 위기에 있는데 힘겨루기라니. 아니, 저 자는 나를 죽이려고 한다. 나를 죽여야만 목적을 이루기가 쉽겠지. 더구나 저 자의 무공은 절대고수의 수준이다. 내 수하들이 백제 최고의 실력을 갖추고는 있지만 저자를 쉽게 당해내지는 못할 것이다. 지금은 저자와 싸워서는 안 된다. 백성들의 신망을 받고 있으니 명분 없이 죽일 수도 없다. 지금으로써는 물러서는 길만이 최선이다.' 국담은 한낱 객기에 불과한 싸움을 더 이상 할 수 없다고 판단했다.

"무슨 개소리냐. 나는 이제 시작일 뿐이다. 어서 승부를 가르자."

어차피 가문의 무공을 사용했으니 끝장을 봐야만 했다. 그렇지 않으면 가문의 수치로 남을 것이 자명했다. 예군이 전혀 물러날 기미를 보이지 않자 국담의 머릿속이 복잡해졌다. 해칠 수도 물러날 수도 없는 국면. '그렇다면…….' 판단이 선 국담은 자세를 반듯이 잡고 예군을 응시했다. '이제야 놈이 본색을 드러내는군. 건방진 놈. 본때를 보여주마.' 예군이 다부진 공격 자세를 취했다. 하지만 그리 빨리 승부를 가르려 해서는 안 되는 것이었다. 절대고수끼리의 대결에서는 빈틈을 찾는 것이 우선이기 때문이다.

예군이 이번에는 칼을 팽이처럼 돌리며 들어갔다. 목표물로 가까이 갈수록 칼의 궤적이 커지고 마침내 예군의 몸이 칼에 가려서 보이지 않았다. 이쯤 되면 상대방은 넋을 잃고 뒤로 물러나거나 다리에 힘이 풀려 주저앉기 마련이다. 공격에 빈틈이 없기에 싸울 의지를 잃어버리는 것이다. 받아치려 해도 워낙 변화무쌍하게 회전하며 들어오는 칼의 진원을 구별하기가 쉽지 않다. 함부로 칼을 휘둘러 헛방을 치게 되면 회전하는 칼날이 순식간에 몸통을 꿰뚫어 버릴 것이다.

국담 역시 예군의 팽이검법을 막아내지 못할 것 같았다. 이럴 땐 공중으로 몸을 띄워 일단 피하고 봐야 한다. 하지만 상대방이 절대고수라면 착지하는 순간을 기다려 칼을 날릴 것이다. 공중으로 날아오른 몸이 착지하는 순간 아무리 고수라도 약간의 빈틈은 생기는 법. 국담은 그런 경우의 수를 우려하면서 몸을 날리려고 했다.

그런데, 회전하는 칼 사이로 예군의 몸이 보였다. 예군이 지금 사용하고 있는 검법은 칼의 회전속도와 몸의 이동속도가 적절하게 조화를 이루어야 완벽한 것인데 급한 성격이 부조화를 만든 것이다.

국담은 몸을 솟구치려다 말고 우뚝 서 예군의 칼을 그대로 받았다. 춤추는 칼의 진원지를 보지 못했으면 어림도 없는 일이었다. 국담은 예군의 칼을 어렵게 튕겨낸 뒤 칼날을 뒤집어 내리쳤다.

예군이 목을 잡고 쓰러졌다. '여기가 이승인가 저승인가.' 예군이 정신을 차리고 보니 조금 전에 있던 사람들 모두가 그 자리에 있다. '칼등으로 쳤구나. 저놈이 어찌 이 공격을 막아낼 수 있단 말인가.' 예군은 심사가 뒤틀려 벌떡 일어났다. 그러고는 칼을 다시 잡고 승벽을 부리려 했다.

"형님, 그만 두세요. 부하들이 보고 있지 않습니까."

예식이 말렸지만 예군은 분기를 쉽게 내려놓지 못했다. 하지만 어쩔 수 없는 일이었다. 부하들이 보고 있는 마당에 다시 공격을 하다가 패하게 되면 체면을 세울 수 없기 때문이었다.

"오늘은 내가 방심했지만 다음엔 죽을 각오를 해야 할 것이다."

예식이 일행을 이끌고 의자 앞에 섰다.

"어라하, 무슨 일로 찾으셨나이까."

"성내를 더욱 철저하게 방비해야겠네. 함께 둘러봅시다."

지형이 높은 곳에 위치한 성에서는 웅진의 강이 훤히 내려다 보였다. 강물은 성을 절반쯤 휘감고 도도히 흐르고 있었다. 강폭이 넓고 물이 깊었으며 산세가 가팔랐다. 다시 보아도 난공불락의 요새임에 틀림없었다. 의자는 선왕들의 역사를 회고했다.

　—고구려 장수왕의 남하정책으로 개로왕이 전사하고 수도였던 한성이 함락됐다. 뒤를 이은 문주왕은 이곳 웅진으로 도망쳐 굴욕적이나마 왕조를 유지할 수 있었다. 하지만 왕권이 약해 선왕들은 수시로 시해됐다. 24대 동성왕이 여러 귀족들을 다독여 어수선한 나라를 정비했지만 좁은 웅진 땅에서는 백제의 옛 영화를 되찾을 수 없었다. 그리하여 26대 성왕은 지금의 사비로 천도를 결행했다. 성왕께서는 빼어난 지혜와 결단력으로 삼국 중 최고의 나라를 만들었다.

　의자는 성왕을 생각하며 자신감을 가지려 했다. 하지만 자신의 아버지인 무왕시대를 떠올리며 씁쓸하게 웃었다. 무왕시대에 이르러 또다시 약해진 왕권. 의자는 약해진 왕권을 강화하기 위해 강경책을 쓰기 시작했다. 그가 왕좌에 앉은 뒤 부패한 귀족들을 과감히 정리한 이유가 그것이다. 그럼으로 왕권은 다시 강력해졌으며 하나로 집중된 힘은 나라를 강성하게 만들었다. 그런데, 언제부턴가 귀족들이 수작을 부리기 시작했다. 그들은 사분오열로 갈라져 겉으로는 의자에게 아첨을 했고 속으로는 등을 돌렸다. 그 결과 임자 같은 자는 김유신의 간자노릇까지 하며 영달을 꾀했다. 충신인 성충과 흥수 등을 죽게 한 것도 사실은 귀족들의 농간 때문이었다. 이러한 사실을 알고 있었음에도 간과했던 의자의 잘못도 컸다. '과연 지방의 귀족들이 한 걸음에 달려올까? 그들은 아마도 눈치를 보며 저울질을 하고 있을 것이다. 하지만 임존성의 흑치상지가 움직여 준다면 주변의 귀족들이 합세할 것이고 그 파급효과는 전국으로 확대될 수도 있다.' 의자는 흑치상지에게 희망을 걸었지만 지방군의 집결을 확신할 수는 없었다. 그럼에도 불구하고 자신은 지방군을 기다려야만 했다. '과거 문주왕께서 이곳으로 도망칠 때의 심정은 어떠했을까. 하지만 나 역시 쥐새끼처럼 도망쳐 이곳으로 왔다.' 의자의 심장에 '패배자와 쥐새끼'라는 단어가 각인되며 뱃속의 장기들 곳곳으로 스며들었다.

"어라하, 웅진성은 물자가 풍족합니다. 어라하의 말씀대로 이곳에서 버티고 있으면 지방에서 군사들이 모여들 겁니다. 그들과 함께 연합군 놈들을 들이친다면 놈들은 보급로가 끊겨 몰살당하게 됩니다."

예식이 의자의 기분을 맞추었다. '정말로 그리만 된다면 할아버지와 아버지가 그랬던 것처럼 우리도 왕을 도와 나라를 다시 일으킨 일등공신이 된다. 그럼으로 우리 가문은 백제최고의 명문이 될 것이다. 하지만 지금은 그때와 확연히 다르다. 나라 안의 권력쟁탈전이 아니라 국가 간의 전쟁에서 도성을 빼앗긴 상황이다. 더구나 중원의 패권국인 당나라와 국력이 최고조에 달한 신라가 연합을 했으니 당할 수가 없다.' 예식이 생각을 정리하고 있을 때 앞서가던 국담이 발길을 멈추었다.

"어라하, 방령의 말처럼 이곳 웅진성에는 병장기와 각종 생활물자가 풍족한 것 같습니다. 상인들은 주판을 이용해 정확한 계산을 함으로 상거래 또한 야무지게 이루어지고 있습니다. 그런데 생활물자를 저장할 창고가 부족해 보입니다."

국담의 지적은 정확했다. 일반 백성들은 시장에서 상거래를 통해 생활물자를 확보한 뒤 개별창고에 보관하지만 이렇다 할 공동저장고가 없었다. 성내에서 오랜 기간 전쟁을 치르려면 군수품이나 식량 등을 보관할 창고가 반드시 있어야 했다. 더구나 당시 백제는 개병제를 채택하고 있었기 때문에 유사 시 백성들을 군대로 편입시킬 수 있었다. 그들이 군대로 들어오면 지금보다 몇 배나 많은 물자가 필요할 것이다. 국담은 이런 점을 감안해 대형 저장고를 만들어야 한다고 주장하는 것이다.

"국 달솔의 말이 맞네. 방령은 즉시 저장고를 짓도록 하시오. 저장고가 다 지어지면 우선 성내 백성들을 대상으로 군사를 차출하고 성밖에서도 군사들을 모집해야 할 것이오."

전시에 떨어진 명령은 즉시 시행해야 하지만 철저한 계획과 준비 없이는 허술한 결과물이 나오기 마련이다. 하지만 백제의 장인들은 고구려와 신라를 넘어 멀리 왜와 당나라에 이르기까지 기술의 탁월함을 인정받은 사람들이다.

웅진성의 장인들은 예식의 명령에 따라 저장고를 짓기 시작했다. 일단 어른 열 명이 들어가서 생활해도 될 만큼 땅을 사각으로 넓고 깊게 팠다. 골조는 통나무를 이용했는데 필요한 부분을 끌로 파내 얼기설기 단단히 박아 넣었다. 그런 다음 판자를 켜켜이 덧대고 못을 박았다. 못과 망치 역시 나무였음으로 창고는 순전히 나무로만 지어진 것이다. 창고는 이동이 편리한 중요지점 곳곳에 만들었다. 그럼으로 유사 시 필요한 물자를 가장 빨리 전달할 수 있을 것이다.

점심 무렵부터 시작된 이 공사는 겨우 반나절 만에 끝이 났다. 웅진성 백성들이 하나같이 기술자인데다가 나라를 살리고자 하는 애국심이 투철했기에 가능한 일이었다. '아! 자랑스럽고 대단한 나의 백성들이로다.' 의자는 공사의 진행과정을 빠짐없이 지켜보며 감개가 무량했다.

"저 창고에 지붕을 만들어라."

의자의 명에 따라 장인들은 뚝딱뚝딱 지붕을 만들어 씌웠다. 완성된 창고를 보니 그럴듯한 집처럼 보였다.

"저 창고는 모두 나무로 만들어졌으니 이름을 목곽고로 정한다. 이제 저 안에 필요한 물자를 차곡차곡 저장해 두어라."

비록 급조된 목곽고[20]였으나 의자가 보기에 매우 훌륭했다. '나라가 안정되면 저 목곽고를 전국 방방곡곡에 설치하여 백성들을 평안케 하리라.' 반나절 만에 수십 개의 목곽고가 완성되자 휘영청 밝은 달이 배롱나무를 타고 오르고 있었다. 덕분에 세상은 환했고 저수지의 개구리들이 합창을 해 모처럼 한여름 밤의 정취를 만끽할만한 분위기였다. 하지만 웅진성내 사람들은 불안에 떨고 있었다. 언제 터질지 모르는 전쟁은 의식의 자유로움을 허락하지 않았다. 수많은 사람들을 '공포'라는 단일의식으로 꽁꽁 동여매버릴 수 있는 것이 바로 전쟁이었다. 그런 와중에도 생각을 달리하는 집단은 언제든 존재한다. 그들은 백성을 선동해 조국을 신앙처럼 받들게 하며 자기들 멋대로 조국을 위해

---

20) 2014년 9월. 문화재청이 충남 공주 공산성에 대한 제7차 발굴조사에서 발견. 목곽고의 크기는 가로 3.2m, 세로 3.5m, 깊이 2.6m이며, 너비 20~30㎝ 내외의 판재를 기둥에 맞춰 정교하게 조성했다. 바닥 면에서 벽체 상부까지 부식되지 않고 조성 당시 모습 그대로의 원형이 남아 있다. 공주 공산성 백제 목곽고 내부에서는 복숭아씨와 박씨가 다량 출토됐다. 이와 함께 무게를 재는 석재추와 생활용품인 칠기, 목재망치 등의 공구도 수습됐다. 석재추는 원형으로 중앙에 고리가 있으며, 무게는 36g이다. 칠기는 목재를 가공하여 만든 것으로 표면에 옻칠이 정교하게 되어있다. 또 나무망치를 비롯하여 목재공이와 손잡이, 목재가공품 등이 수습됐다. 그동안 백제 유적에서 목곽고는 대전 월평동 산성, 부여 사비도성 내에서도 발굴됐지만 심하게 훼손돼 있었으며, 하단의 바닥과 50㎝ 내외 높이의 벽면만 일부 확인할 수 있었다. 공산성 목곽고는 상부 구조까지 확인할 수 있는 최초의 목조 건축물이라는 데 큰 의미가 있으며, 당시의 목재 가공 기술을 실증적으로 보여주고 있어 백제시대 건물 복원과 연구 등에 획기적인 자료가 될 것으로 평가되고 있다.

죽을 수 있는 영광을 부여한다. 그들은 바로 예식을 중심으로 한 웅진성의 지배층들이었다.

지금, 달빛을 받아 숭고하게 빛나고 있는 배롱나무 아래 예식과 예군 그리고 웅진성의 지배층들이 모여 있다. 그들은 선택을 위해 회합을 했지만 예식을 제외한 대다수의 사람들의 의지는 이미 결정이 난 듯 했다. 예식은 하루 종일 왕의 명령에 따라 분주하게 움직였으나 머릿속 뇌구조는 꼬일 대로 꼬여 있었다. 온몸에 더듬이가 곤충처럼 돋아 사방팔방으로 쉴 새 없이 꼬물거리는 것 같았다. 예식을 따르는 웅진성의 지배층들도 마찬가지였다. 그들은 의자의 명에 따라 목곽고 짓는 일을 거드는 척 하면서도 틈만 나면 자기들만의 비밀스런 눈짓을 주고받았다. 70을 바라보는 의자는 결사항전의 각오로 국난의 위기를 극복하려 했지만 웅진성 깊은 곳에서는 새로운 힘을 따르는 무리가 새로운 세상을 꿈꾸고 있었던 것이다.

"방령, 의자와 그의 수하들이 숙소로 들어갔습니다. 연합군 놈들이 언제 쳐들어올지 모릅니다. 오늘 밤에 선수를 쳐 어라하를 잡아 바칩시다."

'왕을 잡아 바친다.' 그들의 목적이 정확하게 드러나는 말이었다. 예식의 고민 역시 그 말에 함축되어 있었다. 예식과 웅진성의 지배층들은 조국을 배신하고 왕을 포로로 잡아 나당연합군에 넘길 엄청난 음모를 꾸미고 있었던 것이다.

"방령, 그렇게 하게. 우리가 살 길은 그것뿐이네."

"형님, 솔직히 우리는 지금 나라와 왕을 배신하는 엄청난 역모를 꾸미고 있습니다. 명분도 필요하고 신중에 신중을 기해야 합니다. 섣부르게 행동했다가 자칫 지방군이라도 집결하면 우리는 역사의 죄인이 됩니다. 더구나 저 국담이라는 놈과 그의 수하들은 만만치 않습니다."

"자네는 생각이 너무 많아 탈이야. 모든 일은 때가 있는 법, 때를 놓쳐 실기를 하면 다시는 기회가 없어. 그리고 이건 역모가 아니라 혁명일세, 혁명!"

"방령, 걱정하지 마십시오. 저들이 방심하고 있을 때 들이치면 될 일입니다. 설사 지방군이 오더라도 지금은 아니지 않습니까. 오늘 밤에 선수를 쳐 어라하를 잡아 바치면 모든 일은 끝납니다. 예군 장군의 말처럼 연합군 놈들에게 이 성을 뺏기게 되면 모든 일이 허사로 돌아간단 말입니다."

"글쎄, 좀 더 두고 보자니까 그러네."

군관들의 말에도 예식은 흔들리지 않았다. 사선이 예식을 가문의 대표로 선택한 것은 바로 이러한 침착함 때문이었다. 하지만 그 침착함이 득이 될지 독이 될지는 그 누구도 알 수 없었다. 그러는 사이 구름을 따라 구르던 달이 예식 일행의 머리 위로 꼿꼿이 섰다.

"에이, 알겠네. 방령 말대로 좀 두고 보지. 일단 가서 자세. 무슨 일이 있으면 즉시 알려라."

예군은 군관들을 이끌고 숙소로 들어갔다.

"어서 가서 척후병을 불러오라."

매사 주도면밀했던 예식은 척후병을 웅진성 밖으로 보내 나당연합군의 동태를 살피게 했다. 사비성으로는 이미 세작들을 들여보내 유사 시 즉시 알리도록 조치해 두었다.

세작으로 발탁된 자 중에는 바람사냥꾼 비사도리도 있었다. 예식은 비사도리가 의자의 파천소식을 듣고 바람처럼 뛰어오는 모습을 망루에서 직접 보았다. 도무지 믿을 수 없는 광경이었다. 게다가 의자의 파천 소식은 나라가 곧 망할 수도 있다는 예고였다. 그동안 받아온 세작들의 보고와 비사도리의 말이 일치한 것이다. 머리가 복잡해진 예식은 일단 비사도리를 어찌 처리해야 할지 고민했다. '정보를 듣고 바람처럼 달릴 수 있는 자가 내 편이 아니라면 매우 위험하다. 그렇다고 왕의 사자를 죽일 수도 없다.' 살릴 수도 죽일 수도 없는 상황에서 예식은 비사도리를 자기사람으로 만들어야겠다는 판단을 했다. 예식은 비사도리에게 융숭한 대접을 하며 뇌물을 주었다. 그래도 넘어오지 않자 사비에 침투해 있는 다른 세작을 통해 비사도리의 부모를 죽이겠다고 협박을 했다. 실제로 웅진에 살고 있는 비사도리의 일가친척을 찾아내으름장을 놓기도 했다. 빠르기만 할 뿐 그저 평범하기만 했던 비사도리에게 예식을 거역할 수 있는 충성심은 기대할 수 없었던 것이다.

우연히 오줌을 누다가 예식일행의 음모를 듣게 된 백고가 살금살금 기어 국담을 만나러 갔다.

*

부여태가 항복을 한 뒤 사비도성은 아수라장이 되었다. 아무리 숫자가 많은 나당연합군이라 해도 하룻밤만에 무너질 성이 아니었다. 죽기로 버텼으면 적어도 이틀 이상은 연합군의 발목을 잡아 놓을 수 있었을 것이다. 소정방은 사비성을 점령하자마자 의자를 찾았다. 하지만 의자는 보이지 않고 부여태가 왕권을 이어 받았다고 박박 우겨댔다. 부여태의 말에 소정방과 김유신은 잠깐 혼란스러웠다. 하지만 부여효의 적자인 문사와 여러 왕자들이 일러바쳐 부여태는 졸지에 사기꾼이 되었다. 의자를 잡지 못한 소정방은 길길이 날뛰었다.

"의자가 도망을 쳤소. 쥐새끼 같은 놈. 백성들을 버리고 저만 살겠다고 도망을 치다니. 어서 의자를 잡으러 갑시다."

사비성을 함락시켰다 해서 전쟁이 종식된 건 아니다. 백제의 왕인 의자를 잡아야만 전쟁을 완전히 마무리 짓는 것이다. 김유신 또한 이러한 사실을 모를 리 없었다. 하지만 김유신은 전쟁에서 승리한 군사들을 어떻게 다루어야 할지, 그들과의 약속을 저버리면 사기가 떨어진다는 것을 누구보다 잘 아는 장수였다.

"지금 우리 군사들은 승리의 기쁨에 도취되어 있소. 잠시나마 이들을 쉬게 하고 욕구를 충족시켜 줘야 하오."

"욕구? 그렇군! 하기야 제깟 놈이 도망쳐 봐야 독 안에 든 쥐지."

의자를 잡으러 갈 것인가, 군사들과의 약속을 지킬 것인가. 상황으로 봐서는 의자를 잡는 것이 우선일 것이나 사비점령 후 약탈을 허락했던 소정방이었다. 김유신의 제안에 소정방은 대단히 좋아했다. 전쟁에서 승리를 한 군사들에게 줄 수 있는 가장 커다란 즐거움은 바로 전리품이다. 더구나 사비는 백제문화의 집결지이다. 그럼으로 사비의 전리품은 곧 백제였던 것이다.

"생각만 해도 즐겁구나. 백제를 통틀어 황제께 바친다면 얼마나 좋아하실까."

당 황제 이치를 생각하니 전리품에 대한 소정방의 즐거움은 배가됐다. 소정방이 들뜨자 김유신은 실언을 했다는 생각이 들었다. '아! 이제 저놈은 엄청난 노략질을 해댈 것이다. 내가 말을 잘못했구나.'

"정도껏 해야 합니다."

"당연하지요."

이로써 연합군에 의한 사비의 대 약탈이 시작되었다. 약탈에는 당이나 신라군에 차별이 없었다. 하지만 신라군은 김유신의 명에 따라 정도껏 욕구를 충족시켰다. 약탈을 하되 사람을 해하지는 않았다. 동족이었기 때문이다. 반대로 당군은 아무런 거리낌이 없었다. 그들은 물건과 사람을 가리지 않고 닥치는 대로 취했다. 당군의 약탈행위는 악마들의 그것과 같았다.

능욕을 피하기 위해 사비의 여자들이 집단으로 도망을 쳤다. 그들은 사비성을 탈출해 산과 들로 뛰었다. 그 뒤를 당나라 군사들이 개침을 질질 흘리면서 쫓았다. 그 모습이 마치 발정 난 수캐가 도망치는 암캐를 쫓아 죽자 사자 달려가는 것 같았다. 힘에 부친 여자들이 쓰러지면 그대로 펄쩍뛰어 덮쳤다. 바르작거리는 여자의 옷고름을 마구 찢고, 뱀처럼 혓바닥을 놀려대고, 치마를 걷어 올려 더러운 이물질을 마구 휘둘러 댔다. 그 모습을 본 다른 놈들은 더욱 미쳐 날뛰었다. 갑자기 초능력이 생겼는지 앞서 도망치는 여자들을 순식간에 따라 잡았다. 사람 약탈이 시작된 지 한 시간도 안 되어 사비의 산과 들에는 여자들과 당나라 군사들이 엉겨붙어 엎치락뒤치락 했다. 다행히 잡히지 않은 여자들은 산꼭대기와 강가로 달려갔다. 하지만 보이는 건 벼랑과 새까만 강물뿐이었다. 씩씩거리며 뒤쫓아 오던 당나라 군사들은 보일 듯 말듯 비열한 미소를 지으며 여자들에게 다가갔다. 진퇴양난

이 따로 없었다. 군사들이 배설구를 찾아 남상거렸다. 순간 여자들의 머릿속은 하얗게 비워졌다. 강물로 인한 두려움은 깡그리 잊어 버렸다. 야수로부터 먹히지 않기 위해서는 강물로 뛰어들어야만 한다는 생각뿐이었다. 벼랑에서 뛰어 내리는 여자들의 치마가 백합처럼 활짝 퍼졌다. 강가의 여자들은 성큼성큼 강물 깊숙이 들어가 배주룩이 목만 보였다.

찬란하게 꽃피웠던 백제의 문화유산이 연합군의 무자비한 살육과 방화에 짓밟히자 김유신의 심정은 비통하기 그지없었다. 그렇다고 대놓고 소정방을 탓할 수도 없었다. 왕궁을 점령한 소정방은 백제 왕실의 보물들을 보고 감탄을 금치 못했다. 소정방은 백제 왕실의 진귀한 보물들을 모조리 꺼내 물품목록을 작성하라는 명을 내렸다. 소정방은 백제 왕실의 보물들을 모조리 쓸어가려고 작정했다.

김유신은 더 이상 보고만 있을 수 없었다. 처참하게 희생당한 사비성의 백성들. 신라는 이러한 꼴을 보려고 출정한 것이 아니었다. 비록 김춘추의 개인적 복수심이 있었으나 크게는 삼한통일의 대업을 완수해 삼한 백성들을 전란의 소용돌이에서 구제하고자 하는 대의가 있었던 것이다. 김유신이 싸늘하게 널려있는 백제 백성들의 시신을 초점 없는 눈빛으로 바라보고 있을 때 태자 김법민이 찾아왔다.

"어찌 이런 일이 있을 수 있단 말입니까. 당장 가서 소정방 놈의 목을 칩시다."

"태자, 분기를 가라앉혀라. 우리에겐 삼한통일이라는 대의가 있지 않나."

"백제의 백성들도 삼한의 백성입니다. 그들을 지키는 것도 대의란 말입니다."

"알겠네. 지금당장 소정방을 만나보겠네."

"내 반드시 놈들을 이 땅에서 몰아내고 복수를 할 것입니다."

법민의 말을 곱씹으며 유신은 소정방을 찾아갔다.

"더 이상의 살육과 약탈을 하면 당나라와 여기서 전쟁을 치르겠소."

감히 대국을 상대로 전쟁을 치르겠다는 협박에 소정방은 치욕스러웠다. 하지만 김유신의 성질을 잘 알고 있기에 한 발 물러설 수밖에 없었다.

"좀 살살 하라고 해라."

무법천지에서 강한 자가 약한 자의 것을 뺏는 일은 아주 쉽다. 또한 이미 약탈의 맛을 알게 된 군사들을 일시에 제어하기란 무척 어려운 일이다. 소정방도 이점을 잘 알고 있었다.

"살살 하라니요. 아예 멈추게 하라니까요."

"저들의 욕구를 한꺼번에 뺏을 수는 없소. 하루 이틀 더 기다리면 잠잠해질 것이오."

노략질에 쏠쏠한 재미를 느낀 소정방은 급할 것이 없었다. 웅진성은 코앞에 있고 대군을 몰아 쓸어버리면 그만이라고 생각했다. 소정방에게는 군사들의 사기와 당 황제에게 환심을 살 전리품이 더 크게 보였다.

'의자는 언제 잡으러 간단 말인가.' 김유신은 답답하기만 했다. 다 잡은 고기를 놓칠 리는 없겠지만 백제의 지방군이 움직인다면 전세가 불리해질 수도 있음을 잘 알고 있었기 때문이다. 그렇다고 사비성 점령

즉시 웅진성으로 달려가는 것도 무리는 무리였다. 소정방의 생각처럼 군사들의 사기도 끌어올려야 했고 웅진으로 가는 동안 있을지 모르는 백제군의 매복이 두렵기도 했다. 결국 대단한 실수가 됐지만 김유신은 군사들의 욕구충족을 이유로 잠시 숨을 고르려 했던 것이다. 김유신은 척후병을 보내 웅진성으로 가는 길목을 세심히 살펴보도록 했다.

역모

백고의 고변으로 국담은 예식의 반란을 확신했다. 왕이 웅진성으로 입성하는 날부터 예식과 그 주변인들의 움직임이 수상쩍었다. 왕 앞에서는 고개를 조아렸으나 돌아서면 비루한 눈빛을 주고받았다. 왕의 명령을 따르는 척 하기는 했으나 지극히 수동적이었다. 수성에 만전을 기하기는커녕 툭하면 자기들끼리 은밀한 회동을 하기 일쑤였다. 군사들은 의자의 명령을 이행하기 전 자기가 속한 부대 군관들의 눈치를 먼저 살폈으며 군관들이 지시를 하면 그제서 움직였다. 군관들은 예식이나 예군의 눈치를 살피고 그들의 명령에만 복종했다.

예식과 그 주변인들의 동태를 면밀하게 살펴온 국담의 수하들도 웅진 성내에서 벌어지고 있는 음모의 분위기를 감지하고 있었다. 국담은 갑자기 집채만 한 바위덩어리를 등에 진 기분이 들었다. 무왕을 봐서라도 예식은 절대로 배신을 해서는 안 되는 것이었다. 무왕의 사랑을 가장 많이 받은 신흥귀족, 무왕이 없었다면 오늘날의 예씨 가문도 없었을 것이다. 예씨 가문은 이제 조정을 장악하고 있는 여덟 가문과 견주어도 결코 떨어지지 않는 명문이 되었다. 그 대단한 흑치가문도 지방의 유력세력에 불과할 뿐이다.

국담은 흥수와 윤충, 계백, 의직 등을 생각했다. 모두들 의자의 총애를 받았으며 의자에게 충성을 다하다가 죽어간 사람들이다. 그들은 백제의 대성팔족은 아니지만 의자를 배신하지는 않았다. 그런데 여덟 가문에 버금갈 정도로 은혜를 입은 예씨 가문이, 더구나 나라가 망할 위기에서 파천한 왕까지 모시고 있는 마당에 배신을 한다는 것은 있을 수도 용서할 수도 없는 일이었다. 하지만 현실이 그러했고 이를 막을 수 있는 특별한 방법도 없었다. 3백여 명의 수하들로 3천이 넘는 군사들을 상대한다는 것은 불가능했다. 더욱 기막힌 일은 한 울타리에서 아군끼리 전쟁을 벌여야 한다는 사실이었다. '곧 있으면 나당연합군이 들이닥칠 텐데……' 생각할수록 기가 막히고 복장이 터질 일이었다. '웅진성의 군사들이 모두 예식을 따른다면 당해낼 수 없다. 더구나 백성들은 예씨 가문을 존경하고 있지 않은가. 군사들은 둘째 치고 백성들이 어라하를 버린다면 어쩔 수 없다. 이대로 백제가 망하고 마는가.'

웅진의 강에 비친 아침햇살이 쨍쨍해질 무렵 국담은 예식이 역모를 꾸미고 있다는 사실을 의자에게 고하기로 결심했다. 하지만 섣불리 입을 열면 안 되는 일이었다. '이 엄청난 사실을 어떻게 고해야 하나. 어라하께서 믿지 않으시면 어쩐다. 자칫하면 자가당착에 빠질 수도 있다. 그렇다면 나 혼자 이 일을 해결해야 한다. 아니, 그래서는 절대로 안 된다. 어라하의 허락 없이는 안 된다. 아니, 그렇다고 두고 볼 수도 없다.' 국담의 생각이 오락가락했다. 국담은 결국 의자가 아침식사를 마치자마자 알현을 청했다.
"어라하, 다급한 보고가 있습니다."
"무슨 일인가."
"지금쯤 소정방과 김유신이 사비성을 함락했을지도 모릅니다. 그렇다면 사비는 아비지옥일 것입니다. 소정방이 언제 이곳으로 몰려올지 모릅니다. 그런데……, 예식이 모반을 꾀하고 있는 듯합니다."

"뭐라고? 사비성이? 예식이 역모를? 그, 그럴 리가 있는가. 예식 같은 충신이 왜. 예식을 모함하지 마라!"

"예식이 그의 형 예군을 비롯해 수하 군관들과 나누는 이야기를 똑똑히 들은 자들이 있습니다."

"그럴 리가 없다. 나는 예씨 가문과 예식을 굳게 믿는다. 예씨 가문이 백제와 국왕인 나를 배신할 리가 없다. 국담, 예식을 모함하는 이유가 무엇이냐!"

의자의 노기가 청사를 쩌렁쩌렁 울렸다. 기둥에 숨어 의자와 국담의 대화를 염탐하던 누군가가 사붓이 빠져 나갔다.

"어라하, 이러실 때가 아닙니다. 서둘러 조치를 취하셔야 합니다. 어라하가 잘못되면 정말로 백제는 회생하기 힘들어집니다."

"시끄럽다. 만약 네 말이 틀리다면 용서하지 않겠다."

"어라하!"

의자의 마음이 심하게 요동쳤다. 나당연합군이 쳐들어올 것이라는 예상은 이미 하고 있던 의자였다. 예식이 수상하다는 것도 조금은 짐작했다. 하지만 정말로 배신을 하리라고는 생각하지 않았다. 대대로 좌평을 한데다가 선대왕인 무왕의 신임을 한 몸에 받던 충신집안이었기 때문이다. 그런데 국담이 예식의 음모를 알렸다. 순간적으로 당황은 했지만 의자는 국담의 보고를 사실로 받아들였다. 그럼에도 불구하고 예식을 두둔하고 나섰다. 예식을 모함하지 말라고 국담에게 호통을 쳤다. 예식의 마음을 흔들기 위함이었다. 이 마당에 예식까지 배신을 한다면 재기의 희망은 없어지기 때문이다. 백제 건국 이래 이같은 위기는 없었을 것이다. 의자는 지금 닥친 위기를 이겨내지 못하면 백제는 정말로 끝이라는 생각을 했다. '예식이 배신을 한다면 지방군을 기다리는 일도 허사가 된다. 사비를 함락한 나당연합군의 다음 목표는 틀림없이 웅진성일 것이다. 백제의 왕인 나를 잡아야만 전쟁이 끝날 테니……. 이 마당에 예식이 배신을 하고……. 우선 예식을 막아야 한다.'

끝내 의자를 설득하지 못한 국담은 답답한 마음으로 남문 장대에 올랐다. 광활한 벌판이 하늘과 맞닿은 듯 아득했다. '연합군이 한꺼번에 쳐들어온다면 저 벌판을 가득 메울 것이다. 그런 놈들을 어찌 당해낼 수 있단 말인가.' 하지만 의자의 말처럼 지방군이 와준다면 웅진성을 보루로 쟁쟁한 전투를 벌일 수도 있을 것 같았다. 그때 의자가 예식을 데리고 장대로 왔다. 의자의 표정은 태연하기 그지없었다.

"국 달솔, 여기 있었군. 성내를 둘러보고 군사로 쓸 만한 사람들을 차출해야겠네. 사비성의 상황이 궁금하군. 우리 측 첩자로부터 연통이 없나?"

"쉽게 빠져나오지는 못할 것입니다. 더구나 전쟁 중이라 첩보도 완전히 믿을 수가 없습니다."

"하긴, 역이용 당할 수도 있으니. 이럴 땐 비사도리의 정보가 정확할 텐데."

의자와 국담의 대화를 듣고 있는 예식의 심정이 또 다시 착잡해지기 시작했다. 배신을 할 것이냐 아니면 의자와 함께 수복운동을 할 것이냐. 그 누구도 믿을 수 없고 한치 앞을 볼 수도 없는 급박한 전시에서 사생결단을 내려야 할 예식의 심정은 뙤약볕 아래 건초더미처럼 타들어갔다. 예군을 비롯한 웅진성의 지배층들은 그런 예식의 태도에 천불이 날 것 같았다.

"방령, 우선 성내 백성들 중 군사로 쓸 만한 사람들을 모조리 끌어 모으시오. 북방에 속한 각 성에 급보를 보내고 군호에서도 군사들을 차출해야 할 것이오. 자, 나와함께 백성들을 만나러 가세."

예식의 배신이 확실시 되고 있는 지금 함부로 성을 나갈 수는 없다. 예식은 각 성에 급보도 보내지 않을 것이다. 하지만 성 밖까지 영역을 확장시켜 놓아야만 예식의 마음을 조금이나마 흔들 수 있다고 판단한 의자였다.

의자는 하루 종일 웅진성 내 이곳저곳을 돌아다니며 백성들의 협조를 당부했다. 군사들을 모으는 일은 땅거미가 내려앉은 무렵이 되어서야 일단락 됐다. 의자가 모아온 군사는 천 명이 넘었다.

"이제 우리 군사는 사천이 넘어 오천에 육박한다. 우리는 요새에서 방어를 하는 입장이기에 이 정도 군사라면 오십만 대군이라도 막아낼 수 있다."

50만이라는 말도 안 되는 허풍에 예식과 그 수하들의 눈이 동그래졌다.

"어라하의 말씀대로 적들을 막아낼 수 있는 충분한 군사들입니다. 우리가 놈들을 막아내는 동안 흑치상지와 각 방의 방령들이 군사를 모아 이곳으로 달려올 것입니다."

국담은 일부러 목청을 돋우어 외치듯 말했다. 역적모의를 하고 있는 자들에게 보여주고자 하는 일종의 협박이었다. 국담의 협박은 확실히 효과가 있었다. 예식과 그 수하들은 독 안에든 쥐나 다름없는 의자를 아주 손쉽게 처리할 수 있을 것으로 생각했다. 하지만 직접 군사를 모으고 50만 대군이라도 능히 막아낼 수 있다는 의자의 자신감에 슬쩍 위축이 됐다.

"형님, 어라하의 말이 일리가 있지 않습니까. 결단을 내리기에는 아직 이릅니다. 더구나 군대로 편입한 백성들은 어라하에게 설득 당했습니다. 그들과 국담의 군사들을 합치면 천오백에 가깝습니다."

"조금 어려운 상황이 됐지만 내 생각에는 변함이 없네. 하지만 지방군은 쉽게 올 수 없어. 그 사이 소정방이 쳐들어오면 우리는 끝이란 말이야."

"압니다. 그래도 조금만 더 지켜보시지요."

예식 형제는 작고 빠른 소리로 의사를 주고받았다. 예식은 자신의 수하들에게 자중해야겠다는 신호를 보냈다. 이때 파수를 보던 병사 한 명이 큰 소리로 외쳤다.

"누군가가 성을 향해 오고 있습니다."

정말로 누군가가 어둠의 그림자를 질질 끌고 걸어오고 있었다. 달리지도 못하고 느릿느릿 휘청거리며 오는 것을 보니 위험한 인물은 아닌 듯 했다. 복신이었다. 복신은 무왕의 조카이자 의자의 사촌동생이다. 무왕시절부터 워낙 의자에 대한 충성심이 강한 사람이었다. 충성심은 조카인 왕자들에게까지 이어져 의자가 가장 믿고 의지하는 왕족 중 한 명이었다. '복신은 충신이다. 그가 태를 버리고 올 리가 없다. 그렇다면 사비성이 함락됐다는 말인가.'

"복신, 태를 보좌하여 사비성을 지키라고 했더니 이게 어찌된 일이냐!"

의자는 상황을 빤히 짐작하고 있으면서도 지나치게 호들갑을 떨었다. 의자는 일부러 손을 부들부들 떨면서 예식과 그의 추종자들을 힐끔힐끔 쳐다봤다.

"복신아, 이곳은 지금 초 긴장상태다. 어서 사실을 말해라, 어서! 도무지 불안해서 못살겠구나."

의자는 어려서부터 재치가 있던 복신이 상황파악을 빠르게 하고 알아서 보고해주기를 간절히 바랐다. '어라하께서 저렇게 경망한 분이 아닌데 무슨 일이 있긴 있구나. 혹시……' 복신은 예식과 그 수하들을 둘러보았다. 예식을 제외한 수하들의 표정은 시체처럼 싸늘했다. 그들이 온전히 의자의 사람이었다면 눈을 동그랗게 뜨고 입을 헤 벌리며 자신의 대답을 기다려야 했다. 하지만 그들은 입을 한일자(一)로 벌려 꾹 다물고 눈을 가늘게 떠 복신을 노려보고 있었다. '저들이 역모를 꾸미고 있구나. 저들에게 사비성이 함락 당했다고 만 말하면 일을 벌일 것이다.' 복신은 내심 고개를 끄덕이며 의자를 올려다보았다.

"어라하, 문사를 비롯한 여러 왕자들이 연합군 놈들에게 먼저 항복을 했습니다. 태 왕자는 끝까지 성을 사수하려 했으나 백성들이 돕지 않았습니다. 결국 사비성은 함락 당했습니다."

"뭐, 뭐야? 그, 그래서."

짐작은 했지만 사비성이 함락됐다는 말을 들으니 의자의 마음은 더욱 초조해졌다. 더구나 사비성 역시 웅진성처럼 날랜 군사 한 명으로 백 명의 적을 막을 수 있는 철옹성이었다. 그런 성이 그리 빨리 무너졌다는 말은 분명 불리하다. 이는 예식의 반란을 부추기는 말이었다. 의자는 초조한 표정을 감추고 다음 말을 기다렸다.

"당나라 놈들은 악마로 변해 성을 불바다로 만들고 무자비한 약탈을 하고 있습니다. 소정방은 당 황제에게 바칠 보물들을 열심히 챙기고 있습니다. 놈들은 여자들을 겁탈하고 건강한 남자들을 닥치는 대로 죽이고 있습니다. 그들은 그런 재미에 푹 빠져 있습니다. 김유신이 소정방을 말리고는 있지만 쉬 이곳으로 오지는 못할 것입니다. 김유신은 우리 백제의 지방군들이 곳곳에 매복해 있을 것으로 생각하고 상태를 지켜보고 있는 것 같습니다. 당나라 군사들의 노략질이 시작되면서 백성들의 저항이 격렬해졌습니다. 조만간 지방군이 들불처럼 일어날 듯합니다. 벌써 건지산 주변에서는 작게나마 저항이 시작되었습니다."

의자의 기대대로 복신은 매우 영리했다. 당군은 약탈의 재미에 빠져 있고 김유신이 매복을 두려워한다는 말은 하루 이틀 사이에 웅진성으로 오지 않을 것이라는 방증이다. 여기에 한산의 건지산[21] 주변 백성들의 저항이 시작되었다는 말은 지방군의 이동을 예고하는 선례임에 틀림없었다.

"건지산이라면 모시풀이 군락을 이루고 있는 곳 아니냐."

"그렇습니다. 왕실에 모시옷을 진상하고 있는 충성스런 백성들이 살고 있는 곳입니다."

"그렇게 선량한 백성들마저 저항을 시작하다니."

"누군지는 모르지만 태 왕자가 항복을 하자마자 사비성을 빠져나간

---

21) 지금의 서산군 한산면 인근.

왕자가 있답답니다. 왕자는 건지산 주변 백성들을 규합하여 나당연합
군과 소규모 전투를 벌였다고 합니다."

"도대체 백성들이 몇 명이나 되기에."

"숫자는 적지만 죽기로 싸워 장렬히 전사함으로써 주변 백성들을
자극하고 있답니다."

"왕자는?"

"함께 전사했다고 합니다."

서자를 합쳐 의자는 자신의 아들이 정확히 몇 명인지 모른다. 죽은
왕자는 그 수많은 아들 중에 누군가이겠지만 한 없이 고맙고 자랑스러
웠다. 더구나 그 아들을 보좌해 싸우다 죽었다는 건지산 백성들을 생
각하니 오금이 저릴 정도로 마음이 고무됐다. '그들은 군호가 아니다.
군호라면 몇 번의 전쟁을 치러봤겠지만 칼이 어떻게 생겼는지도 모르
는 그들이 어떻게 그런 마음을 먹었던 말인가.' 복신이 건지산 백성들
을 생각하고 있는 의자를 뚫어져라 쳐다보았다. 일단 백성들을 이용하
라는 의미였다. 그들을 이용해서라도 예식의 반란을 막아보라는 신호
였다. 의자는 가볍게 고개를 끄덕였다.

"건지산 백성들은 군호가 아니라 자연호이다. 우리 백제는 군호만
이십사만, 자연 호까지 합치면 칠십육만호이다. 건지산 백성들이 저 정
도라면 사백만 백성들이 들불처럼 들고 일어날 것이다. 하물며 십팔만
연합군 놈들이 두렵겠는가!"

의자의 말은 예식과 그 수하들에게 쐐기를 박았다. 반란은 꿈도 꾸
지 말라는 경고였다. 백제는 시조인 온조왕 때부터 개병제를 실시해
왔기 때문에 왕의 명령이라면 언제든지 일반백성들을 군사로 소집할

수 있었다. 하지만 누군가는 남아 생활의 터전을 일구어야 했기에 가능한 군호라고 하는 지정된 가구에서만 군사를 소집했다. 군호에서만 한 명씩 군사를 모아도 24만 명, 당시 중앙군 1만5천 명과 지방군 11만 명을 합치면 35만 명이 넘는 인원을 군사로 쓸 수 있었다. 18만 연합군이 아무리 정예병이라 해도 35만 아니 4백 만 백제백성들이 포위를 하면 옴짝달싹 못하는 신세가 될 것이다.

건지산 백성들의 장렬한 전사 소식을 듣고 의자는 정말로 그렇게 생각했다. '예가 놈들이 감히 은혜를 원수로 갚다니, 찢어 죽일 놈들. 하지만 지금은 시간을 벌면서 지방군을 기다려야 한다.' 의자가 기다리는 지방군은 가장 가까운 서방의 흑치상지였다. '흑치상지가 움직이면 각 방의 방령들이 달려올 것이다. 비록 예식이란 놈이 배신을 계획하고 있지만 눌러만 놓으면 지방의 정예병들이 집결해 연합군 놈들을 얼마든지 물리칠 수 있다.' 복신의 부풀려진 보고에 고무된 의자는 보무도 당당한 명령을 내렸다.

"복신아, 말을 내줄테니 너는 지금 당장 서방으로 달려가 이곳 사정을 설명하고 흑치상지를 데려와라!"

"어라하, 말은 필요 없습니다. 어차피 산 속으로 숨어가야 하니까요."

눈치가 빠른 복신은 황급히 성을 빠져나갔다. 기가 죽은 예식은 칠흑 같은 어둠 속으로 사라지는 복신을 그저 바라만 보고 있을 수밖에 없었다.

"방령, 복신의 말을 들으니 연합군 놈들은 아직 움직이지 않을 듯하다. 그래도 방비에 만전을 기하도록 하라. 국 달솔, 내 좀 쉴 테니 호위를 철저히 하라.”

예식을 대하는 의자의 말투가 이전과 사뭇 달라졌다. 반 존대가 아닌 반말을 쓰는 것이다. 예식은 의자의 말투를 대하며 슬쩍 주눅이 들었다. 그들의 미묘한 신경전은 말투를 통해서도 짐작할 수 있었다.

그날 밤도 예식은 쉽게 잠을 이룰 수가 없었다. 망루에 오른 예식은 성 아래 검은 이불을 뒤집어 쓴 것 같은 사물들을 내려다보며 낮게 중얼거렸다. ‘이럴 때 조상들은 내게 어떤 결정을 요구할 것인가. 어라하의 말은 가정일 뿐이다. 어라하의 말이 사실이라 해도 선수를 치면 그만이다. 죽어 충신으로 남을 것인가 배신을 하여 가문을 잇고 부귀영화를 누릴 것인가. 바람이 어디로 향할 것인가. 바람을 점쳐보니 백제는 망하고 세상의 모든 나라는 당나라의 그늘 아래 있게 될 것이다. 그렇다면 지금 결정을 해야 하는 것이 맞다. 하지만 흑치상지를 비롯한 지방군이라는 변수도 있지 않은가. 어쨌든 나라를 배반하는 것은 괴로운 일이다.’ 예식의 눈동자가 하리타분해졌다.

꿈인지 생시인지 예식의 눈에 영상처럼 번진 불빛들이 보였다. 웅진성을 포위한 18만 개의 횃불들이었다. 아리도록 아름다운 불빛. 불야성을 이룬 횃불들은 긴 꼬리를 매달고 거대한 원을 그리며 웅진성을 둘러쌌다. 도도히 흐르는 웅진의 강으로도 배를 탄 횃불들이 일렁이고 있었다. 웅진성이 수백 겹으로 포위된 것이다. 횃불들은 점점 원을 작게 하여 웅진성을 향해 걸어오고 있었다. 예식이 급하게 눈을 씻었다. 환상이었다. 예식은 긴 탄성을 내뱉고 하늘을 올려다보았다.

금세 비라도 쏟아질 듯 하늘이 무거웠다. 조상들의 얼굴 모양을 한 도깨비불들이 오만상을 찡그리며 날아다녔다. 이때 할아버지 예다의 얼굴을 닮은 도깨비불이 예식의 정면으로 날아들었다. 예식은 깜짝 놀라 눈을 동그랗게 뜨고 몸을 피했다. 도깨비불들이 사라졌다.

예식은 도깨비불로 찾아왔던 예다를 생각했다. 예다가 법왕의 신임을 받기 전 예씨 가문은 조정에 출사하지 못했다. 우연한 기회에 예다가 좌평벼슬을 받고 아버지 사선이 그 지위를 물려받아 오늘에 이르고 있지만 여전히 여덟 성씨들의 세상이다. 예식은 그들이 나라를 이 지경으로 만든 장본인이라고 생각했다. '그들은 허구한 날 왕을 속여 가지고 놀고, 자기들끼리 권력쟁탈전을 벌이며 나라를 어지럽게 했다. 그러다가 결국 백제 최고의 지략가인 성충과 흥수, 최고의 장군인 윤충, 의직, 계백 등을 사지로 몰아 죽게 했다. 더구나 이곳 웅진성의 내 군사는 삼천 명이 조금 넘는다. 이들을 데리고 십팔만 대군을 어찌 상대한단 말인가. 아무도 알아주지 않는 개죽음이다. 어라하가 도망친 사비성은 불에 타고 백성들은 아비지옥을 경험하고 있다. 어라하도 자격이 없다. 복신의 말을 어디까지 믿어야 할지 모르지만 어라하가 기다리는 지방군은 아직 모일 기미조차 없다. 여기서 연합군 놈들과 싸운다 한들, 싸우다가 명예롭게 죽는다한들 남아있는 가족들은 천민취급도 못 받는다. 망해버린 나라에서 놈들과 싸우다가 죽은 장군의 가족을 그대로 둘 리가 있는가. 그리되면 할아버지가 어렵게 일군 우리 집안은 끝나고 만다.' 동녘하늘이 시뻘겋게 달아오를 때까지도 예식의 고민은 끝나지 않았다.

660년 7월 16일, 의자 일행이 웅진성에 도착한 지 3일째 되던 날 오후의 햇빛은 양철에 구멍을 낼 정도로 기세가 대단했다. 의자는 예식에게 성 밖 군호에서도 군사들을 모집하라고 지시했다. 하지만 의자의 명령을 절대로 들을 리 없는 예식이었다. 의자 역시 그 일에 대한 결과를 확인할 생각은 없었다.

그동안 국담은 수하들과 성내 곳곳을 돌아보며 수성에 만전을 기하고 있었다. 의자를 직접 보좌하는 달솔이 되었기에 같은 달솔인 예식보다는 권한이 더 컸다. 예식이 비록 백제의 5방 중 가장 영향력이 있는 북방령이었지만 왕의 측근인 국담을 마음대로 통제할 수는 없었다. 그럴수록 예군을 비롯한 주변인들의 불만은 커져만 갔다. 당연히 불협화음이 생길 수밖에 없었다. 예식의 사람들은 사사건건 국담이 하는 일에 방해를 했다. 적으로부터 성을 방비하기 위해 동분서주하는 국담을 방해한다는 것은 명백한 반역행위였다. 그럼에도 불구하고 그들은 끊임없이 훼방을 놓았다. 그 훼방이 때로는 유치하기까지 했다. 가령 국담이 목책에 기름을 발라두면 즉시 가서 흙으로 닦아버렸다. 토성으로 만들어진 웅진성의 약점을 보완하기 위해 성 밖에 설치한 목책이었다. 국담은 이 목책에 기름을 바르고 짚으로 엮어 적들이 쳐들어오면 불을 지를 계획이었다. 또 다른 훼방도 기가 막힌 것이 토성 위에 촘촘히 박아둔 나무 벽을 허무는 짓이었다. 이 역시 토성의 약점을 보완하기 위해 국담이 백성들을 동원해 열심히 한 일이었다. 그밖에도 국담이 한 일은 참으로 많았다. 하지만 모두가 예식의 측근들에 의해 허사로 돌아갔다. 보이지 않게 은근슬쩍 놓는 훼방들을 보고 있는 국담의 심장은 타들어갔다. 그럼에도 불구하고 국담은 묵묵히 하던 일을 계속했다.

송진에 불이라도 붙일 듯 이글거리던 태양이 미루나무 꼭대기에 걸리자 매미들이 죽어라고 울어댔다. 토성에 말뚝을 박고 있던 백성들의 옷이 흥건해지더니 소금물이 뚝뚝 떨어졌다. 그대로 두면 열사병이라도 걸릴 것 같았다.

"냇가로 가서 몸을 좀 식힙시다. 백고는 남아 방비에 전념하게."

국담이 군사와 백성들에게 휴식시간을 제공했다. 국담은 십여 명의 군관들을 데리고 냇가로 갔다.

"첨벙 첨벙."

백성과 군사들은 누가 먼저라고 할 것도 없이 냇물로 뛰어들었다. 절벽바위 아래서 솟아나는 지하수가 모여 이룬 냇물이라 시원하기 그지없었다. 이 물은 여인네들의 빨래용으로 아주 유용하게 사용되었는데 식수로 마셔도 지장이 없을 정도였다.

사내들이 첨벙거리자 손사래를 치며 물방울을 피하는 여인이 있었다. 빨래를 하던 여인은 백성들의 훼방에도 전혀 싫은 기색을 하지 않았다. 누리끼리한 베옷에 군청색 옷단으로 마무리한 옷을 펑펑하게 입어 시원해 보이는 여인, 평범한 서민들의 옷을 그냥 걸친 것 같지만 왠지 모르게 귀품이 나는 여인, 치렁치렁한 머리를 대충 묶었음에도 햇빛에 반사된 머릿결이 황홀하게 빛나는 여인이었다. 물장난을 하는 백성들 중 앳된 총각이 여인을 뚫어지게 바라보았다. 군두더기 하나 없는 뽀얀 얼굴에 머루처럼 검고 동그란 눈, 가녀린 턱 선을 타고 오르내리는 이목구비는 하나같이 조화를 이루어 완벽한 작품에 가까웠다. 벌떡 일어선 총각은 한참동안 여인을 바라보다가 갑자기 털썩 주저앉아 버렸다. 그러고는 자기의 아랫도리를 꽉 눌러 거시기를 자제시키려 무진 애를 썼다. 그것을 본 것이다. 풍성한 옷을 입은 탓에 겨드랑이 사이로 드러난 유방. 잘 익은 복숭아처럼 볼록 도드라진 유방 끝에는 연분홍빛 젖꼭지가 매달려 탱탱했다.

"야 이놈아, 뭘 그렇게 넋을 놓고 뭉그대는 거여?"

총각의 아버지뻘쯤 돼 보이는 백성이 사붓이 다가가 어깨를 툭 쳤다. 총각은 깜짝 놀라 거시기를 더 꽉 쥐었다.

"아악!"

총각이 비명을 질렀다.

"무슨 일 있나?"

국담이 총각에게 다가가 비명을 지른 이유를 물었다.

"아니, 이놈이 넋을 놓고 저 처자를 보더니 갑자기 소리를 지르지 뭐에유."

국담이 고개를 들어 여인을 바라보았다.

"으음!"

국담의 입에서 옅은 비음이 흘러나왔다. 여태 그렇게 아름다운 여인은 처음 본 것이다.

"저, 저 여인이 누구요?"

"아, 예. 언덕 너머에 사는 무녀의 딸 같은디유? 토옹 집안에만 틀어박혀 있어서 확실한 건 잘 모르것슈."

국담이 보이지 않는 힘에 이끌리듯 여인에게 다가갔다. 여인의 몸에서 새물내가 났다. 여인은 국담이 바짝 다가왔는데도 놀라거나 물러서지 않았다. 국담의 눈빛이 바람 속을 헤엄치듯 부드럽게 날아가 여인의 얼굴에 앉았다. 여인도 국담의 눈빛을 외면하지 않았다. 마주친 눈빛과 눈빛에서 달콤한 사탕냄새가 났다.

"저……, 이곳은 위험한 전쟁터입니다. 어서 댁으로 들어가시지요."

"네."

"제가 집까지 모셔다 드리겠습니다."

"네."

국담이 과도한 친절을 베풀고 있음에도 여인은 아무런 거부도 하지 않았다. 참으로 이상한 일이었다.

"내 잠시 다녀올 테니 어라하의 호위와 수성에 만전을 기하라."

"장군, 지금은 전시입니다."

군관들이 국담을 만류했다.

"그렇긴 하다만 여기서 멀지 않은 곳이니 금세 데려다 주고 오겠다. 무슨 일이 있으면 즉시 알리도록."

평상 시 침착했던 국담의 모습이 아니었다. 국담 역시 자신이 왜 그리 무모한 행동을 감행하려 하는지 알 수 없었다. 도무지 감당할 수 없는 그 무엇이 자제할 수 있는 힘을 무기력하게 만들고 있었다. 앳된 총각은 여인과 함께 둥근 언덕을 넘어가는 국담을 노려보며 주먹을 불끈 쥐었다.

늙은 무녀였다. 그녀는 국담을 보자마자 반백으로 산발한 머리칼을 뒤로 질끈 동여매며 큰 절을 했다.

"상제의 아드님이 오셨군요. 저것이 안하던 짓을 하러 간다기에 예사롭지 않게 생각했습니다."

무녀는 새된 목소리로 묘한 말을 했다.

"오늘의 인연이 있으려고 그랬던 것 같습니다. 저 아이가 비록 내 딸이지만 본래는 상제를 모시는 아이였습니다. 천상에서 둘은 끔찍이 사랑하던 사이였지요. 하지만……."

무녀는 더 이상 말을 잇지 않고 고개를 들어 천장을 바라보았다. '무슨 말을 하려는 것인가. 저런 이상한 말들은 다 뭐란 말인가.' 국담은 무녀의 말에 잔뜩 의심이 갔지만 어쩐지 더 이상 캐묻고 싶지가 않았다. 한참동안 천장을 올려다보던 무녀는 손바닥을 무릎에 대고 '끙' 소리를 내며 일어섰다. 무녀가 수수께끼 같은 여운을 남기며 문을 열자 향로에서 구름 같은 연기가 피어났다.

"어딜 가려는 것이오?"

"시간이 없습니다. 둘이 못 다한 이야기를 나누시지요."

무녀가 나간 방 안은 상량하기 그지없었다. 갑자기 쌔 한 분위기가 한 여름의 공기를 서늘하게 만들었다. 여인이 팔뚝의 살갗을 비볐다.

"추우신가 보군요."

"아니요. 기분 좋게 서늘해요."

'기분 좋게 서늘하다.' 국담 역시 여인의 말처럼 기분 좋게 서늘했다.

"정말, 기분 좋게 서늘하다는 말이 맞네요."

둘은 고르게 난 흰 이를 드러내며 말없이 웃었다.

"그런데 우리가 언제 만난 적이 있었나요? 못 다한 이야기를 나누라니."

"글쎄요."

'글쎄요'라는 말은 '거시기'라는 말처럼 애매하기 그지없다. 국담은 여인에게서도 분명한 무언가를 얻지 못할 것 같아 역시 침묵할 수밖에 없었다. 둘만의 공간에서 남녀 간의 침묵은 기분을 야릇하게 만든다. 비록 백주대낮이지만 혈기왕성한 청춘남녀가 한 방에 나란히 있다 보면 주체하지 못할 그 무엇이 있는 것이다. 국담은 어색한 분위기를 바꾸어 보려고 주변을 두리번거렸다. 점을 치는 도구와 귀신을 쫓는 도구들이 가지런히 정리되어 있었고 약을 달이는 다기도 보였다.

"여기서 약도 만드나요?"

"그럼요. 산에서 나는 각종 약초를 이용하여 약을 만들지요. 약들 중에는 사람의 질병을 고치는 것도 있지만 신선의 세계로 이끌어주는 것도 있어요."

"신선의 세계?"

"한번 맛 좀 보실래요?"

"아, 아니. 됐습니다. 됐어요."

어정쩡하게 손사래를 치는 국담을 보고 여인은 빙긋이 웃었다. 국담은 여인의 웃는 모습을 보고 '하늘나라의 선녀가 저렇게 웃을 것이다.' 하고 생각했다.

"그것뿐만이 아니에요. 이건 비밀인데……. 제 어머니는 천문과 방술은 물론 변신술에 관한 책자도 가지고 있어요."

"변신술과 방술이요? 그건 도교에서 행하는 것들인데……."

"그래요, 그 도교. 어머니는 인간도 노력을 하면 신선이 될 수 있다고 믿고 있어요."

"아, 네."

백제는 불교를 숭상하고 있었지만 백성들의 세상에서는 여전히 도교가 유행했고 중요한 시기마다 온갖 신들에게 제사를 드렸다. 이때 신과 소통할 능력을 가진 무당이 신의 중계자 역할을 했다. 여인의 어머니는 천지신, 농경신, 백제의 시조인 온조신 등 자연신과 조상신 등을 모시면서 백성들의 신앙생활에 깊숙이 관여하고 있었다.

"그래서 내가 상제의 아들이고, 그쪽은 하늘의 여자란 말이오?"

"그건 저도 모르겠지만 어머니가 그리 말씀하시니."

"그쪽의 어머니는 우리가 천상에서 끔찍이 사랑하는 사이였다고 말했소. 그 말을 믿는 것이오?"

여인은 국담의 질문에 고개를 살짝 돌려 방바닥만 쳐다볼 뿐 아무런 말이 없었다. 국담은 질문에 대한 대답을 포기하고 여인을 가만히 내려다보았다. 갸름한 턱을 타고 흐르는 빛이 신비로운 실루엣을 만들었다. '저 여인이 과연 선녀란 말인가.' 국담은 자기도 모르게 몽환적 분위기에 빠져 들었다.

"방 안에 향기가 참 좋구려."

"차를 내오겠습니다."

여인은 또 국담의 말을 무시하고 딴청을 피웠다.

"차, 차는 무슨. 그냥 두시오."

국담은 만류를 무시하고 밖으로 나가는 여인의 뒷모습을 안타깝게 바라보았다. 차보다는 다른 걸 원했다. 다른 게 무엇일까. 원하던 것이 무엇이었는지 국담 자신도 잘 몰랐다. 다만 마음이 가는대로 하고 싶은 바를 하려던 것뿐이었다. 여인이 차를 준비하는 동안 기다리는 국담의 마음은 방정맞게 초조해졌다. 태어나 한 번도 겪어보지 못한 오묘한 분위기에 심장이 오글거렸다. 기다리는 시간은 지루하게 이어져 바위처럼 무겁기만 했다. 영겁의 시간을 견디지 못하고 뛰쳐나가려는데 여인의 인기척이 들렸다. 순간 국담의 오장육부가 내려앉았다.

찻잔을 들고 나타난 여인의 머릿결은 섬려했다. 국담은 여인의 머리를 와락 끌어 앉고 싶었다. 여인이 허리를 굽혀 찻잔을 내려놓았다. 선녀의 날개처럼 활짝 핀 여인의 쇄골이 국담의 안광을 꽉 채우는 순간이었다.

"으음!"

여인의 유방이 뽀얀 속살을 드러낸 채 달랑거렸다. 터질 듯 탱탱하게 잘 익은 천도복숭아. 국담의 목구멍을 타고 넘어가는 침이 천년 동굴 속에서 떨어지는 한 방울의 물소리 같았다. 국담은 눈을 동그랗게 뜨고 여인의 내밀한 구석을 살폈다. 군두더기 하나 없는 뱃살과 잘록한 허리가 어우러져 완벽한 조각품 같았다. 이에 국담은 보이지 않는 곳을 상상해 보았다. 바로 허리 아래 세상. 그러자 자신의 허리 아래에서 뜨거운 불기둥이 용솟음쳤다. 괴어오르는 감정을 도저히 억제할 수 없는 무력감. 국담은 여인의 허리를 끌어 앉고 거칠게 쓰러뜨렸다. 하지만 여인은 아무런 반항을 하지 않았다. 여인을 안은 국담의 손놀림은 가히 상제의 아들 같았다. 난생 처음으로 겪어보는 여인의 몸임에도 불구하고 전혀 서투르지 않았다. 귀공자의 섬섬옥수가 여인의 내밀한 곳을 찾아 물처럼 흐르고, 뜨거운 입김이 곧추선 솜털 위에 닿자 화산 같은 교성이 터져 나왔다. 천상의 악기가 천상의 악공을 만나 천상의 연주를 마치려는 순간, 여인은 더 이상 견디지 못하고 국담의 허리를 쥐어짜듯 끌어당겼다. 뜨거운 불기둥이 여인의 근본으로 깊숙이 파고 들어갔다. 격류처럼 요동치는 핏발들의 아우성이 방 안을 가득 메웠다. 그러는 동안 국담은 현실세계를 잊어 버렸다. 마치 신선의 세계에 와 있는 것 같은 생각이 들었다. 몽롱해진 국담은 자신도 모르게 잠에 빠져 들었다.

파란 하늘에 점점이 떠있는 구름이 마법의 잠속에 빠진 것 같은 날이었다. 어린 국담은 하늘을 나는 물고기가 되어 구름사이를 헤엄치고 다녔다. 국담의 시선이 통통 튀며 하늘 여행을 하고 있을 때 갑자기 무지갯빛 햇살이 먼지처럼 내려앉아 국담의 몸을 휘감았다. 국담은 그 빛을 타고 하늘 끝까지 올라갔다. 국담의 몸속에서 감당할 수 없는 환희가 구불구불 피어올라 자지러질 정도였다. 무지갯빛 햇살이 순식간에 사라졌다. 그리고 잠시 뒤, 청년이 된 국담이 그 자리에 서있다. 하늘은 역시 똑같다. 국담은 가시지 않은 행복감에 시선을 멀리 하늘과 땅의 경계선으로 옮겼다. 남쪽으로 광활하게 펼쳐진 벌판 저 멀리 지평선이 가물가물하다. 그런데 가물가물하던 지평선이 '쫘악' 벌어지며 또 다른 세상이 드넓게 펼쳐졌다. 국담의 몸이 순식간에 그곳으로 빨려 들어갔다. 지평선이 닫혔다.

주변은 온통 모래사막이었다. 시선을 가장 멀리 두고 사방을 둘러봐도 세상의 끝은 똑같았다. 국담은 거대한 원으로 만들어진 모래세상의 한 가운데 서있었다. 타들어갈 듯 목이 탔다. 허리춤에 매달린 물병을 꺼내 마음껏 물을 마셨다. 하지만 아무리 마셔도 갈증은 전혀 해소되지 않았다. 국담은 지쳐 그 자리에 주저앉아 버렸다. 주변을 두리번거렸다. 살아있는 생명체는 그 무엇도 없었다. '사막 한 가운데 홀로 버려진 것과 우주의 미아가 된 것의 차이는 무엇일까. 외로움과 두려움의 차이는 무엇일까.' 갑자기 짜증이 몰려왔다. 국담은 주먹으로 모래를 무지막지하게 쳐댔다.

그러자 생명체가 나타났다. 처음에는 국담의 주변에서 그것들이 보이더니 점차 끝도 없는 모래세상으로 퍼져 나갔다. 그것들은 그야말로 모래알만큼이나 많았다. 거미였다. 급기야 거미들이 모래세상을 가득 메웠다. 처음에는 엄지손톱 만했던 거미들이 조금씩 자라나기 시작했다. 국담의 정신이 아득해졌다. '도대체 저것들은 뭐고 어찌해야 하는가.' 가문의 보검을 빼들었다. 푸른빛이 거미들을 향해 쏟아져 들어갔다. 거미들은 푸른빛에 먹혀 사라졌다. 하지만 그때 뿐이었다. 거미들은 끝도 없이 모래의 틈바구니에서 삐져나와 조금씩 자라났다. '아무리 죽여도 다시 살아나는 놈들을 어찌하란 말인가.' 국담은 거미들이 두렵지 않았다. '죽이고 또 죽이면 그만이다. 하지만 언제까지 죽여야 한단 말인가.' 국담은 칼을 모래에 꽂고 하늘을 우러러 울부짖었다.

국담이 잠시 방심한 사이 거미들은 주먹만 하게 골격을 갖추었다. 급기야 국담의 다리를 타고 오르는 거미들, 그대로 놔두었다가는 세상의 모든 거미들이 국담의 몸을 타고 올라가 거대한 산을 만들 것 같았다. 국담은 미친 듯이 몸을 흔들어 거미들을 떼어 냈다. 하지만 그것도 한계가 있었다. 국담은 보검을 잡고 커다랗게 원을 그리며 푸른빛을 뿌려댔다. 국담의 몸과 마음이 점점 지쳐갔다. 집안의 가보인 신비한 검이 있다지만 아무리 죽여도 다시 살아나는 거미들을 끝내 당해 낼 수가 없었다. 국담은 하늘을 우러러 간절한 기도를 드렸다. 태어나서 무언가를 대상으로 하는 기도는 처음이었다. 그러자 거짓말처럼 거미들이 자취를 감추었다. 눈을 씻고 사방을 둘러보아도 모래사막뿐이었다. 국담은 그 자리에서 털썩 주저앉아 엉엉 울고 말았다. 스스로는 도저히 주체할 수 없는 울음, 의식이 기억하는 한 처음으로 흘려보는 눈물이었다.

국담은 잠시 눈을 감고 생각에 빠졌다. 자신이 왜 이곳에 왔는지 원인도 이유도 알 수 없었다. 빛을 타고 하늘로 올라갔다 내려오자 어른이 되었고, 어른이 된 자신의 몸을 지평선이 빨아들였다. 그렇다면 지평선이 이쪽 세상과 저쪽 세상의 경계라는 말이다. '지평선 저 넘어 세상은 그리도 행복했는데 이쪽 세상은 아비지옥이구나. 저쪽 세상으로 다시 가야겠다.' 답을 낸 국담은 몸을 일으켰다.

그런데, 또 다시 거미가 나타났다. 수많은 거미들이 커다란 원 밖에서 국담을 향해 기어오고 있었다. '새처럼 훨훨 날 수만 있다면…….' 국담은 새가되고 싶은 마음이 간절했다. 하지만 인간이 새가 될 수는 없었다. 그렇다고 죽지 않는 거미를 상대로 언제까지 싸우고만 있을 수도 없었다. '이러다가는 지쳐 쓰러질 것이고 결국엔 내 몸을 저놈들이 먹어치울 것이다.' 국담은 포위망을 좁혀오는 거미들을 무기력하게 쳐다보다가 엄청난 무언가를 발견했다. 거미들의 대장, 그놈은 주변의 거미들을 쓸다시피 주워 먹으며 몸통을 키우고 있었다. 놈이 아무리 거미들을 먹어도 거미들의 숫자는 그대로였다. 급기야 놈의 몸이 하늘 꼭대기까지 커졌다. '저놈 역시 죽지 않으리라. 저런 놈을 상대로 싸워본들 마찬가지겠지.' 국담은 피차의 경계인 지평선을 향해 죽어라 도망치려는 생각을 했다. 도망치려는 생각 역시 태어나서 한 번도 해보지 않은 비겁함이었다. 하지만 어쩔 수 없는 노릇이었다. 국담은 거미들의 왕을 노려보다가 피안의 세상을 향해 몸을 돌렸다. 하지만 눈앞에 또 다른 거미왕이 나타났다. 거미들의 왕은 이제 한 둘이 아니었고 계속해서 거미들의 왕이 생겨났다. 그들은 국담을 향해 이렇게 소리쳤다.

"어딜 도망치려고. 너는 우리를 죽일 수 없다. 우리와 싸워 이길 수도 없다. 너는 여기서 우리에게 죽어야 한다. 너는 죽어야만 살 수 있는 운명이다."

국담은 그들의 말을 믿을 수밖에 없었다. 죽일 수도, 싸워 이길 수도 없으니 죽을 수밖에 없는 운명. 국담은 또 다시 하늘을 우러러 기도를 드렸다. 살려달라고 간절히 애원했다. 하지만 거미들은 사라지지 않았다. 거미들은 사방에서 입으로 동아줄 같은 거미줄을 뿜어댔다. 국담의 몸이 친친 동여매져 거대한 고치열매 같았다. 거미들이 다시 입을 벌렸다. 이번에는 거미줄이 아니었다. 검붉은 불덩어리. 거미들은 꼼짝도 못하고 누워있는 국담의 몸에 불을 뿜어댔다. 몸이 활활 탔다. 놀라 몸부림을 쳤다. 거미줄이 터졌다. 양팔을 날개처럼 벌려 퍼덕였다. 날개가 생겨났다. 불이 활활 타는 붉은 날개. 날개를 펄럭이자 국담의 몸이 하늘로 날아올랐다. 하늘에서 내려다 본 세상은 온통 새빨간 불바다가 되어 있었다.

온몸이 땀으로 흥건했다. '여긴 또 어딘가. 조금 전에 나는 불새가 되지 않았던가. 앗! 여긴 무녀의 집이 아닌가. 그렇다면 조금 전에 불새는 꿈이란 말인가. 혹시 여인도, 무녀도 모두 꿈속의 사람들인가. 꿈속에서 꾼 꿈은 또 뭐란 말인가.' 도무지 종잡을 수 없는 분위기에서 국담은 몸을 벌떡 일으켰다. 순간, 남쪽으로 난 방문이 빠끔 열리고 눈부신 햇빛이 국담의 눈을 찔렀다.

"아, 아니. 그, 그쪽은?"

아직도 꿈인지 생시인지 확신이 서지 않았다.

"벌써 일어나셨나요? 주무신지 얼마 안 된 것 같은데."

'잠을 잤다. 그렇다면 저 여인과의 일은 생시이고 그 처참한 일은 꿈이었단 말인가.' 꿈에서 겪은 일도 생시 같았다. '도대체 생시는 뭐고 꿈은 뭐란 말인가. 여인의 말에 따르면 잠깐 동안 잠을 잤다. 잠깐이라……' 믿어지지가 않았다. 잠깐 잠들어 겪은 세상이 그렇게 길고 참혹할 수가 있단 말인가. 국담은 악몽을 떨쳐내려 거칠게 방문을 열고 나갔다. 신발을 신으려는데 등 뒤에 있는 여인이 걸렸다. '아! 저 여인을 어찌한단 말인가. 내가 너무 경솔했구나. 어쩌자고 일을 저질렀단 말인가.'

"무슨 생각을 하시는 줄 압니다. 하지만 걱정하지 마세요. 저는 서방님을 이렇게 만난 것만으로도 가슴이 벅찹니다. 이제 조금 있으면 다시 만나게 될 것입니다."

"잠시만 기다리시오. 연합군 놈들로부터 이 나라를 살려놓고 돌아오겠소. 그때까지 기다려줄 수 있겠소?"

여인은 국담의 말에 아무런 대답을 하지 않았다. 국담이 다시 한 번 채근하려 하자 무녀가 나타났다.

"당연히 기다릴 것입니다. 저 아이는 이생뿐만이 아니라 저 생에서도 장군을 기다릴 것입니다. 걱정하지 마시고 갈 길을 가세요. 그나마 이렇게라도 만난 것이 얼마나 다행입니까."

역시 알 수 없는 말만 하는 무녀였다. "서방님을 이렇게 만난 것만으로도 가슴이 벅찹니다. 이제 조금 있으면 다시 만나게 될 것입니다."라고 말하는 여인도 알 수 없었다. '뭐가됐든 저 여인과 이대로 눌러 살았으면 좋겠다.' 국담은 쉽게 발길이 떨어지지 않았다. 하지만 더 이상 지체할 수는 없는 노릇이었다. 부하의 말처럼 지금은 전시이고 무엇보다 의자가 걱정이 됐다. 국담은 여전히 꿈인지 생시인지 모를 여인들의 세상을 뒤로하고 웅진성으로 발걸음을 재촉했다. 저물어가는 들판의 곡식들이 칠월의 힘센 햇살에 강건한 몸통을 나부대고 있었다.

*

예식의 측근들은 아침나절부터 예군의 숙소에 모여 있었다. 밤새 예식이 고민을 거듭하는 동안 그들 역시 잠을 설쳤다. 하지만 늦잠을 잘 수는 없었다. 그들은 계백이 황산벌에서 패배를 하는 순간, 백제의 패망을 직감했다. 그들뿐만이 아니라 대부분의 백제 귀족들도 그와 같은 생각을 했다. 귀족들은 황산벌에서 계백이 패하고 나당연합군이 집결해 사비로 향하자 뿔뿔이 흩어져 도망쳤다. 그들 중 대부분은 배를 타고 일본으로 건너갔으며 일부는 고구려로 들어갔다. 예식을 비롯한 측근들도 다르지 않았다. 그들은 연합군이 사비성을 점령하면 웅진성을 통째로 들어 바칠 생각을 하고 있었다. 그러던 차에 의자가 들이닥친 것이다. 백제의 왕이 도성을 버리고 웅진으로 피신을 하자 예식의 측근들은 절호의 기회라고 생각했다. 성과 함께 백제의 왕까지 바칠 수 있기 때문이다. 그런 기회를 방령인 예식에 의해 놓칠 수는 없는 노릇이었다. 하지만 오랜 세월 예식을 중심으로 다져진 충의를 함부로 내칠 수도 없었다.

"장군, 오늘이 사흘째입니다. 이젠 더 이상 두고 볼 수도 없게 되었습니다. 제 부하의 말이 저 국담 놈이 우리의 거사를 눈치 채고 어라하께 고해 바쳤다고 합니다. 물론 어라하는 믿지 않는 눈치였다지만……. 어쨌든 이러다가 실기라도 하면 우리는 죽은 목숨입니다."

"국담 놈이 눈치를 챘다고? 어라하는 그 말을 믿지 않고? 하여간 저 국담 놈이 골치로군. 설사 어라하가 국담의 말을 믿는다 해도 우리를 어쩔 수는 없을 테니 너무 걱정하지 말게. 방령을 믿고 조금 기다리다 보면 반드시 좋을 기회가 올 걸세."

가문과 형제의 의리를 목숨보다 더 중요하게 생각하고 있었던 예군이었다. 예군이 아무리 조급한 성격이라고는 하나 가문의 대표인 예식의 명령 없이 자기 마음대로 일을 치를 수는 없었다.

"방령께서 저러는 이유를 모르겠습니다. 지방군은 움직일 기미가 없습니다."

"지방군은 조만간 움직일 걸세. 백성들과 함께 대대적으로 일어날 걸세. 하지만 지금은 아니지. 그래서 지금이 기회는 기회인데……."

"웅진성이 놈들에게 함락되고 어라하가 잡히면 지방군이 일어난다 한들 무슨 소용이 있습니까."

"그건 그렇지 않아. 각 방에 속한 군사들과 백성들이 들불처럼 일어나게 되면 아무리 연합군이라 해도 쉽게 제압할 수는 없지. 가용 가능한 백제의 군사들만 해도 삼십만이 넘고 백성들이 모두 가세하면 오백만 명에 육박하네. 연합군이 백성들에 의해 패배할 경우 우리는 꼼짝없이 역적으로 몰리게 돼. 방령은 그것까지 계산하고 고민을 하는 거란 말일세."

"망명, 망명이 있지 않습니까. 우리가 재빨리 어라하를 잡아 바치고 당으로 들어가면 되는 일 아닌가요?"

망명. 기가 막힌 수였다. 우연히 던진 한 측근의 말에 예군은 무릎을 아플 정도로 때리며 일어섰다.

"그래, 망명. 거 기똥찬 생각일세. 지방군이 백성들과 합세해 연합군과 싸우든 말든 우리는 당으로 들어가면 그만이야."

"그럼, 방령께 이 계획을 전달하시지요."

"그런데 그놈이 걸린단 말이야. 그 국담이라는 놈."

그때 웬 총각이 예군을 찾아왔다. 냇가에서 무녀의 딸을 보고 엉큼한 생각을 했던 그 총각이었다. 그는 건방지게도 자신이 점찍은 여인을 국담이 빼앗았다고 생각했다.

"장군, 드릴 말씀이 있습니다."

총각은 국담이 병영을 무단이탈하여 여인을 욕보였다고 일러바쳤다. 뜻밖의 수확이었다. 예군은 쾌재를 부르며 예식을 향해 달려갔다.

망명이라는 말에 예식의 심장이 펄떡펄떡 뛰었다. 해답을 찾은 것이다. 그토록 고민하던 문제의 답이 사실은 아주 간단한 것이었다. '그렇다면 소정방과 타협만 하면 된다. 왕을 잡아 바치는 조건으로 망명과 당의 벼슬자리를 요구할 것이다. 이런 조건이라면 거래가 성사되지 않을 리 없다. 아! 우리 가문에 살길이 생겼구나. 아버지, 할아버지 고맙습니다. 고향 땅으로 다시 돌아갈 수 있게 되었습니다. 게다가 높은 벼슬까지 얻을 길도 생겼습니다. 그야말로 금의환향하는 것입니다. 서둘러 소정방에게 타협안을 보내야겠구나. 그런데, 그 사이 연합군이 이곳으로 쳐들어온다면 일이 틀어진다. 그들이 움직이기 전에 보내야 하는데 아무리 빨리 답을 얻어도 꼬박 하루는 걸릴 것이다.' 예식의 머리가 어지러울 정도로 빠르게 돌아갔다.

"하지만 형님, 소정방의 답을 받지 않고서는 거사를 치를 수가 없습니다. 지금 당장 협상안을 보내면 적어도 내일 오후쯤에는 답신이 도착할 것입니다. 내일 밤을 거사일로 정하십시다."

예군은 벌떡 일어나 무슨 말을 하려다가 다시 주저앉았다. 생각해보니 예식의 말에도 일리가 있었다. 망명을 위한 거래에 소정방의 답신은 필수였기 때문이다.

"비사도리 녀석은 뭘 하고 있기에 여태 안 오는 거야. 녀석이라면 번개처럼 다녀올 텐데 말이야."

사비로 염탐을 보낸 비사도리가 지금 당장 와야 할 이유는 없었다. 비사도리는 연합군이 웅진성으로 출발할 때 먼저 달려와 보고하기로 되어 있었다. 예군은 애꿎은 비사도리 핑계를 대면서 고개를 끄덕였다.

"알겠네. 그 사이 지방군 놈들이 오면 안 되는데. 주요 지방의 성마다 세작들을 보내두어야겠네."

"그러실 필요 없습니다. 이제 하루입니다. 세작들이 정보를 들고 오는 시간도 하루 이상은 걸릴 것입니다. 하루 사이 지방군 놈들이 들어오면 어쩔 수 없는 일입니다. 모든 일은 하늘에 맡길 수밖에 없습니다. 그 보다 당장 걸림돌부터 처리해야겠습니다."

"그래, 모든 일은 하늘에 맡기고 우리가 할 수 있는 최선을 다해보세. 방령 말처럼 일단 걸림돌인 놈의 발을 묶어놓고 보세. 절호의 기회 아닌가. 놈은 지금 어디에 있는가."

"당연히 어라하 곁에 있겠지요."

"어라하는 무슨 어라하. 이제부터는 의자라고 부르세. 이제 그는 우리의 왕이 아니지 않은가."

"아무리 그래도 그건 좀 그렇습니다."

"어쨌든 제 놈이 의자의 비호를 받고 있어도 군령을 어긴 이상 어쩔 수 없을 것이네."

"그럼 지금 당장 국담을 잡으러 가시지요."

예식은 갑옷을 단단히 매무시한 뒤 칼을 빼들고 앞장을 섰다. 싸울 아비들처럼 싸움도 잘 못하는 예식이 갑자기 위대한 장군처럼 보였다. 예식의 뒤를 따르는 군관들의 얼굴 위로 싸늘한 달빛이 내려앉아 번들거렸다.

흥망계절의 정신

　드디어 복신이 임존성에 도착했다. 사비성에서 탈출해 웅진성으로, 웅진성에서 또 다시 임존성으로 가야 했던 복신의 육신은 그야말로 너덜너덜해졌다. 하지만 그런 고충쯤은 얼마든지 견딜 수 있었다. 사비가 나당연합군에 함락됐다손 치더라도 의자가 건재 하는 한 백제는 아직 망한 것이 아니기 때문이다. 복신은 지방에서 가장 유력한 장군인 흑치상지가 의자를 돕기 위해 일어선다면 도성을 수복하는 일은 그리 어렵지 않을 것으로 믿었다. 흑치상지는 대대로 달솔 벼슬을 한 명문가의 젊은 장수로 지방뿐 아니라 중앙에서도 명망이 자자했다.

　"아니, 좌평께서 이 밤에 어찌……."

　흑치상지는 기진맥진 성문으로 들어오는 복신을 맞았다.

　"사비성이 함락되고 불바다로 변했네."

　"어, 어라하는요?"

　"사비성이 함락되기 하루 전 웅진성으로 파천하셨네. 하지만 지금 웅진성이 급하네. 당장 군사를 몰고 웅진성으로가 어라하를 보호해야 하네."

　복신은 그간의 자초지종을 차근차근 설명하며 흑치상지의 이해를 도왔다. 전시에서는 온갖 정보들이 떠다니지만 진위를 가리기가 여간 어려운 것이 아니었기 때문이다. 자칫 잘못된 정보로 인해 섣불리 행동을 개시했다가는 역으로 크게 당할 수도 있었다.

"사실이었군요. 어라하께서 보낸 서신은 받았지만 좌평어른이 이렇게 직접 오시지 않았으면 여전히 고민했을 것입니다. 좌평께서는 언제 웅진성에서 출발하셨습니까?"

"적들의 눈을 피해 오느라 험지로 돌아왔네. 하루는 꼬박 걸렸을 걸세."

"그럼 어라하께서 웅진성으로 가신 지 오늘이 사흘째네요."

"그렇다네."

"여기저기서 들어오는 소식들을 접하고 저 역시 바짝 긴장하고 있었습니다. 지수신 장군을 시켜 얼마간의 군사들은 모아 두었지만 턱 없이 부족합니다. 더구나 지금은 한밤중이고, 내일 아침부터 본격적으로 군사를 모아야겠습니다."

"얼마나 모았는가."

"임존성의 상비군과 주변의 군호에서 만 명가량입니다. 이곳 서방에 속한 정규군과 군호의 백성을 모으면 삼만은 넘을 것입니다."

"삼만이라면 좋겠지만 언제 삼만을 모으는가. 내일 당장 만 명의 군사를 이끌고 웅진성으로 가세."

"그러면 나머지 군사를 모으기가 어렵습니다. 하루 이틀만 더 기다려 주십시오."

복신의 입장에서는 미치고 환장할 노릇이었다. 열심히 설명은 했지만 사실을 지켜 본 자와 그렇지 않은 자 사이의 생각 차는 그런 것이었다. 사실을 목도한 복신이 볼 때, 예식의 배신은 일각이었고, 흑치상지가 볼 때 쉬 믿어지지 않는 예식의 배신이었다. 흑치상지는 예씨 가문과 무왕의 관계가 얼마나 가까웠는지 잘 알고 있었다. 따라서 예식이 배신을 한다는 건 쉽게 상상이 가지 않았다. 하지만 왕의 최측근인 복신의 말을 가벼이 여길 수도 없었다. '설사 그렇다 해도 어라하를 상대로 하는 반역행위이다.' 흑치상지는 매사 신중에 신중을 기하는 예식이 하루 이틀 사이에 그 어마어마한 일을 결행을 할 리 없다고 생각하고 있었다.

"그럼, 날이 밝자마자 군사를 모으도록 하세."

피곤에 찌든 복신은 말을 마치자마자 곯아 떨어졌다. 잠이든 복신을 내려다보고 있던 흑치상지의 마음이 크게 흔들렸다. '사비성이 함락되고 어라하가 피신을 할 정도라면 백제가 망할 수도 있다. 어라하가 지방군을 불러들이고 있지만 귀족들이 얼마나 호응할지도 모른다. 백제에 충성 다하던 예씨 가문마저 배신을 한다지 않은가. 나 혼자 어라하에게 간다한들 저 십팔만 대군을 상대로 어떻게 이길 수 있겠는가. 함부로 그들과 대적을 하다가는 꼼짝없이 죽게 된다. 차라리 항복을 하는 편이 나을 수도 있다. 하지만 어라하가 살아있는데 무슨 명분으로 항복을 한단 말인가.' 흑치상지가 상황판단을 하는 동안 사타상여가 들어왔다. 백제의 명문출신으로서 흑치상지의 별부장이었던 그는 유약한 성격의 소유자였다. 그는 자신과 반대로 강단이 있는 성격의 흑치상지를 존경해 중앙의 벼슬길에도 나가지 않고 있었다.

"장군, 사비성은 함락됐고 중앙의 군사들도 전멸된 마당에 우리가 간다한들 대군을 당할 수가 있겠습니까."

"그럼 어쩌잔 말인가. 어라하께서 위기에 처해 있다는데 안 갈 수도 없지 않은가."

"우리만 간다 해서 놈들을 이길 수는 없습니다. 전 지방군이 다 움

178

직여야 하는데 그들이 쉽게 움직이겠습니까."

사타상여의 말은 분명 일리가 있었다. 당시 고구려나 신라가 그렇듯 백제도 왕으로의 권력이 집중된 나라가 아니었다. 왕도 여러 귀족세력 중의 하나였으며 그 세력의 대표일 뿐이었다. 이러한 현상은 삼국 중 특히 백제가 심했는데 지금의 사택(사타)씨가 그렇듯 이전부터 왕의 세력과 대등하거나 더 월등한 가문이 존재하곤 했다. 따라서 의자는 초기부터 무리한 왕권강화정책을 펼쳤고 그로인해 많은 귀족들이 왕에게 등을 돌렸다. 사타상여는 왕권의 중심축인 사비성이 함락되고 의자가 도망친 마당에 과연 지방의 귀족들이 왕을 구하러 웅진성으로 달려가겠느냐는 말을 하고 있는 것이다.

"하지만 우리 백제는 흥망계절의 정신으로 버티어온 나라일세. 육백 년이 넘는 역사 속에서 나라가 망할 위기가 어디 한두 번이었나. 그때마다 '망해버린 것은 일으키고 끊어진 후사를 잇게 한다.'는 정신으로 다시 일어선 나라란 말일세."

"그 정신은 어라하와 특별히 관계가 없습니다."

"어라하와 관계가 없다."라는 사타상여의 말에 흑치상지의 몸이 움찔했다. 귀족들은 자신의 안위를 위해 흥망계절(興亡繼絶)의 정신을 이용할지언정 의자의 생사 따위는 관심이 없다는 말이기 때문이다. 사타상여 역시 명문귀족으로서 당시의 분위기를 잘 파악하고 있던 사람 중 하나였다. 나라가 망할 위기에 놓이자 백제의 귀족들은 머리가 복잡했다. 그들의 입장에서 의자의 부름에 응하는 일은 두 번째다. 우선 급한 것이 '당에 항복을 할 것이냐 말 것이냐'인데 자신들의 신분과 위치를 보장받을 수만 있다면 항복을 할 것이고 그렇지 않으면 흥망계절의 정신을 이용해 백성들을 부추겨야 하기 때문이다. 그들이 나중에 흥망계절의 정신을 이용할 때는 틀림없이 이런 말을 할 것이다.

—당나라는 노소를 가리지 않고 백제인들을 죽인 뒤 백제를 신라에 넘겨준다고 했다. 그러니 가만히 있다가 죽지 말고 차라리 싸우다 죽는 것이 명예롭다. 국가와 가족을 지키다 죽겠다는 신념을 가지고 뭉쳐 스스로를 지키자.

이같은 협박과 흥망계절의 정신을 잘만 이용하면 부흥이 되어 기득권을 지킬 수 있다고 생각하고 있는 귀족들이었다. 따라서 귀족들은 항복이 여의치 않을 때 의자에게 달려가면 되지 당장 움직일 필요가 없다는 계산을 하고 있었던 것이다. 하지만 백제의 모든 귀족이 그랬던 것은 아니다.

*

전북 부안의 개암사는 무왕 때의 왕사였던 묘련대사가 창건한 절이다. 묘련대사는 서기 634년 능가산의 웅장한 지세를 품은 우금바위 아래 절을 짓고 수많은 제자들을 길러냈다. 묘련대사의 수제자인 도침은 스승이 열반한 뒤에도 이 절을 떠나지 않고 수행을 해왔다. 도침은 오늘도 웅장한 우금바위의 천연석굴에 들어앉아 꼼짝을 하지 않았다.

의자가 웅진성으로 파천했다는 소식을 들은 정무는 즉시 개암사로 향했다. 평소 존경해 의지하고 있던 도침과 국난극복에 대한 의논을 하기 위함이었다.

"대사께서는 어디 계시냐?"

"우금암에 가셨당께요."

"역시 그러실 줄 알았다."

동자는 정무를 보며 싱글벙글했다.

"옛다."

엿을 받은 동자는 게걸스럽게 빨아먹으며 부엌으로 들어갔다. 정무는 고개를 높이 들어 우금바위를 올려다보았다. 하늘 끝까지 치솟아 오른 듯 두 개의 바위가 활짝 열려 있었다. '바위에 지기가 가득 차 있구나.' 정무는 두 개의 바위옹두라지를 바라보며 중얼거렸다. 활짝 열린 대문처럼 나란히 선 바위였다. '한참을 걸어야겠군.' 정무는 살걸음으로 달려가 바위굴 입구에 섰다. '무슨 말을 어떻게 해야 하나. 묘련대사는 평소 도침대사에게 바깥일에 너무 신경 쓰지 말고 수행에 정진해라. 다만 백제불교가 위험에 처할 때는 앞장서 구하라. 백제는 삼국 중 불교에 대한 자부심이 가장 강한 나라니라, 라는 말을 습관처럼 했다고 한다. 그렇다면 호응해 주실 거다.'

"대사, 어찌 그리 한가하십니까."

"허허, 나라가 망하기라도 했나. 웬 호들갑이야."

"그렇습니다. 나라가 망하게 생겼습니다."

"바위에 지기가 가득 찬 것을 보고 자네가 올 줄 알았네."

정무는 구마노리성[22]의 달솔 여자진에게 들은 이야기를 그대로 전했다. 여자진은 웅진성으로 들어가는 의자 일행을 직접보고 자신의 성으로 돌아와 두시원악[23]의 정무에게 서신을 보냈다. 정무는 두시원

---

22) 공주 인근에 있는 성으로 추정.

23) 청양에 있었던 성으로 추정.

악의 토착세력으로 조정에 출사하지는 않았다. 하지만 그 이상의 세력과 실력으로 백성들의 추앙을 받고 있던 인물이었다. 정무의 아버지는 무왕시절부터 조정의 부름을 받았지만 나아가지 않고 스스로 지방의 백성을 살피는 숨은 충신이었다. 정무 역시 그런 아버지의 피를 이어받아 나라에 대한 충성심이 매우 깊었다. 정무는 조정에 입조한 좌평시절 신하들 간의 파벌싸움에 신물을 느껴 벼슬을 버리고 고향인 두시원악으로 낙향한 사람이다. 하지만 정무는 현직에서 녹을 받는 좌평 이상으로 나랏일을 대신하고 있었다.

여자진은 이런 정무를 흠모하여 정신적 스승으로 모시고 있었다. 여자진은 서신을 통해 정무에게 가르침을 받았으며 정무 역시 이런 여자진을 아껴 정성껏 가르침을 주는 답신을 보냈다. 이들은 서로의 전령을 훤히 꿰뚫고 있을 만큼 빈번하게 서신을 주고받았다. 여자진은 정무에게 "어라하는 사비를 버리고 웅진성으로 파천했으며 사비는 연합군에 함락 당했습니다. 지금 사비는 아비규환입니다. 놈들의 약탈이 악마들의 그것과 같습니다. 여자들을 보기만 하면 강간을 일삼는다 합니다. 놈들에게 쫓겨 강물로 뛰어드는 아녀자들이 부지기수입니다. 젊은 남자만 보이면 모기를 잡듯 때려죽이고 아이들이 울면 부라질로 던져버립니다. 놈들에게 항복을 한들 귀족들의 자리는 보존되기 어렵습니다. 이래도 죽고 저래도 죽고, 죽기는 매 한가지인데 차라리 싸우다가 죽는 것이 명예로울 것입니다."라고 서신을 보냈다.

"대사, 솔직히 백제가 망하면 당나라 놈들의 삼엄한 감시를 받을 텐데 얼마나 우리를 무시하고 깔보겠습니까. 백제의 귀족으로서 그런 대우를 받을 수야 없지요. 우리는 흥망계절의 정신을 지녀야 합니다. 설사 백제가 망해도 다시 일으켜 세우자는 말입니다."

"자네는 자네의 입장, 귀족의 입장에서만 이야기하는군. 평소의 자네답지 않아. 흥망계절의 정신은 백성들보다는 기득권을 잃지 않겠다는 귀족들의 자존심에서 비롯된 것 아닌가? 그래서는 안 되지. 백성을 이용해서 자신들의 기득권을 지키겠다고? 이런 염병할 놈들!"

도침은 정무와 귀족들에게 거침없이 욕을 했다. 타고난 성정이 호방한 도침으로서 못할 욕도 아니었다. 그때문에 젊은 시절 묘련대사에게 적지 않은 꾸지람을 들었지만 늘 반성하며 수양을 게을리 하지 않던 도침이었다.

"대, 대사. 그런 뜻이 아닙니다."

"하. 하. 하. 아네, 알아. 내 자네의 충성심을 왜 모르겠나. 또한 자네의 입장도 이해하네. 팔은 안쪽으로 굽는 법. 인간이니까 그럴 수도 있지."

도침은 실제로 정무의 충성심을 잘 알고 있었다. 상황이 급박하면 자기도 모르게 자기의 입장을 우선으로 생각하는 인간의 근본적인 성정도 잘 알고 있었다. 이는 백성들도 마찬가지일 것이다. 백성들이 흥망계절의 정신에 동의한다면 그 이유는 자기의 가족과 친지들이 적에게 잔인한 학대를 당하고 재산을 송두리째 빼앗겨 견디지 못할 지경에 이르렀기 때문일 것이다. 도침은 이를 잘 알기에 백제인들이 나당 연합군을 상대로 봉기할 것을 확신하고 있었다. '그래서 우금바위에 지기가 가득 찼던 게로구나.' 지기란 말 그대로 땅의 기운, 즉 백성들의 기운이다. 바위에 지기가 가득 찼다는 것은 머지않아 백성들의 봉기를 예고하는 것으로 해석할 수 있다. '이제 나도 백제의 불교를 위해 일어

서야 할 때다. 그것은 스승님의 명령이기도 하다.'

"백성들의 존경을 받는 대사께서 앞장서신다면 군사 모으는 일이 크게 어렵지 않을 것입니다. 일이 급박하니 서둘러 주십시오."

"알겠네. 자네는 두시원악으로 가서 군사를 모아 보시게. 조만간 연락을 할 테니 그때 군사들을 합치세."

두시원악으로 돌아온 정무는 자신의 경망한 생각과 말에 대한 반성을 거듭했다. '어쩌자고 대사께 그런 말을 했단 말인가. 조상 대대로 나라와 백성들 덕분에 잘 먹고 잘 살아온 귀족들이었다. 그런 귀족들이 나라가 망할 위기에 처하자 사분오열 흩어져 자신의 살 길만을 찾았다. 또한 남아 있는 귀족들은 흥망계절의 정신이니 뭐니 하며 백성을 이용해 기득권을 유지하려 한다. 나 역시 그들과 다르지 않았다.' 정무는 자기혐오에 빠져 괴롭고 괴로웠다. 더구나 도침도 자신과 같은 백제의 지배층이라 생각하고 귀족의 입장에서 말을 뱉었다. 하지만 도침은 따끔하게 정무를 혼냈다. '꼼짝없이 소인배로 전락됐구나. 하지만 이제라도 정신을 차리고 정의로운 충신으로 살자.' 정무는 자세를 꼿꼿이 하고 여자진에게 편지를 썼다.

—여자진 장군, 장군의 편지를 받고 도침대사를 찾아갔네. 대사께서는 서둘러 군사를 모아야겠다고 말씀하셨네. 나 역시 이곳 두시원악에서 군사를 모아 대사의 군대와 합세하기로 했네. 자네도 성 안팎의 백성들을 모아 도침대사에게로 가게. 우리의 군사들이 모아지면 웅진성의 어라하께 달려가 함께 연합군 놈들을 치도록 하세. 그리고 흥망계절의 정신은 귀족으로부터가 아니라 백성들로부터 일어나야 하네.

웅진성 밖 상황이 이랬다. 흑치상지와 함께 웅진성으로 집결하라는 의자의 서신은 지방의 모든 귀족들에게 전달되지 않았다. 의자는 자신의 서신이 백제 전역으로 빠르게 전달되기를 바랐지만 도성을 빼앗기고 도망친 왕의 명령은 썩은 포승줄에 불과했다. 전달이 된다 해도 사비에서 멀리 떨어진 지방의 귀족들에게까지 가려면 어느 곳은 열흘, 어느 곳은 한 달이 걸릴 수도 있었다. 사비와 가까이 있다는 정무와 여자진마저 의자의 서신을 받아보지 못할 지경이었다. 의자의 서신을 받은 뜻있는 귀족들은 군대를 모아 의자가 있는 웅진성으로 달려가고 싶었지만 하루 이틀 만에 만족할만한 군사들이 모아지는 것이 아니었다. 웅진성의 의자는 하루 이틀이 일 년 이 년 같은데 귀족들은 그 같은 사실을 실감하고 있지 않았다. 더구나 군사들을 모은다 해도 사비를 중심으로 깔려있는 연합군을 무찌르고 가야만 하는 지방의 귀족들도 있었다.

정무의 편지를 받은 여자진은 가슴이 터질 것만 같았다. 구마노리성은 웅진성과 가장 가까이 있는 곳이다. 따라서 웅진성의 상황을 수시로 보고 받는다. 의자가 웅진성으로 피신한 지 사흘째 되던 날 아침, 세작의 보고에 따르면 웅진성내 기류가 이상했다. '예식이 정말로 어라하를 배신할 수 있을까. 그렇다면 나라도 웅진성으로 들어가 어라하를 보호해야 하는 것 아닌가. 두시원악의 정무장군은 군사를 모아 도침대사에게 가라고 했다. 하기야 내가 가진 몇 백의 군사로 예식의 몇 천 군사를 어찌 당해낼 수 있단 말인가. 이 살벌한 정국에서 자칫 잘못 판단하면 돌이킬 수가 없다. 정무장군 말씀대로 일단 세를 늘려야 웅진성으로 가든 도침대사에게로 가든 할 수 있다.'

정무는 여자진에게 편지를 보내자마자 두시원악을 중심으로 한 인근의 백성들을 적지 않게 끌어 모았다. 단 반나절 만에 이루어낸 쾌거였다. 그만큼 두시원악에서 정무의 영향력은 대단했다. 정무는 노약자와 어린아이를 뺀 남녀 모든 사람들을 군대로 편입시켰다. 군대는 오합지졸이었지만 장정들만 2천이 넘었다. 여성들은 후방에서 보급품과 부상병 치료, 밥 짓는 일 등을 담당했다. 이들을 먹일 식량은 턱없이 부족했다. 산과 골이 많은 지방이라 지난 가을에 파종한 보리도 아직 여물지 않았다. 정무는 자신의 곡간을 모두 열었다. 그리고 부족한 식량은 산과 들에서 먹을 수 있는 모든 것을 채취해 죽을 쑤도록 했다.

"이제 조금만 있으면 보리가 익고 콩과 벼들을 수확할 수 있다. 일단 죽으로나마 견디어 보도록 하자."

군사들은 정무의 보살핌에 감읍했다. 그렇지 않아도 먹을 것이 없어 보릿고개를 넘기고 있는데 그나마 군대에 들어오니 먹을 것은 생겼기 때문이다. 정무는 그럭저럭 군대라는 체제를 정비하는데 성공했다. 하지만 무기가 문제였다. 갑자기 철을 두드려 무기를 만드는 데는 한계가 있었다. 백성들은 호미며 괭이 등 집안에 있는 농기구와 각종 쇠붙이들을 깡그리 모아 대장간으로 보냈다. 낫은 유용한 무기가 될 수 있음으로 숫돌에 예리하게 갈아 옆구리에 칼처럼 차고 다녔다. 무기가 없어 낫으로 칼과 창을 상대한다니. 누가 보면 콧방귀를 뀌며 나자빠질 행동을 정무의 군사들이 하고 있었던 것이다. 하지만 정무를 둘러싼 두시원악의 백성들은 의기와 충성심으로 똘똘 뭉쳐 있었다.

바람한 점 없는 한여름 밤, 장정들은 대장간에서 잠시도 쉬지 않고

무기를 만들었다. 풀무질과 담금질을 하는 장정들의 뱃가죽에서 짜디
짠 소금물이 뚝뚝 떨어지고 있었다. 정무는 이른 저녁을 먹고 대장간
으로 가 대장장이를 찾았다.

"진전은 좀 있는가?"

"하루 종일 만들었지만 칼 백 자루도 못 만들었습니다요. 쇠붙이도
없고요."

"알고 있네. 하지만 하는데 까지는 최선을 다해주게."

대장장이는 묵묵히 고개를 끄덕이며 모루 위에 놓인 시뻘건 쇠붙이
를 두들겼다. 정무가 대장장이의 어깨를 다독이다 말고 급하게 고개를
돌렸다. 여자진의 전령이 부르는 소리가 들렸기 때문이다.

"장군, 여자진 장군의 급보입니다."

정무는 다급히 봉투를 열었다. 서신을 읽는 정무의 안색이 붉게 타
들어갔다.

─존경하는 좌평어른, 어르신의 서신을 보고 급하게 군사들을 모으
고는 있습니다만 쉽지 않습니다. 그런데, 어라하가 계신 웅진성의 기
류가 이상합니다. 북방령 예식이 어라하를 배신하고 반란을 일으킬 것
이라는 세작의 보고가 잇따르고 있습니다. 어라하를 생포해 소정방에
게 바칠 것이라는 것입니다. 어르신께서는 군사를 모아 개암사의 도침
대사에게로 가 하셨지만 그럴 때가 아닌 것 같습니다. 그러니 서둘
러 웅진성으로 가야 할 것 같습니다. 어라하가 급하지 않습니까. 촌각
을 다투는 일입니다. 기다리겠습니다.

웅진성에 관한 세작들의 보고가 잇따르자 여자진의 마음이 급해졌
다. 예식의 반란이 확실한 쪽으로 마음이 굳혀졌기 때문이다. 모반이

아니라면 정무의 말대로 군사를 모아 일단 도침에게 가면 될 일이다. 백성들에게 신망이 두터운 정무와 도침이 군사를 모은다면 대규모 군대가 될 것이다. 하지만 예식이 반란을 하고 의자를 소정방에게 잡아 바친다면 모든 일은 허사로 돌아간다. 사태가 이러한데 정무의 말을 따라 도침에게 갈 수는 없는 일이었다. 여자진은 정무가 도착하자마자 웅진성으로 함께 들어가 예식을 칠 작정을 하고 있었다.

"지금 당장 군사들을 집결시켜라. 각자 무기가 될 만한 것들을 들고 나와라. 연합군 놈들의 무기를 빼앗아 웅진성의 어라하께 간다."

두시원악의 정무는 여자진의 서신을 받자마자 행동을 개시했다. 하지만 싸울 무기가 충분하지 않았다. 정무의 명에 따라 백성들이 들고 온 무기는 실로 가관이었다. 낫은 그나마 쓸 만했다. 백성들이 주로 가지고온 무기는 몽둥이였다. 몽둥이로 사람을 때려잡는다는 말이 현실이 된 것이다. 정무는 실한 장정 8백여 명을 이끌고 야음을 탄 기습작전을 벌이기로 했다. 몽둥이로 때려죽일 수는 없으나 반병신으로 만들어 무기만 빼앗아 오면 그만이었다. 한 사람당 한 자루의 칼과 창만 거두어 온다 해도 군사들이 어느 정도 무장은 할 수 있을 것 같았다. 습한 장마철 한 여름에 갑옷은 필요가 없었다. 결사대로 구성된 군대인 이상 기동성이 최우선이기 때문이었다.

칠흑처럼 깜깜한 밤이었다. 정무의 군사들은 칠악산성으로 집결했다. 백제인의 얼과 혼이 어린 칠악산[24], 백제는 오랜 세월 이 칠악산을 진산으로 여겨 성스러운 제천의식을 행했다. 무왕 때 축조된 칠악산성

---

24) 오늘날의 칠갑산.

은 산이 중첩된 험지에 위치하고 있어 적을 방어하기에 무척 유리했고 유사 시 후퇴하여 숨어있기에도 적합했다. 따라서 정무는 장차 칠악산성을 거점으로 연합군을 기습하고 불리하면 후퇴하여 방어전을 치를 계획이었다. 정무의 군대는 살금살금 도둑고양이처럼 칠악산성에서 나와 산 아래로 내려갔다. 그리고 사비를 향해 얼마나 전진했을까. 벌판 한 가운데 가물가물한 횃불들이 보였다.

"놈들의 진영이 틀림없다. 지금부터 낮은 포복으로 기어간다. 신호를 하면 파도처럼 일어나 놈들을 때려 부순다. 다시 신호를 하면 냇가를 낀 산자락을 따라 일제히 칠악산으로 후퇴한다."

정무의 작전은 단순했다. 야음을 틈타 기습을 한 뒤 신속히 도망치는 일종의 유격전이었다. 8백여 명의 장정들은 낮게 엎드려 뱀처럼 살금살금 기어갔다. 7월의 들풀들은 억세게 자라 장정들의 몸을 완전히 엄폐시켜 주었다. 비가 오려는지 바람까지 적당히 불어주어 장정들이 움직이는 소리를 흡수해 버렸다. 장정들의 선두가 동서로 흐르는 작은 냇가에 다다르자 수상한 횃불들이 냇물에 어려 일렁였다. 정무의 명령을 받은 한 장정이 벌레울음소리를 냈다. 선두는 일단 멈추라는 신호였다. 선두가 멈추자 정무는 자그마한 소리로 명령을 전달했다.

"벌레소리가 들리면 일제히 일어나 공격하라. 북을 치면 공격을 멈추고 즉시 후퇴한다."

장정들은 정무의 명령이 뒷줄까지 전달되기를 기다렸다. 명령이 다 전달되면 맨 뒷줄에서 벌레울음 소리를 내야 했다. 그 소리를 기다리는 동안 장정들의 호흡은 거칠어져만 갔다. 장정들이 뱉어내는 열기가 얼마나 뜨거웠던지 들판의 곤충들이 사방으로 튀어 도망을 다녔다.

장정들은 벌레소리 명령을 기다리며 온몸의 근육을 잔뜩 수축시켰다. 이제 벌레소리만 들리면 메뚜기 떼처럼 튀어 나갈 것이다. 그 순간, 끓어오르는 심장에 얼음냉수를 끼얹는 소리가 들렸다.

"앗, 따거!"

기다리던 벌레소리가 아니다. 누군가가 지르는 비명소리는 분명 누군가에게 변고가 있다는 신호이다. 아니, 그보다는 그 소리로 인해 적에게 노출될 수도 있다. 장정들은 어쩔 줄을 모르고 소리가 나는 쪽으로 고개를 돌렸다. 괴상한 소리는 정무의 머릿속을 마구 헤집어 놓았다. '무언가에 물린 모양이군. 어찌해야 하나. 어차피 들킨 것 이대로 밀어붙여야 하나 아니면 잠시 숨을 죽이고 동태를 살펴야 하나.' 찰나의 순간에 두 가지 생각이 정무의 머릿속에서 삐죽삐죽 날을 세웠다. 하지만 찰나의 순간에 움직이는 또 다른 무언가가 있었다.

"누, 누구냐!"

수상한 횃불들이 불규칙하게 흔들리며 달려오고 있었던 것이다. 횃불은 정무의 판단에 결정적인 기여를 했다.

"일제히 공격한다!"

이제 풀벌레 소리 명령 따위는 의미가 없어졌다. 정무의 명령에 장정들은 거대한 파도처럼 일어나 첨벙첨벙 냇물을 건넜다. 검은 하늘로 튀어 오르는 냇물이 비를 부르는 마중물이 되었을까. 때마침 검은 장대비가 벌판을 후벼 파며 쏟아져 내렸다. 축축한 횃불들이 떼거리로 몰려들었다. 정무의 기습작전이 순조롭지 않을 듯 했다. 하지만 두시 원악의 장정들은 그야말로 이판사판 적을 향해 돌진했다. 몽둥이와 칼의 싸움에서 몽둥이가 패할 것은 자명했다.

그런데, 어찌된 일인지 몽둥이가 칼을 제압하고 있었다. 몽둥이를 칼로 막고 칼이 몽둥이를 막는 과정에서 젖은 몽둥이가 칼을 먹어버리는 웃지 못 할 상황이 벌어지고 있었던 것이다. 정무의 입장에서는 천우신조가 따로 없었다. 힘이 센 두시원악의 장정들은 몽둥이에 박힌 칼을 그대로 회수해 자신의 것으로 만들고 칼을 뺏긴 적들의 목을 베기 시작했다. 갑옷이 비에 젖어 무거워진 적들은 버둥거리며 자신의 칼에 맞아 쓰러졌다. 기세등등해진 장정들은 적진 깊숙이 들어가 적들을 베고 또 베어댔다.

"그만, 그만 들어가라. 후퇴한다!"

다급해진 정무가 소리소리 지르며 북을 쳤다. 하지만 처음 보는 피맛에 넋이 나간 장정들은 야수의 얼굴로 돌변해 전진을 계속했다. 도무지 명령이 먹히지 않는 상황, 힘과 용기는 있지만 조직생활을 제대로 해보지 않은 군대의 약점이었다. '더 이상은 안 된다. 더 이상 들어갔다가는 전멸을 면치 못한다.' 보다 못한 정무는 미쳐 날뛰는 장정들을 붙잡고 뺨을 때리며 후퇴를 명령했다.

"내 말 안 들리나. 후퇴, 후퇴를 하란 말이다. 정신 차려!"

장정들은 뺨을 때리는 정무에게도 몽둥이와 칼을 휘둘렀다. 자신의 장수를 적으로 오인할 정도로 정신이 없었던 것이다. 정무는 장정들의 몽둥이와 칼을 피해 잠시 물러나 있을 수밖에 없었다. 그렇게 20여 분이 흐르자 전세는 역전되기 시작했다. 적진 여기저기에서 수많은 군사들이 튀어 나왔던 것이다. 아무리 힘과 기세가 좋은 장정들이라고는 하나 엄청난 숫자의 군사들을 당해내기가 쉽지 않았다. 이때, 적진에서 묵직한 북소리가 들렸다. 그러자 장정들과 엉켜 싸우던 적들이 썰

물처럼 후퇴를 했다. 장정들은 이상한 낌새를 차리고 하나둘 정신을 차리기 시작했다.

"갑옷 입은 놈들이 안 보인다. 여기 적들은 없다. 우리뿐이다. 자, 장군님. 어디 계세요?"

장정들은 그제서 정무를 찾기 시작했다. 정무의 명령이 있어야 다음 행동을 개시할 수 있기 때문이다. '이제야 정신이 돌아온 모양이군. 그나저나 적들이 일제히 물러났다. 이게 어찌된 일인가.' 정무는 고수에게 북을 쳐 후퇴를 명령했다.

"일제히 칠악산으로 후퇴한다!"

정무의 명령을 알아들은 장정들이 빼앗은 무기를 주섬주섬 챙겨 달아날 채비를 했다. 바로 그 순간 적진에서 날카로운 금속성 목소리가 들렸다. 마치 목구멍에 면도날을 박아놓고 지르는 소리 같았다.

"저 백제 놈들을 모조리 잡아서 내장을 발라버려라. 감히 우리 신라군을 기습하다니. 한줌도 안 되는 놈들이다. 도망치지 못하도록 포위하고 무조건 죽여라!"

장정들이 친 적은 신라군이었다. 명령을 내리는 자가 누군지는 모르지만 목소리로 보아 피도 눈물도 없는 냉혈한임에 틀림없었다. "내장을 발라 버리라."는 누군가의 명령에 장정들의 기세는 마른 들풀처럼 꺾였다. 이대로라면 전멸을 면치 못할 것이다. 두시원악의 장정들은 어찌할 바를 모르고 정무의 다음 명령만을 기다렸다. '완전히 포위를 당하면 꼼짝없이 덫에 걸린 짐승신세가 된다. 그전에 도망쳐야 한다.' 정무는 촘촘한 눈빛으로 도망칠 구멍을 찾았다. 그러는 동안 신라의 군사들은 점점 더 불어났다.

'빈틈을 찾아 정공법을 써야 한다. 포위망이 뚫리기만 하면 어둠에 묻힌 우리를 쉽게 잡기는 어려울 것이다. 더구나 놈들은 젖은 갑옷을 입고 있다.' 생각이 정리된 정무는 북을 쳐 장정들을 진정시켰다.

"군관들은 일제히 나의 뒤로 서고 나머지는 군관들의 뒤에 서라. 나와 군관들이 포위망을 뚫을 테니 포위망이 뚫리면 각자 흩어져 무조건 뛰어라. 탈취한 병장기는 반드시 챙기고 모두들 살아서 돌아가라. 일제히 함성을 지르고 나를 따르라!"

정무는 명령을 마치자마자 포위한 신라군을 향해 돌진했다. 그 뒤를 군관 백여 명이 따르며 칼과 창을 휘둘렀다. 정무와 군관들의 칼에 신라 군사들이 추풍낙엽처럼 나뒹굴었다.

"포위망을 더욱 두텁게 하라. 기병들은 포위망 뒤로 서서 도망치는 놈들을 찢어 죽여라!"

면도날 목소리가 칠흑 같은 밤하늘을 송곳처럼 찔러댔다. 하지만 신라의 정예 군관들에게 포위를 맡기지 않은 면도날 목소리의 실수였다. 면도날 목소리는 갑옷도, 변변한 무기도 없이 싸움에 임하고 있는 두 시원악의 장정들을 오합지졸로 얕보고 있었던 것이다. 정무와 그의 군관들이 병사들로만 이루어진 포위망을 뚫지 못할 이유는 없었다. 하늘은 또 다시 정무를 돕고 있었다. 정무가 앞장을 서 칼을 휘두르자 줄줄이 나자빠지는 신라병사들. 이에 장정들까지 가세해 신라 병사들을 쓰러뜨리고 퇴로를 만들었다. 뒤늦게 사태를 파악한 면도날 목소리가 길길이 날뛰었다.

"저런, 쳐 죽일 놈들. 변변한 무기도 없는 오합지졸을 못 막아 내다니. 군관들은 뭐하고 있는가. 빨리 말을 타고 놈들을 쫓아라!"

면도날 목소리는 병사들 대신 군관들로 하여금 정무를 막게 했다. 면도날 목소리의 명령에 따라 군관들로 구성된 신라의 기병들이 정무와 장정들을 막아섰다. 하지만 정무는 전혀 두렵지 않았다. 이미 퇴로를 뚫었고 힘에 관한 한 당할 자가 없는 백제의 장정들을 믿었기 때문이다. 두시원악이 비록 험준한 산에 둘러싸여 있어 타 지역보다는 식량이 넉넉하지 않다고는 하지만 백제는 예로부터 고구려나 신라에 비해 먹을 것과 물자가 풍부했던지라 백성들의 힘과 건강은 무척 좋았다. 장정들은 그 중에서 골라낸, 그야말로 장정 중에 장정이었던 것이다.

'퇴로를 뚫은 이상 이제 한치 앞도 보이지 않은 상황이다. 적들이 말을 타고는 있지만 목표물을 쉽게 구분할 수 없다. 그렇다면 오히려 말을 타고 있는 쪽이 불리하다. 몽둥이로 말의 엉덩이를 후려쳐 신라의 군관들을 떨어뜨린 뒤 당황한 틈을 타 목을 쳐 버리면 그만이다. 그리되면 금보다 귀한 말까지 빼앗을 수 있는 기회다.'

"칼을 쓰지 말고 몽둥이로 말의 엉덩이를 후려쳐라!"

상황을 파악한 정무의 명령은 일사천리로 진행되었고 정확히 맞아떨어졌다. 덕분에 두시원악의 장정들은 특별한 희생 없이 칠악산성으로 돌아올 수 있었다.

*

잠에서 깨어난 복신은 급하게 흑치상지를 찾았다. 하지만 흑치상지의 모습은 보이지 않았다. "흥망계절의 정신이 의자와 특별히 관계가 없다."는 사타상여의 말에 움찔하던 흑치상지였다. "그 말이 무슨 의미인가?" 하고 흑치상지가 사타상여에게 물었을 때 사타상여는 이렇게 대답했다.

―사실 흥망계절의 정신은 귀족들이 백성들을 선동해 자신의 신분과 위치를 지키려는 속임수에 불과합니다. 그들은 자신의 신분과 위치를 보장받을 수만 있다면 소정방에게 항복을 할 것이고 그렇지 않으면 흥망계절의 정신을 이용해 백성들을 부추겨 싸울 것이기 때문입니다. 한 마디로 자신들을 위해 흥망계절의 정신을 이용하는 것이지 백제나 어라하를 위한 것이 아니란 말씀입니다. 이런 시국에 그들이 어라하의 소집명령에 쉽사리 응하겠습니까?

흑치상지는 사타상여의 말에 흔들려 일찌감치 사비로 떠났다. 사비의 상황을 직접 눈으로 보고 결정을 해야겠다고 생각한 것이다. 복신은 흑치상지가 보이지 않자 지수신에게 따지듯 물었다.

"어찌된 건가. 군사들을 모으라 했더니 흑치상지는 어디로 갔단 말인가. 사타상여도 보이지 않는데, 도대체 무슨 수작들을 부리는 건가."

"좌평어른, 진정하십시오. 흑치장군은 지금 사비성으로 가셨습니다. 전황을 정확히 파악하고 돌아오시겠다고 했습니다. 대신 제게 군사 모으는 일을 맡기고 가셨습니다. 제가 철저히 준비를 하겠습니다."

복신이 생각할 때 참으로 어이가 없는 일이었다. '내 명령을 거역하고 멋대로 행동을 하다니, 흑치상지가 그럴 리가. 일이 이렇게 되면 웅진성이 위험하다. 지금 웅진성은 어찌되고 있단 말인가.' 복신은 탁자를 두드리며 지수신을 추궁했다.

"지금 웅진성은 어찌되고 있는가."

"별다른 움직임은 없는 것 같습니다."

"그걸 어찌 믿어!"

복신은 목구멍이 찢어질 듯 소리를 지르며 가슴을 세차게 두드렸다. 하기야 변화무쌍한 전시에서 들어오는 이런저런 정보를 다 믿을 수도 없고, 금세 확인할 수도 없는지라 답답할 수밖에 없었던 복신이었다. 그런 복신과 달리 지수신은 급할 것이 없었다. 그 역시 백제의 여느 귀족들과 마찬가지로 왕인 의자가 우선은 아니었다. 지수신도 의자에게 특별한 은혜를 입지 못하고 지방에서 그럭저럭 지내고 있는 한미한 무장에 불과했다.

"좌평어른, 흑치장군께서 오늘 밤 안으로 돌아오겠다고 하셨습니다. 그동안 제가 군사들을 모아볼 테니 기다리고 계시다가 장군이 돌아오면 웅진성으로 가시지요."

"에라, 이!"

어쩔 수 없는 일이었다. 복신은 답답했지만 지수신과 함께 군사 모으는 일에 전념할 수밖에 없었다. 불행인지 다행인지 군사들은 속속 모아져 그날 모은 숫자만 5천에 육박했다. 정예병이 아닌지라 군사들은 시원치 않았지만 정무의 군사들이 그렇듯 잠재된 힘은 무한했다. 군사들이 모아지자 복신은 자신감이 끓어올랐다. 이대로라면 몇 만의 군사라도 모을 것 같았다. '흑지상지가 돌아오자마자 웅진성의 어라하께 가서 배신자 예식 놈을 응징하리라.'

지수신의 말대로 흑치상지는 사타상여와 함께 사비성 부근에 숨어 도사리고 있었다. 여럿이 움직이면 들킬게 빤했음으로 단 둘 뿐이었다. 흑치상지는 허술한 틈을 타 신라 병사들의 옷을 뺏기로 했다. 그들의 옷으로 갈아입어야 출입이 자유로울 것으로 판단한 것이다. 하지만 덥수룩한 수염이 문제였다. 칠 척에 가까운 키와 부리부리한 눈썹 등 범상치 않은 외모 또한 눈에 띄는데 일조할 것이다. 흑치상지는 결국 수염과 눈썹을 박박 밀어버릴 수밖에 없었다. '내가, 살기 위해 이 짓까지 하는구나. 내 평생 이렇게 살지는 않았거늘 참으로 치졸하다.' 하지만 망국의 위기에서 천하의 흑치상지도 어쩔 수 없었다.

흑치상지가 길게 기른 수염과 눈썹을 자르고 있을 때 신라의 병사들로 보이는 몇 명이 가까이 다가왔다.

"백제 년들이 삼삼하긴 한데 강물에 뛰어들어 죽는 것들이 대부분이니. 아깝다, 아까워."

"그러게 말일세. 그렇게 뒤질 바에는 나나 한번 만나고가지. 뭣 하러 생목숨을 버린담."

"그나저나 웅진성으로 도망친 백제 왕 놈을 잡으러 간다더니 언제나 간대?"

"아, 당나라 놈들의 노략질이 아직 끝나지 않았으니 언제 갈지 모르지. 하기야 왕이 웅진성으로 도망쳐봐야 독 안에 든 쥐새끼 아닌가?"

신라 병사들이 틀림없었다. 그들은 오만소리를 하며 바지춤을 풀었다. 노란 오줌이 지린내와 함께 흑치상지의 얼굴로 쏟아졌다.

"이런, 개새끼들!"

참고 자시고 할 필요가 없었다. 놈들의 말을 더 들어 보려고 한 것이 실수였다. '차라리 때려잡아 놓고 문책을 할 걸.' 그렇지 않아도 자신을 치졸하게 생각하고 있었던 흑치상지는 하찮은 병졸들이 싸댄 오줌을 뒤집어쓰자 더 이상 참을 수가 없었다.

"이 야아!"

거구의 몸이 새털처럼 가볍게 날아올랐다. 전광석화와 같은 흑치상지의 정권에 신라 병사들은 뼈가 박살나 땅바닥에 나뒹굴었다. 사타상여는 허겁지겁 그들의 멱살을 거머쥐고 언덕 밑으로 끌어 내렸다.

"이놈들을 죽여 버려야겠다."

"장군, 참으십시오. 오줌 좀 맞았다고 굳이 죽이실 필요까지 있겠습니까."

사타상여의 말처럼 천하의 흑치상지가 얼굴에 오줌 좀 맞은 일로 사람을 죽일 수는 없는 노릇이었다.

"에이, 더러워서 원."

사타상여는 신라 병사들의 갑옷을 벗기고 적당한 크기를 골라 입었다. 하지만 흑치상지가 문제였다. 맞는 옷이 없었기 때문이다. 머리통이 큰 흑치상지에게 맞는 투구도 없었다. 사타상여는 억지로 끼워 입은 갑옷으로 엉거주춤하게 돌아다닐 흑치상지를 상상했다.

"장군, 안되겠습니다. 이대로 가면 오히려 의심을 더 받게 됩니다. 제가 가서 사정을 알아보고 오겠습니다. 그동안 이놈들에게서 필요한 정보나 캐내십시오."

어쩔 수 없는 일이었다. 하지만 말단 신라 병사들의 망이나 보고 있어야 할 처지를 생각하니 우습기도 하고 한심하기도 했다. 더구나 그들에게서 빼낼 수 있는 정보는 한계가 있었다. 사타상여는 흑치상지에게 신라 병사들을 맡기고 사비도성으로 발걸음을 재촉했다. '하기야 야전사령관 격인 나보다는 사비의 대 귀족인 사타상여를 통해 사태를 파악하는 것이 더 빠르고 정확하겠지.' 흑치상지는 씁쓸하게 웃으며 신라 병사들의 머리에 꿀밤을 한 대씩 먹였다. 신라 병사들은 머리에 꿀밤을 맞고 옆구리를 만지며 괴로워했다. 무지막지한 흑치상지의 주먹에 갈빗대가 나간 것이다.

사비의 하늘이 검은 장막에 휩싸이고 있었다. 그때까지도 사타상여는 오리무중이었다. 배가 고픈 흑치상지는 신라 병사들을 윽박질러 주먹밥을 뺏어 먹었다. 기다림에 지쳐 화가 나면 또 다시 병사들의 머리통에 주먹만 한 혹을 만들었다. 그때마다 병사들은 갈빗대를 잡고 나뒹굴었다. 갈빗대가 나간 병사들은 꼼짝도 못하고 있는데 툭하면 꿀밤을 메겨 고통스럽게 만드는 흑치상지. 웃지도 울지도 못할 기묘한 사건이 사비도성외곽 언덕아래에서 벌어지고 있었다.

흑치상지가 더 이상 참지 못하고 벌떡 일어서려 할 때 사타상여의 인기척이 들렸다. 흑치상지는 내심 돌아가신 작은 아버지가 살아 돌아온 양 반가웠지만 겉으로는 잔뜩 무게를 잡고 투덜거렸다.

"왜 이리 늦은 게야?"

"말도 마십시오. 제가 하루 종일 자세하게 살펴보고 여러 사람들을 만나 돌아가는 사태를 파악했습니다. 사비는 지금 지옥보다 더한 고통을 겪고 있습니다. 백성들은 물론이고 귀족들까지 무지막지한 봉변을 당하고 있습니다. 연합군 놈들은 남아있는 귀족들을 죄다 잡아다 놓고 개나 돼지 대하듯 합니다. 그나마 감추어둔 재산을 내놓으면 조금 봐주는 것처럼 하다가 더 내 놓으라고 윽박지르고 없다고 하면 발로 짓밟습니다. 놈들은 독이 바짝 올라있습니다. 지금으로써는 항복을 한들 소용이 없을 것 같습니다."

항복을 할 것이냐, 흥망계절의 정신을 이용해 봉기를 할 것이냐. 귀족들이 개돼지 취급을 받는다면 흑치상지가 선택할 수 있는 길은 빤했다. 하지만 흑치상지는 다른 말을 했다.

"지금은 놈들이 험악하게 굴어도 결국 우리 귀족들의 협조를 받지 않으면 백제를 장악할 수 없다. 생각이 바뀔 것이다. 그러니 일단 임존성으로 돌아가서 기다려 보자."

"그것이 현명할 것입니다. 흥망계절의 정신을 이용한 봉기는 다음 일이니까요."

"그럼, 웅진성으로 가는 것도 상황을 봐서 결정해야겠군."

"당연하지요."

복신은 의자가 걱정돼 안달복달하고 있는데 흑치상지와 사타상여는 죽이 척척 맞았다.

전쟁의식

흑치상지가 사타상여와 함께 임존성으로 돌아가고 있는 동안 웅진성의 예식은 의자를 닦달하고 있었다. 병영을 무단이탈한 죄를 물어 국담의 참형을 요구하겠지만 의자는 결코 허락하지 않을 것으로 생각하고 있었다. 하지만 웅진성에서 추방하거나 옥에 가두어 꼼짝하지 못하게만 해도 목적을 달성하는 것이었다.

"어라하, 달솔 국담이 군령을 어겼으니 참형을 명해 주십시오."

"무슨 말인가. 갑자기 국 달솔을 참형하라니."

의자는 어리둥절한 표정으로 국담을 바라보았다.

"어라하, 국담은 전시에 병영을 이탈했을 뿐만 아니라 아녀자를 희롱하기까지 했습니다. 이자의 고발이 정확합니다."

예식은 총각을 앞세우며 국담과 관련된 일을 설명했다. 자초지종을 자세히 알아보지도 않고 일방적으로 부풀린 모함이었다.

"병영을 이탈한 것이 사실인가."

의자가 왼쪽 눈을 살짝 감았다 뜨며 국담에게 물었다. 자신에게 유리한 핑계거리를 만들어 말하라는 신호였다. 사실, 자율권이 있는 야전군의 장수로서 잠시 병영을 이탈한 것이 그리 큰 죄는 아니었다. 서열상 국담은 의자의 바로 아래에 있었기에 굳이 예식에게 보고할 필요도 없었다. 그렇다면 의자에게 보고를 하지 않았다는 것만이 죄가 될 것이다. 이런 여건에서는 의자만 이해를 하고 넘어가면 아무런 문제가 없다. 따라서 의자는 국담에게 기회를 주고 있는 것이다. 국담이 만약 "군을 책임지는 장수로서 군사들의 사기를 끌어 올릴 수 있는 방법을 찾아보기 위해 무녀를 찾았다."고 했다면 별 문제는 없었을 것이다. 당시 백성들이 추앙하고 있는 민간신앙이 바로 도교였기 때문이다. 하지만 국담은 자신의 죄를 순순히 인정하고 말았다.

"그렇습니다. 제가 생각이 짧았습니다. 여인을 안전하게 데려다주고 온다는 것이 그만 조금 늦게 되었습니다. 미리 보고를 드리지 못한 죄는 분명 저에게 있습니다."

이로써 국담이 병영을 이탈한 것은 순전히 사심에 의한 사실로 드러났다. 더구나 국담은 왕의 최측근 호위장군이 아닌가. 생각하기에 따라서는 국담의 죄는 매우 커다랗게 보일 수도 있었다. 의자는 몸을 비비 꼬며 아주 난처해했다. 의자의 왕권이 강했던 지난날 같았으면 이 정도는 말 한 마디로 넘길 수도 있었다. 하지만 지금은 예식이 웅진성의 실질적인 지배자로서 반역의 기미까지 보이고 있다. '저 자가 나의 오른팔인 국담을 제거하여 무엇을 얻고자 함인가.' 의자는 국담의 처형에 혈안이 되어있는 예식을 가만히 살펴보았다. '반역의 걸림돌인 국담을 없애려는 수작이다.' 의자는 예식의 역심을 다시 한 번 확신했다.

"그럼, 국 달솔을 어찌 처리해야 옳겠는가."

"당연히 목을 베야 합니다."

"그 정도 죄로 목을 벤단 말인가."

"무조건 베야 합니다. 그래야만 군기를 세울 수 있습니다."

예식은 군기를 앞세우며 강경하게 참형을 요구했다. '군기라…….' 의자는 군기라는 말을 되새기며 골똘히 생각에 빠졌다. 군기를 무시할 수도 없고 무조건 왕명으로 밀어붙일 수도 없는 형국이었다.

한편, 국담은 의자의 선택을 굳게 믿고 있었다. '이제 어라하는 예식의 역심을 확신했을 것이다. 어라하께서 예식의 음모를 알고 있는 이상 현명한 선택을 하실 것이다. 하지만 예식은 이번 기회를 놓치려 하지 않을 것이다.' 국담은 예식이 의자의 명에 불복해 독자적인 행동을 취할 경우 즉시 칼을 빼 예식 일행과 일전을 벌일 각오를 하고 있었다.

급기야 의자가 무릎을 치고 벌떡 일어섰다. 군왕의 위엄을 세우기 위한 일종의 위협적 행동이었다.

"이제 결정을 내리겠다. 이건 국왕의 지엄한 명령이다. 따르지 않으면 반역과 배반으로 간주하겠다. 웅진성 내 모든 군사와 백성들을 집결시켜라!"

의자는 '반역과 배반'이라는 말에 유독 힘을 주어 큰 소리로 외쳤다. 반역과 배반이라는 말에 예식과 그 무리들이 바짝 긴장을 했다. 그럼으로 의자는 조금이나마 말의 주도권을 잡을 수 있었다. 의자의 명에 따라 웅진성 내 모든 백성과 군사들이 구름처럼 모여들었다.

"위대하고 자랑스러운 대 백제국의 백성들이여! 오늘 나의 호위장군이자 달솔인 저 국담이 내게 보고도 하지 않고 병영을 이탈했다고 한다. 지금은 전시이고 마땅히 군법을 어긴 죄를 물어야 한다. 방령은 국담의 참수를 원하고 있다. 하지만 국담은 이 나라의 재앙이었던 이 무기를 해치워 백성들을 살린 영웅으로서 그동안 쌓은 공이 차고도 넘친다. 더구나 국 달솔은 연합군 놈들과의 전쟁을 앞두고 나를 보호해야 할 호위장군이다. 그러한 이유로 참수까지는 하지 않기로 한다. 대신 국담보다 더 뛰어난 자가 있다면 그에게 내 호위를 맡기고 국담을 참수하겠다. 달솔 직책은 물론 호위장군자리까지 주겠다는 말이다. 누가 나서겠는가.”

'아니! 저, 저런 수를 쓰다니.' 패착으로 허를 찔린 예식이 급하게 예군과 수하군관들을 둘러보았다. 그들도 예식과 마찬가지 심정이었다. 도무지 토를 달 수 없는 제안이었기 때문이다. 백성들은 이무기의 재앙으로부터 백성들을 구한 영웅이라는 말에 격하게 고무되었다. 아니, 이무기를 때려죽인 영웅이 누군가와 목숨을 건 결투를 한다는 사실에 전투본능이 살아났다고 해야 할 것이다. 그들의 욕구를 국담의 결투가 대리로 충족시켜주는 것이다.

“우리 백제를 이무기의 재앙으로부터 건져낸 영웅을 이대로 죽일 수는 없다. 건길지[25]의 말씀대로 기회를 줘야 한다!”

백성들 중 누군가가 목청을 돋우어 외쳤다. 그러자 수많은 횃불들이 꼬리를 흔들며 “기회를 주자!”라는 구호를 따라 외쳤다. 이로써 국담의 죄는 결투를 통해 사면되기에 이르렀다. 결투, 의자는 국담과의 결투에서 이길 자는 없으리라 확신했다. 또한 국담의 결투는 웅진성 백성과 군사들의 마음을 의자 쪽으로 응집시킬 수 있는 아주 좋은 기회이기도 했다.

의자의 결정에 동조하는 백성들을 보자 예식은 바르르 떨릴 때까지 주먹을 불끈 쥐었다. 그러고는 예군을 비롯한 자신의 수하들을 똑바로 쳐다보며 가볍게 고개를 끄덕였다. 예식의 끄덕임은 기회를 봐서 국담을 들이치자는 신호였지만 수하들은 국담의 결투를 인정해야 한다

---

25) 당시 일반백성들은 백제의 왕을 '건길지'라고 불렀고, 귀족 및 조정의 신하들은 '어라하'라고 불렀다는 기록(중국 북주(北周)의 역사책인 주서(周書))이 있다.

는 의미로 받아 들였다. 도저히 상상할 수도 없었던 의자의 묘수에 당황하고 있던 처지라서 수하들은 예식의 신호를 곧바로 받아들이지 않았다. 평소 신중하던 예식 또한 잠시 이성을 잃었던 것은 사실이었다. 원래 기회를 봐서 들이치자는 신호는 눈을 지그시 감고 고개를 끄덕이기로 되어 있었다. 예식의 흥분이 생각하는 힘의 질서를 잠시 무너뜨린 것이다.

의자는 일렁이는 횃불들 사이로 예식의 행동을 예의주시하고 있었다. 예식이 주먹을 불끈 쥐고 고개를 끄덕이는 행동도 확실히 보았다. '저 자가 무슨 신호를 보내는 것인가. 설마 지금 일을 벌이자는 신호는 아니겠지. 일을 벌인다 해도 지금은 아닐 것이다. 저들도 백성들이 두려울 것이다. 백성들을 잘만 이용하면 시간을 벌 수 있다. 흑치상지를 데리러간 복신은 지금 무엇을 하고 있단 말인가. 하루 이틀 사이에 지방군이 집결하기는 어렵다. 하지만 흑치상지라도 달려와 웅진성을 장악하고 버틴다면 지방군은 속속 모여들 것이다. 흑치상지가 오지 않은 상황에서 예식이 반란을 일으킨다면 희망은 없다.'

국담을 위기에서 건져 내랴, 예식의 반역행위를 견제하며 지연시키랴, 흑치상지와 지방군을 기다리랴. 의자의 머리가 터질 것만 같았다. 예식에게서 눈을 뗀 의자는 지휘봉을 들어 벌집소리를 내는 백성들을 진정시켰다.

"웅진성의 모든 백성들이 원하는 일이니 이제부터 목숨을 건 결투를 시작한다. 국담과 결투를 벌일 상대는 누가 좋겠는가."

의자가 예식을 지그시 내려다보며 물었다. 예식의 머릿속에 적당한 인물이 떠오를 리 없었다. '무술이라면 단연 형님이 으뜸이지만 형님이 패하거나 죽기라도 한다면 모든 일이 허사로 돌아간다. 하지만 이 웅진성에서 형님 말고 그 누가 저 국담 놈을 상대할 수 있단 말인가.' 예식의 생각대로 웅진성의 백성과 병사, 심지어 내로라하는 군관들 중에서도 나서는 자는 하나도 없었다.

"아무도 나서지 않으면 국담의 사건은 없는 것으로 하겠다. 정말 나설 자가 없는가."

의자는 예식의 형인 예군이 나서기를 은근히 바라고 있었다. 예군이 예식을 대신해 웅진성의 군권을 장악하고 있음을 잘 알고 있었기 때문이다. '목숨을 건 결투'라고는 했지만 웅진성의 분위기를 잘 아는 국담이 예군을 죽이지는 않을 것이라고 믿었다. 모두가 보는 앞에서 국담이 예군을 이기기만 해도 반란의 예봉이 꺾일 것이라는 판단을 했다. 의자의 기대는 현실로 이루어졌다. 급기야 예군이 참지 못하고 나선 것이다.

"내가 상대하겠습니다."

갑작스런, 하지만 얼마든지 예측 가능했던 예군의 도발에 백성들은 환호성을 질렀다. 그러자 예식이 불에 덴 듯 깜짝 놀라 예군을 쏘아 보았다.

"혀, 형님! 이러시면 안 됩니다. 다른 자를 내 보내고……."

예식은 다음 말을 잇지 못했다. 사실은 "다른 자를 내 보내고 형님은 기회를 봐서 어라하를 잡아야 합니다."라는 말을 하고 싶었다. 하지만 모두가 듣는 자리에서 그 말은 절대로 하면 안 되는 것이었다. 어쨌든 물은 엎질러졌다. 예식의 입장에서는 최선의 묘책을 강구해 내야만 했다.

예군이 칼을 빼들고 의자 앞에 섰다. 또 다시 백성들의 환호성이 쏟아졌다. 나라가 망하고 나당연합군에 짓밟힐 위기상황임에도 불구하고 백성들은 목숨을 건 결투가 안겨줄 짜릿한 쾌감에 열광하고 있는 것이다.

"어라하, 북방령이자 웅진성 성주인 저도 제안을 하겠습니다."

다급해진 예식이 의자에게 '제안'이라는 수를 썼다. 갑작스런 예식의 제안에 의자는 거부의사를 밝히고 싶었지만 처지가 처지인지라 무조건 묵살할 수는 없었다. 하기야 결투는 왕의 일방적 명령이었다. 신하들의 의사도 존중해줄 필요는 있었다. '저 자가 무슨 말을 할까.' 의자의 심장이 쫄깃쫄깃해졌다.

"어라하께서는 국담과의 일대일 결투를 명하셨지만 국담은 이무기를 처치한 자입니다. 저 계백이라면 몰라도 지금으로써는 백제에서 국담을 일대일로 이길 무사는 찾기 힘들 것입니다. 예군과 함께 웅진성의 군관 열 명을 붙여 주십시오. 그러면 깨끗이 받아들이겠습니다."

예식은 일대 십일의 결투를 제안하고 나섰다. 군관 열 명이지만 가리어 뽑는다면 그야말로 예군에 버금가는 고수들일 것이다. 국담이 아무리 백제 최고의 싸울아비라고는 하나 열한 명의 고수를 한꺼번에 상대한다는 것은 무리다. 더구나 대대로 물려 갈고 닦아온 예씨 가문의 검법을 전승한 예군이 가세한 결투라면 누가 보아도 질 것이 빤했다. 이들은 변화에 따라 갖가지 전법을 구사할 수 있기 때문이다. 가령, 국담을 동그랗게 포위한 상태에서 보이지 않는 후방의 전사들이 공격을 할 수도 있고, 너덧 명의 전사가 앞에서 공격을 하는 틈에 나머지 전사가 후방공격을 할 수도 있고, 이것저것 안 되면 열 명의 전사들이 일제히 달려드는 틈을 이용해 무술이 출중한 예군이 일격을 가할 수도 있다.

결정을 해야 하는 의자의 이마에 땀방울이 송골송골 맺혔다. '체면 떨어지게 몇 명을 깎자고 할 수도 없고, 이를 어쩐다.' 의자는 마땅한 답을 내지 못하고 쩔쩔맸다. 그러자 무책임한 백성들은 "싸워라, 싸워라, 빨리 싸워라!"라는 구호를 외쳐댔다. 백성들의 입장에서는 일대 십일의 결투가 더 흥미진진한 것이다. 그들도 생각이 있는지라 예군과의 일대 일 결투라면 이무기를 죽인 국담이 더 유리할 것이라고 판단하고 있었다. 그러던 차에 예식이 기가 막힌 제안을 한 것이다. 백성들은 그야말로 손에 땀을 쥐고 의자의 결정을 기다렸다. 하지만 의자는 예식의 제안을 쉽게 받아들일 수가 없었다. 자칫하면 국담이 죽을 수도 있고 국담이 죽일 수도 있기 때문이다. 이를 지켜보고 있던 국담이 나섰다.

"어라하, 방령의 제안을 받아들이겠습니다. 하지만……."

'안 된다. 이 결투야말로 음모다. 음모에 휘말리면 반란에 명분을 주는 것이다. 국담이 죽을 수도 있다.' 국담이 다음 말을 이어하려 했으나 의자는 자신의 생각에 빠져버렸다. 그런 와중에 예군의 일격으로 결투는 이미 벌어져 버렸다. 국담이 힘겹게 예군의 일격을 피하자마자 나머지 무사들이 한꺼번에 달려들었다. 그제야 국담이 집안의 보검을 빼들었다. 예리하게 날이 선 보검이 시퍼런 빛을 내뿜었다. '아니, 저 빛은? 이렇듯 캄캄한 어둠 속에서 검이 자체 발광을 하다니…….' 예식은 국담이 뽑아낸 검을 보고 경악을 금치 못했다. 결투를 보고 있던 백성들도 기가 막힌 검을 보고 입을 다물지 못했다. 국씨 집안의 보검은 진정한 주인을 만나야만 신비한 빛을 낸다. 하지만 검의 주인이 상대를 반드시 죽여야겠다고 생각하지 않는 한 발광하지 않는다. 대신 검은 한칼에 단 하나의 상대만을 없앨 수 있다. 검이 목표로 하는 상대는 검의 빛을 쉽게 피할 수 없다.

국담이라는 주인을 만난 보검은 그동안 단 두 번만 푸른빛을 냈다. 국담이 이무기를 죽일 때와 사비의 강에서 눈물을 흘리는 이상한 괴물을 만났을 때이다. 그런데 그 검이 지금 예군과 그 수하들을 향해 빛을 내뿜고 있는 것이다. 의자는 으스스한 살기를 느꼈다. '빛을 뿜는 국담의 검은 저들을 일격에 해치울 수 있는 위력이 있을 것이다. 허나 저들을 죽이면 나는 웅진성 백성들의 지지를 받지 못한다. 저 빛으로 사람을 죽인다면 백성들은 사술을 부렸다고 할 것이다. 잘못하면 자중지란만 일어난다.' 의자는 시퍼런 빛을 휘두르려는 국담을 향해 큰 소리로 외쳤다.

"저들을 죽이지 마라!"

보검에서 시퍼런 빛이 서서히 사라지며 국담의 몸이 검은 하늘을 향해 치솟아 올랐다. 무술의 최고수 열 명의 칼과 창을 한 번에 피해 낸 것이다. 국담이 공격을 하는 전사들의 등 뒤로 내려앉았다. 그때 수도방위대의 군관들이 일제히 국담을 막아섰다.

"이 결투는 불공평합니다. 우리도 숫자를 맞추어야 합니다."

"모두 물러서라. 너희들이 나서면 일만 크게 만들 뿐이다. 이건 절대 명령이니 모두 따라야 한다."

거역할 수 없는 명령이었다. 방위대의 군관들이 물러나자 예군과 그의 전사들이 자세를 다부지게 잡았다. 의자의 명령이 있었던지라 국담은 이제 이들을 죽여서는 안 된다. 국담은 "죽이지 말라."는 의자의 말을 잘 이해하고 있었다. 그러나 나라의 존망을 코앞에 둔 변화무쌍한 전시에서 장수의 선택은 군주의 명령을 앞서갈 수도 있는 법, 국담이 하려고 했던 다음 말은 '전면전'이었다. '저들은 나를 반드시 죽이려고 한다. 저들은 배신자다. 지금 예군을 죽이지 않으면 치명적인 우환이 될 것이다. 이번 기회에 예식과 예군, 그 수하들을 죽여 없애 웅진성을 장악해야 한다. 하지만 어라하의 생각과 명령을 따르지 않을 수 없다. 하지만…….' 국담의 생각이 정리되기도 전에 또 다시 전사들이 달려들었다. 예군은 뒤에서 그 모습을 지켜보았다. 국담이 수세에 몰려 허점이 보이면 가문의 비술을 써 단번에 급소를 찌를 생각이었다.

국담은 하루살이처럼 끈질기게 매달리는 전사들을 죽일 수도 살릴 수도 없어 이리저리 피하기만 했다. '이자들은 배신자다. 이자들을 죽이지 못한다면 차라리 반병신으로 만들어 딴 짓을 못하도록 하는 것이 옳다.' 생각을 정리한 국담은 제일 앞서 치고 들어오는 전사를 칼등으로 친 뒤 갈빗대를 걷어찼다. 우지끈, 적어도 세 대의 갈비가 나간 소리가 났다. 전사는 옆구리를 잡고 땅바닥을 데굴데굴 굴렀다. 다음 전사가 칼을 들어 국담의 정수리를 향해 곧바로 내리쳤다. 오른 발을 내밀고 들어 올린 양손에 모든 기를 모아 열째게 내리치는 솜씨가 과연 병사들을 훈련하는 최고의 군관임에 틀림없었다. 얼마나 빠르고 강하게 검을 내리치는지 어지간한 고수라도 피하기가 힘들 정도였다. 그 검법에 맞서려면 칼을 들어 막아내는 수밖에 없었다. 하지만 국담은 몸을 슬쩍 비껴 칼을 피해낸 뒤 그대로 전사의 불알을 걷어찼다. 우지끈, 골반 부러지는 소리가 났다. 그 정도라면 틀림없이 불알이 터졌을 것이다. 불알이 터져 고자가 되든 말든 국담은 전혀 신경 쓰지 않았다. 세 번째 전사는 지축을 박차고 날아올랐다. 이럴 경우 보통은 온몸의 무게를 칼에 실어 수직으로 내리 찍으려는 것이다. 그 칼을 막으려고 했다가는 막는 칼이 두 동강 나고 정수리에 칼날이 박혀 얼굴이 반으로 쪼개지기 마련이다. 그렇다고 뒤로 물러날 틈도 없다. 역시 옆으로 피하는 방법뿐이다. 하지만 날아오른 전사는 칼을 수직으로 내리치지 않았다. 고환이 나간 전사의 실수를 반복하지 않기 위해서였다. 전사는 국담이 옆으로 칼을 피할 것으로 알고 칼을 옆으로 휘둘렀다. 전사가 변법을 썼지만 국담이 보기에는 아직 완성되지 않은 검법이었다.

국담은 고개를 살짝 숙여 전사의 칼을 가볍게 피해낸 뒤 엄지와 검지를 벌려 목을 쳐버렸다. 목구멍의 연골이 부러졌다. 그는 아마도 음식물을 삼키지 못해 한동안 고생할 것이다. 순식간에 세 명의 전사가 반병신이 되자 다섯 명의 전사들이 한꺼번에 달려들었다. 그들은 죽기를 각오한 것 같았다. 국담은 창을 거꾸로 잡고 빙빙 돌렸다. 역시 죽이지 않기 위함이었다. 창이 어찌나 빨리 돌아가던지 창끝에서 엄청난 굉음이 났다. 달려드는 전사들의 칼과 창, 방패 등 모든 병장기가 산산조각 부서져 사방으로 튀었다. 무기를 잃은 전사들은 맨손으로 국담을 잡으려 어정쩡하게 팔을 벌렸다. 지켜보던 백성의 무리 여기저기에서 킥킥거리는 웃음소리가 들렸다. 국담은 창 자루로 전사들의 어깨와 다리, 목 등을 사정없이 때려 바닥에 눕혔다.

"피융~"

국담의 몸이 지붕보다 더 높이 솟아올랐다.

"이야압!"

국담은 낙하하는 힘을 이용해 쓰러져 있는 전사들에게 치명적인 상처를 입혔다. 두 발을 빠르게 놀려 엎어져 있는 전사들의 허리를 내리찍어버린 것이다. 전사들은 외마디 신음소리를 내며 땅바닥에 머리를 쳐 박았다. 그들 역시 허리가 부러져 전사로서의 역할을 못 할 것이다. 이제 예군과 나머지 한 명의 전사만 남았다. 전사는 예군의 곁에서 꼼짝도 하지 않았다. 그는 예군의 최측근 호위무사로서 예군과 대등한 대련을 할 정도의 무술실력을 지니고 있었다. 그들이 힘을 합쳐 들이친다면 아무리 국담이라도 쉽게 당해내지 못할 것이다. '저런 고수들을 죽이지 않고 어떻게 이길 수 있는가.' 단번에 전사의 실력을 간파한 국담의 머릿속이 복잡해졌다. 국담은 머릿속의 잡념들을 모조리 버린 뒤 오직 죽이지 않고 치명적인 상처를 입힐 생각만 했다. 국담이 검을 꼿꼿하게 세우고 자세를 다잡았다.

"어쩌다 운이 좋았는지는 모르지만 이제부터가 끝장승부다. 너는 오늘 내 칼에 죽을 것이다."

예군은 국담의 심기를 건드려볼 생각으로 약을 올렸다. 그러고는 옆의 전사에게 "나는 저 놈을 정면에서 공격할 테니 너는 뒤를 맡아라." 하고 속삭였다. 전사는 아무 말도 없이 고개만 약간 끄덕인 뒤 그대로 몸을 솟구쳤다.

"휘이잉."

전사의 몸이 바람처럼 날아올라 국담의 뒤로 내려앉았다. 실로 엄청나게 가벼운 몸놀림이었다. 백성들은 입을 다물지 못하고 "오! 오!" 소리만 내고 있었다. 백성들은 태어나 한 번도 보지 못했고 앞으로도 볼 수 없을 절대고수들의 대결을 보면서 오줌을 지릴 정도로 흥분을 했다. 하지만 예식의 마음은 초조하기 그지없었다. 일대일 대결이라면 백제 땅, 아니 대륙과 한반도를 통틀어 국담을 이길 자는 없을 것이란 생각이 들었기 때문이다. '이제 보니 저 놈은 아무리 뛰어난 무사들 수십 명이 덤벼도 꺾을 수 없다. 저 놈은 섣부른 대결이나 칼로는 이길 수가 없다. 저 놈을 잡으려면 소나기처럼 퍼붓는 화살밖에 없다. 아니면 전 군이 한꺼번에 달려들어야 승산이 있는 무서운 놈이다. 형님이 아무리 뛰어난 무사라 해도 저 놈을 이길 수는 없을 것이다. 어떻게든 형님을 살리고 봐야 한다. 형님이 무사해야 앞으로의 일을 도모할 수가 있다. 그런데……, 어라하는 왜 우리 무사들을 죽이지 말라 명한 것인가. 그래서 저놈의 칼이 빛을 뿜지 않는 것인가.' 예식은 가시덩굴처럼 얽힌 생각을 정리하며 예군을 살릴 수 있는 방법을 강구했다. 전사가 국담의 뒤로 날아 앉고 예군이 정면에 서면서부터 본격적인 대결이 시작됐다.

예군의 칼이 살아 움직이는 듯 춤을 추기 시작했다. 단단한 쇠를 두드려 만든 칼이지만 마치 종이처럼 펄럭이며 목표물을 향해 돌진했다. 국담이 언뜻 보자 칼은 수십 개의 환영을 만들어 어느 것이 진짜인지 구분이 가지 않았다. 문제는 칼을 든 사람이 보이지 않는다는 것이다. 예군은 수십 개로 나뉘어 춤을 추는 칼에 몸을 감추고 번개같이 찌르고 들어왔다. 예군이 구사하고 있는 검법은 이전에 국담이 겪었던 수준이 아니다. 칼은 그 전보다 더욱 현란하게 춤을 추었고 목표물을 향해 들어오는 속도는 무공이 절정에 이른 고수라도 쉽게 잡을 수 없었다.

"슈우욱!"

칼로 칼을 막을 수 없는 상황, 국담은 일단 몸을 공중으로 띄워 위기를 모면하려 했다. 그런데 또 하나의 물체가 국담과 함께 날아올랐다. 국담의 뒤에 있던 전사였다. 그는 국담이 예군의 칼을 피해 몸을 공중으로 부상시키는 순간을 결정적인 기회로 삼았다. 절대 고수들의 싸움에서는 기회가 그리 흔하게 오지 않는다. 절대 고수들은 거의 실수를 하지 않는다.

국담이 예군의 칼을 피해 날아올랐지만 둘만의 대결에서는 실수가 아니다. 하지만 절대고수 둘이서 한 명의 고수를 상대할 때는 다르다. 상대방의 칼을 피해 몸을 움직인 것 자체가 실수가 될 수도 있기 때문이다. 또 다른 고수가 움직이는 고수를 향해 일발을 날릴 수도 있고, 그 일발은 거의 무방비상태에서 맞는 것이기 때문에 자칫하면 결정적인 타격을 입게 된다. 따라서 전사는 이번 기회를 절대로 놓쳐서는 안 되는 것이다. 전사는 그에게 주어진 기회를 놓치지 않고 국담과 동일한 높이로 떠올라 무방비상태인 국담의 목을 향해 칼을 휘둘렀다. 이제 국담의 목은 늦가을의 홍갈색 낙엽처럼 뱅글뱅글 돌며 떨어질 것이다. 그런데, 어찌된 일인지 전사의 몸이 활처럼 구부러지며 공중으로 높이 솟구쳐 올랐다. 잠시 후, 전사는 머리를 땅으로 향한 상태에서 그대로 곤두박질쳤다.

"퍼억."

불행인지 다행인지 전사의 머리는 단단하게 익어가는 호박에 박혀버렸다. 하지만 목뼈가 부러져 생사를 기약하기 힘들 정도였다. 예식은 그 장면을 똑똑히 지켜보았다. 예식의 기억에 따르면 전사가 공중에서 칼을 휘두르려는 순간 국담의 몸이 반사적으로 회전했고, 말처럼 뒷발을 뻗어 전사의 명치를 그대로 가격했다. 타격의 강도가 얼마나 강했던지 명치를 맞은 전사의 몸은 직각으로 꺾였고 의식을 잃은 상태에서 땅으로 떨어져 내린 것이다. '공중에 뜬 몸을 저렇게 자유롭게 움직일 수 있다니⋯⋯.' 예식은 벌떡 일어나 여전히 공중에 떠있는 국담을 뚫어지게 쏘아 보았다.

공중에서 전사를 불구로 만든 국담은 사뿐하게 내려앉아 예군을 응시했다. 예군은 더 이상 칼의 춤을 추지 않았다. 자신도 공중에서의 기가 막힌 상황을 똑똑히 지켜보고 어안이 벙벙해진 상태였기 때문이다. '보통의 칼로는 저 놈을 쉽게 잡을 수가 없겠구나. 하지만 아직은 가문의 검법을 다 쓰지 못했다. 몇 번의 공격을 더 해본 다음에 안 되면 다음 행동을 취해야겠다.' 예군은 아우인 예식을 바라보았다. '이 순간을 얼마나 기다렸던가.' 예식은 간절한 눈빛을 보내며 고개를 흔들었다. 그만 두라는 신호였다. 하지만 예군은 예식의 신호를 자기의 고집대로 해석했다. '방령도 내 생각과 같을 것이다. 그렇다면 이제 최후의 일격을 가해보자.' 예군이 생각하는 최후의 일격은 예씨 가문의 선조가 백제로 이주한 이후 가장 진화된 수준으로써 지난번 국담과의 대결 때 실패를 했던 바로 그 팽이검법이었다. 팽이검법도 조금 전에 사용했던 기술과 크게 다르지는 않지만 검을 흔들지 않고 팽이처럼 빠르게 돌려 순간적으로 찔러버리는 점이 달랐다. 팽이처럼 빠르게 돌아가는 검이 목표물로 파고들어가는 순간은 바람을 가르는 화살과 다름없다. '그때는 내가 너무 성급했었다. 하지만 이번에는 다를 것이다.' 예군은 크게 숨을 들이 마신 뒤 공격 자세를 취했다. 그런 모습을 보며 예식은 마른 침을 삼켰다. '형님, 이번 공격이 실패를 하면 제발 그만 두십시오. 구실은 제가 만들겠습니다.'

과연 예군의 칼이 팽이처럼 빠르게 돌았다. 칼은 목표물로 가까이 갈수록 궤적이 커지고 마침내 예군의 몸이 칼에 가려서 보이지 않았다. 변화무쌍하게 회전하며 들어오는 칼의 진원을 구별하기가 쉽지 않았다. 함부로 칼을 휘둘러 헛방을 치는 순간 회전하는 칼날이 순식간에 상대의 몸통을 꿰뚫어 버릴 것이다. 지난번 예군이 이 공격을 취했을 때 국담은 공중으로 몸을 날려 피하려 했었다. 착지하는 순간 크게 빈틈만 보이지 않는다면 다음 공격을 막아 낼 수 있는 방법이다. 그런데 예군의 공격은 이전과는 달랐다. 칼의 회전속도와 몸의 이동속도가 적절하게 조화를 이루어 완벽했다. 이전에는 칼에 몸을 완전히 가리지 못한 예군이었다.

국담은 순간 당황할 수밖에 없었다. '완벽한 공격이라면 몸을 띄워 착지하는 순간 나 역시 완벽해야 한다. 조금의 빈틈이라도 보이면 저 칼에 구멍이 뚫리고 말 것이다. 밀고 들어오는 힘이 워낙 강해 정면으로 칼을 막을 수도 없다. 죽이지 말라 했으니 칼에 살기를 낼 수도 없다. 그렇다면 답은 공중으로 몸을 피하는 길 뿐인데, 완벽하게 착지해야 한다. 그렇다 해도 다음이 문제다. 두 번째 공격은 첫 번째보다는 칼의 들어오는 힘과 도는 힘이 조금 약하겠지만 아주 가까운 거리이기 때문에 막아 내기가 쉽지 않다. 하지만 승부를 확실하게 가를 수 있는 좋은 기회기기도 하다.' 찰나의 순간임에도 국담의 머리는 팽팽 돌아갔다.

"이 여업!"

예군의 칼이 코앞까지 오자 국담은 생각대로 몸을 솟구쳤다. 이제 착지가 문제였다. 국담은 솟아오른 몸을 멀리 튕겨 거꾸로 쏟아져 내려왔다. 바늘처럼 가늘게 쏟아져 내린 국담은 몸이 땅에 닿는 순간 빠르게 일으켜 정 자세를 취했다. 전혀 흔들림이 없는 완벽한 착지였다.

"패애앵!"

예상대로 예군의 두 번째 칼이 들어왔다. 사느냐 죽느냐의 절체절명의 위기에 국담의 몸이 연체동물처럼 흐느적거리기 시작했다. 국담은 머릿속을 하얗게 비우고 본능이 시키는 대로 몸을 움직였다. 본능에 몸을 맡긴 것은 죽이고 싶은 마음을 자제하기 위함이었다. 칼을 아무리 휘둘러도 국담이 미꾸라지처럼 빠져 나가자 예군은 점차 신경질적으로 변했다.

"이런, 쓰벌!"

예군은 이제 검법이고 나발이고 마구잡이로 칼을 휘둘렀다. 그대로 두었다가는 다른 전사들처럼 반병신이 될 것이 빤했다.

"그, 그만. 그만하시오. 졌네, 졌어. 졌단 말이야!"

보다 못한 예식이 미친 듯이 소리를 지르며 싸움을 중지시켰다.

"어라하, 저러다 제 형님마저 잡겠습니다. 국 달솔이 이긴 것으로 하고 상황을 종료시키시지요."

의자의 입장에서 손해 볼 것이 없는 장사였다. 그 정도면 자신의 힘을 충분히 과시했으며 백성들 또한 어느 정도 장악했다고 생각했다. 무엇보다 자신의 오른팔인 국담이 처형의 위기에서 벗어난 것이 반가웠다. 하지만 국담이 자유로워졌다 하여 예식이 반란을 일으키지 않는 것은 아니다. 국담이라는 엄청난 위기가 해결되자 의자의 마음은 또 다시 초미의 긴장상태가 되었다. 예식이 예군의 승벽을 말리고 있는 가운데 의자가 일부러 신경질을 부렸다.

"임존성의 흑치상지와 복신은 아직도 오리무중이냐? 일단 그들이라도 와야 할 것 아닌가."

의자는 예식을 흘깃거리며 큰소리를 쳤다. 의자는 사비성에서 이곳 웅진성으로 피신하면서 잠시 예식을 의심한바 있었다. 예식은 당시 사비성과 가까이 있었음에도 불구하고 달려오지 않았다. 그리고 그 의심은 기우가 아닌 현실이 되었다. 그런 마당에 임존성의 흑치상지도, 지방의 방령이나 성주들도 깜깜 무소식이다. 마음이 다급해진 의자는 지방군이 오지 않는 이유를 흑치상지 때문이라고 생각했다. 지방 최고의 토착세력인 흑치가문이 움직이지 않으니 모두들 복지부동하고 있다고 믿었다. '정녕 이들이 오지 않을 것인가. 하지만 오지 못하는 이유가 분명히 있을 것이다.' 흑치상지가 오지 않는다고 무조건 그를 의심하지는 않았지만 시간이 지날수록 흑치상지에 대한 집착은 강박적일 수밖에 없었다. '사비성이 함락되었다면 소정방은 곧 군대를 몰고 이곳으로 올 것이다. 차라리 놈들이 눈앞에 있다면 저 예식 놈도 어쩔 수 없이 함께 싸울 텐데. 철옹성인 이곳에서 죽기로 버티면 꽤 많은 시간을 벌수 있다. 그 사이 복신이 흑치상지를 데리고 오고 각 지방의 방령들이 합세를 한다면 살 길이 있다. 하지만 문제는 저 예식 놈이다. 저 놈이 나를 잡아 바치려고 호시탐탐 기회만 노리고 있으니……. 무슨 수를 써서라도 저놈을 붙잡아 두어야 한다.'

"다친 전사들을 병상으로 옮겨라. 군관들은 모두 나를 따르라!"

예식이 교만한 태도로 수하들을 데리고 가자 의자의 불안은 더욱 극심해졌다. 국담 역시 예식의 행동을 지켜보다가 이상한 낌새를 느꼈는지 의자에게 바짝 다가갔다.

"어라하, 예식이 이상합니다."

국담은 초조한 눈빛으로 의자를 바라보았다.

"국 달솔, 알고 있네. 자네의 말을 처음부터 믿고 있었단 말일세."

"그, 그런데 왜……."

"지금 웅진성은 저 자의 왕국일세. 내가 아무리 왕이라고는 하나 이런 지경에서는 내 말이 먹히지 않아. 저 자의 반란이 의심된다고 해서 무조건 잡아들이라는 말을 했다가는 역으로 우리가 당하게 되지. 명분이 없지 않나. 그래서 연극을 한 걸세. 무슨 말인지 알겠나?"

"아! 소신이 어라하의 깊은 뜻을 헤아리지 못했습니다. 그런데, 예식의 눈빛이 심상치 않습니다. 저 자가 지금 일을 친다면……."

"그래서 우리가 먼저 선수를 쳐야지."

"선수요? 어떻게."

"지금부터 도박을 한번 해보세."

의자는 도박이라는 말에 힘을 준 뒤 나지막이 자신의 계획을 들려주었다. 국담은 의자의 말을 들으며 '과연 어라하는 전쟁의 백전노장이구나!' 하고 감탄을 했다. 하지만 국담의 판단대로 예군과의 결투를 이용해 그들을 장악했으면 역사가 뒤바뀌었을지도 모를 일이다. 국담이 높은 바위 위로 올라가 의자의 명령을 전달했다.

"어라하의 명이시다. 지금 당장 방령을 비롯한 모든 군사와 백성들을 저수지로 집결시켜라!"

국담은 고수에게 집결을 명하는 북을 치게 했다.

"저건 또 뭐야!"

예군이 큰 키를 벌떡 일으키며 주위를 둘러보았다.

"어라하께서 웅진성 내 모든 백성들의 집결을 명하셨습니다."

"아, 방금 백성들이 흩어졌는데 무슨 일로 또. 다, 당나라 놈들이 쳐 들어왔나?"

'하기야 그랬다면 비사도리 놈이 먼저 알렸겠지.' 예군이 비사도리를 떠올리며 미심쩍은 눈빛으로 전령을 째려보았다. 비사도리가 미리 알리든 말든 나당연합군이 지금 쳐들어와서는 안 되는 것이었다. 예식은 일전에 밀사를 통해 자기들이 의자를 잡아 바치겠다는 의사를 소정방에게 전달했고, 아직 답신이 오지 않았다. 소정방이나 김유신의 입장에서는 손해 볼 장사가 아니기 때문에 틀림없이 승낙할 것이다. 하지만 예씨 가문의 영달과 신분의 안정을 보장하겠다는 답신은 아직 오지 않았다. 그런 내용의 답신이 없을 경우 거사를 치르고 의자를 바쳐봐야 기대만큼 소득이 없다. 어쩌면 자기들의 왕을 배신한 파렴치한으로 몰려 낭패를 볼지도 모른다. 그럼에도 불구하고 예씨 형제는 오늘 밤 거사를 치르겠다는 결정을 내렸다.

의자가 군호에서 추가로 군사를 모집했고 국담과의 결투로 자기편 군사들의 사기가 떨어질 것을 염려했기 때문이다. 게다가 의자의 최측근 호위장군인 국담의 활약상을 똑똑히 지켜본 백성들도 신경이 쓰였다. 웅진성 최고의 무장인 예군과 그에 버금가는 고수들을 아주 간단하게 해치운 국담, 그럼으로 백성들은 예식보다는 의자를 더 추종할지도 모르는 일이었다. 예식과 예군은 일단 의자를 잡아놓고 소정방과 타협을 하자는 쪽으로 입을 맞추었다. 국담의 발을 묶고 난 뒤 내일 밤 일으키기로 했던 거사가 예식의 패착으로 앞당겨진 것이다. 전령은 무섭게 째려보는 예군의 눈을 피하며 "무슨 일인지는 잘 모르지만 뭔가 중대한 의식을 치를 것 같습니다."라고 말했다. 예식의 군관들은 의자가 하려는 일이 무엇인지 몰라 잔뜩 궁금해 하며 자기들끼리 구시렁댔다.

"무슨 일이야?"

"연합군 놈들이 쳐들어왔나?"

"지방군이 몰려왔을지도 몰라."

"아무리 전시지만 툭하면 소집이나 하고. 귀찮아 죽겠구먼."

"이거야 원, 불안해서. 안 가볼 수도 없고."

거사를 치를 분위기가 아닌 것이다. 더구나 예식은 아직 거사 명령을 내리지 않았고 군사들도 집결북소리를 들으며 하나둘씩 이동하고 있는 상황이었다.

금빛 갑옷을 입고 금색 머리띠를 두른 의자가 웅진성내 모든 백성과 군사들의 앞에 설 때까지 북소리는 멈추지 않았다. 시도 때도 없는 소집명령에 백성들 중 투덜거리는 사람도 있었지만 때가 때인지라 불안한 기색이 역력했다. 북소리가 노랗게 여문 달 속으로 빨려 들어갈 즈음 의자가 손을 들었다.

"비상사태다. 지금 소정방과 김유신이 웅진성으로 쳐들어오고 있다. 하지만 임존성으로 집결한 우리의 지방군들도 흑치상지와 함께 달려오고 있다. 복신의 소식이다. 우리는 흑치상지를 기다리며 이 성을 굳건히 지켜야 한다. 웅진방령, 그대는 선대부터 좌평을 지내온 백제의 자랑스러운 가문출신이자 이 성의 성주다. 그대가 앞장서 이 난국을 헤쳐 나가야 하네."

연합군이 진격을 했다는 말은 의자의 속임수였다. 예식과 예군을 비롯한 측근들은 그 말을 쉽게 믿으려 하지 않았다. '연합군이 쳐들어온다면 비사도리가 먼저 이를 알렸을 것이다.' 하지만 그 생각은 예식의 뒤통수를 세차게 때렸다. 한치 앞을 예측할 수 없는 전시에 비사도리만 믿고 있을 수는 없는 노릇이기 때문이다. 또한 비사도리가 잘못될 수도 있는 것이다. 어쨌든 연합군의 진격은 소정방이 자신과 타협하지 않겠다는 뜻과 같다. 그렇다면 계획이 물거품이 되는 것이다. 예식은 어찌해야 할지 갈피를 잡지 못했다. '지방군이 곧 당도한다는 말은 백성과 군사들을 동요시킬 것이다. 그럴 리 없겠지만 혹시 지방군이 들이닥친다면 거사를 성공해 왕을 잡았다 해도 아무 소용이 없다. 꼼짝없이 나라를 팔아먹은 역적이 되는 것이다. 어라하는 지금 나에게 자랑스러운 가문출신이라고 했다. 은혜를 받았으니 갚으라는 협박이다. 이 말에 적어도 백성들은 동요할 것이다.'

하지만 예군의 생각은 달랐다. '두시원악의 정무가 군사를 모아 소소한 전투를 벌이고 있다는 말은 들었지만 세력이 약해 오는 도중에 차단당할 것이다. 임존성의 흑치상지는 아직 결단을 내리지 못했으며 다른 지방군들도 눈치만 보고 있다. 기득권을 지키려는 이들이 조만간 창칼을 뺄 들 것은 자명하지만 아직은 아니다. 그러는 동안 웅진성은 나당연합군에 당하고 만다. 의자가 눈치를 채고 수작을 부리는 것이다.'

"방령, 의자의 말에 속아서는 안 되네. 흑치상지는 오지 않을 걸세.

예정대로 진행해야 하네."

예군이 나지막한 소리로 흔들리는 예식의 마음을 다잡아 주었다. 군사들의 눈동자에 어린 횃불들이 흐리게 일렁였다. 예식은 군사들의 모습을 보며 보일 듯 말 듯 고개를 끄덕였다. 그러고는 강렬한 눈빛으로 군관들을 둘러보았다. 예식과 군관들의 눈빛이 마주쳐 강렬한 기운을 만들었다.

국담은 예식과 군관들의 움직임을 하나도 빼놓지 않고 주시했다. 하지만 자신의 군사들만으로 그들을 대적하기는 역부족이었다. 그들의 음모를 잠재우려면 무언가 그럴듯한 명분과 작전이 필요했다. '어라하의 선동으로 명분을 얻지 못할 경우 백성과 군사들의 마음은 바뀌지 않는다. 그때는 특단의 대책이 필요하다.' 국담이 생각한 특단의 대책이란 순식간에 예식과 그를 따르는 군관들을 죽이고 그들의 군사들을 강제로 장악하는 것이었다.

"어라하, 이상한 낌새가 보이면 제가 나서 어라하의 퇴로를 만들 것입니다. 퇴로가 나자마자 임존성으로 피신하십시오."

국담이 의자의 곁에 바싹 붙었다. 흑치상지가 있는 임존성으로 갈 수만 있다면 지방군을 확실히 모을 수 있다고 국담은 판단했다. 일이 이렇게 되자 좀 더 일찍이 왕을 임존성으로 모시지 못한 것을 후회했다. '처음부터 군사들을 데리고 임존성으로 갔으면 일이 이 지경에 이르지는 않았을 텐데. 예식이 배신을 할 줄 누가 알았겠는가. 예식의 배신만 아니라면 임존성보다는 웅진성이 적을 방어하며 지방군을 기다리기가 훨씬 유리하거늘.' 국담이 읊조리듯 중얼거리는 동안 의자가 다시 호령했다.

"용감무쌍한 대 백제 웅진성의 백성들이여! 나는 평생을 전쟁터에서 살다시피 하며 뼈가 굵었다. 나의 잘못으로 백제의 왕궁인 사비성을 빼앗겼지만 백제를 잃은 것은 아니다. 아직까지 왕인 내가 존재하기 때문이다. 나는 천혜의 요새인 이 웅진성을 최후의 보루로 삼아 저 잔악무도한 적들을 막아낼 것이다. 지금 연합군 놈들이 몰려오고 있다. 하지만 우리의 군사들도 들불처럼 일어나 이곳으로 달려오고 있다. 전쟁인 것이다. 오늘 밤이 고비다. 오늘 밤을 무사히 넘기면 반드시 놈들의 기세가 꺾일 것이다. 그러면 너희는 왕을 지켜낸 백제의 영웅이 된다. 너희들의 고향인 웅진성과 위기의 백제를 구하라!"

전쟁이 터진다는 말에 예식의 군관들이 술렁였다. 의자의 연설로 사기가 오른 군사들은 발을 둥둥 구르고 창을 땅에 쿵쿵 찍었다. 의자는 적과의 전쟁을 벌이기 전 당연히 해왔던 군사의식을 치르라고 명령했다. 탱탱한 긴장감을 조성함으로써 예식의 반란을 주저앉히기 위한 의식이었다. 의자의 명령에 따라 군관들이 저수지 앞에 나란히 섰다.

"갑옷과 칼, 창, 화살, 마면주, 마탁, 깃대와 깃대꽂이는 물론 적과의 싸움에 동원되는 모든 물건들을 물속에 집어넣어라!"

의자의 지시에 따라 웅진성 성주인 예식이 명령을 내렸다. 백제의 젓줄인 웅진의 강을 내려다보고 있는 저수지에 벼슬이름이 적힌 장군들의 의장용 갑옷과 전쟁에 사용되는 물건들을 수장하는 의식을 행하려는 것이다. 백제는 언제부턴가 이 물건들을 물속에 수장함으로써 전쟁의 안녕을 기원해 왔다. 그래서인지 전쟁의식을 행한 다음부터는 전쟁에서 거의 승리를 했다. 명령에 따라 예식과 예군 등 웅진성의 모든 군관들이 한 줄로 나란히 서 물속에 갑옷 등을 던져 넣었다. 다음으로는 의자를 따라온 조정의 신하들이 기와등에 벼슬이름을 적어 던졌다. 이 예식에는 국담까지 참여할 필요는 없었다. 하지만 국담은 일부러 적극성을 보였다. 조정의 신하들에 이어 국담과 그의 수하들이 의식을 거행했다. 국담은 의식을 치르면서도 예식의 행동을 예의주시 했다. 이상한 낌새가 보이면 즉시 처단해야 했기 때문이다. 하지만 예식은 딴 짓을 일절 할 수 없었다.

의자가 의식의 집행을 예식에게 맡기고 단 한순간도 놓아주지 않았 기 때문이다. 조바심이 난 예군은 이리저리 왔다갔다 부산하게 움직였 지만 예식의 명령이 없는 한 그들의 거사는 이루어질 수 없었다. 의식 은 밤새도록 진행됐다. 의식이 치러지는 동안 수문병들의 발길도 부산 했다. 불행인지 다행인지 군사들을 발견했다고 달려오는 척후병은 한 명도 없었다.

드디어 길고 길었던 전쟁의식이 끝났다. 의식을 치르는 동안 어느새 날이 밝아오고 있었다. 백성과 군사들은 하품을 하며 "돌아가 자라"는 의자의 명령만을 기다리고 있었다.

"다행히 적들은 아직 오지 않았다. 하지만 언제 들이닥칠지 모른다. 백성들은 일단 돌아가서 쉬도록 하라. 군사들은 교대로 잠을 잔다."

그럼으로 지난 밤 예식의 계획은 허사로 돌아갔다. 의자가 웅진성으 로 들어오고 네 번째 아침 해가 떠오르고 있었다. 의자는 자지 않고 웅진성 이곳저곳을 돌아다니며 군사들을 독려했다. 직접 갑옷을 입고 장대에 올라 망을 보기도 했다. 의자는 그동안 숫한 전쟁을 치르면서 도 웬만하면 잠을 자지 않았다. 특히 적과의 대치중인 야간에는 군사들과 똑같이 보초를 섰다. 군사들은 자신과 똑같이 행동하는 왕을 존경했으며 존경심은 전쟁의 승리로 이어지곤 했다.

"어라하, 식사를 하시고 잠시라도 눈을 좀 붙이시지요."

"어찌 잠을 잘 수 있겠는가. 복신과 흑치상지라도 오면 모를까."

"지난밤, 의식을 치르지 않았으면 예식이 일을 치를 뻔 했습니다."

"아마 그랬을 것이네. 임시변통으로 치른 의식이었지만 덕분에 어젯밤의 위기는 넘겼지. 하지만 소정방도 지방군도 오지 않고 있네. 백성과 군사들은 이제 나를 믿지 않을 것이야."

"어라하, 예식이 오늘 밤에는 반드시 움직일 것입니다. 차라리 지금 웅진성을 나가 임존성으로 가시는 것이 어떨까요. 저희들이 탈출구를 만들겠습니다."

"대낮에 이동했다가는 연합군 놈들에게 들킬게 빤하네. 게다가 저 예식놈이 나를 순순히 보내주겠는가. 그 과정에서 우리끼리 전투가 벌어질 것이고, 대낮전투는 이쪽저쪽 할 것 없이 희생이 너무 커."

"예식의 반란을 이용해 제가 탈출구를 만들겠습니다. 어라하께서는 임존성으로 가셔서 후일을 도모하셔야 합니다."

"알겠네."

의자는 국담과의 대화에서 어쩌면 오늘밤이 웅진성에서의 마지막이 될 수도 있다는 생각을 했다. 그러자 지난밤 북쪽하늘에서 떨어져 내렸던 별똥별이 떠올랐다. 긴 꼬리를 매달고 떨어졌던 별똥별은 한없이 애처롭게 보였다. 그동안 겪은 전쟁터의 밤하늘에서도 별똥별은 흔하게 떨어졌다. 하지만 단 한 번도 별똥별에 특별한 의미를 담아본 적은 없었다. '내 처지가 저렇게 되려는가.' 의자는 거칠게 머리를 흔들어 별똥별에 대한 집착을 지우려 했다. 하지만 아무리 지우려 해도 별똥별로 인한 불안감은 지워지지가 않았다.

제3부

배신

소정방의 회유

숙소로 돌아온 예식과 예군의 마음은 화로 가득 차 있었다. 특히 예군은 약이 올라 주먹으로 탁자를 거칠게 내리쳤다. 귀신에 홀린 것 같은 지난밤이었다.

"도대체 뭐가 잘못됐을까?"

"형님, 어라하의 새빨간 거짓말에 우리가 속은 겁니다. 어라하는 긴장감을 고조시켜 우리가 딴 마음을 먹지 못하도록 한 겁니다."

"그렇다면 의자도 우리의 거사계획을 눈치 채고 있다는 것 아닌가."

"확실히 그럴 것입니다. 결국 국담의 말을 믿는 것이지요. 그렇지 않다면 연합군이 쳐들어온다며 전쟁의식을 치르지는 않았을 것입니다. 적들의 공격에 잔뜩 겁을 먹은 우리 군사들이 딴 생각을 하지 못하도록."

"하기야 그런 상황에서 우리가 거사를 명한들 먹히기나 하겠는가."

"그렇습니다. 게다가 지방군까지 온다고 하니 백성들은 희망을 품고 어라하를 따를 수밖에 없었겠지요."

"하지만 지난밤 지방군은커녕 연합군 놈들도 보이지 않았네."

"형님, 그래서 오늘 밤이 절호의 기회입니다. 어라하의 거짓말에 군사들은 물론 백성들마저 실망을 했을 테니 말입니다."

"그러세. 생각 같아서는 당장이라도 일을 치고 싶지만 저 국담놈 때문에 대낮거사는 곤란해. 전투가 벌어지면 우리 쪽의 피해가 훨씬 클 테니 말이야. 하지만 차일피일 일을 미루다간 정말로 지방군이 올 수도 있네. 지금 두시원악의 정무를 비롯한 지방의 귀족들이 신라군을 치는 등 소소하게 움직이고 있다는 첩보일세."

"임존성으로 간 복신의 상황은 어떻습니까?"

"흑치상지가 눈치를 보고 있는 것은 아닐까? 그렇지 않다면 복신을 따라 벌써 왔을 것 아닌가."

"형님 말씀대로 지금 지방의 움직임이 심상치 않은 것 같습니다. 이럴 때 우리가 선수를 쳐 어라하를 잡아 바친다면 백제는 망하게 되고 지방군도 주춤할 것입니다. 오늘이라도 소정방의 답신이 오면 좋으련만."

"언제까지 답신만 기다리겠나. 일단 일을 치르고 보세."

"알겠습니다, 형님, 그러면 우리 군사들에게 거사계획을 알리고 오늘 밤에 결행하기로 합시다."

예식의 거사 일정이 잡혔다. 이에 예군은 군관들을 자기의 집무실로 집결시켰다.

"제장들은 단단히 들어라. 어젯밤 어라하는 새빨간 거짓말로 우리를 속였다. 금세 올 것이라고 하던 지방군은커녕 연합군 놈들의 코빼기도 보이지 않고 있다. 제장들도 알다시피 백제는 십팔만 연합군을 막을 수가 없다. 이미 망했단 말이다. 어라하는 귀족들의 신임을 잃었다. 따라서 귀족들은 어라하를 구하러 이곳으로 쉽게 오지 않을 것이다. 그들도 백제의 패망을 인정하고 살길을 찾아 눈치만 보고 있을 것이다. 소정방은 백제를 완전히 끝내기 위해 이곳으로 쳐들어올 것이고 우리는 그들을 당해낼 수 없다. 우리의 계획대로 어라하를 잡아 바치고 끝까지 살아남아 남은 인생의 영화를 누리자. 어라하를 잡아 바치면 반드시 그렇게 될 것이다. 그대들의 가족들을 위하여 나와 방령의 뜻을 따르겠는가!"

그렇지 않아도 의자를 잡아 바치자던 군관들이었다. 군관들은 이제나저제나 지금과 같은 명령을 기다리고 있었다. 하지만 명령은 떨어지지 않았고 결국 국담의 콧대만 잔뜩 올려놓았다. 게다가 어젯밤의 전쟁의식으로 백성은 물론 자기 측의 일부 군사들까지 의자를 추종하게 되어 기가 죽어있던 참이었다. 그러던 차에 방령의 확실한 결단과 예군의 연설이 꺼지고 있는 불길에 기름을 부어넣었다. 예군의 명을 받은 군관들은 각자의 위치로 돌아가 은밀하게 거사계획을 전달했다. 예군은 자신의 군사들 중 누군가가 의자에게 고변을 해도 상관없다고 생각했다. '의자가 사실을 알고 선수를 치려하면 그때 가서 쳐도 늦지 않다. 차라리 의자가 알고 먼저 움직여 준다면 일이 더 쉬워질 수도 있다.'

*

사비성의 소정방과 김유신은 약탈한 전리품을 다 챙기고 다음 일정을 의논했다.

"대총관, 어찌됐든 백제의 왕을 잡아야 전쟁이 끝나는 게 아니겠소?"

"그렇지요. 그런데, 웅진성 성주 예, 뭐라는 놈이 서신을 보내온 것 같은데. 어디 있더라. 야, 그 서신 좀 가져와 봐라."

전리품 약탈에 혈안이 되어있던 소정방은 예식의 편지를 대충 읽고 처박아 두었다. 어차피 의자가 웅진성으로 도망쳤다면 아무 때나 들이쳐서 잡으면 그만이라고 생각했다. 따라서 예식의 편지는 자신의 영달을 꾀하기 위한 수작에 불과하다고 무시하고 있었다.

"예식이 서신을 보냈다고요? 무슨 내용입니까?"

"거, 시덥지도 않은 서신을 보냈더군. 감히 총사령관인 나하고 협상을 하자고? 의자를 잡아 바칠 테니 지들의 신변안정과 당나라 벼슬을 보장하라나?"

"그, 그것 좀 보십시다."

김유신은 소정방에게 건네받은 예식의 서신을 빠르게 읽어 내려갔다.

―대총관, 소인은 백제의 북방령이자 웅진성 성주인 예식이라 하옵니다. 저의 조상은 과거 본토에서 이곳 백제로 건너왔음으로 저희 가문의 뿌리는 본토라고 할 수 있습니다. 저의 조부와 부친은 이곳 웅진에 기반을 두고 백제의 좌평벼슬을 한 백제의 귀족이며 저 또한 북방령으로 현재 달솔벼슬을 하고 있습니다. 미천한 솜씨나마 제가 정성을 다하여 바람을 점쳐보니 천하의 모든 나라가 상국의 지배하에 있게 된다고 나왔습니다. 이 기회에 백제가 상국의 보호를 받는다면 백제의 백성들이 모두 편안할 것이라는 판단입니다. 해서 저는 백제의 왕 의자를 잡아 상국의 황제께 들어 바치고자 합니다. 부디 저의 뜻을 가상히 여겨 받아 주십시오. 또한 저와 제 가문의 안녕과 작은 벼슬을 앙망하나이다. 대총관의 명령을 받는 대로 거사를 치르겠사오니 빠른 시일 내에 답신을 주시기 바랍니다. 북방령 웅진성주

달솔 예식 배상.

"이런 간악한 놈. 지가 모시던 왕을 지 놈의 영달을 위해 팔아넘기겠다는 게로군. 이런 놈은 잡아다가 단칼에 죽여 버려야 합니다."

김유신은 격하게 혀를 차며 서신을 구겼다. 그러다가 골똘히 생각에 잠겼다. '차라리 그게 깨끗하겠군. 이놈과 임자라는 놈이 다를 것이 무엇인가. 아니, 이놈은 임자보다 더 쓰임새가 있다. 임자가 우리 신라의 간자로서 오늘날 사비를 점령하는데 일조를 했다면 이놈은 백제를 끝내는데 아주 커다란 공을 세우는 것이다. 어차피 웅진성으로 가자면 곳곳에 백제 놈들의 매복이 있을 수 있고 걸리면 적지 않은 피해를 입는다. 그렇지 않아도 두시원악의 정무란 놈의 기습으로 우리 군이 호되게 당했다. 정무를 비롯해 또 다른 놈들이 없다는 보장도 없다. 하루라도 빨리 이 전쟁을 종식시켜야 하는 마당에 제가 모시던 왕을 잡아 바친다는데 마다할 이유가 없지 않은가. 잘만하면 피 한 방울 흘리지 않고 전쟁을 끝내는 것이다. 아주 좋은 기회다. 아주 좋은 기회야.' 생각을 마친 김유신은 정색을 하고 소정방을 쳐다보았다.

"대총관, 부끄러운 말이지만 사비의 외곽을 지키던 우리 군이 백제 놈들에게 당했습니다. 놈들의 본거지를 쑥대밭으로 만들고 오라며 오천의 군사를 내주었지만 어찌될지는 두고 봐야 합니다."

김유신은 감추고 싶었던 정무의 기습사건까지 밝히며 백제 지방군의 매복을 경계했다.

"까짓 한 줌도 안 되는 놈들에게 당해요? 그리고 신라군은 매번 놈들에게 당하기만 하는구려."

설득은커녕 비웃음만 잔뜩 샀다. 하지만 김유신은 꾹 눌러 참고 다시 한 번 장황한 논리를 펼쳤다.

"대총관, 대총관께서도 알다시피 우리는 전투의 기본 틀을 깨고 오로지 사비성 함락만을 목표로 진격했습니다. 그것은 대총관의 작전이었으며 덕분에 이렇듯 성공을 하였습니다. 하지만 우리가 무시한 백제의 여러 성들이 여전히 건재합니다. 그곳에는 지방군이 득실득실합니다. 그들이 웅진성으로 집결해 의자를 돕거나, 우리를 포위해 공격한다면 전세는 팽팽해질 것입니다. 물론 승리야 할 수 있겠지만 타국에서의 전투라 어렵게 전개될 것입니다. 다행히 그들은 아직 특별한 움직임이 없습니다. 하지만 보급품이 문제입니다. 백제의 왕인 의자를 잡지 않고서는 전쟁에서 승리했다 할 수 없습니다. 철옹성에 숨어있는 의자를 잡으려면 얼마간 시일이 걸릴 것이고 그동안 인근의 지방군이 측면을 공격한다면 역시 고전을 면치 못합니다. 우리가 의자를 잡으려고 시일을 보내는 동안 군량미는 바닥날 것이고 결국 신라에서 보급품을 전달받아야 합니다. 그 보급품을 지방의 각 성에 남아있는 백제의 군사들이 차단한다면 어찌되겠습니까."

"꼼짝없이 굶어 죽겠군."

소정방은 김유신이 그동안 수차례 반복했던 백제 지방군의 집결에 관한 우려를 흘려듣고 있었다. 하지만 정무의 기습과 예식의 서신을 놓고 김유신이 다시 한 번 상황설명을 하자 우려를 가능성 있는 현실로 받아 들였다. 이제야 제대로 말이 통한 것이다. 소정방을 설득하는 데는 이처럼 길고 정확한 논리가 필요했다. 김유신은 전황을 꿰뚫지 못하고 미적거리는 소정방이 때려 죽이고 싶도록 답답했지만 꾹 참고 설득할 수밖에 없었다. 하지만 김유신의 논리는 그 누구도 따라올 수 없는 뛰어난 지략가의 그것이었다.

당시 예식이 의자를 배신하지 않고 의자와 똘똘 뭉쳐 항전을 했으면 김유신의 말대로 연합군은 고전을 면치 못하거나 백제의 지방군에 포위되어 향후 동북아의 전세가 어찌 변했을지 모르는 일이다. 김유신은 바로 이 점을 심각하게 걱정하고 있었던 것이다.

"예식이란 놈이 자기 왕을 배신할 생각을 하고 있다면 우리로서는 천재일우의 기회입니다. 의자가 웅진성으로 도망을 쳤다면 예식을 가장 믿었다는 말인데 그가 흔들리고 있으니 백제의 다른 귀족들은 오죽하겠습니까. 이번 기회에 지방의 귀족 놈들을 회유할 수 있는 서신을 보냅시다. 그렇지 않아도 지방 놈들의 반란이 신경 쓰였는데 잘만하면 아주 손쉽게 백제 전역을 흔들어 놓을 수도 있겠습니다."

소정방은 김유신의 지략과 논리에 내심 감탄을 했다. '과연 삼한 제일의 명장이로다. 저자의 말대로 하지 않고 예식을 무시했다면 다 이긴 전쟁이 역전될 수도 있었겠군.' 소정방은 지필묵을 내오라 명했다.

"대장군의 말을 따라 놈이 원하는 대로 해주겠소."

—북방령 웅진성주 달솔 예식은 보아라. 나는 나당연합군 총사령관 소정방이다. 그대의 서신을 보고 깊은 감명을 받았다. 그대의 뜻대로 하라. 우리 당국은 그대의 공을 가벼이 여기지 않겠다. 그대의 소원대로 그대와 측근들을 당으로 망명케 하고 황제께서 높은 벼슬을 하사하시도록 주청하겠다. 그러니 이 서신을 받는 대로 거사를 행하도록 하라. 그대의 거사를 돕는 의미에서 적지 않은 원병을 웅진성으로 보내겠노라.

예식이 대단히 만족할 만한 답신이었다. 김유신은 답신의 안전한 전달을 위해 대여섯 명의 전령을 웅진성으로 보냈다. 답신을 받은 전령은 각기 다른 길을 찾아 목적지를 향해 떠났다. 연합군의 원병이 웅진성으로 떠날 준비를 하자 비사도리도 신발 끈을 고쳐 맸다.

*

악전고투 끝에 탈출에 성공한 정무는 칠악산성으로 집결한 장정들을 일일이 돌아보며 격려했다. 신라군의 말과 병장기를 빼앗는데도 성공해 적지 않은 장정들이 무기를 갖게 되었다. 정무는 여세를 몰아 의자가 있는 웅진성으로 달려가고자 했다. 그런 뜻을 담은 서신을 여자진에게도 보냈다.

"돌아오지 않은 군사들은 없는가. 부상병은 얼마나 되는가."

"거의 복귀했습니다. 꽃뱀에 물린 병사 말고 크게 다친 군사들은 별로 없습니다."

사상자 없이 거의가 복귀했다면 그야말로 대승이었다. 이번 기습작전의 승리로 두시원악 군사들의 사기는 하늘을 찔렀다. 정무 역시 전쟁에 자신감을 얻었다. '숫자가 적다하여 무조건 불리한 것은 아니로구나. 더구나 이번 전쟁은 생소한 국경도 아닌 본토에서 치르는 것이기 때문에 우리 쪽이 훨씬 유리하다. 비록 사비성이 함락되고 어라하께서 파천을 하셨지만 사태를 수습하고 지방군이 뭉친다면 놈들을 이 땅에서 몰아낼 수 있다.' 정무는 기세가 등등한 군사들에게 외쳤다.

"전열을 정비한 뒤 웅진성으로 달려가 어라하를 구한다. 낮에는 이동이 쉽지 않으니 오늘밤에 저 예식을 칠 것이다. 이 사실을 도침 대사에게도 전해라!"

패전을 한 면도날 목소리는 김유신에게 그럴듯한 변명을 해야만 했다.

"두시원악의 정무라는 놈을 비롯해 백제의 지방군이 장마철 개구리들처럼 득실거립니다. 저들을 제압하지 않으면 백제를 완전히 멸망시킨 것이 아닙니다. 날이 밝는 대로 우리를 기습한 놈들을 일망타진하고 돌아오겠습니다. 그래야만 지방군의 예봉을 꺾을 수 있습니다."

"장마철 개구리들처럼 득실거려?"

면도날 목소리의 보고에 모골이 송연해진 김유신은 무려 5천의 군사를 내주었다. 김유신에게 백제의 지방군은 그만큼 위협적이었다. 김유신은 면도날 목소리에게 다소 거친 표현의 명령을 내렸다.

"반드시 놈들을 깨부숴야 한다. 놈들은 웅진성의 의자에게로 갈 것이다. 그러면 전세가 불리해진다. 어서 가서 놈들을 가루로 만들어 다시는 수작을 못 부리도록 하라."

김유신의 명령을 받은 면도날 목소리는 먼동이 트자마자 군사들을 집결시켰다. 면도날 목소리는 집결된 군사들 앞에 서서 날카로운 금속성 목소리로 외쳤다.

"위대하고 용감한 대 신라의 군사들이여! 우리는 지난밤 백제 놈들의 기습에 꼼짝없이 당했다. 지들 나라의 지형지물을 잘 아는 터라 기습이 쉬웠을 것이다. 놈들의 기습으로 우리의 군사들이 많이

다쳤다. 도저히 용서할 수 없는 일이다. 지금 당장 칠악산에 숨어있는 놈들을 들이쳐 가루로 만들어 버리자. 우리가 당한 몇 십 배로 돌려주자. 우리 군사들의 복수를 단단히 하고 돌아오자는 말이다. 전군은 나를 따르라!"

면도날 목소리가 비록 정무의 기습으로 무참하게 패했지만 그 역시 신라의 귀족이자 화랑출신이었다. 신라의 군사들은 면도날 목소리의 열띤 연설에 벅찬 감동을 받았다. 군사들의 사기가 오르고 진군을 명하는 북소리가 떠오르는 태양빛을 삼켰다. 면도날 목소리의 이름은 김흥원[26], 아버지는 진평왕의 아들 호원공이고 어머니는 태양공주였다.

7월의 일기는 불순하기 그지없어 대낮의 화창함을 믿을 수 없었다. 대규모 군사를 일으켜 칠악산으로 향하는 김흥원의 모습이 어느덧 검은 대지에 휩싸여 칠흑처럼 보였다. 김흥원이 군사를 이끌고 오고 있다는 사실을 까맣게 모르고 있던 정무는 칠악산을 내려와 웅진성으로 말을 몰았다. 하지만 김흥원은 정무가 웅진성으로 갈 것을 빤히 알고 있었다.

"저 야산을 넘어 늪지대 앞에서 매복한다. 모두 횃불을 꺼라."

김흥원은 정무가 반드시 지나쳐야 할 길목을 골라 매복을 했다.

---

26) 태양공주가 금륜태자나 다른 신하들과 관계를 맺는 등 불륜을 저지르자 진평왕은 호원공을 자신의 정실자식(정통)으로 인정하지 않고 전군(殿君)으로 삼았다. 이에 김흥원은 늘 불만을 가졌고 이를 극복하기 위해 자신의 누이와 딸을 당시 권력자였던 흠돌의 집안으로 시집보냈다. 이 과정에서 기가 막힌 것은 누이는 흠돌에게, 딸은 흠돌의 아들에게 보냈다는 것이다. 권력에 대한 집요함이 실로 하늘을 찔렀다. 김흥원은 지금으로부터 2년 전(668년) 고구려를 침공할 때 계금당총관으로 참전하지만 전세가 불리할 때마다 후퇴를 하곤 했다. 그는 훗날 파진찬의 신분으로 흠돌과 결탁하여 난을 일으키고 실패하자 처참하게 처형을 당하게 된다.

산기슭 남쪽으로는 드넓은 늪지대가 펼쳐져 있었다. 이에 김흥원은 정무의 군대가 늪지대 중간쯤 다다르기를 기다려 일제히 공격하기로 작전을 짜두었다. 신라군이 매복을 한 지 한 시간쯤 되자 멀리서 가물가물한 횃불들이 보였다. 정무의 군대였다. 잠시 후 신라의 척후병이 헐레벌떡 달려왔다.

"장군, 노, 놈들입니다."

"알고 있다. 모두들 긴장을 늦추지 말고 명령을 기다려라. 궁수부대는 다섯줄로 나란히 도열하라."

한 줄에 2백 명, 모두 다섯줄의 궁수부대가 도열했다면 순식간에 천발의 화살을 집중적으로 날리겠다는 것이다. 이 공격으로 늪에 빠진 정무의 군사 수백 명이 부상을 당할 수도 있다. 우왕좌왕하는 틈을 이용해 신라보병 3천여 명이 달려든다면 정무는 순식간에 절반이상의 군사를 잃게 될지도 모른다. 자칫하면 늪에서 정무의 군사들이 전멸할 수도 있는 것이다. 그것이 바로 매복의 유리함이었다. 게다가 매복하고 있는 군사들이 상대보다 월등히 많다면 그 효과는 몇 배이상이 될 것임에 틀림없다. 김흥원은 이번 기회에 지난번의 빚을 단단히 갚을 작정이었다.

드디어 정무의 군대가 눈앞에 또렷이 나타났다. 결코 적지 않은 군사들이었다. 정무와 몇몇 군관들 외에 나머지는 갑옷을 입지 않았지만 제법 그럴듯한 병장기를 갖추고 있었다.

"저것들이 우리의 무기를 가지고 폼을 잡고 있네. 저 말도 우리한테 뺏은 것이렸다."

김흥원은 약이 바짝 올라 당장이라도 공격명령을 내리고 싶었다.

하지만 몽둥이로 칼과 창을 상대했던 저들이었다. '놈들이 몽둥이가 아닌 칼을 손에 쥐었다면 쉽게 상대해서는 안 된다.' 김흥원은 두시원악 장정들의 용맹과 힘을 인정하지 않을 수 없었다.

한편 정무는 야산 앞에 늪지대가 있다는 척후병의 보고를 받고도 굳이 돌아갈 필요성을 못 느꼈다. 하지만 정무의 척후병은 전쟁에 관한 경험이 그리 많지 않은 초짜였다. 그가 만약 늪지대를 직접 건너보고 시야의 확보를 위해 야산까지 넘으려는 시도를 했다면 전황은 완전히 달라졌을 것이다. 매복을 들킨 김흥원은 척후병을 잡아들였을 것이고, 정무는 척후병이 돌아오지 않는 것을 이상하게 여겨 함부로 늪을 건너지 않았을 것이기 때문이다. 김흥원은 늪지대를 건너와 매복한 자신의 군사들 앞에서 알짱거리는 척후병을 잡아들이지 않았다. 다행히 척후병은 더 이상 전진을 하지 않고 그냥 돌아가 버렸다. 정무는 앞에 적이 없다는 척후병의 보고를 그대로 믿고 늪으로 들어갔다.

"그리 깊지 않은 늪이다. 그대로 전진하라."

정무의 군사들은 점점 더 깊숙이 들어갔다. 척후병의 보고대로 늪은 그리 깊지 않았다. 발목 정도 밖에 빠지지 않는 것이 늪이라고 하기 보다는 빗물이 아직 빠지지 않은 벌판에 불과했다. 정무와 군관들은 신라군에게서 빼앗은 말을 타고 가능한 빨리 늪을 건너기 위해 채찍을 가했다. 그러자 말들이 거침없이 뛰기 시작했다. 수상한 밤공기에 침묵으로 일관하던 말들이 놀란 것이다. 어떤 말은 흥분을 이기지 못해 앞발을 들어 기병을 떨어뜨렸고, 어떤 말은 늪에 발이 빠져 고꾸라졌다. 정무는 언짢은 긴장감에 마음이 산만해졌다.

"말들을 진정시켜라. 군사들은 서둘러 늪지대를 빠져 나가라!"

정무의 명령은 한 치의 여과 없이 김흥원에게 또렷이 들렸다. 정무의 목소리를 들은 김흥원은 흥분을 감추지 못하고 벌떡 일어났다.

"지금이다. 화살을 날려라!"

김흥원의 명령에 따라 맨 화살과 불화살이 늪으로 쏟아져 내렸다. 김흥원은 궁수부대의 1열과 2열에게는 맨 화살을, 3열은 불화살을, 마지막 4열과 5열에게는 맨 화살을 쏘도록 명령했다. 처음 맨 화살을 쏘게 한 것은 적이 분간을 못해 피하지 못하게 함이요, 두 번째 불화살은 적이 보이도록 하기 위함이요, 마지막 맨 화살은 적을 확실히 보고 쏘기 위함이었다. 이같은 김흥원의 작전에 정무의 군사들은 혼비백산할 것이고 참혹한 죽음을 당할 것이 빤했다.

김흥원의 계획대로 화살이 쏟아지자 정무의 군사들은 혼비백산하여 아무런 저항을 하지 못했다. 방패도 많지 않았으며 몸을 가릴만한 엄폐물도 거의 없었다. 1천 발의 화살에 3백 명 이상이 맞았다. 신라군의 화살은 함정에 빠진 짐승에게 쏘는 것과 다름없었다. 이럴 때는 누구라도 도망치는 수밖에 없을 것이다.

"후퇴, 후퇴한다!"

하지만 정무의 명령은 뒷북에 불과했다. 정무의 명령이 떨어지기도 전에 군사들이 도망치고 있었기 때문이다. 갑작스런 화살 공격에 당황한 그들은 방향감각을 못 잡고 좌충우돌하고 있었다. 질퍽거리는 늪지대를 수천 군사들의 발길이 지범거리자 발은 더 깊이 빠졌다.

"뒤로, 뒤로 후퇴하란 말이다!"

두시원악의 군관들이 목청이 터지도록 소리를 지르며 앞장을 섰다. 그 모습을 느긋맞게 지켜보고 있던 김흥원은 예정된 다음 명령을 내렸다. 그러자 신라의 보병 3천 명이 피에 굶주린 좀비들처럼 늪지대로 쏟아져 들어갔다.

"한 놈도 살려서 보내지 마라!"

김흥원은 '한 놈도, 한 놈도'를 노랫가락처럼 흥얼거리며 즐거워했다. 하지만 김흥원은 잠시 후 벌어질 기가 막힌 일을 상상조차 하지 못했다. 그는 정무가 대담하고 뛰어난 지략을 가진 장수임을 여전히 잘 모르고 있었다. 신라의 군사들이 늪지대로 몰려오자 정무는 갑자기 후퇴명령을 철회했다. '한치 앞도 보이지 않는 깜깜한 밤에는 아군과 적군을 구별하기 힘들다. 놈들의 갑옷이나 우리 군사들의 옷도 검은색에 가깝다. 이들이 한데 엉겨서 싸운다면 오히려 숫자가 많은 쪽이 불리해진다. 죽기 살기로 싸움에 임하는 군사들은 누구를 구별할 새도 없이 무조건 병장기를 휘두를 것이기 때문이다. 게다가 신라 군사들은 불편한 갑옷을 입었다. 반면 우리 군사들은 몸이 가볍다.' 정무는 불리한 처지에서 역발상의 지재를 발휘했다. 전화위복의 기회가 찾아온 것이다. '차라리 전면전을 치르는 것이 유리하다.' 정무는 침착하게 생각을 정리했다. 그리고 신라 군사들이 늪으로 들어오기를 충분히 기다려 추상같은 명령을 내렸다.

"늪에 빠져 허우적거리는 놈들을 몽둥이로 때려잡아라. 반드시 몽둥이를 써야 한다. 몽둥이로 투구를 박살낸 뒤 놈들의 칼을 빼앗아 처치한다. 각자 한 놈씩만 해치우고 후퇴하라!"

다시 한 번 몽둥이의 위력이 발휘되는 순간이었다. 단단한 나무로 만든 몽둥이는 어지간한 칼로는 벨 수가 없고 칼보다 다루기가 쉽다. 더구나 그 몽둥이가 물에 젖었다면 칼을 먹어버릴 것이기 때문에 칼은 무용지물이 된다. 몽둥이의 경험이 있었던 두시원악의 군사들은 정무의 명령이 무엇을 의미하는지 금세 알아 차렸다. 그러고는 두 발을 단단히 지탱하고 신라군을 기다렸다. 그 사이 화살에 맞아 부상을 당한 백제 군사들은 기다시피 모걸음으로 후퇴를 했다.

드디어 신라군이 우악스럽게 정무의 군사들을 덮쳤다. 밀고 들어오는 기세가 성난 황소 같았다. 이들의 공격이 대낮, 평원에서 이루어졌으면 대단한 위력을 발휘했을 것이다. 하지만 그 기세는 늪의 한가운데 쯤 이르자 속절없이 주저앉았다. 갑옷과 투구를 쓰고 철제무기로 무장한 몸은 무게중심을 잡지 못하고 고꾸라졌다. 앞에서 넘어진 군사에 걸려 뒤따르는 군사들이 넘어지고, 급기야 여기저기에 넘어진 군사들의 무더기가 만들어졌다. 그 틈을 정무의 군사들이 놓칠 리 없었다. 몽둥이를 든 정무의 군사들은 넘어진 신라 군사들의 무더기로 뛰어올라 투구를 무자비하게 두들겨 팼다. 몽둥이로 투구를 맞은 신라 군사들은 머릿속에 파리가 들어가 앵앵거리는 느낌을 받으며 나뒹굴었다. 정무의 군사들은 쓰러진 신라 군사들을 걷어치우고 밑에 깔린 군사들에게도 몽둥이세례를 퍼부었다. 몽둥이를 피한 신라 군사들은 뒤뚱거리며 마구잡이로 칼을 휘둘렀다. 그 칼에 다친 군사들은 대부분 아군이었다. 정무의 예상이 정확히 맞아 들어가고 있었다. 하지만 3천 명이나 되는 신라 군사들을 언제까지 두들길 수는 없는 노릇이었다.

"일제히 후퇴하라!"

정무가 후퇴를 하라는 북을 쳤다. 정무의 명령에 군사들의 몽둥이질이 기계처럼 멈추었다. 조직의 질서가 그 전과는 판이하게 달라진 것이다. 덕분에 몽둥이를 맞지 않은 신라 군사들이 가슴을 쓸어내렸다.

"너, 운 좋은 줄 알아야 해 인마!"

"그래, 고맙다."

정무의 한 병사가 몽둥이질을 멈추고 이죽거리자 김흥원의 한 병사가 애처로운 표정으로 고마워했다. 신라의 군사들은 상대적으로 몸이 가벼운 정무의 군사들을 쫓을 수가 없었다. 이러한 사실을 아는지 모르는지 김흥원은 멀찌감치 앉아서 지휘봉으로 손바닥을 탁탁 때리고만 있었다. 정무의 군사들이 후퇴를 하여 늪지대를 거의 빠져나갈 즈음 신라의 군관 한 명이 김흥원의 발아래 무릎을 꿇었다.

"장군, 아군의 피해가 심각합니다. 놈들은 모두 후퇴를 하였습니다."

기가 막히고 코가 막힐 노릇이었다. 김흥원은 도저히 믿을 수 없다는 듯 다시 한 번 확인을 했다.

"뭐가 어쨌다고?"

"느, 늪에 빠진 우리 군사들을 놈들의 몽둥이가……."

김흥원의 발차기에 군관은 더 이상 말을 잇지 못하고 벌러덩 뒤로 나자빠졌다.

"또 그놈의 몽둥이."

김흥원은 기가 막힌 사실을 확인하러 늪지대로 헐레벌떡 달려갔다.

"횃불을 밝혀라!"

군관의 보고는 모두 사실이었다. 나자빠져 있는 자들은 대부분 신라 군사들이었다. '어찌 이런 일이. 화살을 맞고 초토화되었을 텐데. 어떻게 놈들이 우리를 이 지경으로 만들 수가 있단 말인가. 삼천이 넘는 우리 군사들이 늪에 빠져 허우적거리던 놈들에게 당하다니. 도 저히 믿을 수가 없다.' 김흥원은 약이 바짝 올라 발을 동동 구르며 비명에 가까운 명령을 내렸다.

"전군은 놈들을 쫓아라!"

김흥원은 말의 엉덩이에 무자비한 채찍을 내리쳤다. 채찍을 맞은 말은 늪지대를 미친 듯이 쑤시고 다녔다. 김흥원의 군사들이 늪지대 를 빠져 나오는 데만 한 시간 이상이 걸렸다. 그 정도 시간이라면 정 무의 군사들 전원이 원대로 복귀했을 시간이다. 간신히 늪지대를 빠 져나온 김흥원은 어처구니가 없고 약이 올라 허공에 대고 칼질을 해 댔다.

"놈들의 본거지는 저 칠악산성이 틀림없다. 전군은 칠악산으로 들 어가 놈들의 본거지를 쑥대밭으로 만든다!"

그럼으로 이제 칠악산은 치열한 전투의 현장이 될 것임에 틀림없 었다. 칠악산성으로 들어온 정무는 일단 군사들을 돌아보며 격려했 다. 전투에서는 승리했으나 신라의 궁수부대가 쏜 화살에 적지 않은 군사들이 죽거나 다쳤다. 그들을 무시하고 웅진성의 의자에게로 갈 수는 없었다. 더구나 웅진성으로 가는 지름길은 김흥원의 군사들이 지키고 있다. 그 길을 피해 웅진성으로 가려면 험준한 산길을 선택해 야 한다. 산길을 통해 웅진성으로 가려면 족히 이틀은 걸린다. '이 사실을 여자진에게 알려야 할 텐데. 그렇다고 앞을 막고 있는 신라 군과 전면전을 벌일 수도 없다. 아! 어라하가 급하다. 이를 어쩐다.' 웅진성으로 가려던 정무의 계획에 대단한 차질이 생긴 것이다. 그때 척후병이 헐레벌떡 달려와 숨넘어가는 보고를 했다.

"아까 그 신라 놈들이 이곳을 향해 이리떼처럼 몰려오고 있습니다!"

*

    예식의 거사계획을 알게 된 누군가가 은밀하게 병영을 빠져 나갔다. 예식의 반란을 의자에게 고변하기 위함이었다. 예군은 거사를 위한 연설을 하면서 그런 일이 일어날 것을 이미 알고 있었다. 하지만 의자가 사실을 안다 해도 어쩌지 못할 것이라고 생각했다. 설사 선수를 친다 해도 상관이 없었다. 의자의 선수는 거사의 명분을 줄 뿐이라는 계산이 섰기 때문이다.

"어라하, 기어코 예식이 오늘 밤 반란을 일으킬 모양입니다."

"올 것이 왔군!"

"이제 임존성으로 피하셔야 합니다."

"놈들의 감시가 철통같을 텐데 무슨 방법이 없겠는가."

"어차피 전면전입니다. 군호에서 모은 군사와 제가 데려온 군관들이 저들과 싸우는 틈을 이용해 탈출을 해야 합니다."

    국담은 의자에게 양측의 군사들이 대치해 싸우는 동안 벼랑길을 이용해 탈출하자고 말했다. 나흘 전 사비성에서의 탈출방법과 같은 것이었다. 국담은 이를 위해 배와 사공을 미리 준비해 두었다.

"백성들을 버리고 또 나만 살겠다고 도망을 쳐야 하다니. 참으로 내 신세가 기막히구나."

"어라하, 어라하께서는 도망을 치시는 것이 아닙니다. 후일을 도모하기 위함이니 부디 옥체를 보존하는 일만 생각하십시오."

의자는 우두망찰 하늘을 올려다보았다. 어느새 검게 물든 하늘이 대지를 이불처럼 덮고 있었다. '오늘은 별똥별이 떨어지지 않겠지.' 의자는 여전히 별똥별을 의식하고 있었다. '평소에는 대수롭게 여기지도 않았던 그 별똥별이 그토록 암연하게 느껴지다니. 설마 이대로 백제가 망하려나. 내가 저 예식 놈에게 붙잡혀 소정방 놈의 포로가 되려나.' 생각만 해도 아찔했다. '그런 치욕은 당할 수 없다. 만약 그리 된다면 반드시 죽고 말리라.' 별똥별을 의식하는 순간부터 의자의 마음은 초조하고 무력해졌다. 하지만 한편으로는 예식을 찢어죽이고 싶었다. '제 놈들이 백제에 입은 은혜가 얼마거늘. 제 놈들 살겠다고 나라와 백성을 팔아먹는 나쁜 놈들. 저 놈들만 협조한다면 백제는 아직 희망이 있거늘.'

"예식은 아직 움직이지 않고 있는가. 차라리 선수를 치면 어떨까."

"어라하, 잠시만 기다려 보시지요. 철저히 준비를 해 두었으니 쉽사리 당하지는 않을 것입니다."

과거의 의자 같았으면 불같이 호통을 치면서 먼저 치라고 명령했을 것이다. 하지만 지금은 국담을 믿고 의지해야만 하는 처지였다. '국담의 말이 맞다. 내가 선수를 친다면 놈은 어떤 구실을 대서라도 반역행위를 정당화할 것이다. 놈이 먼저 움직일 때를 기다려 전면전을 벌이면 된다.' 의자는 초조해진 마음을 위로받기 위해 국담의 생각을 다시 한 번 확인했다.

"자네 말대로 놈의 공격을 기다리는 수밖에 없겠군. 그래야 놈의 역적행위가 명백해지고 우리군사들과 백성들의 지지를 확실히 받을 수 있을게야."

"그렇습니다. 이제부터 전투태세를 갖추겠습니다."

"표시나지 않게 하게."

예군이 연설을 마치자 비사도리가 다가와 소곤댔다. 비사도리의 말을 들으며 예군은 눈을 동그랗게 떴다.

"알겠다. 너는 다시 사비성으로 돌아가라."

비사도리가 또 다시 달렸다. 예군은 즉시 전열을 정비하고 예식을 찾아갔다.

"방령, 일부의 연합군 놈들이 이곳으로 출발했다는 비사도리의 보고일세. 사태가 심각해졌어. 아무래도 선수를 쳐야겠네. 당장 명령을 내려 주시게."

"연합군이요? 그것도 일부가? 뭔가 좀 이상합니다. 오려면 전군이 와야지 일부라니요."

"일부든 전군이든 놈들이 이곳을 향해 오고 있다지 않은가."

"함정일 수도 있습니다. 조금 더 기다려 보시지요."

"자네 정말 일을 망칠 셈인가."

"형님, 정말로 연합군이 들이치면 그들보다 먼저 어라하를 잡아 항복을 하면 되지 않겠습니까. 대군이 아니라면 서두를 필요는 없습니다. 그나저나 오늘 밤 우리가 거사를 한다는 사실을 어라하도 알고 있을까요?"

"으이그, 당연히 알겠지. 우리 내부에도 분명 쥐새끼가 있을 테니. 의자가 알라고 일부러 표 나게 연설을 했네."

"잘 하셨습니다. 어라하가 알면 길길이 뛰겠지요? 그리고 저를 잡으라고 할 것입니다. 그때가 기회입니다. 소정방의 답신은 그른 것 같고 명분이라도 얻어야 거사가 좀 편해질 것 아닙니까."

"명분은 무슨 명분. 어차피 우리는 후대에 배신자로 낙인찍힐 수밖에 없네. 의자는 우리가 명분을 생각하고 있다고 생각하겠지만 나는 명분 따위는 아랑곳하지 않네. 우리에게 명분은 소정방의 답신뿐일세. 당에 명분을 얻으면 그만이지 그까짓 백제에 명분을 얻어서 뭐에 써먹나."

"그래도 조금만 더 기다려 보시지요. 백성들이 빤히 보고 있는 이상 누가 먼저 도발을 했느냐가 중요합니다. 어라하가 사실을 알았다면 분명 우리를 잡아오라는 명을 내릴 것입니다. 우리는 아직 움직이지 않았기 때문에 증거가 없지 않습니까. 그러면 우린 발뺌을 하는 척 하다가 이렇게 외치며 칼을 빼면 됩니다."

"백성을 버리고 도망친 어라하가 나라가 망할 위기에 놓이자 드디어 미쳤다. 어라하가 미쳐 죄 없는 웅진성의 충신들을 잡아 죽이려한다. 어라하는 천하의 충신인 성충과 흥수를 죽인 사람이다. 우리는 성충과 흥수처럼 억울하게 죽을 수는 없다. 나라를 망하게 한 어라하를 더 이상 내버려 둬서는 안 된다. 우리가 똘똘 뭉쳐 어라하를 단죄하고 백제를 살려내자."

"아이고 참, 방령도. 아, 무조건 들이치자고 방령이 먼저 말하지 않았나? 그런데 이제 와서 명분타령이나 하고 기다려 보자니, 참으로 답답하네 그려. 그러다가 의자가 움직이지 않으면 어쩔 것인가."

"죄송합니다, 형님. 어라하는 어차피 우리 손 안에 있으니 조금만 기다려 보시지요."

예군의 말처럼 의자를 치겠다며 앞장을 섰던 예식이었다. 그런데 막상 거사를 치르려하니 예식의 마음은 또 다시 갈팡질팡 했다. 그만큼 예식에게 있어 나라를 배반한다는 것은 엄청난 부담이었다. 이런 상황에서 명분은 예식에게 커다란 힘이 되어줄 것이다. 웅진성 백성들에게라도 명분을 얻어 배반이 아닌 혁명으로 탈바꿈 시키고자 발버둥 치고 있는 예식이었다.

그때 밖에서 보초병이 누군가와 주고받는 소리가 시끄럽게 들렸다.

"무슨 일이냐?"

"웬 놈이 장군을 뵙고자 합니다."

"어떤 놈이, 들라 해라!"

남루한 차림의 백성이었다. 그는 퀭한 눈빛으로 예식 앞에 무릎을 꿇었다. 얼마나 긴장을 했는지 얼굴이 시뻘겋게 달아올라 있었다.

"저는 나당연합군의 총사령관 소정방장군이 보낸 밀사입니다."

"뭐, 뭐라고? 네, 네 놈이 사령관의 밀사라는 사실을 어찌 아느냐?"

"어쨌든 이 서신을 좀 보십시오."

대단한 횡재였다. 그렇지 않아도 목이 빠지게 소정방의 답신을 기다리고 있던 예식이었다. 밀사가 진짜든 가짜든 일단 편지를 읽어보는 것이 순서였다.

"바, 방령. 어서 읽어보시게."

서신을 읽고 있는 예식의 손이 심하게 떨렸다. '의자를 잡아다 바친다는데 싫다고는 하지 않겠지만, 부와 명예를 보장하겠다는 내용이 없다면 말짱 도루묵이다.'

"혀, 형님. 이것 좀 보십시오. 소정방이 우리의 뜻을 흔쾌히 받아들이겠답니다. 연합군의 일부도 원병이랍니다."

검게 퇴색된 예식의 얼굴에 화색이 만연했다.

"거, 당연한 것 아니오? 백제의 왕을 잡아 바치겠다는데 돌지 않고서야 싫어할 리가 없지. 내 그럴 줄 알았네. 어차피 그럴 거면서 왜 이리 답신이 늦었누."

"이제 됐습니다. 우리는 당나라에게 확실한 명분을 얻었습니다. 사실, 소정방에게 서신을 보내놓고 나서 꽤나 찜찜했습니다. 놈이 거절이야 하지 않겠지만 우리가 원하는 답신이 아니라면 헛물만 켜는 꼴이 되지 않습니까."

"어쨌든 응수를 타진해 본 건 잘한 일일세. 답신이 오든 말든, 좋든 나쁘든 놈들에게 우리가 하려는 일을 알린 셈이니 이 일은 명실공히 우리의 공일세. 다행히 좋은 소식이 왔다고 하니 하늘이 돕고 선조들이 도왔네 그려."

순간, 예식은 소정방의 서신에 의심을 품었다.

"하지만 형님, 저 서신이 소정방이 보낸 것인지 어떻게 확신할 수 있습니까. 저 서신이 소정방이 보낸 것이 아니라면 문제가 복잡해집니다. 연합군의 일부가 움직였다는 비사도리의 말도 이상한 마당에 저 서신이 누군가의 음모라면……."

"하기야 그렇군. 그렇다면 저놈을 족칠 수밖에."

이때 또 다른 전령이 도착했다. 그리고 잠시 시간을 두고 소정방의 전령들이 속속 도착해 같은 내용의 답신을 내밀었다. 그들은 모두 신라인이었다. 그들이 백제인이 아니라면 확실한 것이다.

"이 작전을 누가 모색했느냐?"

"김유신 대장군입니다. 장군께서는 '전시에 오가는 서신이 잘못하면 강탈당할 수도, 변조될 수도 있다.'고 말씀하셨습니다."

'과연 김유신은 주도면밀한 자로구나.' 예식은 김유신의 치밀함에 존경심마저 일었다. '모든 일이 잘되었으니 이제 어라하를 잡기만 하면 된다.'

"그거 보십시오, 형님. 기다리기를 잘했지 않습니까?"

예식은 신라의 전령 모두에게 같은 내용의 서신을 써 돌려보냈다. 예식의 서신은 이랬다.

—총사령관님, 소인의 뜻을 그대로 받아 주셔서 감사합니다. 황은에 보답하는 마음으로 반드시 거사를 성사시키겠습니다. 거사는 오늘 밤에 거행할 것이며 늦어도 내일 아침까지는 의자를 잡아 바치겠습니다.

예식의 마음이 바빠졌다. 원병이 오기 전에 거사를 성사시켜야 오로지 자신의 공이 될 것이기 때문이다. 의자가 웅진성으로 파천한 지 나흘째인 660년 7월 17일 오후 11시가 조금 넘는 시간이었다.

*

임존성으로 돌아온 흑치상지와 사타상여는 복신보다 먼저 지수신을 찾았다. 웅진성으로 가자고 안달복달하는 복신과 군사들의 모집 상태 등이 궁금했기 때문이다.

"좌평께서는 어찌하고 계시는가. 군사들은 얼마나 모아졌나?"

"조금 전까지 노발대발하다가 술을 잔뜩 먹고 주무십니다."

"술?"

흑치상지의 머릿속에 술이 아른거렸다.

"그보다 소정방에게 이런 서신이 왔습니다."

"소정방?"

흑치상지는 거칠게 봉투를 열어 내용을 읽어 내려갔다.

─백제의 귀족 및 성주들은 들어라. 너희 백제는 이미 멸망 직전에 있다. 너희의 왕도 너희 귀족들의 손에 잡혀 내게 무릎을 꿇을 것이다. 저 웅진성의 방령 예식이 너희 왕을 잡아 나에게 바친다고 했다. 나는 당 황제폐하를 대신해 의자를 잡아온 예식을 극진하게 대우할 것이다. 왕이 항복한 이상 백제는 없다. 더 이상 두더지처럼 숨어 있지 말고 저 예식을 닮아 훌륭한 선택을 하라. 그러면 대 당국의 은혜가 있을 것이다. 그렇지 않고 쓸데없는 수작을 부린다면 지옥 끝까지라도 쫓아가 사지를 갈기갈기 찢어 놓겠다.

회유라고는 하나 무시무시한 협박이었다. 김유신은 좀 더 부드럽게 회유를 하라고 조언했지만 소정방은 그럴 생각이 전혀 없었다. 어차피 의자를 잡게 되면 백제는 끝난 것이라고 생각했다. 설사 귀족들이 부흥운동을 한답시고 반기를 들어도 겁날 것이 하나도 없었다. 지금까지 그랬듯이 대군을 몰아 쓸어버리거나 여의치 않으면 당으로 들어가 버리면 그만이었다. 하지만 김유신은 달랐다. 국표가 말했던 흥망계절의 정신이 생각났기 때문이다. '이 전쟁은 우리 신라가 일으켰음으로 마무리도 우리가 해야 한다.' 김유신은 백제의 귀족들을 지나치게 몰아치면 틀림없이 반기를 들것이고, 그들의 부흥운동은 백성들을 움직여 백제 전역으로 퍼져 나가게 될 수도 있다는 우려를 하고 있었던 것이다.

"소정방이 이와 같은 서신을 백제 전역의 각 귀족들에게 보냈다고 합니다. 이렇게 안하무인일 수가 있습니까?"

지수신이 노기를 띠자 흑치상지는 설핏 웃으며 "어차피 그게 그거 다."라고 말했다.

"그게 무엇입니까?"

흑치상지는 샐쭉하게 물어보는 사타상여를 물끄러미 바라보았다.

"소정방은 백제를 정복한 연합군의 총사령관일세. 황제를 대신한 당국의 대총관이란 말이지. 그런 그가 저 자세로 나올 필요가 없지. 허나 예우는 할 만큼 하지 않았나. 항복하면 극진하게 대우한다고 하고 있잖아."

"그건 왕을 잡아 바치는 저 예식 놈의 경우고요. 항복하면 우리한 테는 무슨 은혜를 베푼다고 하는데, 그 은혜가 뭐냐고요."

"일단 두고 보세나. 그나저나 저 예식이라는 자는 정말로 배은망 덕한 나쁜 놈일세. 제 놈의 영달을 위해 감히 어라하를 잡아 바친다 는 말인가. 그건 백제를 통째로 들어 바치는 역적행위란 말이야."

흑치상지는 재빠르게 자신의 입장을 정리하기 시작했다. '백제는 망조가 들은 나라였다. 어라하는 지난날의 총기를 잃었으며 귀족들 은 분열됐다. 지금의 왕조로는 안 된다는 말이다. 당나라 놈들이 과 연 항복한 귀족들과 우리 백성들의 안위를 보장해 줄까. 백제가 당 의 속국이 되어야 가능할 것이다. 그렇지 않고 신라가 접수를 한다 면 백제는 영원히 사라지고 우리 귀족들도 없다. 내가 예식의 입장이었다면 어땠을까. 나는 죽어도 어라하를 배신하지는 않을 것이다. 그렇다면 어라하와 함께 싸웠을까? 그렇지도 않았을 것이다. 그럼, 나는 뭔가.' 흑치상지는 상황에 대한 판단을 내리지 못하고 우왕좌왕했다. 흑치상지는 머리가 어질어질해 술을 찾았다.

시끌벅적한 소리에 흑치상지가 술에서 덜 깬 목소리로 짜증을 냈다. 복신은 화가 머리 꼭대기까지 올라 흑치상지의 침실 문을 박차고 들어왔다.

"자네 지금 뭐하고 다니는 겐가. 도대체 어딜 쏘다니다가 자고 있냐고!"

"좌, 좌평어른. 사비성의 상태를 살피고 오느라 좀 늦었습니다."

"사비성은 왜!"

"제 눈으로 직접 확인하고 싶었습니다. 그래야 바른 판단이 설 것 같아서."

복신이 퀭한 눈으로 달려왔을 때만 해도 의자의 다급함에 동조를 할 것처럼 보였던 흑치상지였다. 한데 흑치상지는 이제 다른 말을 하고 있는 것이다. 복신은 복창이 터졌지만 흑치상지를 함부로 대할 수는 없었다.

"자네 지금 내 말을 못 믿는 건가? 웅진성에 어라하께서 잡혀 계신다고 하지 않았나. 어서 가서 저 예식 놈으로부터 어라하를 구해야 한다고. 내가 벌써 여기서 며칠째 발이 묶여 있네. 그새 어라하가 잘못되기라도 한다면 다 자네 책임이야. 지금이라도 어서 가세, 어서 가!"

"지수신 장군, 군사들은 얼마나 모았소?"

흑치상지는 "이미 임존성의 상비군과 주변의 군호에서 만 명을 모았고, 서방에 속한 군과 성에 있는 사람들을 모으면 삼만은 가능하다.”고 한 지수신의 말을 떠올리며 모르는 척 물었다.

"단 하루 만에 얼마나 모을 수 있었겠습니까. 기존의 군사에 오천을 더 모았을 뿐입니다."

그렇다면 1만5천의 군사라는 말이다. 결코 적지 않은 숫자다. 이 군대를 몰고 웅진성으로 달려간다면 틀림없이 의자를 구할 수 있을 것이다. 하지만 흑치상지의 머릿속은 여전히 갈팡질팡했다. ‘어라하를 구한들 지금의 어라하로는 안 된다. 그렇다고 어라하를 그냥 둘 수도 없다.’

"삼만이 되려면 아직 멀었군. 내가 직접 군사를 모으러 나간다면 적어도 내일까지 삼만은 충분할 거야."

"무슨 미친 소린가. 오늘로 어라하께서 파천하신지 나흘째야 나흘째. 어라하께서는 피가 마른다고. 이러다가 정말 예식 놈이 어라하를 잡아 바치면 우리 백제는 끝이야 끝. 자네도, 나도 끝이란 말일세."

끝. 복신이 침을 튀기며 강조한 ‘끝’이란 말에 흑치상지는 머리가 조금 맑아지는 것 같았다. ‘당의 속국이 되든지 신라가 접수를 하든지 차라리 끝을 보는 것이 좋다. 끝을 보고 결정하면 된다. 지금처럼 어라하를 놓고 밀고 당겨봐야 답은 없다. 어라하는 엄연한 대 백제의 왕이시다. 그런 어라하를 연합군 놈들이 어찌 한단 말인가. 어라하를 잡아 바친 예식 놈도 대우를 한다는데 어라하는 틀림없이 그보다 훨씬 좋은 대우를 받으실 것이다.’ 드디어 흑치상지의 생각이 굳어지고 있었다. 그는 지금 예식이 의자를 배신하여 소정방에게 들어 바치는 일을 묵인하려는 것이다.

"좌평어른, 술이 아직 안 깨서 머리가 어질어질 합니다. 조금만 더 자고 제가 직접 나가 군사를 모으겠습니다. 하루만 더 모으면 삼만 이 됩니다. 삼만이 되는 대로 함께 웅진성으로 달려가시지요."

도대체 말이 통하지 않았다. 아무리 달솔인 흑치상지보다 높은 좌 평이라고는 하나 서방의 명령권이 없던 복신으로서 할 수 있는 일은 아무것도 없었다.

*

구마노리성의 여자진은 소정방의 서신을 받고 온몸을 부들부들 떨었다. 서신에 의하면 웅진성의 성주이자 북방령 예식이 의자를 잡 아 바칠 것이다. 세작들의 정보가 공공연한 사실로 공표된 것이다. 더구나 방자한 표현으로 협박을 하며 항복을 강요하고 있는 내용의 서신이었다. '도대체 정무장군은 어찌된 일인가. 벌써 당도할 시간이 되었는데, 무슨 사달이 난 것인가.' 여자진은 정무가 도착하는 대로 웅진성으로 달려가 의자를 구할 생각이었다. 하지만 기다리는 정무 는 오지 않고 반갑지 않은 땅거미만 어둑해지고 있었다. '오늘 밤에 엄청난 일이 벌어지고 말리라.' 여자진은 직감적으로 의자의 위험을 감지했다. '그렇다면 나 혼자라도 쳐 들어가야 하는 것 아닌가. 아니 다. 불과 오륙백 명으로 어찌 예식을 당해낼 수 있단 말인가. 경솔히 움직였다가는 아까운 군사들만 잃는다. 역시 정무장군과 힘을 합쳐 들어가는 길밖에 없다. 정무장군님은 왜 오지 않고 있는 것일까.'

"여봐라, 지금 당장 두시원악으로 달려가 정무장군님을 모시고 와라!"

258

여자진은 불같은 명령을 내리고 웅진성을 향해 있는 힘껏 소리를 질렀다.

"어라하, 잠시만 기다려 주십시오. 내 반드시 어라하를 구해내겠습니다."

여자진은 만고의 충신이었다. 하지만 그가 잊고 있는 것이 있었다. 지금 웅진성에는 불세출의 영웅 국담이 의자를 호위하고 있으며 그와 지방군이 힘을 합치면 예식의 배신을 막아 낼 수 있다는 사실을……. 그리되면 패망의 위기에 처한 백제가 회생할 수도 있을 것이다.

여자진의 명령에 따라 두시원악으로 달려간 전령은 눈알이 튀어나올 정도로 깜짝 놀랐다. 깜깜한 밤에 거대한 무더기들이 엉겨 붙어 엎치락뒤치락 하고 있는데 마치 패거리로 나뉜 개떼들의 싸움 같았다. 그들은 지옥의 마왕에게 영혼이 팔린 악귀처럼 기괴한 소리를 질러대며 때리고 찌르고 물어뜯고 있었다. 수많은 전쟁을 치러온 전령이었지만 그렇게 치열한 전쟁은 한 번도 보지 못했다.

'정무장군과 신라 놈들이 싸우고 있구나.' 전령은 눈알을 재빠르게 돌려가며 정무를 찾았다. 하지만 검은 먼지세상에서 누군가를 찾기는 쉽지 않았다. '성을 버리고 왜 이 벌판에서 싸움을 하는 건가. 어쨌든 반드시 정무장군을 찾아야 한다.' 전령은 전쟁터를 빙 둘러 양치기 개처럼 뛰어 다녔다. 전령이 정무를 발견한 건 신라의 병영과 아주 가까운, 나지막하고 평평한 바위 위였다. 정무는 그 바위를 오르내리며 신라 군사들을 상대하고 있었다. 한 번씩 칼을 휘두를 때마다 두세 명의 목이 떨어져 나갔다. 정무가 바위로 오르내리는 모

습이 새처럼 가볍게 보였다. '무거운 갑옷을 입고도 저렇게 날렵할 수 있다니……'

반면 대부분의 백제 군사들은 갑옷 대신 잿빛저고리를 입고 있었다. 칼과 몽둥이를 무지막지하게 휘두르는 장정들의 모습이 미친개들을 때려잡는 것처럼 보였다. 장정들의 몸놀림은 갑옷을 입은 신라 군사들보다 빨랐지만 창과 칼에 찔리면 치명적인 상처를 입었다. 웃통을 벗어던지고 싸우는 장정들도 적지 않았는데 여기저기 상처를 입어 피가 뚝뚝 떨어졌다. 그들이 흘린 피로 들판의 잡초들이 검게 번들거렸다.

"장군, 정무장군님!"

전령이 목이 터져라 정무를 불렀다. 하지만 전령의 소리는 전쟁의 아수라장에 함몰되었다. 죽고 죽여야만 하는 미친 전쟁터에서 군사들이 쏟아내는 괴상한 소리들이 마구 뒤엉켜 거대한 기계음을 내고 있었기 때문이다. '목적을 달성하려면 장군이 있는 곳으로 가는 수밖에 없다. 하지만 자칫하면 죽을 수도 있다. 그러면 나에게 맡겨진 중대한 임무는 수행할 수가 없다.' 전령은 너무나 두렵고 초조한 나머지 똥을 찔끔거리며 오줌을 지렸다. 하지만 자신은 그 사실을 까맣게 모른 채 정무만 안타깝게 바라보고 있었다. '이대로라면 필시 두시원악의 군사들이 몰살될 것이다. 모두가 넋이 빠져 있구나. 안 되겠다. 죽음을 각오하고 장군께 가야 한다. 가서 여자진 장군의 말씀을 전달해야 한다.'

드디어 전령이 지옥의 입구에 다다랐다. 신라의 병사 한 명이 전령에게 칼을 휘둘렀다. 구마노리성에서 최고로 민첩하여 전령으로 뽑힌 그였다. 전령은 가볍게 칼을 피하며 단도로 신라병사의 멱을 따버렸다. 몇 명의 멱을 땄던가. 멀지않은 곳에 정무가 보였다. 전령은 다급한 마음에 몸을 잔뜩 고푸리고 군사들의 가랑이 사이를 기다시피 달려갔다. 순간, 아랫배가 따끔했다. 누군가의 칼이 들어온 것이다. 하지만 칼에 찔렸다는 의식은 들지 않았다. 조금씩 힘이 빠져나갈 뿐이었다. 전령이 정무의 곁으로 바짝 다가갔다.

"장군님, 정무장군님!"

전령이 허기진 목소리로 정무를 불렀다. 정무가 전령을 돌아봤다. 기어이 목적을 달성하려는 순간이었다. 그때 전령의 왼쪽 어깨가 뻐근해지면서 급소에 비수가 꽂혔다. 전령의 허리가 직각으로 꺾였다.

"허걱!"

전령이 외마디 비명을 지르며 뒷목을 부여잡았다. 신라 군관의 칼이 이번엔 뒷목을 후려친 것이다. 전령은 단도로 신라 군관의 목을 찔러 쓰러뜨린 뒤 바위에 오른 정무의 앞에 섰다.

"자, 자, 장군님! 저는 여자진장군의 전령입니다. 오, 오늘 밤 예, 예식이 어라하를 칠 것이라고 합니다. 어, 어서 후, 후퇴를……."

전령은 말을 다 마치지 못하고 고꾸라지고 말았다. 전령의 죽음을 목도한 정무는 정신을 차리고 전세를 살폈다. 갑작스런 김흥원의 기습으로 끝내 수성을 하지 못했던 정무였다. 김흥원은 어선에 파상공세를 가하여 약한 부분을 부수고 성내로 진입했다. 기세가 오른 대규모병력이 쳐들어오는 바람에 정무는 성을 포기할 수밖에 없었다. 김흥원은 성에서 쫓겨나 벌판으로 내려온 정무를 그냥 두지 않았다. 성에서 죽은 두시원악 군사들만 5백이 넘었다.

정무는 지금 나머지 병력으로 김흥원의 대군과 결사항전을 하고 있는 것이다. 하지만 전령을 통해 정신을 차린 정무가 살펴본 전세는 엄청난 열세였다. 이대로라면 두 시간도 되지 않아 전멸할 것이 빤했다. 더구나 오늘 밤 웅진성의 예식이 의자를 도모한다고 했다. 정무는 전투에 참여하지 않고 멀찌감치 머물러 있는 김흥원의 막사를 쳐다보았다. '웅진성 방향이다. 후퇴를 해도 웅진성 방향으로 해야 하는데 불가능한 상황이다.' 김흥원의 막사 앞으로 배치된 천여 명의 궁수들도 보였다. '이런 낭패가 있나. 자칫하면 놈들의 화살에 맞아 뼈도 못 추리겠군. 저쪽 방향으로 후퇴를 못한다면 다시 칠악산으로 숨어 들어가야 하는데 그리되면 여자진을 만나 어라하를 구할 수가 없다.' 하지만 지금의 전황으로 봐서는 정무도 어쩔 수 없는 일이었다.

"후퇴, 칠악산으로 후퇴한다!"

김흥원은 정무가 패하여 도망을 치자 앓던 이가 빠진 것처럼 속이 시원했다. 막강한 군사력으로 매번 패배를 했던 김흥원이었다. 김흥원은 도망치는 정무군을 보며 이를 박박 갈았다.

"도망치는 놈들을 한 놈도 살려 보내지 마라!"

김흥원의 명령에 신라 군사들이 괴상한 소리를 지르며 백제군을 쫓았다. 멀리서보면 수천마리의 이리떼가 먹잇감을 향해 일제히 내달리는 것 같았다.

*

　아무리 기다려도 전령이 돌아오지 않자 여자진은 정무에게 커다란 불상사가 생겼음을 직감했다. 여자진은 이러한 내용을 조목조목 적어 개암사의 도침에게 보냈다. 혹시 모를 사고에 대비해 세 명의 전령에게 같은 내용의 서신을 맡겼다.

　"모두들 군장을 챙겨라. 지금 당장 정무장군께 갈 것이다."

　5백여 명밖에 되지 않는 군사로는 도저히 예식을 칠 수 없었기에 반드시 정무를 만나야만 했던 여자진이었다. 정무가 잘못되었다면 그대로 군사를 돌려 웅진성을 칠 작정이었다. 비록 계란으로 바위치기지만 죽기로 싸워 백제와 의자에 대한 충성심을 보여주겠다는 각오를 다졌다.

　여자진이 정무를 만나러 두시원악으로 가는 동안 능가산 개암사에는 장대같은 비가 쏟아지고 있었다. 억패듯 쳐대는 강력한 벼락이 웅장하게 치솟은 우금바위를 반쪽으로 쪼개놓을 것 같았다. 도침은 쉽게 잠을 이루지 못하고 대청마루에 섰다. 번개가 치자 댓돌에 쪼그리고 앉아있던 누렁이의 털이 하얗게 변색됐다. 도침은 고개를 들어 우금바위를 올려다보았다.

　"우르르르르, 꽈광"

　세상을 파멸시킬 것 같은 천둥이 우금바위를 때리고 잠시 후 번개가 쳤다. 천둥은 귀가 있는 모든 생명체들의 고막을 찢을 듯 했고 번개는 몇 십만 볼트의 강력한 전기충격기 같았다. 아무리 수양이 깊은 도침이라도 손으로 귀를 막지 않을 수 없었다. 누렁이는 댓돌에서 펄쩍 뛰며 '깨갱' 하고 나뒹굴었다. 천둥으로 인한 번개는 하늘과 산의 구분 없애고 세상을 대낮처럼 밝게 했다. 그 순간, 도침의 눈에 똑똑히 보이는 것이 있었다. 우금바위, 천둥과 번개를 맞은 우금바위가 비수를 맞은 듯 예리하게 갈라져 붉은 피를 철철 흘리고 있었던 것이다. 잠시 후, 갈라진 바위의 틈 사이로 잿빛연기가 빠져 나오는데 쉽사리 멈출 것 같지가 않았다. '지기(地氣)다! 바위에 가득 찬 지기가 새어 나오고 있다. 저것은 무엇을 의미하는가. 바위에 지기가 가득 찼으면 머지않아 백성들의 봉기가 있을 것이라는 의미인데, 저 지기가 바위를 뚫고 오르고 있다면, 저것이 봉기의 신호탄인가. 그런데 째진 바위틈 사이로 흘렀던 붉은 피는 무엇을 의미하는가.' 도침은 바위가 피를 흘린다는 사실이 믿기지 않았다. 도침은 우금바위의 기묘한 현상을 보고 스승인 묘련대사의 말을 생각했다. 묘련은 평소 도침에게 바깥일에 신경 쓰지 말고 수행에 정진하되 나라가 위험에 처했을 때는 앞장서 구하라고 말해왔다. 어쨌든 도침이 목격한 우금바위의 조화는 봉기를 서두르라는 하늘의 명령과도 같았다.

그렇지 않아도 도침은 정무가 다녀간 뒤 곧바로 개암사 주변의 성주와 백성들을 만났었다.

"사비가 불바다가 되고 어라하는 웅진성으로 파천했다. 이제 침략자들은 백제의 모든 것을 말살할 것이다. 우리의 부모와 자녀들은 침략자들의 노예가 되어 짐승처럼 살게 될 것이다. 백제의 불교는 한반도 불교의 정통성을 이어왔다. 나라가 무너지면 불교도 무너져 백제의 정신이 무너진다. 나는 백제와 백제의 불교를 지켜내기 위해 조만간 봉기를 주도할 것이다."

　도침의 말은 적지 않은 귀족과 백성들의 호응을 얻었다. 그들은 도침의 말에 고무되어 봉기의 명령만을 기다리고 있었다. 처음 봉기에 가담하는 사람들의 숫자가 얼마든 백성들의 존경을 받는 도침이 주도한다면 봉기에 가담하는 백성들은 기하급수적으로 늘어날 것이다. 하지만 도침이 개암사로 돌아온 뒤 소정방의 회유책이 개암사 주변의 성주들에게 전달되었으며, 그 회유책이 얼마나 먹힐지는 모르는 일이었다. 세상을 집어 삼킬 듯 때려대던 천둥과 번개가 거짓말처럼 누그러지며 660년 7월 17일의 밤이 깊어가고 있었다.

운명의 장난

사기가 오른 김흥원의 추격은 집요했다. 김흥원은 자정이 가까워 지고 있는 시각임에도 정무의 뒤를 계속해서 쫓았다. 그는 김유신이 무엇을 걱정하는지 잘 알고 있었다. 김유신은 백제의 도성인 사비성을 점령했지만 의자를 놓쳤다. 그것은 커다란 실수였다. 왕이 건재한 이상 왕을 중심으로 지방의 귀족 및 성주들이 뭉칠 수도 있기 때문이다. 김흥원은 김유신의 걱정이 두시원악의 정무로부터 현실화될 것이라고 생각했다. 따라서 정무라는 도화선을 잘라버리면 김유신의 걱정은 자연히 해결될 것이며 그 공은 오로지 자신의 것이 될 것이라는 계산을 했다. 김흥원이 정무를 쫓아 일망타진하려는 이유가 바로 거기에 있었다.

정무는 후퇴를 하면서도 집요하게 쫓아오는 김흥원이 여간 신경 쓰이는 것이 아니었다. 김흥원은 기병과 보병으로 이루어진 날랜 군사 천 명을 뽑아 정무를 쫓게 했다. 그들은 백제 장정들과 똑같이 갑옷을 벗었기 때문에 시간이 갈수록 백제 장정들의 후미에 가까이 따라 붙었다. 무조건 도망치는 마당에 전열을 갖추고 다시 싸울 수도 없고 정무는 만감이 교차했다. '이 병력으로는 사기가 끓어오른 저 놈들을 이길 수 없다. 자칫하면 놈들에게 후미를 잡힌다. 하지만 일단 산 속으로 숨어 들어가기만 하면 된다. 만약 그곳까지 쫓아온다면 매복과 기습으로 수를 낼 수도 있을 것이다.' 두시원악에 속한 칠악산은 백제 장정들의 생활터전이었음으로 그곳의 지형지물을 이용해 전투를 벌이면 승산이 있을 것이라는 계산을 한 것이다. 하지만 후미가 잡힌다면 계획이 허사로 돌아간다. 그들을 버리고 산속으로 들어갈 수 없기에 어쩔 수 없이 불리한 전투를 벌여야 하기 때문이다.

"놈들이 산 속으로 숨으려 한다. 산속으로 들어가기 전에 박살내라!"

김홍원은 양철 찢어지는 소리를 지르며 말을 내달렸다. 전세가 불리하거나 싸움이 치열할 때는 멀찌감치 뒤에서 지켜보던 그가 이번에는 선두에 서서 천 명의 추격자들을 지휘했다. 상황이 유리해지자 없던 용기가 발동한 것이다. 하지만 상황이 불리해지면 언제라도 슬쩍 뒤로 빠질 위인이 바로 김홍원이었다.

"칠악산이 바로 코앞이다. 조금 더 힘을 내라. 빨리, 빨리!"

정무는 장정들의 후미에 서서 '빨리, 빨리'라는 소리만 반복해서 외쳤다. 전투를 하다가 불리해진 입장에서 놓는 줄행랑이란 그저 빨리 뛰는 수밖에 없다. 허겁지겁 도망치는 백제 장정들의 신발이 벗겨지고 허리춤이 풀어졌다. 바지가 벗겨진 장정들이 앞으로 고꾸라졌다. 코피가 터지고 맨땅에 얼굴을 갈았다. 다시 일어선 장정들은 허리춤을 잡고 뛰다가 거칫거렸는지 바지를 훌러덩 벗어 내던지고 속바지만 입은 채 뛰고 또 뛰었다. 정무의 말대로 칠악산은 바로 코앞이었다. 이제 조금만 더 뛰면 녹음이 짙은 산속으로 몸을 숨길 수 있다. 하지만 기병들과 함께 말을 타고 쫓아오는 김홍원도 코앞이었다.

"코앞에 놈들이 있다. 가서 박살을 내버려라!"

김홍원은 도망치는 백제군사들을 눈으로만 잡아둔 채 슬쩍 뒤로 빠졌다. 김홍원의 명에 따라 군관들로 구성된 신라의 기병들이 백제 군사에게 바짝 다가섰다. 이제 창칼만 휘두르면 그대로 고꾸라질 것 이다.

"말을 탄 군관들은 양 옆으로 도열하라!"

정무의 '빨리, 빨리'라는 명령이 바뀌었다. 후미에 처진 병사들을 보호하기 위해 소위 특공대를 결성한 것이다. 30여 명의 특공대는 정무의 명령에 따라 순식간에 도열했다. 그 모습을 본 신라의 기병 들이 멈칫했다.

"뭣들 하는 거야, 빨리 덮치지 않고!"

뒤로 처진 김홍원이 핏대를 세워 표독스럽게 소리를 질렀다.

"아, 그 씨알! 시끄러워 죽겠네. 니가 나가서 싸워라 이 새끼야."

신라의 군관 중 누군가가 소리를 꽥 질렀다. 김홍원의 비겁한 태도 에 열이 받아 순간적으로 이성을 잃어버린 것이다. 김홍원은 기가 막혀 허기가 질 지경이었다. 그리고 자신에게 반발하는 군관을 거칠 게 째려보다가 눈을 다른 곳으로 돌려버렸다. 김홍원의 명에 따라 신라의 기병들이 앞으로 서서히 전진했다. 기병과 기병의 마상전투 가 벌어지려는 순간이었다. 수적으로만 볼 때는 백제기병보다 수십 곱절 많은 신라기병들이 유리할 것이다.

"한 줌도 안 되는 놈들이다. 그냥 쓸어버려라. 저 놈들은 빨리 뛰 어오지 않고 뭐하고 있어!"

김홍원은 고개를 돌려 발바닥에 불이 날 정도로 달려오는 보병선 발대에게 빨리 오라는 손짓을 했다. 위 아래로 흔들어대는 손짓이 얼마나 빠른지 손가락은 태풍에 휘날리는 빨래처럼 보였다. 김홍원에게 욕을 했던 신라의 군관이 가장 먼저 적진으로 뛰어들었다. 정신을 차리고 보니 죽을죄를 진 것이다. 그는 자신도 모르게 저지른 불경죄에 대한 벌을 감면받고 싶었다. 그런데 군관이 뛰어든 방향이 하필 정무의 앞이었다. 정무는 말을 타고 달려드는 신라의 군관에게 꼬나 쥐고 있던 창을 냅다 집어던졌다. 군관은 잽싸게 고개를 숙여 정무의 창을 피해냈다. 정무의 창은 군관의 뒤를 따라 달려오던 또 다른 군관의 목을 가차 없이 꿰뚫어 버렸다. 정무는 칼을 빼들고 군관을 향해 쏜살같이 달려 나갔다. 마상결투가 벌어진 것이다. 하지만 결투라고 할 것도 없었다. 신라의 군관은 단칼에 목이 떨어져 나가고 말았다. 그런 자가 무겁게 날아드는 정무의 창을 피해냈다는 사실이 이상할 따름이었다.

마침내 신라와 백제 기병들이 뒤섞였다. 말을 타고 휘두르는 칼과 창이 부딪쳐 기상천외한 화음을 만들었다. 죽고 죽이는 살벌한 전쟁터에서 살상용 무기들이 부딪쳐 내는 소리가 그토록 아름다울 줄이야. 야밤에 불꽃놀이가 따로 없었다. 산 속으로 들어가려던 백제의 장정들이 우두커니 서서 마상에서 싸우는 기병들을 바라보았다. 정무는 새처럼 몸이 날래기만 한 것이 아니었다. 힘 또한 대단해서 내리치는 칼을 받아내는 자가 거의 없었다. 어쩌다가 칼을 받은 자는 밀고 들어오는 힘을 견디지 못해 결국 목이 떨어지고 말았다. 일대 일 대결로 정무를 잡기는 불가능했다. 정무는 십여 명의 신라 기병들을 단칼에 베어버린 뒤 전장을 둘러보았다. 마상전투 또한 수적으로 대단한 열세였다. 자신이 죽여 없앨 수 있는 적들도 한계가 있었다. 더구나 신라의 보병들이 들이닥치고 있다. 더 이상 지체해서는 안 되는 것이다. 다행히 백제의 군사 대부분은 산속으로 들어갔다.

"기병들은 말을 버리고 산 속으로 후퇴하라!"

정무의 명령이 떨어지자 백제의 기병들은 일제히 말머리를 산기슭으로 돌렸다. 말이 산기슭에 이르자 훌쩍 뛰어내려 말의 꼬리에 기름을 붓고 불을 붙였다. 30여 필의 말들은 힝힝거리며 신라군을 향해 미친 듯이 달려갔다. 미쳐 날뛰는 말들이 내달리자 신라기병들이 탄 말들도 길길이 날뛰었다.

"이 무슨 미친 짓들이야. 빨리 사태를 수습하지 못해!"

얼굴이 시뻘겋게 달아오른 김흥원이 사태수습을 명령했지만 미쳐 날뛰는 말들을 옥지를 수는 없었다. 꼬리가 홀라당 탄 말들은 뿔뿔이 흩어져 온데간데없이 사라졌다. 그 사이 정무의 군사들은 칠악산 깊은 곳으로 숨어들어갔다.

승기를 확실히 잡았다고 생각했던 이번 전투에서마저 당하고만 김흥원은 약이 오른 정도를 넘어 머리에서 불이 활활 타오를 것만 같았다. 하지만 깊은 밤중에 깊은 산 속으로 숨은 정무를 잡기란 결코 쉽지 않은 일이다. 칠악산의 사정을 모르는 이상 무조건 따라 들어갈 수도 없다. 정무가 전처럼 성 안에 있었다면 차라리 공격이 쉽다. 하지만 성을 빼앗긴 지금은 숲속 어딘가에 매복해 있을 것이다. 더구나 높은 산 정상에서 바퀴살처럼 길게 뻗어있는 칠악산은 계곡이 깊고 급경사를 이룬 암벽이 많아 위험하기 그지없다. 어디에 숨어 있을지 어디로 이동할지 예측하기가 어려운 지형, 칠악산은 공격보다는 방어에 유리한 최적의 요새였다.

김흥원이 이를 모를 리 없었다. 어쩔 수 없이 원대로 복귀하는 것이 상책이었다. 하지만 아무런 전과도 없이 김유신을 만날 수는 없었다. '대장군은 군사들을 내주며 놈들을 가루로 만들고 오라고 했다. 우리는 놈들보다 숫자가 월등히 많다. 이 밤을 이용해 놈들을 뿔뿔이 흩어놓고 대낮에 한 놈씩 잡아들이면 된다. 그리되면 놈들은 이곳에 발이 묶이는 것이다. 그대로 놔두었다가는 웅진성의 의자에게 갈지도 모른다.' 김흥원은 두시원악을 백제 부흥군의 본거지로 보았다. 백제 부흥군의 본거지를 부수는 일이야말로 최고의 전과를 올리는 일이라고 생각했다. 백제로서는 불행한 일이지만 김흥원의 판단은 정확한 것이었다.

김흥원이 정무를 막지 않았더라면 웅진성의 예식이 함부로 반란을 일으키지 못했을 것이기 때문이다. 설사 의자를 사로잡고 있다 해도 여자진과 함께 웅진성을 들이치면 된다. 김흥원이 일찌감치 정무를 막지 않았더라면 웅진성으로 가는 도중 더 많은 군사들을 모을 수 있었을 것이다. 반란의 위기에 처한 백제의 왕을 구하러 간다는 명분은 백제인들의 충의를 자극하고도 남을 것이다. 그랬다면 전세는 금세 역전되고 예식은 처형 됐을 것이다. 웅진성의 반란을 진압하고 정무와 여자진처럼 신망 있는 귀족이 의자를 보필하고 있다면 그 여파는 들불처럼 번져나갔을 것이다. 임존성의 복신과 흑치상지, 개암사의 도침 등 전국의 지방군이 의자를 중심으로 봉기하여 백제는 다시 살아날 지도 모를 일이다. 하지만 운명은 김흥원의 손을 잡아 백제를 망국으로 이끌어가고 있었다.

"불을 더 환하게 밝혀라. 지금 당장 놈들을 잡으러 들어간다."

김흥원은 이미 점령한 칠악산성을 거점으로 대규모소탕작전을 벌이기로 했다.

*

구마노리성의 모든 군사를 이끌고 두시원악으로 향하던 여자진의 눈에 거대한 횃불집단이 보였다. 순간, 여자진의 마음이 심하게 흔들렸다. '저건 뭐란 말인가. 횃불이 저렇게 많은 것을 보니 군대임에는 틀림이 없는데, 정무장군의 군대는 아닐 것이고, 그렇다면 연합군 놈들일 것이다. 저들이 정무장군과 전투를 벌인 것인가. 저 병력이라면 정무장군도 쉽게 이기지는 못할 것이다. 설마 정무장군이 놈들에게 당하지는 않았겠지.' 그동안 이곳에서 무슨 일이 벌어졌는지 알 수 없었던 여자진은 일단 사태를 파악하기 위해 신라군으로 위장한 잠복조를 보냈다. 잠복조를 통한 사태파악은 그리 어렵지 않았다. 워낙에 깜깜한 밤이라 얼굴을 구별할 수 없었고 신라 말을 잘하는 병사들이 잠복을 해 들어간 까닭이었다. 잠복을 했던 병사들은 한 시간도 되지 않아 매복한 여자진의 진영으로 돌아왔다.

"산속으로 들어간 정무장군님을 쫓는 신라 놈들입니다. 놈들은 지금 칠악산성으로 들어가고 있습니다. 성 안으로 들어간 뒤 삼천의 군사를 풀어 산을 샅샅이 뒤지겠답니다."

'장군이 놈들에게 당했다고? 저 놈들에게 발목이 잡혀 못 오신 게로구나. 얼마나 속이 타셨을까.' 그동안 정무가 겪었을 고초를 생각하니 여자진의 마음이 숙연해졌다.

"이 밤에 산 속을 수색하겠다고? 그 김흥원이란 놈이 미쳐도 단단히 미친 모양이구나. 서둘러 장군을 찾아야 한다."

'삼천의 병력이 수색을 한다면 몇 시간 안에 발각이 될 것이다. 그놈들과 전면전을 벌여도 승산이 없다. 삼천의 수색부대……, 나머지 이천은 성 안에 있다고 했다. 내가 가진 군사들로는 큰 도움이 못 된다.' 여자진은 아무리 머리를 쥐어짜내도 어찌해야 할지 답이 나오지 않았다. '정무장군과 만나는 일이 급선무다. 어떻게든 이곳에서 빠져나가 웅진성으로 가야 하지 않은가.' 머리가 복잡해진 여자진은 다급하게 군관회의를 열었다. 십여 명의 군관들은 저마다 머리를 맞대고 비책을 강구하기 시작했다. 하지만 뾰족한 수가 나오지 않았다. 그러는 동안 찬연한 달빛이 칠흑의 장막을 째고 세상을 환하게 비추었다. 그 순간, 군관 중 한 명이 긴 탄식을 하며 땅이 꺼져라 걱정을 했다.

"아! 달빛이 저렇게 밝으면 산 속에 계신 정무장군님이 발각될 텐데."

그 소리를 듣고 여자진의 동공이 커다랗게 확장됐다.

"발각, 그래 발각이다. 우리가 발각되면 된다. 우리가 놈들을 유인하는 것이다."

아무리 군사력이 앞서는 김흥원이라 해도 보이지 않는 적의 유인에 함부로 움직이지는 않을 것이다. 하지만 적이 눈에 보일 때는 상황이 달라진다. 보이는 적을 쫓다가 매복에 걸린다 해도 희생자는 얼마 되지 않는다. 적보다 대여섯 배나 많은 병력이니 얼마간의 군사는 희생양으로 삼을 수 있다. 아군을 희생해 위험요소를 없앤 다음 그대로 들이쳐 일망타진하면 간단한 일일 것이다. 여기까지가 일반적으로 생각할 수 있는 상식이다. 여자진도 누구나 생각할 수 있는 보편적 상식선에서 작전을 펼치기로 했다. 여자진의 작전은 이러했다.

—김흥원은 우리의 존재를 까맣게 모르고 있다. 그는 발각된 우리를 도망쳐 숨은 정무장군의 군사들로 알 것이다. 우리의 병력이 비록 수백에 불과하지만 고도로 수련된 정예병들임을 모르고 있다. 나는 이곳 칠악산의 지형지물을 꿰뚫고 있다. 숨을 곳과 공격할 곳을 정확히 알고 있는 이상 쉽게 잡히지는 않는다. 우리가 김흥원의 수색대와 전투를 벌이는 동안 잠복해 있던 장군의 정탐병들이 보고를 할 것이다. 결국 나와 장군의 협공으로 김흥원은 패배를 면치 못한다.

달빛으로 인해 불리해질 것이라는 군관의 걱정이 오히려 유리한 국면으로 뒤바뀌었다. 여자진은 불리한 여건에서 발상을 전환함으로써 돌파구를 찾았다. 그들이 발각되지 않으면 오늘밤 안으로 정무를 만나기는 어려울 것이기 때문이다. '이제 조금만 있으면 자정이 넘는다. 한시라도 빨리 상황을 종료시켜 어라하께 가야 한다.' 여자진은 그럴듯한 발각을 위해 몸을 움직이기 시작했다.

*

웅진성의 공기는 기묘한 악의와 언짢은 긴장감에 휩싸여 갈팡질팡했다. 깨어있는 자들의 머리가 정상이라면 누구라도 그런 분위기를 느낄 수 있는 기분 나쁜 밤이었다. 소정방의 서신을 받은 예식과 예군은 군사들 단속하기에 바빴다. 어젯밤 생뚱맞은 전쟁의식으로 위기를 고조시킨 의자였다. 의자의 엄포대로라면 당장이라도 지방군이 들이닥쳐야 했지만 여태 감감무소식이다. 예식은 의자가 웅진성으로 입성하는 날부터 지방군 운운하며 큰소리를 친 이유를 생각했다. '어라하는 처음부터 나를 의심하고 있었는지도 모른다. 어라하는 교묘한 방법으로 나를 가지고 놀았다. 괘씸한 늙은이 같으니. 허나 이제 당신도 끝이다. 모든 일이 나와 우리가문의 뜻대로 잘 되어가고 있다.'

하지만 예식은 국담을 가벼이 여길 수 없었다. 지금도 국담이 버티고 있기에 함부로 의자를 잡지 못하고 있는 것이다. 국담만 없다면 군사들을 단속하며 이런저런 작전과 모사를 꾸밀 필요도 없었다.

"형님, 지금 어라하와 국담은 무엇을 하고 있습니까?"

"눈치를 챈 것이 확실하네. 여태 잠도 자지 않고 번을 서는 놈들을 둘러보고 있네. 뭐라더라? 오늘밤 자정, 깨어있는 자만이 역사의 증인이 될 수 있다나? 그게 무슨 말인지 원."

"오늘밤 자정? 역사의 증인? 형님, 우리가 짐작한대로 저들도 오늘밤 우리가 거사를 할 줄 알고 있군요. '역사의 증인'이라는 말은 일종의 암호일 수도 있습니다. 우리의 작전에 대한 방비책인 것이지요."

"그러니 지금이 작전을 변경할 적기일세. 이제 곧 있으면 자정이네. 놈들과 번을 교대할 시간이란 말일세."

"알겠습니다. 하지만 국담이라는 놈이 계속 신경 쓰입니다."

"그놈은 걱정 말게. 내가 책임지고 해치우지. 제 놈이 아무리 날고 뛴다 해도 혼자서 군관수백 명을 어떻게 당해내겠나. 아무리 군호에서 모은 군사들이 있다지만 우리는 놈들보다 병력이 서너 배나 많

아. 군호에서 모집한 군사들 모두가 지들 편도 아니고."

"형님, 이제 조금만 있으면 자정입니다. 지금부터 변경된 작전을 군관들에게 전달해 주십시오. 신속하고 정확해야 합니다."

예식은 군호에서 차출한 군사들에 대한 신뢰가 없었다. 그들은 의자를 통해 모집됐음으로 의자의 사람일 것이라고 생각했다. 따라서 처음부터 국담의 예하로 부대를 편성했다. 그 결정에는 의자나 국담도 굳이 반대를 하지 않았다. 어차피 웅진성 내 기존 군사들은 예식을 따를 것이었기 때문이다. 예식은 자정을 알리는 북소리를 신호로 번을 서는 국담의 군사들을 공격하라는 명령을 내려둔 상태였다. 그리고 공격시간과 작전은 국담도 알고 있으리라 판단했다. 군사들에게 작전명령을 내려둔 이상 국담의 첩자가 가만히 있을 리 없기 때문이다. '지금 작전을 변경해야 한다.' 예식은 미리 생각해 둔 작전을 은밀히 지시했다. 국담에게 노출된 예식의 처음 작전은 이런 것이었다.

—번을 서는 곳에 우리 군사들을 미리 매복시킬 것. 교대 조는 단도를 준비하고 있다가 자정과 함께 울리는 북소리에 맞춰 국담의 군사들을 선제공격할 것. 국담의 군사들이 허둥대는 동안 매복한 군사들은 튀어나와 마무리를 할 것. 동시에 모든 군관들은 국담을 붙잡아 두고 의자를 사로잡을 것. 나머지 군사들은 국담의 잔당들을 해치울 것.

그리고 지금 변경된 작전은 이런 것이다.

—자정을 알리는 북을 치지 말 것. 번을 서는 국담의 군사들과 교대를 해주지 말 것. 그들이 웅성거릴 때를 기다려 궁수부대는 일제히 화살을 날릴 것. 동시에 날랜 군관 수백 명을 투입시켜 국담을

상대하게 할 것. 나머지 군사들은 국담의 군사들을 일망타진하고 의자를 사로잡을 것.

　과연 예식은 신중하고 철두철미한 성격의 소유자였다. 적에게 작전을 노출하고 작전을 수행하기 직전에 변경된 작전을 펼친다. 그러면 첩자는 또다시 의자에게 보고를 할 것이다. 하지만 의자가 변경된 작전을 알았을 때는 이미 작전이 수행된 다음이다. 작전은 예식의 최측근 군관들에 의해 속전속결로 수행될 것이기 때문이다. 예식은 이런 자신의 작전이 성공적으로 이루어지기를 간절히 기도했다. 그 기도가 영험했던지 예식은 잠시 후 국담의 친구 백고에 의해 엄청난 사실을 전해 듣게 된다.

　자신의 군사들에게 예식의 배신과 음모사실을 모두 설명한 국담은 전쟁준비에 만전을 기했다. '예식의 군사들은 우리보다 훨씬 많음으로 전면전을 벌일 가능성이 높다.' 국담은 전투가 치열해진 틈을 이용해 의자와 함께 성을 탈출할 계획을 세웠다. 절벽바위 아래 강가에는 사공을 미리 대기시켜 두었다. '예식이 어라하를 잡으려고 혈안이 되어 찾을 것이나 절벽으로 탈출하려는 우리의 계획을 눈치 채지 못할 것이다.'

　"백고, 나와 어라하가 절벽바위 쪽으로 이동을 하면 나머지 군사들을 이끌고 성문으로 달려가게. 성문을 부수든 성벽위로 올라가 뛰어 내리든 무조건 탈출해 임존성으로 집결해야 하네."

　국담은 백고에게 이후의 지휘권을 주고 반드시 살아서 임존성으로 갈 것을 신신당부했다.

"좌평어르신을 비롯한 신료 분들은 가만히 계십시오. 저들이 여러 분들까지 해치지는 않을 것입니다. 곧 모시러 오겠습니다."

이렇듯 국담은 예식의 공격을 단순하게 여겼다. 따라서 성문으로 대부분의 군사를 이동시키는 척 하면서 자신은 의자와 함께 배를 타고 탈출을 하면 될 것으로 생각했다. 국담은 군사들을 희생시켜서라도 의자만은 반드시 탈출시키려는 각오를 다지고 있었던 것이다. 국담은 번을 서는 군사들의 교대시간에 맞춰 전투를 치를 생각이었다. 예식의 반란은 의자가 잘 것 같은 시간을 이용해 일어날 것이라고 판단했기 때문이다. 그랬던 국담의 생각이 바뀐 건 역시 첩자로부터 예식의 작전을 전해들은 뒤였다.

"어라하, 저들이 치밀하게 작전을 모색한 것 같습니다. 놈들의 작전대로라면 번을 서는 우리 군사들은 영문도 모른 채 당하고 맙니다. 전면전을 이용해 탈출하려는 계획을 변경해야겠습니다."

"어찌 말인가."

"놈들이 우리 군사들을 치기 전에 선수를 쳐야 할 것 같습니다."

국담의 작전은 이런 것이었다.

─번을 서지 않고 있는 군사를 몰래 잠입시켜 매복한 적들을 처리할 것. 그 자리에 우리 군사들을 매복시킬 것. 적들이 번을 서는 우리 군사를 단도로 찌르려 할 때를 기다려 창으로 선제공격을 할 것. 적들의 교대 조를 처리한 뒤 여세를 몰아 예식의 본영으로 쳐 들어갈 것. 그 사이 군관들은 어라하를 호위하고 절벽바위 쪽으로 이동할 것. 어라하가 무사히 배를 타면 모든 군관들은 나머지 군사들과 힘을 합쳐 성문을 열고 임존성으로 탈출할 것.

국담의 작전 또한 급조된 것이었지만 현재로써는 그 방법밖에 없었다.

"지금으로써는 그 방법밖에 없겠군. 백고는 지금 당장 이 작전을 군관들에게 전달하라."

하지만 백고는 군관들에게 명령을 전달하러 가는 척 하다가 예식의 진영으로 숨어 들어갔다.

"그 말이 어김없는 사실인가."

예군이 시체처럼 싸늘한 표정으로 백고를 째려보았다. 백고가 예군을 올려다보며 오소소 몸을 떨었다. '보면 볼수록 피도 눈물도 없는 야차처럼 생겼구나. 자칫하면 뼈도 못 추스르겠군.' 백고는 예군의 눈빛을 이리저리 피하면서 국담의 작전을 빠짐없이 예식에게 고해 바쳤다. 그러니까 지금 국담과 가장 친한 친구라고 떠벌리고 다녔던 그 백고가 국담을 배신하고 예식의 첩자노릇을 하고 있는 것이다.

백고는 백제 대성팔족 중 백씨집안의 자손이다. 선조들은 하나같이 중앙정계를 주름잡았고 백고역시 전도가 양양한 젊은이였다. 그는 중앙귀족의 자손답게 일찌감치 왕실호위대 역할을 겸했던 수도방위대의 군관으로 들어갔다. 수도방위대의 군관이라면 16관제 중 중간의 관등으로서 8품 시덕이나 9품 고덕쯤 된다. 아주 젊은 나이에 이런 등급으로 출발한데다가 집안의 비호가 있으니 머지않아 고위관직을 차지할 것은 기정사실이었다. 그런데 그 즈음 두세 살이나 어린 국담이 수도방위대로 들어왔다. 국담 역시 백고 못지않은 집안출신인데다가 지력과 용력이 뛰어나 단숨에 백고를 제치고 방위대장 미추의 총애를 독차지 했다. 게다가 미추는 백고보다 훨씬 빨리 국담을 승차시켜 상관노릇을 하게했다. 하지만 미추는 국담에게 항상 이런 말을 했다. "이무기를 없애 나라를 구한 영웅에게 너무 약소한 대접을 하는 것 같군. 하지만 태자와 귀족들이 더 이상 용인을 안 하니, 이거야 원!" 국담은 그럴 때마다 아주 난처한 표정을 지으며 주위를 둘러보곤 했다. 백고는 그런 국담을 상대로 드러나지 않는 질투를 키워가고 있었다. 백고의 질투는 어쩌면 당연한 것인지도 몰랐다. 그럼에도 불구하고 백고는 늘 국담을 추켜세워 주었다. 방위대의 선배이자 나이도 더 많았지만 친구임을 자처했으며 공적인 자리에서는 깍듯이 상관으로 모셨다.

국담을 따라 웅진성으로 들어온 백고는 누구보다 빨리 돌아가는 상황을 간파했다. 그러느라 여기저기 기웃거리며 정보를 입수하고 다녔다. 소정방의 서신이 도착한 날, 백고는 대담하게도 예식의 집무실로 몰래 숨어들었다. 그러다가 소정방이 예식을 지원하겠다는 사실을 알게 되었다. 상황이 예식에게 유리하게 돌아가고 있음을 눈치챈 것이다. 예군은 첩자를 자처하며 개처럼 충성할 것을 맹세하는 백고에게 "간에 붙었다 쓸개에 붙었다 하는 놈이로구나. 너 같은 놈은 찢어 죽여야 마땅하다."며 칼을 빼 들었었다. 하지만 예식의 생각은 달랐다. 비사도리처럼 족쇄만 제대로 채운다면 이용할 가치가 충분하다고 판단한 것이다. 그때 예식의 판단은 정확한 것이었다. 백고가 지금 예식 형제에게 엄청난 정보를 안겨주고 있으니 말이다.

백고의 정보가 없었다면 의자가 절벽바위 쪽으로 도망쳐 배를 타고 탈출하려는 계획도, 이를 속이기 위해 모든 군사들이 성문을 향해 내달릴 것이라는 사실도 몰랐을 것이다. 작전이 바뀌었기 때문에 단도를 준비할 필요도, 매복을 할 필요도 없어졌지만 전군을 희생시켜 탈출을 시도한다는 위장술은 짐작조차 못하고 있었다.

"방령, 저 놈 말이 사실이라면 큰 일 아니오. 또 다시 작전을 변경해야겠네."

"일단 어라하를 잡는 것이 급선무입니다. 군사들을 대거 절벽바위 쪽으로 이동시켜야겠습니다. 이 작전은 자정이 되는 순간 실행되어야 합니다. 그동안은 우리 외에 누구도 알아서는 안 됩니다."

몽글몽글 떠있는 검은 구름들 사이로 들어갔다 나왔다 숨바꼭질을 하던 달이 배롱나무 꼭대기에 걸리자 드디어 자정이 되었다. 동시에 예식의 군사 천여 명이 절벽바위 쪽으로 내달렸다.

벽에도 귀가 있다고 했으니 이러한 사실도 결국엔 국담에게 전달될 것이다. 하지만 국담이 행동을 개시한 후에 사실을 알게 되면 작전은 허사가 되고 백제는 망하게 된다. 이렇듯 웅진성 내에서 벌어지는 첩보전은 촌각을 다투며 날아다니고 있었다.

*

"거, 누구냐!"

신라의 한 병사가 무언가를 발견하고 목청을 돋우었다. 당연히 여자진의 군사들이었다. 군사들은 매복을 한 자세로 잔뜩 움츠리고 있었으나 특별한 은폐물이 없는 작은 언덕 밑에서 고개를 빠끔 내밀고 바스락거리는 시늉만 하고 있었다.

"매, 매복이다. 적들이다!"

무언가를 발견한 신라병사가 또 소리를 질렀다. 그는 자신이 제일 먼저 적을 발견했다는 공명심에 마구 들떠 있었다. 그때 사방에서 여자진의 군사들이 벌떡벌떡 일어나 꽹과리를 치며 오망하게 떠들어 댔다. 하도 요사하고 방정맞은 소리라 신라 군사들의 간담은 짜증을 내며 쭈그러졌다.

"화살을 날려라!"

여자진의 명령에 불화살과 맨 화살이 동시에 쏟아졌다. 여기저기서 신라 군사들의 비명이 터져 나왔다. 신라군의 숫자가 아무리 많다고 하나 한 곳에 몰려있는 이상 함정에 걸린 짐승신세일 수밖에 없었다. 하지만 몇 백의 군사로 3천이라는 대군을 소탕하기란 불가능한 일이다. 여자진은 신라군의 혼을 쏙 빼놓고 후퇴하기 시작했다. 군사들은 열나게 꽹과리를 쳐대며 도망을 쳤다. 여자진의 유인책이었다. 꽹과리 소리와 함께 함성을 지르며 달아남으로써 정무에게 자신의 존재를 알리려는 것이다. 작전은 대 성공, 정무의 정탐병이 여자진을 발견하고 사실을 보고했다.

"뭐라고? 여자진이 이 산속에서 놈들을 공격하고 있단 말이냐?"

다행히 정무는 여자진과 그리 멀지 않은 곳에 숨어 있었다. 골짜기가 깊고 여기저기 바위굴이 많아 숨어있기에는 안성맞춤이었다. 그런데 이제는 숨어있을 필요가 없어졌다. 여자진이 소수의 병력으로 김홍원의 대군을 가지고 논다는 말에 고무된 것이다. 정무는 정탐병에게 자신의 위치를 일러주라고 말한 뒤 여자진을 마중 나갔다.

여자진의 예상대로 김흥원은 꽹과리 소리가 나는 곳을 향해 추격하기 시작했다. 그러면서도 조금 이상한 것은 꽹과리 소리였다.

"근데 저 자식들이 왜 꽹과리를 치면서 지랄을 하는 거야. 도망을 치려면 곱게 도망칠 것이지."

김흥원은 꽹과리를 치며 도망치는 적들이 여자진의 군사들이라는 것은 꿈에도 모르고 있었다. 도망친 정무의 군사들이라면 숫자가 빤했다. 그 정도 숫자라면 유인책이고 뭐고 그냥 밀어붙이면 될 것으로 생각했다. 유인책에 걸려 병사들 몇 백 명쯤 다치는 것은 대수롭지 않게 여겼다. 병사들의 희생으로 적의 위치를 알게 되면 대규모 병력을 투입하여 일망타진하면 그만 이라는 계산을 했다.

여자진은 정무가 있음직한 곳으로 도망치며 끊임없이 화살을 날렸다. 하지만 우거진 나무숲에 화살이 박혀 그리 많은 사상자를 내지는 못했다. 여자진은 정무를 만나는 것이 일차적인 목적이었음으로 날리는 화살은 적의 추격을 저지시키기 위한 엄호용에 불과했다. 여자진은 계속해서 산 속 깊숙한 곳으로 들어갔다. 이때 누군가가 여자진을 부르는 소리가 들렸다. 정무가 보낸 병사였다.

"구마노리성의 여자진 장군님 어디 계십니까?"

여자진은 병사의 안내를 받아 계곡 쪽으로 이동했다.

"여자진장군."

"정무장군님."

참으로 얄궂은 운명이었다. 두 충신은 의자를 살리기 위해 갖가지 방법으로 노력했지만, 결국 김흥원이라는 그다지 신통치 않은 적장에게 잡혀 오도 가도 못하고 있는 신세가 된 것이다.

"이게 어찌된 일인가."

"장군께서 오시지 않아 이렇게 직접 왔습니다."

"참으로 답답한 노릇이로군."

"저 띨띨한 놈만 아니었어도 벌써 자네와 만나 웅진성으로 들어갔을 텐데."

정무는 그간의 사정을 세밀하게 털어 놓았다.

"정말 얄궂은 운명이군요. 어쩌다가 저런 놈에게 걸려……."

"병력 때문이지. 김유신이 우리의 계획을 눈치 챈 것 같네."

"그나저나 한시가 급합니다. 예식이 이미 반란을 일으켰을지도 모릅니다."

"어쩌면 좋겠나."

"놈들이 이 산속으로 들어온 이상 전세는 우리에게 무척 유리합니다."

"역시 그 방법밖에 없겠지. 하지만 놈들을 짧은 시간에 해치우기는 어렵네. 그러다보면 많이 지체될 텐데."

"하는 데까지 해보고 기회를 봐서 웅진성으로 달려가야지요."

"그렇게 해보세. 제발 그때까지 어라하께서 무사하셔야 할 텐데."

"장군, 놈들의 횃불이 코앞입니다. 어서 작전을……."

여자진의 요구에 의해 정무가 내놓은 작전은 이러했다.

―꽹과리를 치는 병사들로 하여금 적을 유인할 것. 병사들을 백명 단위로 묶어 지형이 가파른 커다란 바위 뒤에 매복시킬 것. 적이 가까이 다가오면 바위를 굴리며 맨 화살을 날릴 것. 우왕좌왕하는 적들을 향해 전군 총공격을 할 것. 신호를 하면 일제히 절벽이 있는

계곡 쪽으로 후퇴하는 척 하다가 백 명 단위로 뿔뿔이 흩어져 적의 후미로 갈 것. 적의 후미에서 우렁찬 함성을 지를 것. 궁수들은 화살을 날리며 총공격을 할 것. 다시 신호를 하면 쏜살같이 하산하여 웅진성으로 향할 것.

드디어 정무의 작전이 개시되었다. 잠시 멈추어 있던 꽹과리소리가 다시 살아났다. 병사들이 오망하게 북채를 놀려대자 추격꾼들의 횃불들이 목표를 발견했다. 횃불이 그을음을 날리며 꽹과리 소리가 나는 방향으로 이동했다. 군사들은 이제 꽹과리소리가 지겨워 죽을 지경이다. 산 속 이곳저곳에서 잠을 자던 짐승들도 머리를 이곳저곳에 부비며 괴로워했다. 숲속의 제왕 호랑이는 귀가 찢어질 정도로 짤랑거리는 소리에 어쩌지도 못하고 짜증스런 포효만 계속했다.

"아이고 시끄러워, 정말 짜증나 죽겠네. 야, 얼른 쫓아가서 다 죽여 버려!"

김흥원은 눈꺼풀을 촛불처럼 깜박거리며 짜증을 냈다. 이때 정무의 명령이 떨어졌다.

"바위를 굴려라!"

백제의 군사들은 온 힘을 쏟아 바위를 밀었다. 그러자 집채만 한 바위들이 기우뚱 하더니 데굴데굴 아래로 굴렀다. 가속도가 붙은 바위는 신라의 군사들을 가차 없이 깔아뭉개기 시작했다. 바위에 치인 어떤 병사는 인형처럼 공중으로 날아올라 어디론가 쑤셔 박혔다.

"불화살을 날려라!"

활활 타는 불지옥에 휘발유가 뿌려진 듯했다. 여기저기 화살 꽃이 피어나고 불화살을 맞은 신라 군사들은 싸울 의지를 잃어버렸다.

"무조건 쳐 박혀 숨어. 빨리! 빨리! 빨리!"

가죽갑옷에 붙은 불을 정신없이 끄고 있던 신라의 한 병사가 동생 쯤 되 보이는 또 다른 병사에게 거품 끓는 목소리로 방정을 떨었다. 그러고는 자신도 자그마한 바위 아래 꿩처럼 고개를 처박고 엉덩이를 하늘로 들어 올렸다. 무방비 상태로 노출된 엉덩이에 뜨겁고 따끔한 불화살이 언제 꽂힐지는 아무도 모르는 일이었다. 김흥원도 커다란 바위 아래 몸을 숨기고 이리저리 눈알을 굴리며 도와줄 사람을 기다릴 정도였다.

화살세례가 멈추었다. 잔뜩 움츠리며 숨어있던 신라 군사들이 하나둘 고개를 들기 시작했다. 여기저기 쓰러져 있던 신라 군사들이 고통스럽게 신음하고 있었다. 바위와 화살에 죽거나 다친 군사들이 수백 명에 달했다. 김흥원이 정신을 차리고 고개를 빠끔 내밀자 또다시 꽹과리소리가 들리기 시작했다. 이에 신라 군사들은 반사적으로 고개를 쳐 박았다. 김흥원의 솜털도 곤두섰다. 하지만 군대의 수장으로서 더 이상 숨어있을 수만은 없는 일이었다. 꽹과리소리가 점점 멀어지기 시작했다.

"저 놈들을 지옥 끝까지라도 쫓아가서 죽여 버려라!"

이 마당에 김흥원의 명령이 제대로 먹힐 리가 만무했다. 사태가 이 정도라면 마지막 수단을 써야 한다. 김흥원은 칼을 빼들고 명령을 이행하지 않는 한 병사의 목을 쳤다. 이래도 죽고 저래도 죽는 상황에서 군사들이 해야 할 선택은 빠했다. 군사들은 열흘 굶은 개처럼 비실거리며 꽹과리소리를 따라 무거운 발걸음을 옮겼다. 김흥원은 군관들에게 빨리 뛰지 않는 병사들을 채찍으로 때리라했다. 꽹과리소리가 동쪽으로 점점 멀어지다가 환청처럼 들렸다.

"선두는 추격을 멈추어라!"

무슨 생각이 들었는지 김흥원이 추격을 멈추게 했다. 조금 전 당했던 일이 생각났기 때문이었다. '이놈들이 또 흉악한 수작을 꾸미고 있는 것이 분명하다.' 김흥원은 그제야 나름대로 작전을 생각하기 시작했다. '매복을 하고 있다가 기습을 하겠지. 더 이상 당해서는 안 된다.' 워낙에 많은 병력이었기에 어디서건 그냥 밀어붙이면 될 것이라는 생각을 하고 있었지만, 깊고 험한 산 속에서는 통하지 않는다는 사실을 이제야 깨달은 것이다. 김흥원은 결국 병력을 여럿으로 나누어 포위망을 좁혀가는 작전을 쓰기로 했다.

"놈들은 분명 꽹과리소리가 나는 곳 어딘가에 숨어있을 것이다. 부상병을 뺀 나머지 병력을 육백 명 단위로 나누어 수색작업을 벌인다."

6백 명도 적지 않은 단위의 부대였다. 김흥원은 부대를 넷으로 나누어 동 남북 방향으로 배치했다. 그리고 일단 꽹과리소리가 나는 동쪽 절벽바위를 향해 6백 명을 전진시켰다. 이들은 일종의 선발대이자 희생양이었다. 자신이 속한 또 한 부대는 선발대의 뒤를 멀찌감치 떨어져서 따라가게 했고, 나머지 두 부대는 북쪽과 남쪽으로 이동해 동쪽으로 전진케 했다. 선발대는 숫자를 부풀려 보이기 위해 횡렬로 드문드문 늘어세워 전진케 했으며 횃불을 환하게 밝히도록 했다.

"선발대 이외의 군사들은 횃불을 끄고 벙어리처럼 이동하라!"

김흥원은 백제군이 횃불을 보고 선발대를 공격할 때 나머지 부대원들을 쏟아 부어 한꺼번에 소탕해버리는 작전을 쓰기로 한 것이다. 과연 그럴듯한 작전이었다. 하지만 정무의 작전은 이들을 절벽바위로 몰아 낭떠러지로 떨어뜨리려는 것이었으니 그대로만 된다면 온갖 짐승들의 10년 치 식량은 될 것이다.

김흥원은 자신의 작전이 매우 훌륭하다고 생각했지만 확신이 서지 않아 부관에게 물었다.

"어떤가?"

"매우 훌륭한 작전 같습니다. 오늘밤 안으로 놈들을 완전히 소탕하고 날이 새면 본진으로 돌아가게 될 것입니다. 그리되면 장군은 신라의 영웅이 되는 것입니다."

부관은 김흥원이 굳이 한밤중에 백제군을 정벌하려는 것이 마땅치 않았지만 이번 작전은 정말로 마음에 들었다. 그 작전대로라면 일찌감치 소탕을 끝낼 수도 있으니 하룻밤쯤은 고생을 해도 괜찮다는 생각을 했다. 부관의 동의를 얻은 김흥원은 신이 났다.

"그럼, 당장 작전을 개시하라!"

김흥원은 선발대를 뒤따르는 부대의 맨 뒤에 서서 군관들의 호위를 받으며 천천히 걸어갔다. 병사들도 김흥원의 작전이 마음에 들었는지 조금은 민첩하게 움직이기 시작했다. 횃불을 치켜든 선발대에게는 일부러 크게 떠들며 전진하라고 했지만 아무런 소리를 내지 못했다. 생사의 기로에서 오는 긴장감이 그들의 입을 막아버린 것이다. 하지만 아무리 전진을 해도 사라져버린 꽹과리소리는 다시 들리지 않았다.

이제 조금만 더 걸으면 문제의 절벽바위이다. 신라의 선발대는 물론 선발대를 뒤따르는 부대원들과 남과 북에서 포위망을 좁혀가던 부대원들은 눈앞에 절벽이 있는 줄도 모르고 마른 침만 꼴깍꼴깍 삼켰다. 검고 거대한 구름덩어리가 달빛을 삼키자 칠악산에 떠다니는 공기가 모두 죽어버린 것 같았다. 극도의 긴장감에 오금을 저리던 선발대의 한 병사가 다리를 후들거리며 털썩 주저앉았다. 그러자 여기저기서 긴 한숨이 새어 나오며 주저앉는 병사들이 늘어났다.

"뭐하는 짓들이냐. 빨리 일어서지 못해!"

군관의 명령에 내려앉은 횃불이 일어서고 또 다른 횃불이 주저앉았다. 김홍원이 멀리서 지켜보니 횃불들이 파도타기를 하고 있는 것 같았다. '저건 또 뭔 짓들인가.' 횃불들의 춤을 보고 있던 김홍원이 이상한 예감이 들어 뒤를 돌아보았다.

"앗!"

엄청나게 커다란 물체가 자신을 향해 미끄러지듯 달려오고 있었던 것이다. 산 같은 물체는 하나둘이 아니었다. 여기저기 크고 작은 산들이 달려오자 모든 군사들의 고개가 뒤로 돌아갔다.

"앗, 저, 저건!"

산 같은 물체에서 우레와 같은 소리가 들리고 횃불이 하나둘씩 켜졌다. 정무와 여자진이었다. 그들은 꽹과리부대원 백여 명으로 하여금 적을 유인하게 한 뒤 잽싸게 김홍원의 후미로 돌아갔다. 꽹과리를 치던 군사들은 본래 궁수부대원들로서 절벽바위 쪽에 매복해 있었다. 산 같은 물체들이 횃불을 들고 달려들자 김홍원의 군사들은 뒤도 돌아보지 않고 절벽바위 쪽으로 뛰었다. 백제의 궁수들이 이를 그냥 지켜볼 리 만무했다. 궁수들은 화살에 불을 댕겨 신라군을 향해 쐈다. 앞과 뒤에서 공격을 당하자 신라의 군사들은 뿔뿔이 흩어져 도망치기 시작했다. 하지만 거대한 산들이 다가오는 뒤쪽으로는 도망칠 수 없었다. 거대한 산 속에서 길게 호각소리가 났다. 그러자 백제의 궁수들이 활을 거두고 순식간에 절벽바위 아래 계곡으로 내려가기 시작했다. 궁수들이 사라지자 신라의 군사들은 절벽바위 쪽으로 무작정 내달렸다. 하지만 그곳은 천길 낭떠러지였다. 그렇게 낭떠러지로 떨어져 죽은 군사가 수백 명에 달했다.

"낭떠러지다. 그만 멈추어라!"

김흥원이 그제서 사태를 파악했다. '또 당했구나. 이런 쓰벌!'

"전열을 정비하라. 놈들과 정면 대결을 벌인다."

김흥원이 서둘러 전열을 정비했지만 정무와 여자진은 사라지고 없었다.

정무와 여자진은 김흥원과의 전투에서 대승을 거두었다. 이제 작전대로 의자가 있는 웅진성을 향해 내달릴 차례다. 그들이 도착할 때까지 웅진성의 의자가 무사할지는 모를 일이다.

최후의 결전

임존성의 흑치상지는 아무리 복신이 안달복달해도 끄떡도 하지 않았다. "어라하께서 파천한 지 나흘째며 예식이 어라하를 잡아 바치면 백제는 끝이고 흑치상지도 끝"이라는 복신의 협박은 먹히지 않았다. 흑치상지는 오히려 복신의 '끝'이라는 협박에서 답을 얻었다. 흑치상지는 예식의 배신으로 의자가 소정방의 포로가 된다 해도 크게 개의치 않았다. 의자는 백제의 왕으로서 그만한 대접을 받을 것이라고 믿었다.

'어라하께서 웅진성으로 파천하신지 나흘째다. 흑치상지는 기어코 군사 삼만이 모아져야 웅진성으로 가겠다고 한다. 저 자는 지금 술에 취해 비몽사몽이다. 저 자의 술이 깨고 군사를 모으러 나간다 해도 오늘은 어려울 것이다. 오늘 밤이 고비인 것 같은데 내일 군사를 모아 달려간들 무슨 소용이랴. 무슨 수작인지 저자의 고집은 도저히 꺾을 수 없다. 그렇다면 나라도 웅진성으로 가야 하는데 나 혼자서 무슨 도움이 된단 말인가.' 복신은 다시 잠자리에 들려는 흑치상지를 깨워 애원하듯 말했다.

"이보게 방령, 지금 모은 만오천 명의 군사 중 오천 명만 빌려주게. 내가 먼저 웅진성으로 갈 테니 자네는 나머지 군사가 모아지는 대로 오게."

"안 됩니다. 반드시 삼만을 모아야 승산이 있습니다."

"아니, 웅진성 내 예식의 군사들이라고 해봐야 겨우 몇 천에 불과한데 만 오천으로 승산이 없다니. 이거 너무 억지 아닌가."

억지는 분명한 억지였다. 하지만 논리로는 그 억지를 꺾을 수 없는 것이 현실이었다. 복신은 흑치상지가 딴 마음이 있음을 확신했다. 그렇다면 다른 방도를 써야 하는 것이다.

"그럼, 이천이라도 내 주게."

흑치상지는 귀찮아 죽겠다는 표정을 지었다.

"아, 잠 좀 자고요."

물러날 복신이 아니었다. 흑치상지의 성격에 다른 사람 같으면 칼을 빼들고 목을 쳐 버렸을 것이다. 하지만 복신은 신망 높은 왕족이자 좌평이었다. 흑치상지는 더 이상 어쩌지 못하고 군사 천 명을 내주겠다고 했다.

1천 명의 군사를 얻은 복신은 서둘러 병장기를 챙기고 어수선한 군대를 수습했다. 복신이 말을 몰아 웅진성으로 달려가는 동안 밤은 깊어만 갔다. 7월의 청개구리들이 구슬프게 울자 하늘은 급격하게 어두워졌다.

*

자정이 되었는데도 웅진성에서는 북소리가 들리지 않았다. 교대를 기다리고 있던 국답의 군사들이 우왕좌왕했다.

"장군, 매복이 없습니다."

매복한 예식의 군사들을 처치하려던 군관이 헐레벌떡 달려와 보고를 했다.

"이게 어찌된 일인가."

의자가 읊조리듯 물었다. 국담이 이마에 손을 대고 생각에 빠졌다. '예식의 왕국이라더니 첩보전에서도 밀리는구나.'

"정보가 잘못됐거나 놈들의 작전이 변경된 것 같습니다."

"그럼 어찌한단 말인가."

"교대조는 오지 않을 것……."

국담이 급하게 말끝을 잘랐다. 이상한 낌새를 눈치 챈 것이다.

"모두 납작 엎드려라!"

국담의 명령이 떨어지자마자 예식의 진영에서 불화살들이 날아들었다. 국담의 병사들 중 누군가가 벌떡 일어나 발로 불을 짓이겼다.

"몸을 일으키지 마라!"

성급하게 몸을 일으킨 군사들을 향해 예식의 맨 화살이 쏟아졌다. 순식간에 수십 명이 고꾸라졌다. 군사들은 방패를 우산처럼 들어 올려 화살을 막아냈다. 하지만 예식은 계속해서 활을 쏘라고 명령했다. 화살이 방패에 붙인 철판 사이를 뚫고 들어오자 철판이 너덜너덜해졌다. 방패를 거머쥔 군사들은 깜짝 놀라 머리를 깊숙이 땅으로 처박았다.

"절대로 머리를 들지 마라. 일어나지 마라!"

국담은 예식의 화살이 소진되어 멈출 때를 기다렸다. '놈들의 화살이 소진되는 순간을 기다려 떨어진 화살을 수거한다. 수거한 화살을 날린다. 적들이 화살을 피하느라 혼란한 틈을 이용해 총공격을 한다. 전면전이 벌어지면 어라하를 모시고 절벽바위로 이동한다.' 원래의 작전대로 행하려는 것이다. 그때 방패를 두 개나 뒤집어 쓴 군사 한 명이 국담과 의자의 곁으로 달려왔다. 의자에 대한 충성심이 남달라 국담의 첩자가 된 예식의 군관이었다. 그가 자정이 되기 전에 백고의 배신을 알게 된 일은 국담으로서는 천운이 아닐 수 없었다. 군관은 적진으로 숨어들어가는 백고의 행동을 이상하게 여겨 아무도 모르게 염탐을 했다. 그는 백고로 인한 예식 형제의 비밀작전을 듣자마자 국담의 진영으로 달려갔다. 그가 빠르게 움직이지 않았으면 국담은 이러한 사실을 까맣게 모른 채 의자와 군관 십여 명만을 데리고 절벽바위로 이동했을 것이다.

"어라하, 백고란 놈이 배신을 했습니다. 예식은 백고의 토설로 또 작전을 변경했습니다. 놈들은 어라하께서 탈출하실 절벽바위 쪽으로 군사 천여 명을 보냈습니다."

군관은 국담의 군관들이 의자의 탈출을 도운 뒤 나머지 군사들과 함께 성문을 칠 것이라는 것도 알고 있다고 말했다.

"배, 백고가 어찌……."

국담은 도저히 믿을 수 없는 사실에 어안이 벙벙해졌다.

"그렇다면 모든 성문을 놈들이 막고 있겠군."

"그렇습니다. 어라하, 성문을 막고 있는 놈들은 유사 시 호각소리로 소통한다고 합니다."

국담은 군관과 의자가 나누는 대화가 들리지 않았다. 상상조차 할 수 없었던 백고의 배신이 국담을 무기력하게 만든 것이다.

"그럼, 지금 화살을 쏜 놈들은 몇 안 되겠군."

"그렇습니다. 어라하, 저기를 자세히 보십시오. 예식이 궁수부대원들만 데리고 이쪽을 보고 있지 않습니까."

"저런 간악한 놈. 주변에 쓸데없는 횃불만 잔뜩 켜두고 군사가 많은 것처럼 위장하고 있군. 그나저나 이보게 달솔, 자네는 왜 그리 얼이 빠져있나."

의자가 초점 없는 눈망울로 하늘을 올려다보고 있는 국담의 어깨를 툭툭 쳤다.

그제야 정신을 차린 국담은 상황을 파악하기 위해서 화살이 날아온 방향을 자세히 살펴보았다. 수많은 횃불이 펄럭이고 있었지만 실제로 군사들은 그리 많지 않았다. 군관의 말대로 화살을 쏘는 군사 몇 백 명뿐이었다.

"어라하, 화살을 쏘는 놈들뿐입니다. 그런데 저기 예식이 보입니다. 놈이 무슨 수작을 부리는 걸까요."

"이 사람, 친구의 배신에 정신이 나갔구먼. 하기야 믿었던 사람들이 다 배신을 하고. 바야흐로 배신의 시대일세 그려, 하. 하. 하."

의자는 그 와중에도 너털웃음을 터뜨렸다. 그의 웃음에는 진한 상실감이 배어 있었다. 또한 어느 정도 포기의 의미도 들어 있었다. 의자의 웃음과 함께 쏟아지던 화살이 멈추었다. 국담의 당초 계획대로라면 이제 적의 화살을 주어 되돌려 주어야 한다. 하지만 그럴 필요가 없어졌다. 얼마 되지 않는 적을 향해 화살을 날려본들 그리 큰 효과가 없을 것이기 때문이다.

"예식은 궁수부대원과 일부 보병만 전진배치하고 나머지는 절벽바위와 각 성문으로 보냈겠군요."

"아, 그렇다지 않나. 군사력의 우위를 앞세워 철통방위를 하겠다는 것이겠지.

"백고라는 놈이 우리의 작전을 알려주지 않았으면 이렇게까지 되지는 않았을 텐데."

"그만, 그만 하게. 지금 그놈의 배신에 분노만 하고 있을 때가 아니야."

"어라하, 송구합니다."

국담은 머리를 조아린 뒤 벌떡 일어났다.

"궁수들은 적의 화살을 주워 단 한 발씩만 날려라!"

잠시 시간을 벌기 위한 엄호용 화살이었다.

"저 놈들이 발악을 하는군."

국담의 화살이 날아들자 예식은 가소롭다는 듯이 코웃음을 쳤다. 하지만 군사들은 화살을 피하느라 이리저리 도망 다니기 바빴다.

"방패로 막고 전열을 흩트리지 마라!"

예식은 국담이 활을 쏘며 대응할 줄은 몰랐다. 대량으로 쏟아 부은 화살을 피한 뒤 각자 예정된 장소로 빠르게 이동할 줄 알았다. 예식은 더 이상의 화살이 날아오지 않자 국담과 의자를 예의주시했다. '활로 응대를 했다면 잠시 후 활을 몇 번 더 쏠 것이다. 그리고 국담은 의자와 함께 절벽바위 쪽으로 도망을 치겠지. 나머지 군사들은 이쪽을 향할 것이고. 형님은 국담을 막고 의자를 잡을 것이다.' 예식은 국담의 군사들이 자신을 향해 공격하기만을 기다리고 있었다. '국담이 없는 군대는 오합지졸에 불과하다. 놈들이 미리 파둔 함정에 빠져 허우적거릴 때 한꺼번에 때려잡는다.' 예식은 함정에서 탈출한 군사들이 성문으로 도망치면 기다리고 있던 자신의 군사들이 아주 쉽게 처치할 수 있을 것으로 생각했다.

　예식은 국담이 더 이상의 화살을 쏘지 않자 조금 의아하게 생각했다. 계산대로라면 몇 차례의 화살이 더 날아와야 했다. 예식이 사태를 파악하기 위해 잠시 뜸을 들이는 동안 국담은 빠르게 작전을 지시했다.

　국담의 작전은 특별히 달라진 것이 없었다. 달라진 것이 있다면 이전처럼 군사를 나누지 않고 모두가 함께 움직이는 것이었다. 국담은 예식을 무시하고 전군을 절벽바위 쪽으로 향하게 했다. 국담이 상대해야 할 적은 3천이 아니라 절벽바위에 있는 1천 명의 군사였다. '삼천이 아니라 천 명이라면 충분히 승산이 있다. 백고가 배신을 했으니 사공의 생사를 확인해야 한다. 사공이 살아있으면 배를 타고 어라하를 모시면 되고 죽었다면 죽을 각오로 성문을 향해 돌진한다. 일단 놈들의 주력부대를 무너뜨려 놓으면 탈출이 수월할 수도 있다.' 예식이 이러한 국담의 의도를 알았다면 자신의 머리카락을 쥐어뜯으며 '바보'라고 했을지도 모른다. 국담의 예상대로 자신의 주력부대가 갑자기 당한다면 군사들은 뿔뿔이 흩어질 것이며 성문으로 탈출하는 국담을 쉬 막아내기가 어려울 것이기 때문이다.

　"모두 절벽바위를 향해 달려가라!"

　국담의 명령에 전군이 우레와 같은 소리를 지르며 절벽바위를 향해 뛰었다. 거센 바람에 떠밀린 검은 구름도 국담의 군사들을 따라 절벽바위 쪽으로 날아갔다. 갑작스럽게 벌어진 돌발 상황에 예식의 눈이 휘둥그레졌다. '아니, 놈들이 이쪽으로 오지 않고 왜 저쪽으로 뛰는 거야. 앗! 저쪽은 형님이 지키고 있는 절벽바위 방향이다. 왜 저리로 가는 걸까. 그새 우리의 작전을 눈치 챈 걸까? 아니다. 순식간에 벌인 작전을 귀신이 아닌 이상 어떻게 안단 말인가.' 예식의 머리가 복잡해졌다. 잔뜩 벼르고 있던 일이 허사로 돌아가자 망치로 머리를 얻어맞은 느낌이 들며 기분이 더러워졌다. 열심히 함정을 파두고 손쉽게 때려잡으려던 작전이 허사가 되어 버린 것이다. 그렇다고 무작정 국담을 쫓아 달려 갈수도 없었다. 함정일 수도 있다는 생각이 들었기 때문이다. 하지만 그대로 있을 수도 없었다. 특별한 수를 낼 수 없었던 예식은 엉거주춤 국담의 군사들을 쫓아갔다. 예식이 아무것도 모르며 국담을 따라 달리는 것은 사실 체면을 잔뜩 구기는 일이었다.

1천 명의 군사와 함께 절벽바위를 지키고 있던 예군은 군관 몇 명을 데리고 바위 아래로 내려갔다. 의자를 기다리고 있다는 사공을 붙잡기 위함이었다. 그러한 사실을 까마득하게 모르고 있었던 사공은 물거품이 이는 검은 바위 밑에 배를 대고 숨어 있었다. 사공은 며칠 전 사비성을 탈출한 의자일행을 배에 태웠던 때를 생각했다. 온갖 이상한 괴물들이 출연했던 그날, 사공은 매우 불길한 예감이 들었다. 다행히 국담의 용력으로 위기는 모면했지만 머지않아 백제에 커다란 액운이 미칠 것을 감지했다.

웅진성으로 들어간 의자는 당장이라도 지방군이 올 것처럼 큰소리를 쳤으나 여태 개미새끼 한 마리 얼씬거리지 않고 있다. 그런 상태로 이틀, 사흘, 결국엔 닷새 만에 성주를 피해 도망치려 하고 있는 것이다. '건길지께서 무탈하게 내려 오셔야 할 텐데…….' 만고의 충신

298

이었던 사공은 웅진성에서마저 도망쳐 나오려는 의자를 원망하지 않았다. 그는 의자가 곧 백제라고 생각하며 오직 의자의 안위만을 걱정하고 있었다.

예군이 사공을 찾는 데는 특별한 어려움이 없었다. 예군은 간악하게도 의자의 일행흉내를 내며 사공을 나지막한 목소리로 불렀다. '아! 건길지께서 무사하시니 정말 다행이구나.' 생각보다 좀 빨리 나타나긴 했지만 사공은 아무런 의심 없이 예군의 부름에 응답했다.

"건길지, 이쪽입니다."

하지만 사공의 앞에 나타난 사람은 의자가 아니었다.

"거, 건길지는 어디 있소. 당신들은 누구요."

"그건 알 것 없다. 의자는 이곳에 나타나지 않을 것이다. 살고 싶으면 당장 배를 저어 이곳을 떠나라. 그렇지 않으면 죽여 버릴 것이다."

"나는 건길지를 모시러 온 사람이오. 건길지께서 오실 때까지 이곳에서 한 발작도 움직이지 않을 것이오."

사공의 완고한 태도에 예군은 더 이상 시간낭비를 할 필요가 없다는 판단을 했다. 그 역시 무고한 살상은 하고 싶지 않았던 터라 사공에게 살 수 있는 기회를 준 것이다. 하지만 사공을 살려두었다가 의자가 구사일생으로 배를 탄다면 거사는 실패를 할 것이기에 후환을 없애지 않을 수 없었다. 사공과 배가 없어진다면 의자가 절벽바위 아래로 내려온다 해도 강을 건너지는 못할 것이다. 이 또한 백고의 정보 때문에 알아챈 사실이니 백고는 예식에 버금가는 역적질을 하고만 것이다. 예군이 다시 한 번 협박을 했다.

"나는 너를 죽이고 싶지는 않다. 당장 이곳을 떠나라!"

예군이 칼을 뽑아 사공의 코앞에 바짝 갖다 댔다. 그러고는 예리한 칼끝으로 사공의 콧잔등을 콕콕 찔렀다. 콧잔등이 싸하게 아리며 빨간 핏방울이 송골송골 맺혔다. 등줄기에도 굵은 땀방울이 맺혀 주르륵 흘러 내렸다. 하지만 사공은 굴하지 않았다.

"이제 보니 당신들은 웅진성의 배신자들이군. 죽여라! 여기서 죽는다 해도 나는 건길지를 기다릴 것이다. 건길지는 우리 백제다. 나는 죽어도 백제를 배신하지 않을 거다."

더 이상 재고의 여지가 없었다. 일을 빨리 처리하고 성으로 다시 돌아가야 했기 때문이다. 예군이 사공의 콧잔등에서 칼을 거두어 허공으로 들어 올렸다. 사공의 목은 단칼에 잘려 물거품이 이는 검은 바위 아래로 떨어졌다. 잘린 목은 물밑으로 가라앉으면서 검붉은 피를 분수처럼 뿜어냈다. 피의 분수는 더욱 높이 솟구쳐 강물위로 떨어져 내렸다. 사공의 피는 강물을 뒤덮고 벌판과 산으로 올라가 하늘까지 붉게 물들였다. 그 장면을 본 예군은 다리를 후들후들 떨며 일어서지 못했다.

"자, 장군. 왜 이러십니까."

군관이 예군을 부축해 일으키려 했지만 예군의 다리는 완전히 풀려 물먹은 지푸라기 같았다.

"저, 저것이 안 보이나?"

예군은 식초에 절어 흐물흐물해진 것 같은 목소리로 겨우 말문을 열었다.

"뭐가 말입니까?"

"저 피바다가 보이지 않느냐고."

"아, 안 보이는데요."

서둘러 성내 절벽바위 쪽으로 올라가야함에도 불구하고 예군과 그 부하들은 쉽게 일어서지 못했다.

금세 돌아온다던 예군이 감감무소식이자 절벽바위에 모여 있던 군사들이 술렁였다. 수장이 없는 예군의 군대는 오합지졸이나 다름없었다. 웅진성은 군대의 권력을 오직 예군에게로만 집중시켜 놓았기 때문에 부장이 있다한들 허수아비에 불과했다. 하기야 그런 권력구조는 국담쪽도 마찬가지였지만 국담은 의자와의 탈출 이후의 권력을 백고에게 이임해 두었다. 허나 백고의 배신으로 국담의 군대역시 예군의 군대와 다를 바 없었으니 당시 웅진성내 두 세력은 정상이 아니었다.

"앗! 저, 저건!"

절벽바위를 지키고 있던 예군의 병사 한 명이 손가락으로 뭔가를 가리키며 소리를 질렀다. 병사는 엄청난 규모의 검은 무리가 달려오는 것을 보고 손가락을 바들바들 떨었다. 호각을 불어 상황에 대처할 틈도 없었다. 비록 급조된 것이었지만 국담의 작전이 제대로 먹히는 순간이었다.

"단숨에 놈들을 쓸어버려라!"

국담의 명령에 군사들이 넋 빠진 악마들처럼 달려갔다. 예군의 군사들은 국담군의 기세에 눌려 사분오열 흩어졌다. 하지만 이들을 지휘할 장수가 없었다. 예군의 부관들이 있었지만 마땅히 대처할 수 있는 방법을 떠올리지 못했다. 무주공산, 국담의 군사들은 주인 없는 산을 아주 손쉽게 차지하듯 아무런 거리낌 없이 예군의 군사들 속으로 들어갔다.

병장기 부딪치는 소리가 요란한 가운데 예군의 군사들은 싸울 의지를 잃고 이곳저곳으로 도망치기 바빴다. 이에 국담의 군사들도 무지막지한 살상행위는 하지 않았다. 비록 편은 가르고 있지만 따지고 보면 이웃사촌이다. 국담의 군사들은 도망치는 예군의 군사들을 밀어 넘어뜨리거나 부득이한 경우에는 가볍게 상처만 냈다. 하지만 반드시 죽여 이겨야만 하는 전쟁에서 어설픈 동정은 오히려 화를 부르는 법이다. 억울하게 죽은 사공의 원한을 알았더라면 이렇듯 쓸데없는 인정은 베풀지 않았을 것이다. 국담의 군사들은 도망치는 예군의 군사들을 지독하게 쫓지 않았고 그것이 화근이 되었다. 국담은 자신의 군사들이 그토록 어설프게 전쟁에 임할 줄은 상상조차 하지 못했다. 그들이 어설픈 인정을 베풀지 않고 파상공세로 제압했더라면 국담의 작전은 무난히 성공했을지도 모른다.

사공을 죽인 예군이 절벽바위로 올라와 자신의 군사들이 도망치는 모습을 보았다. 예군의 눈빛에 살기가 돌았다. 예군은 자신의 위치를 알리는 호각을 불면서 국담의 군사들을 무자비하게 베어내기 시작했다. 예군의 칼을 맞은 군사들의 목이 떨어져 땅바닥에 나뒹굴었다. 군사들을 하나로 모은 예군이 추상같은 명령을 내렸다.

"쓸데없는 인정을 베풀면 안 된다. 그러다가는 너희들이 먼저 죽는다. 적들을 사정없이 죽여라!"

전쟁이란 그런 것이다. 어느 쪽의 기세가 더 끓어올랐느냐에 따라

판세가 돌변한다. 조금 전까지만 해도 사기는 국담군이 더 높았으나 이제는 예식군 쪽으로 기울고 있었다. 작은 승리에 도취된 국담의 군사들은 인정을 베풀었고 그로인해 마음이 해이해졌다.

"저기 예군이 있다. 쳐라!"

국담이 예군을 발견했다. 예군은 강으로 내려가는 길목을 지키는 척하며 달려드는 군사들을 가차 없이 베었다. 하지만 사공이 이미 죽었는데 예군이 강으로 내려가는 길목을 지킬 필요는 없었다. 예군이 길목을 지키며 싸우고 있는 이유는 일종의 기만술이었다. 그렇게 함으로써 강가에서 의자를 기다리는 사공은 아직까지 살아있는 것이 된다. 국담의 당초 목적이 의자를 배에 태워 탈출시키는 것이었다면 군사들이 접전을 벌이는 동안 사공을 만나러 강가로 내려가 볼 것이다. 하지만 이미 사공은 죽었고 의자와 국담은 강을 건너지 못하게 된다. 수도방위대의 군관들이 있다고는 하지만 일반백성을 중심으로 구성된 군대를 쳐부수는 일은 식은 죽 먹기일 것이다.

예군이 건재한 것을 확인하자 미처 도망치지 못한 군사들이 힘을 얻었다. 그들은 죽기 살기로 병장기를 휘둘러 국담의 군사들을 물리쳤다.

"아까만 해도 살려달라고 목소리를 쥐어짜던 놈들이 이젠 악귀로 변했구나."

국담의 군사들 중 백발의 노인이 고함을 지르며 칼을 휘둘렀다. 그러자 옆에 있던 군사들도 이성을 잃었다. 조금 전까지 살살 봐주며 퇴로를 만들어주던 사람들이 아니었다. 덕분에 사기는 저절로 올라 전쟁 같은 전쟁이 되었지만 사람의 마음을 한 순간에 악마로 만드는 것도 전쟁이었다.

"어라하, 소신이 저 예군을 없애겠습니다. 혹시 사공이 살아 있을지 모르니 절벽바위 아래로 내려가 보십시오. 사공이 있다면 그 길로 배를 타고 없다면 다시 올라 오시면 됩니다. 군관들은 어라하를 모셔라!"

하지만 의자는 국담의 말을 듣지 않았다. 몸과 마음이 만신창이가 되었기 때문일까. 의자는 갑자기 오기가 발동해 눈에 뵈는 것이 없어졌다.

"내 갑옷을 가져오너라. 내가 직접 저 놈들을 쳐부술 것이다."

"어라하, 안 됩니다. 어라하의 안전은 저희들이 책임질 테니 어라하까지 나설 필요는 없습니다."

국담의 만류에도 의자는 고집을 꺾지 않았다. '죽더라도 백제의 대왕으로서 죽을 것이다.' 국담은 의자의 비장한 각오를 알지 못했다. 의자는 별똥별에 의미를 두는 순간부터 자신의 운명을 비관적으로 생각하고 있었다. 하지만 국담은 반드시 의자를 피신시킬 수 있으며 의자로 인해 백제가 회생할 것이라는 것을 굳게 믿고 있었다. 같은 공간, 같은 처지에서 함께 호흡하는 두 사람의 마음이 서로 달랐던 것이다. 의자는 어느새 휘황찬란한 황금색 갑옷으로 갈아입고 칼을 빼들었다.

"자, 이제부터 나를 따르라. 저 간악한 배신자들을 내가 직접 처단할 것이다."

한 때 전쟁의 영웅으로 불렸던 의자의 기상이 되살아났다. 의자는 국담이 인도한 강가로 내려갈 생각을 하지 않았다. 백고의 배신으로 사공이 죽었을 것이라고 확신했기 때문이다. 의자는 적진 깊숙한 곳으로 들어가며 칼을 휘둘렀다. 의자가 휘두른 칼에 적들의 목이 처마 끝에 매달린 고드름 잘리듯 떨어져 나갔다.

"어라하, 적진으로 너무 깊이 들어가시면 안 됩니다."

국담이 아무리 뜯어 말려도 소용이 없었다.

"저기 어라하가 있다. 쳐라!"

각 성문에 배치된 군사를 하나로 모은 예식이 의자를 발견하고 공격명령을 내렸다. 예식의 군사들이 몰려들자 아군적군 할 것 없이 얽히고설켜 아수라장이 되었다. 누가 누구인지, 아군인지 적군인지 구별을 할 수 없는 칠흑 같은 밤에 벌이는 전투, 국담의 군세가 비록 열세였지만 일당백의 방위대 군관들이 있다. 이런 상황이라면 전멸이다. 국담은 의자에게 위협을 가하는 군사들의 목을 쳤다. 국담의 칼에서는 푸른빛이 발광되지 않았다. 적과 아군이 뒤엉켜 아군마저도 빛에 희생될 수 있었기 때문이다. 예식의 군관들은 황금빛 갑옷을 입어 눈에 잘 띄는 의자를 잡아 공을 세우고 싶었지만 감히 국담에게 대들 용기를 내지 못했다. 덕분에 의자의 칼은 아무런 방해를 받지 않았다. 얼굴이 피범벅이 된 의자는 판단능력을 완전히 잃어버려 지금 죽이고 있는 사람들이 자신의 백성들인 줄도 몰랐다. 처참한 전쟁은 그렇게 한 시간 이상 지속됐다.

"전군 후퇴하라!"

전황을 눈치 챈 예식의 진영에서 후퇴명령이 떨어졌다. 어느새 남쪽으로 이동한 예군이 내린 명령이었다. 그럼으로 국담과 예군의 군대는 남북으로 갈라져 대치상황이 되었다. 북쪽은 강가로 내려가는 방향이었다. 예씨 형제는 국담이 의자를 데리고 절벽바위 아래로 내려가기만을 기다리고 있었다. 의자와 국담이 절벽바위 아래로 내려가면 전쟁은 아주 가볍게 종료될 것이다.

"의자가 절벽바위 아래로 가본들 이미 사공은 죽고 배는 없네. 헤엄을 쳐 강을 건널 수는 없을 테고 다시 올라올 수밖에 없을 테지."

"놈들이 우리의 마지막 작전을 눈치 챈 모양입니다. 하지만 사공을 죽인 일은 참 잘하셨습니다. 그렇지 않았으면 의자를 놓칠 뻔 했어요."

"아무리 그래도 자정 즉시 펼친 작전을 어찌 그리 빨리 알았을까? 하기야 이미 지난 일일세. 어쨌든 의자와 국담이 강을 건너지 못하고 다시 올라온들 이미 저들의 군사들은 초토화되었을 테고, 그때는 아무리 국담이라 해도 어쩌지 못할 걸세."

예씨 형제는 국담과 의자를 주시하며 군사들에게 다음 명령이 있을 때까지 함부로 행동하지 말라고 단단히 주의를 주었다. '사공은 충신이며 지혜로운 사람이다. 사공이 미리 알고 숨었다면 발견하지 못했을 것이다. 놈들이 절벽바위로 가는 길목을 막고 죽기로 싸웠다. 그렇다면 사공이 살아 있을 수도 있다.' 국담은 의자에게 절벽바위 아래로 내려갈 것을 다시 말하려다가 조금 꺼림직한 생각이 들었다.

"어라하, 놈들이 절벽바위 아래로 내려가는 북쪽 방향을 막지 않고 이젠 남쪽에 진을 쳤습니다."

"국 달솔, 나는 사공이 죽었을 것이라고 생각하네. 물론 배도 없고."

"백고의 배신 때문에 그러시는군요. 저도 짐작은 하고 있었습니다. 그래도 사공은 지혜로운 사람이니 확인이라도 해봐야 할 것 같습니다.”

5백보 정도 거리를 두고 대치하고 있는 양 진영에 솜털 돋는 긴장감이 계속되고 있었다. 하지만 진영 사이에 드리워진 장막이 너무나 견고했다. ‘저 장막을 뚫고 또 다시 전투가 벌어지면 이번에는 죽음을 면치 못하리라.’ 이미 치러본 전투를 통해 처참한 죽음을 실감한 군사들에게 또 한 번의 전투란 죽기보다 싫은 그 무엇이었다. 시간이 갈수록 예식 형제의 심정은 복잡하기만 했다. 아주 쉽게 제압할 수 있을 것으로 생각했던 전투가 막상 치러보니 만만치 않게 전개되었기 때문이다. 더구나 도망갈 구멍을 열어주었는데도 복지부동하고 있는 의자와 국담의 속내를 알 수 없었다.

“방령, 놈들이 퇴로를 열어주었는데도 꼼짝도 하지 않고 있네. 눈치를 챈 걸까?”

“그런 것 같습니다. 차라리 불화살 공격을 하면 어떨까요. 우리 측 궁수들이 더 많으니.”

“우리의 움직임이 훤히 보이는데 화살을 날려봐야 방패로 다 막아낼 걸세. 괜히 화살만 낭비하는 셈이지.”

“그렇다고 또 다시 전면전을 벌일 수도 없지 않습니까. 그랬다가는 지들이나 우리나 다 죽을 테니까요.”

“수도방위대 군관들이 저 정도일 줄이야. 어쨌든 백병전으로는 안 되겠네. 다른 방도를 찾아봐야겠어.”

예식 형제가 특별한 답을 내지 못하고 있는 것처럼 의자의 진영도

답답하기는 마찬가지였다. 살벌한 전쟁터에서 의심나는 부분을 확인하지 않고는 함부로 움직일 수 없었기 때문이다. '강변에 변고가 있는 것이 틀림없다. 놈들이 순순히 퇴로를 열어줄리 만무하지 않은가. 반드시 사실을 확인하고 어라하를 모셔야 한다.' 국담이 강변의 변고를 의심하자 불현 듯 머릿속에 사공의 처참한 모습이 떠올랐다. '아! 충성스런 사공이 저 예군에게 당했다면……' 하지만 언제까지 사공의 불행만 생각하고 있을 수는 없는 일이었다. 국담은 도리질을 하며 상황을 정리했다.

"어라하, 강변상황이 확인될 때까지 잠시만 기다려 주십시오."

"상관없네. 전쟁에서 잔뼈가 굵은 내가 놈들을 두려워하겠나. 차라리 놈들과 싸우다가 죽는 것이 명예롭지."

"어라하!"

애타는 국담과 달리 의자는 오히려 태연했다. 그동안 수많은 전쟁을 치러오면서 갖가지 위기를 넘겨온 의자였다. 싸우다 보면 아군의 수가 많은 경우도 있었고 적은 경우도 있었다. 아군의 수가 많으면 유리한 입장에서 전쟁을 치렀고 수가 적으면 고전을 면치 못했다. 특히 원정을 하는데 있어 병력은 매우 중요했다. 적국의 국경을 넘어 치르는 전쟁은 곳곳에 위험이 도사리고 있었다. 적들은 익숙한 지형지물을 이용한 매복과 기습으로 아군을 괴롭혔다. 따라서 원정을 할때는 적들보다 몇 배가 많은 군사들이 필요했다. 숫자가 적어 적들에게 밀릴 때는 즉각 후퇴를 하여 상황에 맞는 작전을 모색해야 했다. 분기를 참지 못하고 오기로 맞섰다가는 전패를 하다시피 했다. '이 웅진성이 비록 나의 영토이기는 하나 오랫동안 예식이 성을 지배해

왔다. 그렇다면 웅진성은 적국의 영토나 마찬가지다. 게다가 예식의 군사들이 몇 배로 많다. 따라서 나는 후퇴를 해야 한다. 그렇지 않으면 패배를 면치 못한다. 하지만 도성을 잃고 쫓겨 다니는 마당에, 이 좁은 성내에서 어디로 후퇴를 한단 말인가.' 의자는 지금 예식과의 전쟁을 포기하려 하고 있는 것이다.

국담이 의자를 말리는 동안 한 시간 이상의 시간이 또 흘렀다. 그 사이 강변을 시찰했던 군사들이 돌아왔다.

"어라하, 사공이 살해당했습니다. 물거품 이는 검은 바위아래에 사공의 목이 떠올라 물빛이 새까맣게 변했습니다. 배는 온데간데없습니다."

국담의 직감이 적중했다. 소식을 들은 의자의 눈빛은 더욱 견고하게 빛났다.

"그래서 놈들이 퇴로를 열어준 게로군. 우리가 내려가면 남은 군사들을 쓸어버리려고 한 계산이었어. 간악한 놈들 같으니."

"어라하, 배를 이용한 탈출은 어려울 것 같습니다. 그렇다면 다른 방도를……."

"방도가 뭐 따로 있겠나. 죽든 살든 그냥 붙어서 끝장을 보는 거지."

전쟁에 내공이 깊었던 의자는 직감적으로 상황이 어렵다고 느꼈고, 포기를 하되 백제의 대왕으로서 명예롭게 죽겠다는 각오를 다지고 있었다. 의자의 생각을 간파한 국담은 골똘히 생각을 하다가 최후의 결정을 내렸다.

"알겠습니다. 어라하의 명령대로 전면전을 치르겠습니다. 병사들로 하여금 총 공격을 하게한 뒤 저와 군관들이 포위망을 뚫겠습니다."

국담은 최악의 상황에서 최고로 위험한 최후의 선택을 할 수밖에 없었다. 겹겹이 에워싼 수많은 적을 뚫고 성문으로 가는 동안 의자가 무사할지는 모를 일이다.

"지금부터 총공격을 한다. 적들을 밀어붙이며 남쪽 성문방향으로 간다. 군관들은 어라하를 목숨으로 지켜라!"

국담의 명령이 떨어졌지만 군사들은 쉽게 움직이려 하지 않았다. 죽기보다 싫은 살벌함이 주는 공포 때문이었다. 군사들의 사기진작을 위한 무언가가 필요했다. 국담이 재빠르게 절벽바위 위로 올라갔다.

"너희들은 어라하의 친위대다. 어라하는 대 백제이며, 백제는 곧 어라하다. 너희들은 얼마 전까지만 해도 나라를 위해 목숨을 바치겠다는 맹세를 했다. 죽음이 두려운 것인가, 전쟁이 두려운 것인가. 대백제의 영광스러운 친위대인 너희들에게 죽음과 전쟁은 필연적 관계이다. 나라를 살리기 위해 죽음은 영광스러운 도구이다. 그럼으로 죽음을 두려워 말라. 죽음이 두렵지 않다면 전쟁도, 전투가 주는 살벌함도 극복할 수 있지 않겠는가. 이제부터 우리는 죽음으로 나라를 살리려 한다. 죽음으로 어라하를 구하라!"

병사들이 웅성거렸다. 이번에는 의자가 절벽바위로 올라갔다.

"나는 이 전쟁터에서 명예롭게 죽고자 한다. 나는 대 백제를 팔아먹은 배신자, 저 예식 형제를 두고 눈을 감을 수가 없다. 자신의 영달을 위해 나라를 팔아먹은 저들을 그대로 둘 것인가. 저들을 단죄하지 않으면 너희들은 씻지 못할 한을 품게 될 것이다. 너희들의 한은 곧 나의 한이요 백제의 한이다. 나와 함께 싸우다가 백제의 영광을 위해 명예롭게 죽자!"

국담이 늠연하게 칼을 빼들고 절벽바위 옆 아름드리나무를 향해 내리쳤다. 신비한 푸른빛이 쏟아졌다. 산벼락을 맞은 나무가 거대한 천둥소리를 내며 쓰러졌다. 신비한 푸른빛, 도저히 믿을 수 없는 사태가 벌어지자 군사들의 머릿속에 이무기를 때려잡은 국담의 모습이 그려졌다. 자신들의 수장이 이무기를 때려잡은 백제의 영웅인 것이다. 군사들의 태도가 호건해졌다. 군사들 중 누군가가 "배신자 예식을 처단하자!"라는 구호를 외쳤다. 구호는 옆에서 옆으로 번져 거대한 구름덩어리를 만들었다. 흐리멍덩하던 군사들의 눈빛이 이글이글 타올라 한 목소리로 악다구니를 썼다.

5백 보도 되지 않는 거리에서 국담의 군사들이 목이 터져라 괴성을 지르자 예군의 군사들은 깜짝 놀라 서로를 말똥말똥 쳐다보았다. 그 모습을 지켜본 예군의 마음이 극도로 불안해졌다.

"방령, 저 놈들의 수작이 예사롭지 않네. 저놈들이 저럴수록 우리 군사들의 사기는 점점 떨어질 거고. 이런 상태로 전면전을 벌이다가는 패배를 면치 못할 걸세. 일단 후퇴를 하여 방도를 생각해 보자고."

"이 좁은 성내에서 어디로 후퇴를 한단 말입니까. 지금 당장 쳐들어올 기세지 않습니까. 후퇴를 하더라도 전면전을 치르면서 서서히 해야 합니다."

정확한 판단이었다. 예식은 섣불리 도망치다가 후미를 잡히기라도 하면 아군의 피해가 막심할 것이라고 생각했다. 하지만 군사들의 사기를 그대로 두어서는 절대로 안 되었다. 다급한 국면이지만 무언가

특단의 대책이 필요했다. 역시 연설밖에 없었다. 수단과 방법을 가리지 않고 가장 효과가 있을 것 같은 말들을 쏟아 내야 하는 것이다. 예식은 긴 칼을 높이 쳐들고 군사들의 동요를 진정시켰다.

"자랑스러운 웅진성 군사들이여! 너희들은 북방을 대표하는 정예병들이다. 우리는 저들보다 몇 배나 숫자가 많다. 너희들이 저들을 두려워할 이유가 없다. 우리는 백제의 무능한 왕을 끝장내기로 결심했다. 저 방탕하고 타락한 왕 때문에 백제가 망할 위기에 처해 있다. 우리는 왕을 잡아 백제를 위기에서 건져내야 한다. 하지만 왕을 잡지 못하고 이 전쟁에서 패한다면 우리는 백제를 팔아먹은 배신자 신세를 면치 못할 것이다. 왕을 잡아 전쟁에서 이기면 우리는 백제를 구한 영웅이 될 것이고, 패한다면 역적이 될 것이다. 백제의 역적으로 낙인찍혀 죽을 것인가. 아니면 죽기로 싸워 살 것인가. 나와 너희들은 어차피 한 배를 탄 몸이다. 어찌하겠는가!"

전쟁에서 최고의 기만술은 군사들을 상대로 한 그럴듯한 연설밖에 없는 것인가. 의자와의 전쟁에서 패한다면 역적으로 낙인찍혀 죽을 것이니 의자를 잡아 잘못된 역사를 바로잡고 백제를 구한 영웅이 되자는 것이다. 선택의 여지가 없었던 군사들의 사기가 서서히 끓어오르기 시작했다. 예식은 타오르는 장작에 기름을 부어넣기로 했다.

"자랑스러운 웅진성 군사들이여, 여기 백고라는 자가 있다. 이 자는 한 때 국담의 오른팔이었다. 한데 이 자가 자기 전우들을 내팽개치고 배신을 했다. 이 자는 저 연합군 총사령관인 소정방이 우리의 거사를 인정한다는 것을 알고 자신이 모시는 주군을 헌신짝처럼 버린 놈이다. 나는 이런 놈을 믿을 수가 없다. 이제 이놈을 저 국담에게 보내고자 한다.”

전혀 예상치 못한 예식의 말에 백고는 다리를 휘청거리며 주저앉았다.

“바, 방령. 어, 어찌 이럴 수가 있습니까.”

백고는 눈물 콧물을 질질 흘리며 예식의 바짓가랑이를 붙잡고 매달렸다.

“사실이 아닌가.”

“아무리 그렇더라도 저로 인해 저들의 음모를 알지 않았습니까. 어찌 이런 대우를 할 수 있단 말입니까.”

“그동안 이인자로서 누릴 만큼 누린 놈이 어찌 제가 모시는 주군을 배신한단 말이냐. 우리는 배신자를 용서하지 않는다.”

예식은 ‘배신’이라는 단어를 강조하면서 군사들을 둘러보았다. 그것은 확실한 협박이었다. 죽을 각오로 싸우지 않고 도망을 치면 백고처럼 ‘배신자’라는 낙인을 찍어 죽일 것이라는 경고였다. 백고와 예식, 예식과 백고. 사실은 그들 둘 다 배신자였다. 하지만 시대에 따라, 입장에 따라 배신의 의미와 해석은 달라지는 법. 힘과 권력이 있는 예식이 아무런 힘이 없는 백고를 배신자로 몰아 사지로 쫓아내는 일은 식은 죽 먹기나 다름없었다.

“기, 기회를 주십시오.”

“기회? 하기야 무작정 가서 죽으라고 할 수는 없지. 좋다. 백제의 싸울아비로서 명예롭게 죽을 기회를 주겠다. 너를 따르는 저 배신자들과 함께 나가 싸워라. 네 놈이 충분한 전과를 올리면 배신자의 낙인을 떼어주고 온전한 우리사람으로 받아들이겠다.”

예식은 모두가 들을 수 있도록 큰 소리로 백고에게 기회를 주었다. 그리고 "네 놈이 충분한 전과를 올렸다고 판단되면 북을 치겠다. 북소리와 함께 후퇴하라. 북소리를 듣고 싶으면 죽기로 싸워야 한다. 웅진성의 자랑스러운 군사들이여, 이 배신자들에게 기회를 주겠는가?"라고 목청을 돋우어 말했다. 그러자 군사들의 창과 칼, 방패가 하늘을 찔렀다.

"싸워라! 싸워라! 싸워라!"

드디어 군사들의 사기가 완벽하게 끓어올랐다. 선택의 여지가 없는 백고가 칼과 방패를 들고 자닝하게 걸어갔다. 그 뒤를 백고의 측근 무사 몇 명이 따랐다.

"빨리 가지 않고 뭘 그리 꿈지럭거리고 있는가!"

예군이 백고 일행에게 발길질을 했다. 일행의 모습은 처량하기 그지없었다. '어쩌다 이 꼴이 되었단 말인가.' 후회가 물밀 듯이 밀려왔다. '하지만 이젠 돌이킬 수 없다. 어차피 이렇게 된 마당에 선택은 하나밖에 없다.' 백고는 재빨리 자신을 돕기 시작했다. '예식의 말처럼 나는 패역한 군주를 도발한 것이다. 나라를 망조로 이끈 왕을 배신한 것이다. 의자는 백제가 아니다. 그가 없어도 백제는 백제다. 의자만 잡아가면 백제는 회생할 수 있다.' 백고는 자신에게 유리한 방향으로 생각을 하며 배신행위를 스스로 두둔했다. 그렇게 생각하니 불현 듯 오기가 발동하기 시작했다. '그래, 내가 살길은 놈들을 쳐죽이고 전과를 올리는 것뿐이다. 적이 아군이 되고, 아군이 적이 되는 일이 어디 한두 번이었나. 이래 죽으나 저래 죽으나 죽는 건 매한가지다.' 백고는 뒤따르는 무사들을 비장하게 돌아보았다.

"우리는 어라하를 배신했지 백제를 배신한 것이 아니다. 우리는 우리의 의지에 따라 선택을 했다. 우리의 선택에 후회는 말자. 백씨가문의 명예를 위하여 싸우자."

백고를 따르는 무사들은 오랫동안 백씨가문의 그늘에서 은혜를 입은 사람들이었다. 그들은 백제나 의자보다 백고의 명령이 더 중요했다. 그들이 백고의 배신에 스스럼없이 동조하고 행동한 것은 그런 이유에서였다. 백고가 무사들과 함께 내달리자 예식의 군사들은 환호성을 질렀다. 국담이 어슴푸레한 횃불 사이로 보이는 백고를 발견했다.

'저 친구를 어쩐다.' 배신을 했지만 친구였다. 귀족들의 가문행사가 있을 때는 늘 곁에서 추어주던 국담의 후원자였다. 그런 백고가 갑자기 돌변해 배신자가 되리라곤 꿈에도 생각하지 못했던 국담이었다. '백고는 나라를 망국으로 이끈 장본인이다. 절대로 백고를 살려둘 순 없다.'

"어라하, 저 놈은 우리를 배신한 백고입니다. 예식이 보낸 것이 틀림없습니다."

"군사들의 사기를 위해서 죽이려는 것이겠지. 어쨌든 놈은 배신자 아닌가."

백고를 발견한 국담의 군사들은 독수리처럼 비명을 질러댔다. 악의로 가득 찬 송곳들이 목구멍을 뚫고 치솟는 소리 같았다.

"무참히 죽여 버려야 한다!"

군사들 중 누군가가 목정맥을 불끈 세워 소리를 질렀다. 그러자 다른 군사들도 한목소리로 백고를 죽이라고 외쳤다. 이제 백고는 20

보 앞까지 달려왔다. 의자와 국담이 백고를 어떻게 처리할지 고민하고 자시고 할 틈이 없었다. 어느새 한 무더기의 병사들이 괴성을 지르며 백고를 향해 달리고 있었기 때문이다.

"멈추어라!"

국담이 급하게 명령을 내렸지만 이미 전투는 시작되었다. '백고가 항복의 의사표시를 하지 않고 우리 군사들과 전투를 벌인다는 것은 악의가 분명하다. 예식이 백고를 희생양삼아 군사들의 사기를 올리려 하는구나. 어라하의 말씀이 맞았다.' 예식의 의도를 분명히 알아챈 국담은 병사들을 물리고 군관들로 하여금 백고를 상대하게 하려 했다. '백고가 비록 뛰어난 고수는 아니지만 명색이 백제최고가문 출신이다. 백제 대성팔족 자제들이 그렇듯이 백고도 어려서부터 훌륭한 무예스승의 검법을 배워온 무사 중 한 명이다. 게다가 백고와 함께 있는 무사들도 뛰어난 실력을 갖추고 있다. 그들을 일반병사들이 막기에는 역부족이다.' 국담의 염려는 틀림없었다.

백고의 빠른 칼을 막아내기에 병사들의 실력은 턱없이 부족했다. 그대로 둘 경우 백고의 칼은 수많은 병사들을 도륙할 것이다. 백고가 기대 이상의 활약을 하자 예식은 그윽한 눈빛으로 자신의 군사들을 둘러보았다. 모두들 자신만만한 얼굴표정이었다. 그대로 명령을 내리면 거침없이 쳐들어갈 태세였다. 백고를 이용한 작전은 대 성공이었다.

자신감이 팽배해진 백고와 측근 무사들은 달려드는 병사들을 아주 손쉽게 무찌르고 진영 깊숙이 들어오고 있었다. 병사들의 포위로는 쉽사리 제압할 수 없는 국면이었다. 뒤늦게 군관들이 달려가 백고를 막으려 했지만 사생결단의 각오로 싸우는 백고를 상대하기가 벅찼다. 구름 사이로 간간이 비치던 달이 한 뼘도 이동하지 않은 시간에 군관 서너 명이 쓰러졌다. 더 이상 두고 볼 수 없는 상황이었다.

"모두들 뒤로 물러서라!"

국담이 물러서라는 말을 수도 없이 외쳤지만 혼이 빠진 군사들의 귀에는 들리지 않았다. 보다 못한 국담이 직접 포위망 안으로 들어갔다.

"너희들은 모두 뒤로 물러서라."

국담이 차분한 목소리로 명령했다. 그제야 정신을 차린 군사들은 눈을 찔끔 감으며 물러섰다. 군사들이 안전거리 밖으로 이동한 것을 확인한 국담이 백고를 노려보았다.

"이게 무슨 짓인가. 나라를 배신한 것도 모자라 애꿎은 전우들을 죽이다니. 너는 의리가 뭔지도 모르는 파렴치한에 불과하다."

"국담, 여러 소리 할 것 없다. 너는 너대로 나는 나대로 갈 길이 달랐을 뿐이다. 네가 죽든 내가 죽든 여기서 결판을 내자."

사실, 백고는 국담과 겨뤄 이길 자신이 전혀 없었다. 하지만 백제 최고의 귀족가문 출신으로서 자존심만은 지키고 싶었다. 그러면서도 백고의 귀는 초조하게 예식의 북소리를 기다리고 있었다.

"너는 조상대대로 은혜를 입은 나라를 무참히 배신했다. 너의 죄는 죽어서도 다 갚지 못할 것이다. 백제는 너 같은 놈들로 인해 망하지 않는다. 너는 죽어서도 네가 한 일을 후회하게 될 것이다. 하지만 한때나마 너는 내 친구였다. 고통 없이 죽여주마."

국담은 다소 긴 말을 백고에게 해주었다. 죽기 전 옛 친구에 대한 마지막 우정이었다. 국담이 칼을 빼들자 백고의 측근 무사들이 백고를 감쌌다. 무사들은 자꾸만 뒤를 돌아보았다. 그들 역시 예식의 북소리를 기다리고 있었던 것이다. 하지만 북소리는 들리지 않았다.

"우리가 저자를 막을 테니 공자께서는 돌아가십시오. 이 정도 전과라면 예식도 공자만은 살려주실 겁니다."

측근무사들이 희생을 자처하고 나섰다. 그 말에 백고의 마음이 흔들렸다. '하긴 나도 할 만큼은 하지 않았는가. 이 정도 전과라면 돌아가서 할 말이 있다.' 백고가 주춤거리며 뒤로 물러서자 측근들이 한꺼번에 국담에게 달려들었다. 무사들은 온몸의 기를 끌어 모아 모조리 소진할 각오로 검의 날을 세웠다. 국담의 눈에도 그들의 비장함이 보였다. '저들이 무슨 죄가 있단 말인가. 저들이야말로 자신이 모시는 주군을 위해 모든 것을 희생하는 충신이다.' 백고의 무사들이 죽을 각오로 칼을 휘두른다 해도 국담에게는 아이들이 아기족거리며 가지고 노는 장난감 무기에 불과했다. 무사들은 국담이 허공을 향해 가른 단 한 번의 검에 목을 잡고 서 있었다.

잠시 후, 무사들의 목이 땅바닥에 굴러 떨어졌다. 국담의 칼에는 그들의 피가 한 방울도 묻어있지 않았다. 무사들은 목이 떨어졌는데도 쓰러지지 않고 그대로 서 있었다. 국담의 칼이 섬광처럼 들어와 목이 떨어졌는지 붙어있는지 무사들조차 모를 지경이었다. 잠시 후, 무사들의 몸이 실처럼 주저앉았다. 실로 엄청난 광경을 지켜본 군사들은 입을 벌리고 다물지 못했다. 백고 역시 자신을 따르던 무사들의 머리를 보고 발걸음을 뗄 수가 없었다.

"네 부하들이 너를 위해 죽었는데도 살기를 바라느냐."

318

국담이 애처롭게 백고를 쳐다보았다. 국담의 질타를 받은 백고는 그 자리에 우뚝 서서 예식의 진영과 국담을 번갈아 보았다. '이대로 도망을 치면 목숨은 건질 수 있다. 부하들이 나를 살리고자 목숨을 버렸다. 그들의 희생을 봐서라도 내가 도망을 치면 국담은 나를 쫓지 않을 것이다. 그러니 일단 살고보자.' 생각이 정리된 백고는 예식의 진영을 향해 무작정 뛰기 시작했다.

"저자를 살려서는 안 된다. 어서 가서 잡아오라!"

의자가 억패듯 닦달했다. 의자의 명령에 군관들이 말 위에 올랐다.

"군관들은 그대로 있으라. 내가 직접 처리하겠다."

도망을 치면 쫓지 않을 것이라는 백고의 기대는 틀렸다. 나라를 배신한 자를 친구라는 이유로 살려줄 국담이 아니었다. 국담은 직접 말을 몰고 백고를 쫓았다. 도망쳐오는 백고를 예식이 못마땅한 듯 째려보았다. '저 놈은 정말 지지리도 못난 놈이로구나. 백제 최고가문의 귀족이 명예롭게 죽을 줄도 모르는구나. 불쌍한 놈.'

"말을 타고 달려가서 저 백고 놈을 구해오라. 돌아와도 좋다는 북을 쳐라. 백고를 구하자마자 총 공격을 한다."

예식은 백고의 행동이 한심했으나 불쌍한 생각이 들어서 구해주기로 마음먹었다.

"방령, 저깟 놈을 살려 뭣 하려고. 그냥 놔두게. 죽든 말든."

"형님, 저 놈을 살리는 척이라도 해야 군사들이 우리를 믿지요."

예식의 명령에 군관 세 명이 말을 타고 백고를 마중 나갔다. 백고는 이제 예식의 진영 50보 앞까지 달려가고 있었다. 멀리서 국담을 지켜보던 의자가 다급하게 후퇴를 명하는 북을 쳤다. 적진으로 너무 많이 간 것이다. 하지만 국담은 그대로 말을 달렸다.

"저, 저놈은 국담이 아닌가."

어슴푸레 했지만 예군이 백고를 쫓는 국담을 발견했다. 예식은 백고 정도를 잡고자 군의 수장인 국담이 직접 움직이리라곤 상상도 하지 못했다. '이 상황에서 어떻게 대처해야 하나.' 예군이 혼란스러워하는 사이 예식의 군관들은 백고를 지나쳐 국담을 향해 말을 달렸다. 긴 창을 휘둘러 말에서 떨어뜨린 뒤 사로잡을 생각이었다. 그런데 군관 중 한 명이 짧은 탄식을 했다.

"앗!"

국담을 알아본 것이다. 하지만 그의 목은 순식간에 떨어져 땅바닥에 곤두박질쳤다. 나머지 군관들도 국담을 알아보았으나 창 한번 휘둘러보지 못하고 황천길로 갔다. 군관들을 단칼에 해치운 국담은 그대로 말을 몰아 예식의 진영 30보 앞까지 도망친 백고의 뒷덜미를 잡아챘다.

"억!"

백고가 뒤로 발라당 자빠졌다.

"너 이놈 백고야, 내가 너를 살려둘 줄 알았더냐."

국담은 말에서 훌쩍 뛰어내려 백고의 명치 깊숙이 칼을 찔러 넣었다. 백고는 단말마의 고통도 없이 스르르 눈을 감았다. 친구에 대한 마지막 우정이었다. 백고의 눈에서 원인 모를 눈물이 주르륵 흘러내렸다. 이 모든 일이 실로 눈 깜짝할 사이에 벌어졌다. 백고의 죽음을 확인한 예식은 허둥지둥 전열을 정비하려 했다. 어렵사리 사기를 끓어 올린 군대가 국담으로 인해 흐트러지면 안 되기 때문이다. 초조한 것은 의자도 마찬가지였다. '아무리 국담이라 해도 코앞이 적진이다. 혼자서 수천을 상대한 다는 것은 불가능한 일이다.' 의자가 불안함이 파편처럼 날을 세우고 있을 때 국담이 가볍게 날아 말 위로 올라갔다. 예식은 국담이 자기 진영으로 잽싸게 도망칠 줄 알았다. 하지만 국담은 말머리를 돌리지 않았다.

"화, 활을 쏴라!"

예식의 명령이 있었지만 군사들은 활을 쏠 수 없었다. 말에 탄 국담이 쏜살같이 달려오고 있었기 때문이다. 자기 진영을 향해 도망친다면 활을 쏘아 보기라도 하겠지만 사정거리가 아닌 코앞에 있기에 어쩔 수가 없었다. 이럴 땐 보병이 칼과 창으로 막아야 한다. 국담은 말을 타고 예식의 진영 이곳저곳을 쑥대밭으로 만들며 칼을 휘둘렀다. 그의 칼은 무자비했으며 눈 깜짝할 사이에 수십 명의 군사들이 참혹하게 죽었다. 문제의 그 푸른빛이 섬광처럼 번득인 것이다.

멀리서 그 모습을 지켜보고 있던 의자가 발을 땅에 구르며 초조해했다.

"공격, 당장 공격하라!"

의자의 명령에 사기가 충천된 군사들이 내달렸다. 이런 상황에서 예식의 군사들이 전투를 제대로 할 리는 만무하다.

"후퇴, 후퇴한다!"

예식의 선택은 후퇴밖에 없었다. '백고'라는 미끼를 잘못 쓴 것이다. 하지만 지금의 후퇴가 전화위복의 기회가 될 줄은 예식 자신도 모르고 있었다.

"에이, 이런 썅! 저놈 하나 잡지 못해서 또 도망을 치다니. 이런 쌍!"

예군은 온갖 욕설을 늘어놓으며 꾸역꾸역 후퇴를 했다. 국담은 후퇴를 하는 예식을 더 이상 쫓지 않았다. 여세를 몰아 성문 밖으로 탈출하려는 생각을 하고 있었기 때문이다.

"괜찮은 겐가. 놈들을 쫓지 않고 뭐하나."

의자가 국담의 안부를 물으며 추격을 요구했다.

"어라하, 놈들을 추격해 전투를 벌여본들 우리에게 아무런 득이 없습니다."

"그럼 어쩌자는 겐가."

"놈들이 도망치는 동안 전군을 몰아 성문 밖으로 탈출을 해야지요."

"아, 그렇군! 저 괘씸한 놈들을 두고 도망을 쳐야 하다니. 참으로 원통하도다."

"하늘이 우리를 돕고 있습니다. 어서 가시지요."

국담은 예식이 동쪽으로 도망치는 것을 보고 군사들을 남쪽 성문으로 이동시켰다. 전군이 수월하게 성문을 빠져 나가려면 가장 넓은 남쪽 문이 적당했기 때문이다.

어쩔 수 없이 후퇴를 하긴 했지만 예식이 의자를 포기할리 만무했다. 의자를 잡지 못하면 죽은 목숨이니 죽기로 의자를 잡아야 했다.

"오늘밤 의자를 잡지 못하고 놓치면 우리는 자결을 해야 합니다."

"잘 알고 있네."

"놈들이 우리를 추격하지 않고 남쪽 문으로 향했습니다."

"그리로 탈출을 하려는 의도로군."

"그렇습니다. 지금 당장 남문을 사수하고 그곳에서 사생결단을 내야 합니다."

"저 국담이라는 놈이 문제야. 병사들은 물론 군관들까지 국담만 보면 주눅이 드니."

"화살을 최대한 많이 확보하라고 하십시오. 백병전으로는 놈을 잡을 수 없습니다. 오직 활뿐입니다. 활로 놈을 잡겠습니다. 다행히 아직은 날이 밝지 않았습니다."

"그렇다면 성벽 위를 먼저 점유해야 하겠군."

"그렇습니다. 빨리 움직이십시오."

예식의 명에 따라 예군은 궁수들을 천 명 이상으로 늘렸다. 예군은 전군을 모아놓고 단호한 명령을 내렸다.

"국담이라는 놈을 두려워하지 마라. 이제부터 놈은 활로 잡는다. 높은 성벽 위에서 일제히 쏘는 화살을 놈 혼자서 어찌 다 막을 수 있겠는가. 화살 말이다 화살. 그래도 모르겠는가!"

예군의 명령은 국담을 잡을 수 있는 정답이나 마찬가지였다. 군사들은 예군의 말귀를 재빨리 알아듣고 궁수부대를 쳐다보았다. 궁수들이 성벽 위로 뛰어 올라가 바람처럼 남쪽 성문을 향해 달려갔다.

"기병은 놈들의 이동을 지연시켜라!"

예식의 명에 따라 기병들이 말머리를 남쪽으로 돌렸다.

"보병은 성벽을 따라 빠르게 이동한다."

예식의 군사들이 남문으로 향하는 동안 여명이 밝아오기 시작했다.

백제의 한

정무와 여자진에게 대패를 하고 본진으로 돌아온 김흥원은 김유신의 발아래 머리를 조아리고 처분만을 기다리고 있었다. 하지만 김유신이 생각할 때 김흥원의 처분이 문제가 아니었다. 김흥원의 실패로 백제 지방군이 웅진성으로 향할 것을 우려하고 있었던 것이다. '그들이 웅진성으로 들어가 의자를 살려낸다면 사태는 걷잡을 수 없이 악화된다. 의자를 중심으로 똘똘 뭉친 적국의 백성들을 어찌 당할 수 있단 말인가.' 김유신은 긴 한숨을 쉬며 나지막이 중얼거렸다. '아! 항차 백제의 부흥군이 들불처럼 일어나겠구나.'

"뭐, 뭐라고 말씀하셨습니까?"

조아리고 있던 김흥원이 살짝 머리를 들어 김유신의 눈치를 살폈다.

"시끄럽다. 패장은 말이 없는 법이다. 몇 배나 많은 병력으로 무지렁이 백성들에게 패했단 말이냐?"

"놈들은 산 속사정을 훤히 꿰뚫고 있었습니다. 산이 아닌 곳도 마찬가지입니다. 지들 땅이라고……. 어쨌든 놈들은 신출귀몰합니다."

"이에구, 그것도 핑계라고. 썩 꺼져버려라. 네 놈이 김씨만 아니었으면 당장 목을 쳤을 것이다 이놈아!"

김흥원의 말을 깔아뭉갰지만 김유신도 그 점을 염려하고 있었던 것은 사실이다. '백제 백성들이 하나로 뭉쳐 싸우고자 한다면 당해낼 수가 없다. 그들은 백제에서 태어나 백제에서 자란 토박이들이다.

그들이 숨어 있다가 기습을 한다면 속수무책일 것이고 도망쳐 숨으면 찾을 수가 없다. 그러니 신출귀몰이라는 김흥원의 말도 일리가 있다. 그들이 마음만 먹으면 신라에서 오는 보급로를 끊어 버릴 수도 있고 자신들의 식량을 감추어둘 수도 있다. 그런 상태에서 연합군이 얼마를 버틸 수 있겠는가. 연합군은 결국 점령지를 포기하고 후퇴할 수밖에 없다. 백제를 잠시 점령은 했으나 다시 빼앗기게 되는 것이다. 이런 계산대로 간다면 백제의 멸망은커녕 오히려 우리 신라가 위태롭게 된다.' 정복에 실패한 나라가 자중지란에 빠져 망국의 길로 가게 된 과거의 역사를 너무나 잘 알고 있었던 김유신이었다. 김유신은 더 이상 막사에 앉아 있을 수가 없었다.

"대총관, 우리가 염려하던 일이 현실로 드러나고 있는 것 같소. 부끄럽지만 제 부하 중 김흥원이라는 자가 결국 백제의 부흥군을 막지 못했소. 그들이 우리 신라군의 경계를 뚫고 웅진성으로 향했소이다 그려."

"뭐요? 이런 한심한. 그러면 예식이 의자를 잡는데 어려움이 따를 것 아니오. 이런 마당에 대장군의 말처럼 지방에서 귀족들이 들고 일어난다면 정말 큰일 아니오?"

"그렇소이다. 우리가 놈들을 너무 만만하게 본 것 같소. 일단 급한 불을 꺼야 됩니다."

"급한 불?"

"무조건 웅진성의 의자를 잡고 봐야지요."

"그렇군, 그렇다면 예식이 의자를 잡아 바칠 때까지 기다려서는 안 되겠군."

"지금 당장 증원군을 웅진성으로 보냅시다."

"군사는 이미 보내지 않았소?"

"대군을 보내야 합니다."

김유신은 미리 보낸 군사로도 부족할 듯싶어 증원군을 추가로 보내야 한다고 말했다. 김흥원의 패배는 그만큼 김유신에게 위기감을 고조시켰다.

"나당연합군을 결성하여 웅진성으로 출발하라. 서둘러라!"

마침내 김유신의 증원군 파병요청은 받아들여졌다. 연합군이 웅진성으로 향할 때 비사도리도 바람살을 가르며 뛰었다. 보일 듯 말 듯 개밥바라기별이 까불대는 660년 7월 18일 새벽이었다.

*

"놈들이 후퇴를 하는 틈을 이용해 재빨리 탈출을 시도했지만 상대가 영악한 예식인지라 안심할 수는 없습니다. 더구나 어라하를 놓치면 제 놈이 죽을 것임을 잘 알고 있을 테니까요."

"그새 군대를 정비할 수야 있겠나?"

"놈들은 숫자가 많지 않습니까. 되는대로 군사들을 수습해 성벽 위에서 화살로 공격하면 당해내기가 힘들 것입니다."

"성벽 위? 그리고 우리는 성벽 아래?"

의자는 국담의 말을 듣고 성벽 위를 올려다보았다. 빛을 잃고 떨어지는 별똥별이 애처롭게 보였다. '또 저 놈에 별똥별이라니…….'

"어라하, 소신이 죽기로 보필할 테니 염려하지 마시고 서두르시지요."

의자와 국담이 남쪽성문에 다다를 즈음 불화살 한 대가 긴 꼬리를 매달고 떨어져 내렸다. 의자가 놀라 화살이 날아온 방향을 올려다보았다.

"아니, 저건!"

국담의 눈이 휘둥그레졌다. 이미 장대에 오른 예군이 화살을 날린 것이다.

"어딜 가려 하느냐. 네놈들이 갈 길은 이미 막혔다. 성문 아래 우리 군사들이 보이지 않는가. 순순히 항복을 하면 살려주겠다."

예군의 말대로 대규모의 기병이 성문 아래 도열해 있었고 성벽을 따라 보병들이 속속 도착하고 있었다.

"저 놈들이 어느새 이곳을 막고 있단 말인가. 저 많은 군사들을 어찌 당해!"

"동쪽으로 도망치던 놈들이 어찌 이곳을……. 어라하를 놓치면 저도 죽은 목숨이니 사생결단을 내려는 것입니다. 어차피 이리된 이상 우리도 죽을 각오를 해야 합니다. 하지만 어라하만큼은 꼭 임존성으로 모시겠습니다. 저를 믿고 가만히 계십시오."

"가만히 있다니, 무슨 말인가. 나도 백제의 싸울아비일세. 절대로 가만히 있지 않겠네."

"어라하께서 변고라도 당하시면 우리가 목숨 걸고 싸우는 의미가 없습니다. 절대로 안 됩니다. 어라하는 무사히 이곳을 탈출하셔서 후

일을 도모해야 한단 말입니다."

국담이 아무리 말려도 소용이 없었다. 의자는 더 이상 구차한 목숨을 잇고 싶은 마음이 없어졌다. '아! 어라하께서 완전히 포기를 하셨구나.' 의자의 결연한 의지를 국담은 끝내 꺾을 수가 없었다. 하지만 의자를 생포해서 소정방에게 바쳐야 하는 예식이 의자를 죽일 리는 만무했다. 다른 사람은 다 죽여도 의자만큼은 생포해야 했기 때문이다.

"저 놈은 나를 쉽게 죽이지는 못하네. 나를 산채로 잡아다가 바쳐야 제 놈의 공을 인정받을 것이 아닌가. 그러니 너무 걱정하지 말게."

"어라하를 어쩌지 못한다 해도 놈들의 포로가 되거나 저 무지막지한 화살에 당하신다면 백제는 회생할 수 없다는 것을 왜 모르십니까."

"아, 쓸데없는 소리 좀 그만하라니까 그러네."

의자는 신경질을 부리면서 칼을 빼들었다.

"너 이놈 예식아, 네가 어찌 나와 백제를 배신할 수 있단 말이냐. 너와 너의 가문이 백제에 입은 은혜가 백골난망이거늘……."

"어라하, 인간은 어차피 염량세태에서 벗어날 수 없습니다. 권세가 있을 때는 아첨하여 쫓고, 권세가 없어지면 푸대접하는 것이 세속의 인심입니다. 욕망을 쫓아 살아가야만 하는 인간에게 어찌 욕망을 버리라고 하십니까. 저는 그리 못합니다. 그래서 어라하를 배신했습니다. 끝까지 살아남아 잘 먹고 잘 살다가 잘 죽으려고요. 우리 모두는 그 길을 선택하기로 했습니다. 뭐가 잘못됐습니까?"

"잘 먹고 잘 살다가 잘 죽겠다? 과연 그리될 것 같으냐. 너는 영원히 역사의 배신자로 불도장이 찍힐 것이다."

"살아생전에 잘 먹고 잘살면 되지 죽어 역사의 배신자가 되든 말든 무슨 상관입니까. 또한 백제가 이렇게 되기까지 어라하는 뭐하고 계셨습니까. 어라하는 역사가 어찌 심판할까요?"

"뭐, 뭐야?"

장작불에 기름을 부었다. 의자는 노기를 가라앉히지 못하고 예식의 진영을 향해 뛰어 들어갔다.

"어라하!"

말릴 틈이 없었다. 의자는 남문을 지키고 있는 예식의 병사들을 향해 칼을 휘둘렀다. 병사들은 감히 의자와 대적하지 못하고 슬금슬금 물러났.

"어라하를 사로잡아야 한다!"

당황한 예식이 고함을 질렀다. 예식의 명령이 있었지만 병사들은 의자의 기세에 눌려 몸을 송그린 채 벌벌 떨었다. 단숨에 병사 서너 명을 벤 의자가 예식을 향해 울부짖었다.

"이리 내려와 내 칼을 받아라, 이 더러운 배신자 놈아!"

예식이 내려올 리 만무했다. 하지만 의자를 그대로 놔둘 수도 없었다. 그 사이 국담이 뛰어들어 의자를 호위했다. 예식의 궁수부대가 국담과 의자를 향해 활을 겨냥했다. 그러자 국담의 군사들이 달려와 의자와 국담을 에워쌌다. 전면전이 벌어지기 일보직전이었다.

"모두 물러서라!"

예군이 의자와 국담 앞으로 쏜살같이 달려가며 외쳤다. 국담이 신경이 쓰였으나 나름대로 계산해둔 방법이 있었다. 드디어 예군이 의자와 국담 앞에 우뚝 섰다.

"제가 어라하를 상대하겠습니다. 저 국담을 물려주십시오."

예군의 계산은 바로 이것이었다. 의자의 자존심을 건드려 국담을 떼 노리는 것이다. 그러면 아주 손쉽게 의자를 생포할 수 있는 기회가 생긴다. 국담이 이를 묵고할리 없었다. 하지만 의자의 단호한 명령을 어길 수가 없었다.

"모두 물러서라!"

의자는 군사들을 물리고 국담에게 빠르게 속삭였다.

"국 달솔, 걱정하지 말게. 저들은 나를 죽일 수 없네. 만약 그럴 생각이었다면 아까 자네와 나를 향해 무차별적으로 화살을 날렸을 것일세. 그러니 내 손으로 저자를 처단하겠네. 혹시 내가 위험해지면 전군을 몰아 달려오게. 내 손으로 저 놈을 처단할 아주 좋은 기회란 말일세."

젊은 시절 웬만한 장군보다 뛰어난 무술실력을 지녔던 의자지만 절대고수인 예군을 상대한다는 것은 무리다. 그러나 의자의 의지가 워낙에 완곡했던지라 국담은 물러날 수밖에 없었다.

"좋다. 내가 예군을 상대하겠다. 대신 저들을 겨냥하고 있는 화살을 모두 거두어라."

의자는 자칫 화살받이가 될 수도 있는 국담과 군사들을 사정거리 밖으로 보냈다.

"어라하가 위험해질 기미가 보이면 총공격한다. 무조건 어라하를 보호하고 성문을 부순다."

진영으로 돌아온 국담은 단호한 명령을 내린 뒤 단거리 달리기를 준비하는 선수처럼 잔뜩 움츠리고 있었다. 마침내 의자와 예군의 어처구니없는 결투가 벌어졌다. 먼저 칼을 휘두른 건 의자였다. 예군은 의자의 칼을 가볍게 피하면서 몸을 솟구쳤다. 예군은 몸의 무게중심을 칼끝으로 모으고 의자를 향해 날아들었다. 문제의 그 검법이다.

"쐐애액."

국담의 칼이 의자의 정수리를 목표로 내리꽂았다. 의자가 칼을 들어 막으려 했다. 이때 국담이 벌떡 일어나며 외쳤다.

"칼을 막으면 안 됩니다. 피하십시오!"

국담의 판단은 정확했다. 허공에 뜬 예군은 칼끝을 벌새의 날갯짓처럼 흔들며 의자를 향했다. 의자가 올려다보니 예군의 몸은 보이지 않고 오직 칼만이 춤을 추며 내려오고 있었다. 도저히 칼로는 막을 수가 없는 검법이었다. 예군의 칼끝이 의자의 정수리에 닿으려는 순간 의자가 급하게 옆 돌기를 하며 몸을 피했다. 하지만 예군의 칼은 곡선을 그리듯 진로를 바꿔 다시 의자에게로 향했다. 다급해진 의자가 원을 그리듯 칼을 두 바퀴 회전시켰다. 의자의 칼과 예군의 칼이 부딪치며 선명한 쇳소리를 냈다. 의자가 예군의 칼을 받아낸 것이다. 하지만 예군은 의자를 죽여서는 안 된다. 만약 그럴 생각이 있었다면 칼끝을 선회하지는 않았을 것이다. 예군은 한 번의 공격으로 의자를 넘어뜨린 뒤 칼을 현란하게 움직여 의자의 혼을 빼놓을 작정이었다. 넋이 빠진 의자는 칼을 쥘 힘이 없을 것이다. 그때를 이용해 국담의 진영으로 엄호사격을 한 뒤 의자를 생포하겠다는 작전을 세웠다. 하지만 의자는 예군의 칼을 뿌리치며 자세를 다부지게 고쳐 잡았다. 의자는 전쟁에서 잔뼈가 굵은 무술의 달인이었다. 의자가 호락호락하지 않자 예군은 약이 바짝 올랐다. 조급한 성격이 발동되는 순간이었다.

"늙은이가 살살 해주었더니 감히 내 칼을 받아쳤단 말이지. 이번엔 봐 주지 않겠다."

봐주지 않겠다는 것은 자칫 깊은 상처를 낼 수도 있다는 것이다. 화가 난 예군은 의자를 반쯤 죽일 생각으로 무지막지하게 칼을 휘둘렀다. 가문의 검술이 실리지 않은, 힘과 통상적 검술만을 이용한 공격이었다. 그런 공격이라면 그동안 치러온 전쟁에서 숱하게 경험했던 의자였다. 칼과 칼이 부딪치고 상대의 칼을 피하거나 공중회전을 하는 등 의자와 예군의 결투는 지루하게 이어졌다. 이대로 시간이 지나면 나이를 먹은 의자가 불리해진다. 국담은 의자가 결투를 그만 포기하고 돌아와 주기를 바랐고, 예식은 예군이 빨리 끝내주기를 바랐다.

"어라하, 그만 돌아오십시오."

"형님, 어서 끝내십시오."

국담의 요구는 의자에게 통하지 않았다. 그대로 물러난다면 국왕으로서의 체면이 말이 아니다. 하지만 예식의 요구는 예군의 조급한 성격을 다잡게 만들었다. 예군은 결투를 하다말고 몸을 튕겨 뒤로 물러났다. 통상적인 검술로는 의자를 잡을 수가 없다는 것을 깨달은 것이다. 예군은 호흡을 가다듬고 기를 끌어 모았다. 가문의 검법을 다시 사용하려는 것이다. 예군이 의자와의 두 번째 접전에서 가문의 검법을 사용하지 않은 이유는 지나치게 낭비되는 기의 쇠진 때문이었다. 현란하게 흔들어대는 칼의 춤, 그 검법의 약점은 바로 그것이었다. '저 자가 최후의 검술을 쓰려고 하는군. 그렇다면…….' 의자도 궁중의 비기를 사용하려 자세를 고쳐 잡았다. 비기와 비기의 대결이라면 누구 하나는 죽거나 크게 다칠 수도 있다. 이를 눈치 챈 국담과 예식이 벌떡 일어났다. 그리고 동시에 외쳤다.

"그만 두십시오!"

하지만 의자와 예군의 귀에는 들리지 않았다. 그러자 국담과 예식이 동시에 외쳤다.

"전군 공격하라!"

결국 전면전이 벌어진 것이다. 대도와 단도, 칼끝이 둥글게 휜 큰 칼[27], 주머니칼[28], 창, 쇠사슬에 매단 커다란 쇠구슬[29], 쇠낫[30], 쇠도끼[31], 쇠갈고리 심지어 끌을 닮은 무기까지 온갖 것들이 총동원되어 무기의 축제가 벌어졌다. 무기들은 서로 부딪쳐 푸르스름하게 동이 터오는 동녘하늘로 붉은 빛을 쏘아 올렸다. 사물을 분간할 수 있으니 이 싸움에서 유리한 쪽은 숫자가 많은 예식의 군대였다. 하지만 전세는 백중시세였다. 일당백의 군관들이 포진한 국담의 군대였기 때문이다. 예식이 국담을 잡으려고 따로 편성한 대규모 궁수부대는 이 전투에서 무용지물이었다. 아군과 적군이 서로 엉켜 싸우는 전투에서 함부로 화살을 날릴 수가 없었기 때문이다. 전투가 사방이 탁 트인 벌판에서 벌어졌으면 일단 후퇴를 시켜놓고 궁수부대를 이

---

27) 환두대도.
28) 도자.
29) 철구.
30) 철겸.
31) 철부.

용할 것이다. 하지만 성벽을 배후로 싸우고 있는 이상 불가능했다. 후퇴를 할 곳이 없었기 때문이다. 따라서 궁수부대를 이용하기에 유리한 쪽은 오히려 국담이었다. 허나 국담은 소수의 궁수들까지 이 백병전에 투입시켰다. 수적 열세를 극복하기 위함이었다.

예식은 백병전에 투입되지 않은 천여 명의 궁수부대원을 어떻게 해야 할지 고민에 빠졌다. 궁수부대가 가세한다면 전세는 확실히 유리해질 것이다. 하지만 화살을 쏘지 않는 한 전투는 쉽사리 끝나지 않고 한나절까지 이어질 수 있다. 그 사이 어떤 변고가 생길지도 모른다. '혹시 정무라도 들이닥친다면……' 예식의 불안은 촌각을 다투어 커져만 갔다.

국담은 의자의 곁에서 한시도 떠나지 않았다. 의자는 죽음을 무릅쓰고 검을 휘둘렀다. 평생 동안 아무리 수많은 전쟁을 치렀다지만 의자가 자신의 보검을 이토록 많이 사용해 본 적이 있었던가. '백제가 이렇게 되기까지 어라하는 뭐하고 계셨습니까. 어라하는 역사가 어찌 심판할까요?' 의자는 예식이 자신에게 내뱉은 독설을 떨쳐내지 못했다. 그렇지 않아도 스스로를 비난하며 만시지탄에 빠져있던 의자였다. 아무리 기다려도 지방군은 올 기미가 없고 믿었던 예식과 백고마저 자신을 배신하자 의자는 희망을 포기했다. '국담의 말대로 탈출에 성공한다 한들 흑치상지가 예식과 다를 것이라는 보장도 없다.' 의자는 이제 그 누구도 믿지 못하게 되었다. '이럴 바에는 더 이상 구차하게 살지 말고 여기서 죽자.' 의자가 마치 실성한 사람처럼 칼을 휘두르는 이유가 그것이었다. 그런 마음을 아는지라 국담도 더

334

이상 의자를 만류할 수 없었다. 의자는 한 칼에 두세 명의 군사들을 쓰러뜨렸다. 이렇게 벤 군사만 해도 백 명이 넘었다.

"어라하, 저기 예군이 있습니다."

국담이 본 예군은 얼굴이 피범벅이 되어 혼 빠진 악마처럼 검을 휘두르고 있었다. 태세로 보아 그도 이미 국담의 군사들을 숫하게 죽인 듯 했다.

"저런 쳐 죽일 놈!"

"제가 처리하겠습니다. 저놈을 죽여 놔야 해결의 실마리가 보일 것 같습니다."

"놔두게. 내가 죽이겠네."

하지만 이번만큼은 국담도 양보하지 않았다. 예군은 의자가 상대할 사람이 아니라는 것을 확실히 알았기 때문이다.

"군관들은 한시도 어라하 곁에서 떨어지지 마라. 내가 저 예군을 해치우겠다."

국담이 달려가 또 한 명의 군사를 베려는 예군의 칼을 막았다.

"천하에 배은망덕한 놈 같으니. 더 이상 네 놈을 살려두지 않으리라."

국담이 예군을 노려보며 칼끝을 겨누었다. 국담의 호통에 예군은 흠칫 놀라 뒷걸음질을 쳤다. 이미 국담의 실력을 아는지라 당황이 되는 건 사실이었다. 하지만 이내 긴 칼을 꼬나 잡으며 응수했다.

"이런 애송이 같으니. 전쟁에서의 전투는 결투가 아니다. 수단과 방법을 가리지 않고 죽이는 싸움이란 말이다. 네 놈이 이렇게 엉켜서 싸우는 싸움을 얼마나 해보았는가. 싸움은 상황에 따라 유불리가 다르다는 것을 모르는 놈이로구나."

예군은 일단 입으로 국담의 기세를 꺾으려 했다. 하기야 예군의 말처럼 국담은 전쟁경험이 적다. 또한 엉켜서 싸우는 육박전도 제대로 치러보지 못했다. 그래서 어쩌면 "싸움은 상황에 따라 유불리가 다르다."는 예군의 말이 맞는지도 몰랐다. 예군은 말이 떨어지기가 무섭게 짧은 칼 두 자루를 빼들었다. 단도였다. 칼끝을 벌새처럼 떨며 들어오는 가문의 검술을 쓰지 않으려는 것이다. 왼손에 들고 수평으로 쭉 뻗은 단도는 방어용이고 오른손에 단단히 그러쥐고 칼끝을 아래로 향한 단도는 공격용이다. 단도는 백병전에서 아주 유리한 무기이다.

백병전에서는 특별한 검법이 필요 없다. 따라서 손놀림이 빠르거나 힘이 센 사람이 유리하다. 손놀림이 빠르면 단도를 효과적으로 사용할 수 있고 힘이 세면 밀어 넘어뜨리거나 들어 메다꽂으면 그만이기 때문이다. 그래서 백병전에서 단도의 사용은 주로 병사들, 그 중에서도 무술을 거의 모르는 병사들이 즐겨한다. 무술이 어느 수준에 오른 무사들은 자신에게 맞는 칼 하나면 충분하다. 그들은 그 칼로 수많은 수련을 하며 무공을 쌓아왔기 때문에 칼은 자신의 분신과도 같다. 그렇다면 예군의 경우도 마찬가지일 텐데 왜 하수들이 사용하는 단도를 꺼내 들었을까.

국담은 단도를 꺼내들고 다부지게 자세를 잡는 예군을 침착하게 바라보았다. 예군과 국담이 떨어진 거리는 다섯 보 정도였기 때문에 상대적으로 칼이 긴 국담이 유리할 수 있었다. '저자가 무슨 짓을 하려는 것인가.' 예군의 속내를 알 수 없었던 국담은 쉽사리 선제공격을 하지 않았다. '이 정도 거리면 선제공격을 하는 것이 유리하다는 것을 잘 알 텐데 왜 공격을 하지 않는 것인가.' 예군도 국담을 빤히 노려보며 국담의 선방을 기다리고 있었다. 이러한 심리전을 알 리 없는 군사들은 국담과 예군의 곁에서 죽어라 찌르고, 막고, 깨물고, 들어서 패대기를 치며 싸우고 있었다. 국담과 예군은 누군지도 모르고 달려드는 적을 간단히 해치우면서도 서로에게서 눈길을 떼지 않았다.

더 이상 시간낭비를 할 수 없었던 국담이 먼저 칼날을 세워 헛방으로 휘둘렀다. 시퍼런 빛이 예군의 머리 위를 비껴지나갔다. '놈은 이 검의 빛으로 죽일 가치조차 없다.' 국담의 칼이 빛을 뿜자 예군이 흠칫 놀라며 뒤로 한 발 물러섰다. 국담은 예군의 자세가 흐트러진 것을 보았음에도 공격을 하지 않았다. '저 놈이…….' 뭔가 자신의 뜻대로 되지 않자 예군의 머릿속이 복잡해지기 시작했다. 더 이상 견딜 수 없었던 예군은 선제공격을 함으로써 실마리를 풀기로 했다.

드디어 예군이 움직였다. 그런데 단도를 휘두르며 달려오는 예군의 모습은 절대고수가 아니었다. 백병전에서 고수가 아무리 단도를 쓰지 않는다고 해도 이왕에 단도를 잡았다면 고수만의 기품이 있는 법이다. 허나 예군의 단도는 고수의 경지는커녕 막 싸움꾼의 그것이었다. 국담은 마구잡이로 단도를 휘두르며 들어오는 예군을 보며 이상하다 못해 웃음마저 나올 지경이었다. '무슨 저런…….' 국담이 헛웃음을 웃고 있는 사이 예군의 단도는 국담의 코앞까지 와있었다. 그래봐야 가볍게 뿌리치면 그만이었다. 그런데, 단도는 국담의 왼쪽 어깨에 가벼운 상처를 입히고 국담이 놀라 자세를 바로잡는 동안 가슴으로 파고들고 있었다.

"앗!"

국담이 급하게 몸을 뒤로 튕겼다. 그렇지 않았으면 단도는 여지없이 국담의 명치로 파고 들어갔을 것이다. 국담은 손으로 어깨를 지압하며 예군을 노려보았다. '저, 저자가……' 국담은 눈을 씻지 않을 수 없었다. 조금 전까지 보여주었던 예군의 행동은 위장이었던 것이다. 국담에게 상처를 입힌 예군이 다시 잡은 자세는 조금 전의 마구잡이가 아니었다. 절대고수의 자세. 국담이 보아도 빈틈이 없는 완벽한 자세로 2차 공격을 준비하고 있었다. 예군은 고수의 무예로 정면대결을 해봐야 국담을 이길 수 없음을 알고 허술한 실력의 병사흉내를 낸 것이다. 국담이 방심하는 순간 절대고수의 솜씨로 국담의 어깨에 상처를 내고 잠시 흔들리는 틈을 이용해 마무리를 하려고 했다. 가까이 붙어서 싸우는 백병전에서는 얼마든지 가능한 작전이었다.

국담이 만약 선제공격을 했다면 예군으로서는 더욱 유리했을 것이다. 예군의 솜씨라면 최소한 한 번의 공격은 피해낼 수 있고 그 틈을 이용해 상대에게 바짝 다가간다면 단도는 최대의 효과를 발휘할 수 있는 무기가 된다. '더 이상 놈에게 놀아나서는 안 되겠다. 일격에 끝내야 한다.' 국담은 마지막 승부수를 걸고 예군을 뚫어지게 쏘아보았다. 온몸의 힘을 한 곳으로 집중시켰다. 주변의 군사들은 흐릿한 영상처럼 흘러가고 오로지 예군만이 또렷하게 보였다.

"쉬이익."

국담의 몸이 예군을 향해 연기처럼 스며들었다.

"허걱!"

국담의 칼에 예군의 목이 순식간에 꿰였다. 예군 자신도 모르는 사이, 그야말로 눈 깜짝할 사이에 벌어진 일이었다. 예군은 목을 관통한 국담의 칼날을 움켜쥐고 의자와 국담을 노려보았다. 저승사자처럼 찢어진 눈에서 광기가 번득였다. 국담이 두 손을 부여잡고 칼날을 잔인하게 비틀었다. 예군의 목이 갈기갈기 찢어져 너덜너덜해졌다. 그러자 예식의 군사들이 승냥이 떼처럼 몰려들었다. 예군을 해치운 국담은 의자를 호위하며 무자비한 빛을 쏘아댔다. 막아서던 군사들이 목을 잡고 나뒹굴었다. 기세가 오른 국담의 군사들도 힘이 배가됐다. 팽팽하던 전세가 역전되고 있었다.

"화살을 날려라!"

거대한 북소리와 함께 성벽 위에서 화살이 빗발치듯 쏟아져 내렸다. 형인 예군의 죽음을 똑똑히 지켜본 예식이 반은 실성한 상태로 내린 명령이었다. 예식은 처참하게 쓰러져 있는 형의 죽음을 도저히 믿을 수가 없었다. '가문의 영화를 잇기 위해 얼마나 어려운 결단을 내렸던가. 결심의 중심에는 언제나 형님이 있었고 형님이 없었다면 거사를 일으키기도 어려웠을 것이다. 형님은 아버지의 뜻을 받들어 나에게 가문의 대표자리를 양보했으며 오늘에 이르기까지 나를 지켜주는데 부족함이 없었다.' 예식은 주마등처럼 스쳐가는 형과의 과거를 회상하며 입술을 깨물고 가슴을 쥐어뜯었다.

예군이 국담에게 그리 죽지 않고 전투를 유리하게 이끌었다면 예식은 쉽게 화살을 날리지 않았을 것이다. 나라를 팔아먹은 역사의 죄인으로 낙인이 찍힐 터이지만 자신을 믿고 싸우는 군사들까지 죽이고 싶지는 않았기 때문이다. 하지만 예군의 죽음은 예식에게 인간이기를 포기하게 만들었다. 누가 죽든 다 죽여 형의 원수를 갚겠다는 생각이 머릿속을 지배했다.

화살이 쏟아지자 무수한 군사들이 여기저기 쓰러져 고통스럽게 몸을 뒤척였다. 화살은 아군과 적군을 가리지 않았다. 국담은 의자를 호위하며 화살을 피해 잔달음을 쳤다.

"방패를 펼쳐 어라하를 보호하라!"

하지만 방패로 의자를 막아내는 군사들은 별로 없었다. 그들은 장대비처럼 쏟아지는 화살로부터 도망치기에 급급했다. 얼마나 많은 화살을 준비했는지 활시위를 당기는 궁수들의 손가락에서 피가 터질 정도였다. 방패로 의자를 보호하던 군관들도 하나둘 쓰러졌다. 아군과 적군 할 것 없이 군사들 절반이상이 화살을 맞고 쓰러져 있는데도 예식은 화살공격을 멈추지 않았다. 그러는 동안 시뻘건 태양이 치솟아 오르며 동녘하늘을 붉게 물들이고 있었다.

"연합군이 몰려온다! 엄청난 대군이 성을 겹겹이 에워싸고 있다!"

장대에서 망을 보던 수문병이 같은 말을 수없이 반복해서 외쳤다.

"상황이 종료될 때까지 절대로 성문을 열면 안 된다!

공을 뺏기고 싶지 않았던 예식은 성문을 굳게 사수하라는 명령을 내렸다. 연합군이 왔다는 말에 국담의 정신이 아찔했다. 18만 대군이 성을 겹겹이 에워쌌다면 탈출은 불가능하다. 국담이 허탈한 표정으로 의자를 바라보았다.

"어라하, 놈들이 몽땅 이곳으로 몰려왔다면 탈출은 도저히 불가능합니다. 하늘이 우리 백제를 버린 모양입니다."

18만 대군이 몰려왔다는 말에 국담은 망연자실했지만 사실은 선발로 보낸 연합군 군사의 일부였다. 국담이 이러한 사실을 알았다면 최후의 행동을 개시했을 것이다. 결사대로 하여금 의자를 겹겹이 둘러싼 뒤 육탄전을 벌였을 것이다. 화살을 맞고 쓰러지든 말든 기어서라도 성문을 열었을 것이다. 의자의 탈출만 성공시키면 그 자리에서 눈을 감아도 여한이 없었을 것이다. 하지만 18만 대군을 상대로는 땅이 꺼지고 하늘이 반쪽 나도 안 되는 일이었다. 국담의 군사들은 연합군이 성을 에워쌌다는 말을 듣고 싸울 의지를 완전히 잃어버렸다. 그러자 예식의 군사들도 더 이상 싸우려 하지 않았다. 밤새 길고 길었던 전투가 종료되는 순간이었다. 이때 의자가 호위병들을 거칠게 헤치고 앞으로 나갔다.

　"차라리 이 자리에서 싸우다가 명예롭게 죽자. 방패를 치워라. 놈들과 싸우다가 죽는 것이 더 의미가 있다."

　"아, 안됩니다. 아무리 탈출이 어려워도 어라하만큼은 꼭 살아남아 훗날을 도모하셔야 합니다."

　"훗날 같은 소리하지 마라. 나를 언제까지 비참하게 만들려고 하느냐."

　국담이 실성한 사람처럼 소리치며 뛰쳐나가는 의자의 앞을 가로막았다. 순간 검은 구슬 같은 화살 한 대가 날아와 국담의 옆구리에 꽂혔다.

　"허걱!"

　급소를 맞은 국담의 무릎이 스르르 무너져 내렸다. 또 한 발의 화살이 어깨에 박혔다. 그리고 목과 등, 허리……. 국담의 등 뒤로 꽂힌 화살이 빼곡했다. 사태를 지켜보고 있던 예식의 궁수들이 국담을 향해 집중적으로 화살을 날린 것이다. 화살을 맞은 국담은 휘청거리며 의자를 번쩍 들어 군관들에게 집어 던졌다.

"어라하를 온몸으로 덮어 보호하라!"

국담의 명령에 군관과 주변의 병사들이 의자를 향해 몸을 날렸다. 황산벌 전투에서 계백이 그랬던 것처럼, 서나성에서 미추가 그랬던 것처럼 의자의 몸은 사람의 방패로 겹겹이 쌓여만 갔다. 그 장면을 예식이 보니 기가 막혔다. '가소로운 것들. 어차피 네놈들의 왕은 죽이지 않을 것이다. 나는 이 전쟁에서 내 목숨과도 같은 형님을 잃었다. 그러니 끝까지 살아남아 대대로 영화를 누릴 것이다. 내 영화에는 항상 형님의 기록이 따라다닐 것이다. 나와 형님의 기록이 있는 한 우리형제가, 우리 가문이 얼마나 잘 먹고 잘 살다 잘 죽었는지 역사는 분명히 알게 것이다. 역사가 나를 일러 천하의 배신자라 해도 나는 끄떡도 하지 않을 것이다.' 예식은 이를 앙 다물고 실성한 사람처럼 중얼거렸다.

국담의 자세가 흐트러지자 호시탐탐 기회를 노리고 있던 군사들의 칼과 창이 막춤을 추었다. 누가 어느 틈에 찔렀는지 국담의 등에 날카로운 단도가 깊숙이 박혀 있었다. 국담은 화살과 단도를 맞고도 자세를 꼿꼿이 세웠다. 국담이 성벽 위에 있는 예식을 올려다보며 칼끝을 겨누었다.

"이놈 예식아, 너는 이 칼이 용서치 않으리라!"

국담이 신검을 휘둘렀다. 하지만 칼은 빛을 뿜지 못했다. 신검을 장악할 수 있는 힘이 소진된 것이다. 시뻘건 태양에서 쏟아져 내린 날카로운 햇빛 조각들이 처참한 전쟁터를 송곳처럼 찔러댔다.

"저놈에게 집중적으로 화살을 날려라!"

이제 국담의 가슴과 배에도 화살이 박혔다. 국담은 화살을 맞은 채 칼을 휘두르며 예식을 향해 걸어갔다. 예식의 부하들이 긴 창과 칼로 국담의 몸 이곳저곳을 찌르고 베었다. 하지만 국담은 쓰러지지 않았다. 그러자 무기를 내려놓고 있던 국담의 군사들이 동요했다. 그들은 무기를 다시 들고 국담 주변으로 모여들었다. 또 다시 전투가 벌어질 태세였다.

"모두들 무기를 버리고 응전하지 마라. 나를 도우려 하지 말고 끝까지 어라하의 목숨을 지켜라. 전쟁은 이것으로 끝났다."

마지막 명령을 내린 국담은 홀로 적들을 상대했다. 국담의 칼에 사오십 명의 군사들이 쓰러져 일어서지 못했다. 그러자 예식의 군사들은 국담의 근처에는 얼씬거리지도 못했다. 궁수들도 더 이상 화살을 날리지 않았다. 그들은 입을 한껏 벌린 채 경외하는 눈빛으로 국담을 바라만 보고 있었다.

"예식, 예식, 더러운 배신자 예식!"

국담은 있는 힘껏 예식의 이름을 부르며 저주했다. 하지만 그 소리는 가물가물 허공을 맴돌 뿐이었다. 국담이 비틀거리며 성벽에 등을 기댄 채 예식의 이름을 불렀다. 무기력하기 그지없는 국담의 모습이었지만 예식은 오싹 소름이 돋았다.

"저놈에게 그물을 던져라. 두 겹, 세 겹으로 던져 꼼짝도 못하게 하라!"

국담에게 그물이 던져졌다. 그물을 칼로 걷어냈다. 두 번째, 세 번째 그물도 마찬가지였다.

"이깟 그물 따위로 나를 잡을 수 있을 것 같더냐!"

과연 이무기를 단칼에 해치운 천하의 영웅다운 용력이었다. 그물로는 도저히 국담을 잡을 수 없다고 판단한 예식은 또 다시 화살을 날리라는 명령을 내렸다. 하지만 활을 쏘는 궁수는 아무도 없었다. 그물은 물론이고 칼과 창, 화살, 그 어떠한 무기로도 국담을 제압하지 못할 것 같았다. 한동안 하늘을 올려다보던 국담이 무릎을 푹 꿇었다. 그리고 고개를 숙인 채 꼼짝도 하지 않았다.

예식은 빠른 걸음으로 성벽 위에서 내려와 의자에게로 갔다. 의자를 덮고 있던 군관과 병사들이 하나둘 더미에서 굴러 떨어졌다. 화살을 맞고 죽어있던 더미 위의 군사들이었다. 그들 덕분에 살아남은 군사들이 의자를 부축해 세웠다. 의자는 파김치가 되어 있었다. 사방을 둘러보았다. 전쟁은 완전히 종료되고 여기저기 죽은 시체들이 산더미를 이루었다. 살아있는 자들의 몰골도 시체와 다름없이 푸르죽죽했다.

"저, 저건. 구, 국담이 아닌가. 국 달솔이 왜 저리고 있는 겐가."

무릎을 꿇고 고개를 숙인 국담을 발견한 의자의 눈빛이 살기를 띄더니 이내 가물가물해졌다. 사태파악을 한 것이다. 의자는 예식의 배신을 알기 전까지만 해도 지방군을 기다리며 재기의 각오를 다지고 있었다. 허나 예식의 배신을 확신한 순간 기대를 접어야 했다. 적에게 도성이 함락되었다면 지방의 성주들은 우왕좌왕할 것이고 그들이 집결하여 달려온다 해도 적지 않은 시일이 걸릴 터, 각지의 지방군이 사태를 파악하고 집결하려면 한 달, 아니 최소한 보름은 걸릴 것이다. 만약 예식이 배신을 하지 않았더라면 의자는 죽기로 웅진성을 사수하며 지방군을 기다렸을 것이다. 그런데 의자가 웅진성으로 파천한지 닷새 만에 북방령 웅진성주가 배신을 하고 반란을 일으켰다. 아니, 예식은 의자가 웅진성으로 파천한다는 소식을 접하면서부터 역모를 생각하고 있었다. 소식을 듣자마자 달려올 수 있을 것이라고 믿었던 흑치상지마저 요지부동하고 있다면 재기는 불가능한 일, 아무리 국담이라도 예식의 왕국을 쉽게 무너뜨릴 수 없다는 것을 잘 알고 있었던 의자였다.

"아, 아! 국 달솔. 자네를 어찌한단 말인가. 자네 같은 충신은 세상에 없거늘, 젊디젊은 자네의 청춘을 어찌한단 말인가. 어쩌자고 나처럼 못난 왕을 위해 목숨을 버린단 말인가. 국 달솔……."

국담의 죽음을 목도한 의자는 입술을 작게 들썩이며 끊임없이 국담을 위한 조문을 읊조렸다. 그때 예식이 의자의 곁으로 다가왔다.

"어라하, 아니, 이놈 의자야. 백제는 망했다. 너를 잡아 소정방에게 넘기고 내 형님의 원한을 위로하겠다."

예식이 의자의 손에 포승줄을 묶으려 했다. 순간 의자의 눈에 핏발이 섰다.

"너, 이 노옴! 백제가 너와 너희 가문에게 내린 은혜를 잊었더냐. 천하에 배은망덕한 놈. 네가 어찌 백제에게 이럴 수가 있느냐. 네가 어찌 네 손으로 백제를 무너뜨리느냐. 세상에 너처럼 파렴치한 놈도 없을 것이다. 그래, 백제를 팔아 부귀영화를 누려 보거라. 그 영화가 얼마까지 갈 것 같으냐. 역사의 심판이 두렵지도 않더냐!"

의자는 울부짖었다. 피를 토하듯 질러대는 저주였다. 힘에 부친 의자가 털썩 주저앉았다. 만감이 교차했다. 예식에게 분노에 찬 저주를 쏟아냈지만 따지고 보면 예식보다는 자신의 잘못이 더 큰 것 같았다. 예식은 의자의 저주를 묵묵히 들으며 흥분이 가라앉을 때까지 기다려 주었다.

잠시 후, 의자는 두 손을 들어 백발을 가지런히 했다. 마음이 정리되었다는 의미였다. 예식이 군관에게 눈짓을 했다. 예식의 명령을 받은 군관이 의자의 손에 포승줄을 묶으려고 했다. 순간, 의자가 군관의 칼집에서 칼을 빼들었다. 그러고는 가차 없이 팔목을 향해 내리쳤다. 하지만 곁에 있던 예식의 수하가 잽싸게 칼을 낚아챘다. 그럼으로 의자의 자살기도는 실패하고 말았다. 한바탕 소동이 벌어진 후 의자와 태자를 비롯한 신료들이 차례로 포승줄에 묶였다.

고개를 숙이고 있던 국담의 몸은 점점 무너져 내렸다. 온몸에서 붉은 선혈이 물찌똥처럼 삐져나왔다. 무릎주변으로 피가 흘러 잡초들 사이로 스며들었다. 작은 피의 골짜기였다. 눈동자도 초점을 잃어갔다.

"자, 장군!"

죽어가는 국담의 모습을 지켜보던 군관들이 피눈물을 흘렸다. 이때 나비의 날갯짓처럼 부드럽게 속삭이는 어떤 목소리가 국담을 깨웠다. 국담이 고개를 들었다. 포승줄에 묶인 의자가 보였다.

"어, 어라하!"

놀라운 일이 벌어졌다. 피가 모조리 빠져 다 죽어가던 국담이 다시 일어선 것이다. 먼지처럼 내려앉았던 분위기가 다시 한 번 소용돌이쳤다. 그 순간 나당연합군의 선발대가 성문을 열고 쏟아져 들어왔다. 잠시 후, 그야말로 18만 명으로 보이는 대규모 후발대가 해일처럼 몰려왔다. 그들은 웅진성으로 달려오는 정무와 여자진, 그리고 복신의 군대를 쓸어버리고 선발대와 합세를 했다.

사람의 바다가 따로 없었다. 국담의 회생에 고무된 부하들이 연합군과 예식의 군사들을 상대로 결사항전을 했다. 그야말로 중과부적의 전투였으나 그들은 죽을 자리를 찾아 죽기로 싸웠다. 하나, 둘, 셋, 넷……. 마침내 국담의 부하들 모두가 피를 뿌리며 장렬히 전사했다. 마지막까지 남아 항전을 하던 국담도 창으로 결박을 당하고 말았다. 하지만 국담은 이미 죽은 사람이었다. 남은 피를 모두 쏟고 죽어가던 국담이 다시 일어선 것은 사람의 힘으로는 할 수 없는 일이었다. 국담은 남아있는 힘을 모조리 동원해 예식에게 저주를 퍼부었다.

"너를 먼저 치지 못한 것이 원통하다. 너로 인해 천년을 이어갈 나라가 패망했다. 그 어마어마한 업보를 어찌 감당하려 하느냐. 아, 아! 너를 죽이지 못한 것이 백제의 한이로다."

"저, 저런 괴물 같은 놈. 죽은 놈이 다시 살아나다니. 네놈은 내 형님을 죽인 우리 가문의 원수이다. 너를 갈기갈기 찢어 죽여주마."

'죽지도 않는 괴물 같은 놈. 지긋지긋한 놈.' 예식은 한시라도 빨리 국담을 죽여 없애고 싶었다.

"저놈의 대갈통을 잘라 다시는 살아나지 못하게 하라. 대갈통을 자른 다음 사정없이 밟고 갈기갈기 찢어서 저수지에 던져버려라!"

예식의 명령에 따라 군관이 칼을 휘둘렀다. 기어코, 국담의 목이 천년 백제의 한을 만든 장본인의 손에 의해 떨어졌다. 목이 잘린 뒤에도 국담의 눈은 시퍼렇게 살아 예식을 노려보고 있었다. 두려움이 극에 달한 예식은 국담의 눈을 똑바로 쳐다보지도 못하고 야수처럼 소리를 질렀다.

"어서, 어서, 저 놈의 목을 저수지에 던져 버려라!"

백제 최고의 가문에서 태어나 이무기를 잡아 죽일 정도로 담대한 용력을 지녔던 청년장군, 위대한 조국 백제와 함께 개활한 웅지를 펼쳐야 했던 한 영웅이 허망하게도 한낱 저수지의 물거품으로 사라지고 만 것이다.

연합군 군사들은 사비성에서 그랬던 것처럼 웅진성 곳곳으로 들어가 재물을 약탈하고 여자들을 겁탈했다. 예식이 의자를 산채로 들어 바쳤음에도 불구하고 쓸데없이 군사들을 죽여 없앴다. 군사들 중 많은 무리가 그들과 대적하다가 죽어나갔다. 소정방은 무력으로 웅진성을 평정했다는 전과를 올리고 싶었다. 당나라 군사들은 울부짖는 아이들을 집어 던지고 태울 수 있는 모든 것들을 태워 버렸다. 포승줄에 묶인 의자는 불바다가 되어가는 성내를 돌아보며 하늘을 우러러 울부짖었다. 서기 660년 7월 18일 아침, 700년 백제의 역사가 예식의 바람에 무너져 내렸다.

국담은 저수지의 심연으로 가라앉으며 가물가물 어디론가 날아갔
다. 화살을 맞고 죽어갈 때 부르던 소리, 빗속의 번개 같기도 하고
달콤한 사탕 같기도 하고 나비의 날갯짓 같기도 한 그 소리를 찾아
서. 기묘하게 속삭이는 소리는 국담을 어린 시절로 인도했다. 하늘
을 나는 물고기가 되어 구름사이를 헤엄치고 다니던 그 시절. 무지
개를 타고 하늘로 올라갔다 금세 청년으로 변한 국담은 이제 거대한
모래사막에 홀로 있다. 아무리 물을 마셔도 갈증은 해소되지 않고
우주의 미아가 된 것 같은 두려움과 외로움이 밀려왔다.
　그때 갑자기 작은 거미들이 나타났다. 국담은 가문의 보검을 휘둘
러 푸른빛을 쏘았다. 거미들은 푸른빛에 먹혀 사라졌다. 잠시 후, 거
미들이 다시 나타나고 점차 몸집을 키워 사방을 가득 메웠다. 아무
리 죽여도 또 다시 나타나는 거미들. 그들은 지친 국담의 몸을 타고
오르며 거대한 산을 만들었다. 국담은 하늘을 우러러 간절한 기도를
드렸다. 거미들이 자취를 감추었다. 눈을 들어 저 멀리 모래사막 끝
을 보니 지평선이 보였다. 이쪽 세상과 저쪽 세상의 경계, 국담은 생
각했다. '저 넘어 세상은 그리도 행복했는데 이쪽 세상은 아비지옥이
구나. 저쪽 세상으로 다시 가야겠다.' 국담이 몸을 일으킨 순간 거미
들이 다시 나타났다. 수많은 거미들이 커다란 원 밖에서 국담을 향
해 기어오고 있었다. '새처럼 훨훨 날 수만 있다면…….' 국담은 새가
되고 싶은 마음이 간절했다. 하지만 살아있는 인간의 몸으로 새가
될 수는 없었다.

무기력해진 국담의 눈에 엄청난 놈이 보였다. 거미들의 왕, 그놈은 주변의 거미들을 쓸다시피 주워 먹으며 몸통을 키우고 있었다. 놈이 아무리 거미들을 먹어도 거미들의 숫자는 그대로였다. 산보다 더 커진 거미, 그런데 눈앞에 또 다른 거미왕이 나타났다. 거미들의 왕은 한 둘이 아니었고 계속해서 거미왕이 생겨났다. 그들은 국담을 향해 이렇게 소리쳤다.

"어딜 도망치려고. 너는 우리들을 죽일 수가 없다. 우리들과 싸워 이길 수도 없다. 너는 여기서 우리들에게 죽어야 한다. 너는 죽어야만 살 수 있는 운명이다."

이제 국담은 그들의 말을 믿을 수밖에 없다. 죽일 수도, 싸워 이길 수도 없으니 죽을 수밖에 없는 운명. 국담은 또 다시 하늘을 우러러 기도를 드렸다. 살려달라고 간절히 애원했다. 하지만 거미들은 사라지지 않았다. 거미들은 사방에서 입으로 동아줄 같은 거미줄을 뿜어댔다. 국담의 몸이 친친 동여매져 고치열매 같았다. 거미들이 다시 입을 벌렸다. 이번에는 거미줄이 아니었다. 검붉은 불덩어리. 거미들은 꼼짝도 못하고 누워있는 국담의 몸에 불을 뿜어댔다. 거미줄이 터졌다.

"......"

"서방님, 서방님, 어서 일어나세요. 상제께서 부르십니다. 상제님이 기다리시니 저와 함께 그곳으로 가셔야지요."

여인이 부드럽게 속삭이며 국담을 흔들어 깨웠다. 치렁치렁한 머리를 뒤로 대충 묶었음에도 햇빛에 반사된 머릿결이 황홀하게 보이는 여인, 군두더기 하나 없는 뽀얀 얼굴에 머루처럼 검고 동그란 눈,

가녀린 턱 선을 타고 오르내리는 이목구비가 완벽한 조화를 이루었다. 그 여인이 옷을 모두 벗고 국담을 부드럽게 내려다보고 있었다.

국담의 눈이 여인의 쇄골을 따라 천천히 아래로 내려갔다. 잘 익은 복숭아처럼 볼록 도드라진 유방과 연분홍빛 젖꼭지가 어울려 탱탱했다. 국담은 여인을 안고 부드럽게 쓰러뜨렸다. 천상의 악기가 천상의 악공을 만나 천상의 연주를 마치려는 순간, 여인은 더 이상 견디지 못하고 국담의 허리를 쥐어짜듯 끌어당겼다. 뜨거운 불기둥이 여인의 근본으로 깊숙이 파고 들어갔다. 격류처럼 요동치는 핏발들의 아우성이 천지를 가득 메웠다. 여인의 몸이 점점 더 뜨거워졌다. 국담의 몸도 용광로처럼 들끓었다. 두 사람의 몸에 불이 붙었다. 양팔을 벌려 날개처럼 퍼덕였다. 활활 타는 붉은 날개, 불새들이 하늘로 솟구쳐 날아갔다.